Tod im Spieker

Die Handlung dieses Romans ist frei erfunden. Jede Ähnlichkeit zwischen den Figuren dieses Buches und lebenden oder toten Personen ist Zufall und nicht beabsichtigt.

Zur Autorin:

Ursula Meyer, geboren in Königstein/Taunus, aufgewachsen in Köln, Studium der Romanistik, Geographie und Philosophie in Köln und Wien, lebt mit ihrem Mann und ihren zwei Töchtern in Wien und Münster. Nach ihrer Dissertation über die Gefängnisschriftstellerin Albertine Sarrazin schreibt sie nun Kriminalromane. Mit Hauptkommissarin Sieglinde Züricher sind bisher *Endstation Aasee*, *Münster – Weimar und zurück*, *Rosen aus Münster*, *Auf der Promenade wartet der Tod*, *Das Haus am Maikottenweg*, *... brenne auf mein Licht* und *Der Tod kennt keinen Stundenplan* erschienen.

Ursula Meyer

Tod im Spieker

Sieglinde Zürichers achter Fall

Waxmann Münster / New York
München / Berlin

Bibliografische Informationen der Deutschen Nationalbibliothek
Die Deutsche Nationalbibliothek verzeichnet diese Publikation in der Deutschen Nationalbibliografie; detaillierte bibliografische Daten sind im Internet über http://dnb.d-nb.de abrufbar.

ISBN 978-3-8309-1818-9

Postfach 8603, 48046 Münster

www.waxmann.com
info@waxmann.com

Umschlaggestaltung: Pleßmann Kommunikationsdesign, Ascheberg
Titelfoto: Spieker von 1792 in Haus Uhlenkotten, Münster
Druck: Hubert & Co., Göttingen
Gedruckt auf alterungsbeständigem Papier, säurefrei gemäß ISO 9706

Für Lambert

- I -

Marion verriegelte die Tür ihrer Galerie und sah durch die große Glasscheibe den letzten Gästen ihrer Vernissage nach, die sich über den Rosenplatz zerstreuten. Ein Rest Abenddämmerung lag noch über der mit Kopfstein gepflasterten Fläche, und das Licht aus der Pizzeria gegenüber warf freundliche, dottergelbe Flecken dazu.

Auf Grund ihres niedrigen Kreuzrippengewölbes erinnerte mich die Galerie an ein Refektorium. Manchmal gab es hier etwas zu essen, wenn auch nur in Form von Fingerfood und Partysnacks. Gelegentlich wurde auch vorgelesen, allerdings nicht aus religiösen Schriften, sondern aus den Lebensläufen der ausstellenden Künstler und den Laudatien ihrer Freunde und Förderer.

Vor einem Monat hatte ein Elektriker die alten, von Fliegendreck gesprenkelten Deckenleuchten aus Opalglas durch Halogenlampen ersetzt und in den oberen Rand der straßenseitigen Fensterlaibung flache Spots eingebaut. Ihr stark gebündeltes Licht war auf die Glasampeln gerichtet, die Marion für die neue Vernissage und die anschließende zweimonatige Ausstellung hatte anfertigen lassen; sechs flache Schalen mit bogenförmigem Rand, die bis auf die halbe Fensterhöhe herabhingen und auch ohne Inhalt gut gewirkt hätten. Marion hatte jede von ihnen mit einer weit geöffneten, weißen Seerose gefüllt. In dem fast grellen Licht der Spots sahen sie wächsern aus, während ihr Duft stark, fast morbide über den Schalen waberte.

Noch immer stand Marion an der Tür. Ich betrachtete ihre stabilen Schultern unter dem resedagrün und vanillefarben gemusterten Blazer, ihr struppiges graues Haar, dem sie noch weniger Aufmerksamkeit schenkte als Taschen und Schuhen, und ich wusste: Dies war der Moment, in dem sie sich in der Gewissheit sonnte, einen erfolgreichen Abend inszeniert zu haben und eine Galerie zu führen, die seit fast vierzig Jahren zu den kulturellen Anziehungspunkten von Münster gehörte. Wen Marion Vondembusche zu ihren Veranstaltungen einlud, der folgte dieser Einladung, auch wenn sein Terminkalender gespickt voll war. Wen sie als Künstler förderte, schätzte sich nicht nur glücklich, sondern auch bestens betreut. Und wer, so wie ich, zu ihrem engsten Freundeskreis gehörte, wusste, dass er die Zuneigung einer bemerkenswerten, liebevollen und sehr klugen Frau besaß.

Heute war es das erste Mal, dass meine Freundin die gediegene Produktpalette der Aquarelle, Skulpturen und des Silberschmucks verlassen hatte und provozierte wie eine rückfällig gewordene 68er-Sympathisantin. Die neuen Cartoons waren frech und witzig, sie verrieten eine talentierte Hand, ihr Schönheitsfehler lag darin, dass sie an diesem Ort so deplatziert wirkten wie Schni-Schna-Schnappi-Figuren in einem Antiquitätengeschäft.

Da die zwölf Cartoons den Titel „Circe und Odysseus“ trugen, hätte ich mir als Staffage eher eine Installation auf Knoblauchbasis vorstellen können. Der wohl berühmteste Reisende aller Zeiten erhielt vom Götterboten Hermes Knoblauch, um die Zauberkräfte der Circe unschädlich zu machen und dem Schicksal seiner Gefährten zu entgehen, die Circe in Schweine verwandelt hatte.

Endlich drehte Marion sich um, hob die Augenbrauen und lächelte. Dann nahm sie die randlose Brille ab und rieb sich die Augen. Glanzvolle Inszenierungen kosteten Kraft. Sie vielleicht ganz besonders. „Hat dir der Abend gefallen?“

„Wie schaffst du es, dass jede deiner Ausstellungseröffnungen zu einem Topevent wird?“ Auch jene, dachte ich, die sogar für Freunde der Avantgarde gewöhnungsbedürftig sind.

„Das liegt an den Künstlern“, wehrte sie bescheiden ab und setzte die Brille wieder auf.

„Unsinn! Sogar wenn du den Malwettbewerb einer Grundschulklasse präsentiertest, würden die Besucher herpilgern und sich so gut unterhalten wie heute Abend.“ Ich begann die Sektgläser einzusammeln und zurück in die Kartons der Cateringgesellschaft zu stellen, während sich Marion die Häppchenplatten vornahm und die Garnierung in den Abfalleimer der Küchenzeile schnipste. Von den kalten und warmen Leckerbissen war nichts übrig geblieben außer ein paar Basilikumblättern.

„Hast du noch mal von deinem alten Kollegen in München gehört?“, fragte sie durch die halboffene Tür, die das winzige Kochstudio von der Galerie trennte. Sie polierte gerade die Cromarganplatten mit einem Ledertuch und stapelte sie dann behutsam auf der Arbeitsfläche.

„Du meinst Benno?“, stellte ich lachend die Gegenfrage. „Gerade habe ich auch an ihn gedacht. Ich wette, der vergreift sich nie wieder an der Dekoration eines Partybüffets.“

„Sei ihm dankbar, dass er es damals getan hat, sonst hättet ihr euren Fall vielleicht nie aufgeklärt.“ Sie kam in die Galerie zurück und hielt eine Flasche Sekt gegen das Licht. „Zwei Schlucke sind noch drin. Einer für dich, einer für mich.“

„Ich muss noch Auto fahren“, erinnerte ich. „Möchtest du, dass ich dich an deiner Wohnung absetze?“ Ich warf einen Blick auf ihren prall gefüllten Shopper, der neben dem klauenförmigen Vorderfuß ihres Gründerzeitsekretärs auf den Heimtransport wartete. Der Karton daneben enthielt Jahreskalender und Faltblätter. Die Flyer dokumentierten die Lebensdaten und den Werdegang der aus Delft stammenden Künstlerin, das Foto zeigte eine junge Frau mit flachsblondem, langem Haar und hellen Augen. Die Kalender enthielten ihre zwölf „Odysseus“-Comics. Marion zerrte den zuoberst liegenden heraus und drückte ihn mir mit der für sie typischen ruppigen Großzügigkeit in die Hand.

„Hier, nimm. Ich habe davon zum Schweinefüttern, sie sind wohl doch zu teuer! Und danke für dein Angebot, mich nach Hause zu bringen. Aber der Abend ist noch so schön! Und die paar Schritte bis zur Martinikirche …“ Sie betrachtete mich spöttisch und setzte hinzu: „Wozu ängstlich sein, wenn wir seit vorletztem Februar in Münster keinen Mordfall mehr hatten?“

„Findest du, dass rein statistisch mal wieder einer fällig wäre? Wie zynisch! Und vergiss nicht: Franz und ich machen im September Urlaub. Es geht wieder in die Provence, und diesmal fahre ich mit, selbst wenn der Pinguin im Quadrat springt, weil ich in seinem Dreamteam fehle.“

Marion hatte auch ein Schälchen mit Petits Fours aus ihrer Kombüse mitgebracht. Jetzt pickte sie mit amüsierter Miene einen von rosa Marzipan umhüllten Minikubus heraus, der mich wieder an die Gefährten des Odysseus erinnerte. Natürlich war sie in unsere Bürogeschichten eingeweiht und wusste, wer sich hinter der Bezeichnung Pinguin verbarg. Nicht nur seine geringe Körpergröße, auch der leicht wiegende Gang hatte Kriminaldirektor Dr. Gross diesen Spitznamen beschert. Von den schwarzen Anzügen hatte er sich längst verabschiedet, von der quäkend-herrischen Art, seine Mitarbeiter herumzudirigieren, leider nicht.

Als eins der Petits Fours auch den Weg in meinen Mund fand, fragte Marion: „Möchtest du einen Mokka?“

„Danke! Du hast deine Gäste wieder bestens versorgt, aber einmal muss Schluss sein.“ Ich sah auf die Uhr und streckte mich. Dass ich zwei Stunden lang mehr oder weniger auf der Stelle gestanden hatte, rächte sich jetzt im Kreuz und in den Fußgelenken. Doch auch das änderte nichts daran, dass es ein unterhaltsamer Abend gewesen war, obwohl ich es wieder nicht geschafft hatte, Franz zum Mitkommen zu bewegen. Nicht, dass mein Mann sich in Galerien gelangweilt oder etwas gegen Marion gehabt hätte, aber sein Beruf als Landtierarzt war noch abendlastiger als meiner und zwangsläufig mit sozialer Abstinenz verbunden. An diesem Wochenende hatte er Bereitschaftsdienst, und wenn er keinen Dienst hatte, blieb er gern zu Hause vor dem Sportsender oder bei seinem Hobby, den Chroniken alter Bauernhöfe. Über große Gästerunden, wie wir sie früher auf der Tenne unseres Bauernhofs in Altötting bewirtet hatten, war hier, in Münster, gar nicht erst diskutiert worden. Allenfalls, dass wir einen Restauranttisch bestellten, um Geburtstag zu feiern, das Ende einer Abmagerungskur oder die regelmäßig wiederkehrende Ankündigung meines Kollegen Max Lückmann, er und Sabine würden demnächst heiraten. Und die Stammtischrunde des Polizeipräsidiums, die mir das Einleben in die münstersche Beamtenwelt wesentlich erleichtert hatte, war schon seit Jahren eingeschlafen. Auch aus diesem Grund nahm ich die Einladungen zu Marions Vernissagen gern an.

„Was für ein Typ ist deine neue Künstlerin?“

„Hast du sie nicht mehr kennen gelernt?“, wunderte sie sich.

„Ich konnte erst um acht Uhr kommen“, erinnerte ich. „Da war sie leider schon weg. Warum ist sie nicht länger geblieben? Und warum stellt sie ausgerechnet in Münster aus? Gilt der Prophet im eigenen Land mal wieder gar nichts?“

Sie entfernte einen imaginären Fussel von ihrer dunklen Hose und funkelte mich streitlustig an. „Eins vorab: Ohne Jan Coren, ihren Ehemann, wäre diese Ausstellung nie zustande gekommen. Connie scheut die Medien wie die Katze das Wasser und hält sich nie lange inmitten größerer Menschenansammlungen auf. Aber so schlimm wie heute Abend war es noch nie. Schon gegen halb acht kam Jan zu mir und sagte, sie fühle sich nicht wohl. Dabei war die Ausstellung erst um sieben eröffnet worden, aber Madame hatte schon genug von ihrer Klientel. Dabei will sie doch verkaufen! Na gut, jedenfalls bestellten wir ein Taxi, das sie zum Hotel fuhr. Jan musste sie natürlich begleiten und ins Bettchen bringen. Er ist nicht mehr zurückgekommen, dabei hätte ich mich noch gern mit ihm unterhalten." Ihre breiten, kräftigen Hände tasteten den Blazer ab, als müsste sie etwas abstreifen, das sie störte, und ich begriff die wahre Bedeutung ihrer Schweigeminute an der Galerietür. Das war kein ungetrübtes Erfolgserlebnis gewesen, sondern nüchterne Abrechnung. „Der Künstler wird bei der Eröffnung anwesend sein!" Ohne diese Botschaft ging doch keine Galerieeinladung heraus! Da musste präsentiert, signiert und diskutiert werden, damit die Veranstaltung auch in die Medien kam. Mir ging der Gedanke durch den Kopf, wie Künstler während ihrer Vernissage wohl einen akuten Schwächeanfall in den Griff bekamen, quälende Selbstzweifel oder die Nachwehen eines bösen Familienstreits.

„Im Frühjahr", sagte Marion, als liefen mir die Ideen über die Stirn wie ein Nachrichtenband, „hatte Connie Coren plötzlich die große Krise. Der Zyklus ‚Circe und Odysseus' war fertig, und ihr Mann hatte mit viel Überzeugungskraft – und Jan besitzt ein missionarisches Talent, um das ihn die Steyler Patres beneiden würden – eine Galerie in Den Haag für eine Ausstellung Ende Mai gewonnen. Doch dann wurde die Tochter eines stadtbekannten Bauunternehmers erdrosselt. Die Staatsanwaltschaft hielt sich sehr bedeckt, was die Details betraf. Aber gerüchteweise war von einer Miss Piggy-Maske auf dem Gesicht des Opfers die Rede. Ich weiß es von Amélie; du erinnerst dich: meine Schwägerin in Den Haag. Connie beschloss sofort, ihre Ausstellung abzusagen. Das muss man sich mal auf der Zunge zergehen lassen. Eine zweifellos begabte, aber völlig unbekannte Malerin bekommt die Gelegenheit, an einer Topadresse auszustellen! Nur mit einer Handvoll Comics!"

Ich erinnerte mich nicht nur an die Schwägerin, sondern auch an den Fall. Auch die westfälische Regionalpresse hatte darüber berichtet und ein Passbild des Opfers abgedruckt, aufgeklärt war der Mord bis heute nicht.

„Wenn jemand sensibel ist", wandte ich ein. „Ethik zählt eben mehr als das Bankkonto." Doch sie winkte ab. „Sie kannte dieses Mädchen doch gar nicht! Nein, das war reine Zickigkeit."

„Die Verbindung zwischen Circe und Schweinen lässt sich nicht leugnen!"

„Aber wenn die Regenbogenpresse doch nur ein Gerücht in die Welt gesetzt hat?", entgegnete sie grimmig. „Was sie nicht in Erfahrung bringen konnten, haben sie frei erfunden."

Marions Schwägerin arbeitete als Klatschkolumnistin einer Frauenzeitschrift und schöpfte aus vielen trüben Quellen.

„Jan fand übrigens auch, dass Connie die Ausstellung nicht hätte platzen lassen dürfen. Neben dem Renommee, das die Galerie Oranje-Art besitzt, bin ich ein armes Waisenkind. Jetzt kann sie sehen, wie sie in Den Haag wieder Fuß fasst."

„Und wenn allein das Gerücht über diese Maske sie abgeschreckt hat? Diese Frau entwirft einen Zyklus über eine Hexe, die ihre Besucher in Schweine verwandelt, und dann zieht sie ihre Präsentation zurück, weil ein junges Mädchen umgebracht und möglicherweise als Schwein verkleidet wurde. Vielleicht ist sie abergläubisch. Oder in den Fall verwickelt."

Sekundenlang schien Marion zu stutzen, dann schüttelte sie energisch den Kopf. „Wie verdammt launisch Connie sein kann, haben wir ja heute Abend erlebt." Ihr nachdenklicher Blick streifte die Cartoons an den Wänden rundum. „Sie sollte ihrem Mann sehr dankbar sein, dass die Ausstellung bei mir stattfindet. Ich kenne Jan schon länger, weil er als Kunsthändler viel im Ruhrgebiet zu tun hat. Schon Connies frühere Arbeiten gefielen mir, aber der Preis war mir zu hoch. Ihre Cartoons sind günstiger und irgendwie … etwas ganz Besonderes, findest du nicht? Sie lassen dem Betrachter die Möglichkeit, eine Menge hineinzudenken."

Ich murmelte eine vage Zustimmung, weil ich Connies Bilder nicht nur teuer, sondern auch ziemlich scheußlich fand. Ich hatte nun mal für Comics nichts übrig. Anstatt also eine Begehrlichkeit zu heucheln, die nicht vorhanden war, fragte ich, ob sie erblich vorbelastet sei. Stammte sie aus einer Künstlerfamilie? Marion schüttelte den Kopf, Connie war eine klassische Autodidaktin. Und auch ihr Mann kam nicht aus einer alt eingesessenen Kunsthändlerdynastie, deren Vorfahren schon bei Rembrandt gekauft hatten. Allerdings gab es in seiner Verwandtschaft einen Modeschöpfer, und das sprach für ein gewisses Kreativitätspotenzial. Da ich wusste, dass Modedesign nicht zu Marions Lieblingsthemen gehörte, kam ich auf die Seerosen in ihrem Schaufenster zu sprechen. Das sei Jans Idee gewesen, entgegnete sie. „Seerosen sind Connies Lieblingsblumen. Die Corens besitzen in Delft ein ganz entzückendes Reihenhaus mit einem Teich. Dort zieht Connie seltene Arten." Sie senkte kurz den Blick auf ihre abgetretenen Leinenschuhe, dann sah sie mich an. „So viel zum heutigen Abend. Der letzte Punkt meiner Tagesordnung ist ein Frontalangriff auf Mitfahrgelegenheiten in deinem Auto."

„Nur zu!"

„Es handelt sich aber um eine längere Strecke."

„Nach Rotenburg an der Wümme?", versuchte ich zu raten. Dort wohnte ein Großteil von Marions Verwandtschaft, und die Bahnreise war ziemlich umständlich.

„Nicht ganz so weit", korrigierte sie sanft. „Die Sache ist so: Am nächsten Sonntag bin ich bei einem langjährigen Freund, einem Künstler, zur Besichtigung seines Bauernhofs eingeladen. Er und seine Frau haben ihn ganz spektakulär renoviert."

Warum soll nicht ein Landwirt für Marions Galerie arbeiten?, dachte ich. Auch früher hatten die Schäfer nicht nur Socken gestrickt, aber heutzutage kamen sie selbstbewusst mit innovativer Lyrik heraus, während Jungbäuerinnen Autorenlesungen in ihrer Tenne veranstalteten und Landwirte die Feriengäste auf literarisch aufschlussreichen Trips durchs Gelände dirigierten.

„Haben sie den Hof geerbt?" Marion machte mich neugierig.

„Gekauft", korrigierte sie. „Noch korrekter: zwangsersteigert." Dann stand sie auf und holte zwei Gläser vom Küchenbord, auf die sie den übrig gebliebenen Sekt verteilte. „Morgen ist er schal." Es waren wirklich nur noch zwei Fingerbreit für jeden. Nachdem wir die Gläser geleert hatten, fuhr sie fort: „Der Hof meiner Freunde liegt in den Bockholter Bergen. Man nimmt die Ausfahrt Greven an der A 1, dann die B 219, und sobald dann …“

„Marion“, entgegnete ich mit mildem Lächeln, „sag mir einfach nur, wie die Bauerschaft heißt. Schleichpfade für Rothäute kann ich mir nicht merken. Außerdem wirst du ja neben mir sitzen und den Navigator spielen, wenn ich dich zu deinen Freunden bringe.“

Sie nickte. „Und am Abend“, überlegte sie weiter, „bringt mich dann Jochen zurück in die Stadt. Er hat ja noch immer sein Atelier an der Steinfurter Straße. Das behält er bestimmt.“ Ihre Stimme klang so besorgt, als handelte es sich auch bei dem Atelier um etwas dringend Renovierungsbedürftiges.

„Was macht er beruflich?“

„Er ist Kunsterzieher.“ Jetzt drehte sie den Stiel ihres Glases so nachdenklich in der Hand, als läge über der Tätigkeit dieses Mannes ein dubioser Schatten. Doch es war wohl nur die Müdigkeit, die ihren Gedanken vorübergehend einen düsteren Anstrich gegeben hatte, denn sie fuhr unbekümmert fort: „Er hat den Schulbetrieb an den Nagel gehängt, weil er die Flegeleien seiner Klassen gründlich satt hatte. Und weißt du, was er mit dem Bauernhof vorhat?“ Jetzt blitzte Unternehmungsgeist in ihren Augen auf. Ich versuchte, herzhaftes Gähnen durch ein Lächeln zu verdrängen, was nicht ganz gelang. „Du machst es spannend.“

„Er gibt Kurse für Erwachsene, mit Übernachtung und Vollpension. Das Gebäude ist ein typisches niederdeutsches Hallenhaus. Tenne, Viehställe, Wohnräume, alles unter einem Dach. Jochen hat die niedrigen Abtrennungen zwischen den Tierboxen entfernen und deckenhohe Wände für acht Gästezimmer einziehen lassen. Der ehemalige Waschort, die Milchkammer und die beiden Upkammern wurden in Bäder umgewandelt. Der Unterricht findet in der Tenne statt, bei gutem Wetter auch draußen, auf dem Hofplatz. Ist das nicht genial?“

„Wohnen sie selbst dort?“ Marion nickte, und mir spukten wieder meine Erinnerungen an unseren Dreikanthof in Bayern durch den Kopf. Nachdem Franz und ich über dem an Nerven, Kräften und Geld zehrenden Projekt so zerstritten gewesen waren, dass ich mit Kerstin nach München zog, hatte er den rechten Gebäudeflügel an ein Ehepaar vermietet, das seinen Lebensunterhalt mit Töpfern und Komponieren bestritt. Die große Scheune hatten sie für Ausstellungen oder Konzerte benutzt.

„Veranstaltet seine Frau ebenfalls Kurse? Im Spinnen, Weben oder Holzschuhe Schnitzen? Unterricht im Melken ja wohl nicht. Oder haben sie noch Vieh?"

„Höchstens Hühner." Marion zuckte die Achseln. „Alma ist Historikerin. Sie interessiert sich für Landesgeschichte, Volkskunde und altes Brauchtum. Möglich, dass sie darüber Seminare hält. Über ihre Erfahrungen im Spinnen oder Weben weiß ich nichts." Sie beugte sich zu ihrem Shopper hinunter. „Wo steht dein Auto?"

„Gleich beim Buddenturm. Möchtest du doch mitfahren?"

„Nein, aber wir können noch ein Stück gemeinsam gehen."

Wir waren nur noch wenige Meter von meinem alten Kombi entfernt, der mich fast so treu anfunkelte wie KITT seinen Knight Rider – mit dem Unterschied, dass sein Türschloss auf meine Stimme leider nicht reagierte –, als Marion sagte: „Komm doch abends mal bei mir vorbei, wenn dich dieser Bauernhof interessiert. Mit Jochen bin ich schon befreundet, seitdem er zu malen begonnen hat. Alma kenne ich nicht so gut. Scheint die Nase ein bisschen hoch zu halten, die Frau Doktor. Weißt du, Jochen war Autodidakt, bevor er spät, aber doch an der Kunstakademie inskribierte. Heute haben die beiden übrigens geheiratet. Natürlich war ich eingeladen, doch unglücklicherweise kollidierte ihre Hochzeitsfeier mit Connies Vernissage. Ich wäre gern hingegangen. Und ich werde noch ganz zappelig vor Ungeduld, bis ich endlich sehe, was sie aus dem Hof gemacht haben!" Ihre Augen glänzten. „Vor allem soll es einen uralten Spieker geben. Irgendwann ist er mal ausgebrannt, aber die Außenmauern blieben wie durch ein Wunder erhalten." Noch einmal fuhr ihre Hand über den Blazer, als wollte sie etwas wegstreichen. Und prompt fuhr sie fort: „Muss das schön sein, in Gebäuden tätig zu sein, die so viel Geschichte erlebt haben!" Das Haus, in dessen Erdgeschoss Marions Galerie lag, war in den späten Fünfzigern aus einer Kriegsruine entstanden und das malerische Kreuzrippengewölbe nur eine Mogelpackung aus Gipskarton. Ich kannte das ewige Lamento meiner Freundin über die auf historisch getrimmten Gebäude in unserer Stadt.

„Verstehen die beiden etwas von Landwirtschaft?“ Ich schloss die Fahrertür auf.

„Er …“, sie blickte unschlüssig auf den schweren Shopper an ihrer Hüfte. „Warum kommst du nicht gleich morgen Abend vorbei? Dann erzähle ich dir mehr.“

Ein von zwei Stadtbewohnern „spektakulär“ renovierter Hof? Die Frau landeskundlich versiert, der Mann künstlerisch aktiv? Das klang interessant.

Trotzdem konnte ich mir gut vorstellen, dass Franz die Sache noch mehr fesselte als mich. Konsequent sammelte er westfälische Hof- und Erbengeschichten, wobei ihm sein Beruf die Gelegenheit zu aufschlussreichen Einblicken lieferte. Im Münsterland gab es eine ganze Reihe alter Höfe, die die zahlreichen Kriege, Bauernunruhen und Feuersbrünste überstanden hatten. Ihre wechselvolle Geschichte war oft lückenlos überliefert, weil die Abgaben in Naturalien und barer Münze, die über viele Generationen an die Grundbesitzer gezahlt werden mussten, in Familienchroniken und Steuerlisten dokumentiert waren. So manches Hofarchiv enthielt Briefe, Urkunden oder Rechnungen, und so dicht sich auch die Termine im Kalender meines Mannes drängten, wenn der „Öhm anne Müer“ oder der Altbauer im Stall von historischen Raritäten in der Truhe berichteten, kehrte Franz in seiner Freizeit zurück, um der Sache nachzugehen und im nächsten Copyshop alles zu sichern, was er in die Hände bekam. Um seinen Zeitvertreib im Alter musste ich mir keine Sorgen machen. Er würde sein umfangreiches Material sichten und ein Buch darüber schreiben.

Während ich den Wagen startete und aus der Parklücke herausorgelte, fiel mir ein, dass er am nächsten Wochenende frei hatte. Wenn das Wetter hielt, was der Bauernkalender für die erste Augusthälfte versprach, konnten wir unser Transferangebot für Marion mit einer Tageswanderung verbinden. Bei den Bockholter Bergen handelte es sich um eine große Binnendüne zwischen Greven und dem Dortmund-Ems-Kanal, die nach der letzten Eiszeit über Jahrtausende angeweht worden war. Nachdem man im Mittelalter durch umfangreiche, der Holzgewinnung dienende Rodungen die Fläche freigelegt hatte, forstete man in der zweiten Hälfte des neunzehnten Jahrhunderts mit Wallhecken und Mischwäldern wieder auf und schuf ein archaisches Gelände, in dem noch Wacholderbüsche und Eisvögel heimisch waren.

Ich hatte die ersten Häuser der Warendorfer Straße erreicht, als es in meiner Freisprechanlage läutete; Lückmanns Nummer erschien auf dem Display. Er hatte Bereitschaftsdienst bis zum nächsten Morgen.

„Mensch, warum ist denn dein Handy nicht an?“, quengelte er. „Unter eurer Festnetznummer geht auch niemand dran. Wo bist du eigentlich? Auf dem Mars?“

Ich entgegnete kühl, ich sei zu einer Vernissage eingeladen gewesen. Bei solchen Veranstaltungen stellte ich mein Mobiltelefon grundsätzlich ab, weil man in dem allgemeinen Getöse sowieso kein Rufzeichen hörte. Die wenigen Galeriebesucher, die trotzdem telefonierten, um mitten im Gedränge scheinbar lebenswichtige Verhandlungen abzuwickeln, waren mir immer ziemlich albern erschienen. Hatten diese Leute denn nie Feierabend?

„Du wirst hier dringend gebraucht, Sieglinde.“

„Wo ist ‚hier‘? Und was ist passiert?“

„Ein unklarer Todesfall“, seine Stimme klang noch vorwurfsvoller. „Schüller, Cornelia Hanflang und Wagner sind schon zum Sichern der Spuren da, Heinrich ist unterwegs. Den haben wir aus dem Bett geläutet. Der Doktor sieht sich gerade die Leiche an, und die Kollegin von der Polizeiwache in Greven …“

„Wie finde ich euch?“

„Fahr den Schiffahrter Damm bis zur Abzweigung Telgter Straße. Nach etwa fünf Kilometern beginnt die Bauerschaft Antrup. Die erste Landstraße, die in östlicher Richtung abzweigt, heißt so und der betroffene Hof ebenfalls. Der Weg nach Große Antrup ist zufällig sehr gut ausgeschildert, weil, … na ja, weil heute dort Hochzeit gefeiert wurde. Die Veranstalter haben kleine Kränze in die Rinde der Bäume genagelt, mit den Initialen des Brautpaares, J und A. Damit die Gäste nicht lange umherirren müssen. Aber jetzt“, er hüstelte verlegen, „wirkt die Sache total abgeschmackt. Und die Stimmung ist im Keller. Natürlich haben wir alle Beteiligten dabehalten, um ihre Aussagen aufzunehmen. Und wenn du uns bei den Befragungen helfen könntest, wäre das sehr nützlich. Dreiundsechzig Personen sind nicht gerade …“

Seine nächsten Worte zogen komplett an meinem Ohr vorbei, während mir ein beunruhigender Gedanke durch den Kopf schoss. Was hatte Marion mir erzählt? Zwar hatte sie den Namen des Hofes, den ihre Freunde so vorbildlich renovierten, nicht genannt, aber wie viele Brautpaare gab es an einem Samstag Anfang August in den Bockholter Bergen? Und bei wie vielen begannen die Vornamen mit J und A?

Meine Stimme klang belegt, als ich fragte, wie die Besitzer von Große Antrup hießen.

„Jochen Steinwerck und Alma Lehnbach", Max raschelte mit Papier. „Also, irgendwie finde ich es ganz besonders krass, eine Hochzeitsfeier mit einem Mord zu versauen!"

„Ist Jochen Steinwerck das Opfer?" Noch immer saß mir der „Frosch" im Hals. Lieber Himmel, gute Freunde von Marion!

„Das Opfer ist die Schwester der Braut", korrigierte Max.

„Könnte es ein Unfall sein? Oder vielleicht Selbstmord?" Wie viele Menschen wurden depressiv, wenn jemand aus der engsten Verwandtschaft oder dem Freundeskreis heiratete!

„Einen Unfall können wir ausschließen. Und an einen Selbstmord glaubt Dr. Kerner auch nicht. Bisher spricht jedenfalls nichts dafür. Mach dir selbst ein Bild. Aber bring starke Nerven mit. Ist kein schöner Anblick."

Ich holte tief Luft. „Ich mach mich auf den Weg."

In einer unangenehmen Mischung aus starkem Widerwillen, lähmender Lethargie und einer aggressiv kribbelnden Dosis Adrenalin bog ich in die erstbeste Seitenstraße und stellte den Motor ab, um den Anruf erst mal zu verdauen. Verdammt, wir hatten eine stramme Woche hinter uns, ich war müde, dies war mein freies Wochenende und mir taten die Füße weh von dem Stehabend in der Galerie. Sogar der Fingerhut voll Sekt, den ich mit Marion zum Abschied getrunken hatte, pochte plötzlich unangenehm hinter den Schläfen. Hätte ich doch nur ihren Mokka angenommen! Am liebsten wäre ich nach Hause gefahren, hätte mir die Bettdecke über den Kopf gezogen und bis acht Uhr durchgeschlafen. Dabei wusste ich nicht einmal, wie schnell ich in nächster Zeit überhaupt nach Hause kommen würde. Wenn wir es tatsächlich mit dreiundsechzig Festteilnehmern zu tun hatten ...! Ich atmete noch einmal durch und dachte daran, dass mich der Anblick des Fundorts, die eine oder andere Antwort auf unsere Fragen und die ersten viel versprechenden Ergebnisse der Spurensicherung noch jedes Mal schlagartig auf die Beine gestellt hatten, da konnte ich noch so müde sein. An den Anblick der Leiche dachte ich erstmal nicht.

Bevor ich mich auf den Weg machte, musste ich zu Hause Bescheid geben. Da Franz Bereitschaftsdienst hatte, war er vielleicht ebenfalls unterwegs. Allein zu Hause fürchtete Kerstin sich, da reagierte eine Sechzehnjährige nicht anders als jemand mit acht oder neun. Ich wählte unsere Nummer, doch sie nahm nicht ab. Das Rufzeichen fraß sich in mein Ohr, während mir die Nervosität wie eine kalte Hand an den Nacken griff. Warum ging Kerstin nicht ans Telefon? Samstags abends blieb sie meist bis Mitternacht auf, es war unwahrscheinlich, dass sie schon fest schlief. Ruhig bleiben!, dachte ich und wurde mir gleichzeitig darüber klar, wie sehr mich Lückmanns Aussage schockiert hatte. Bring gute Nerven mit! Kein schöner Anblick! Mordopfer und Todesschauplätze bestimmten meinen Arbeitsalltag, das hatte ich mir schließlich ausgesucht, als ich vor neun Jahren vom Münchener Sittendezernat zum KK 11 in Münster wechselte. Damals hatte ich geglaubt, abgebrüht zu sein, auch wenn man sich an die Bilder von misshandelten Kindern, vergewaltigten Frauen, verprügelten Prostituierten, von Abartigem und Perversem der schlimmsten Sorte nie gewöhnte. Die Spielarten der Brutalität schienen immer unfassbarer und selbst für die Polizei kaum nachvollziehbar. Über die Tatmotive durften wir oft gar nicht nachdenken.

Und jetzt also ein Todesfall auf einer Hochzeit! Tiefstes Münsterland, ein zwangsversteigerter Hof. Wer waren die Vorbesitzer? Konnte da jemand den Verlust seines Hauses nicht verkraften? Und warum die Schwester der Braut? War Eifersucht im Spiel? Neid? Habgier?

Mit diesen Überlegungen waren meine Lebensgeister zurückgekehrt. Max hatte ja Recht, wenn er murrte. Ich tippte die Nummer von Kerstins Handy ein, weil mir der Gedanke gekommen war, dass sie wahrscheinlich in ihrer Mansarde hockte, anstatt vor dem Fernseher im Wohnzimmer, und ihr Hirn mit Popmusik zudröhnte. Hatte man erst mal die Familie ruhig gestellt, wurde auch das Berufsleben übersichtlich. Dieses kleine, extrem sensible Zahnradsystem aus Mann, Kind und Hund ließ sich mit gewissen Korrekturen auf ein gut funktionierendes Arbeitsteam übertragen. Bedingungsloses Vertrauen, lückenlose Kommunikation und vor allem Nachsicht … nur nicht gegenüber den eigenen Schwächen.

Bei Kerstin herrschte offenbar nicht die übliche dünne Nebelschicht aus Popmusik, sondern der dichte Smog von Heavy Metal oder Gothic. Ich beschloss gerade, ihr eine SMS zu schicken, wann immer sie die zur Kenntnis nähme, als sie sich meldete.

Ich sagte ihr, ich sei zu einem Fall draußen auf dem Land gerufen worden, und sah ihre Schnute förmlich durchs Telefon. „Papa ist auch gerade weggefahren“, klagte sie. „Er hat gesagt, es kann dauern. Ich hasse es ganz wahnsinnig, allein in diesem Riesenhaus zu schlafen.“ Ihre Stimme kippte ins Weinerliche. „Wenn ich das gewusst hätte, wäre ich zum Übernachten zu Greta gefahren. Aber jetzt, wo es schon nach elf ist …?“

„Brennt bei einem der Nachbarn noch Licht?“, versuchte ich sie zu trösten.

„Ich seh mal nach.“ Sie tat mir leid, trotzdem wurden mir die Minuten lang, bis sie endlich wieder in der Leitung war. Lückmann und unser Team warteten. Für die Fahrt nach Greven brauchte ich mindestens zwanzig Minuten, und ich hatte keine Ahnung, wie weit es dann noch bis zum Hof Große Antrup war.

„Auf der rechten Seite ist alles dunkel“, meldete mir meine Tochter in einem Ton, der bedeutete: Ich hab’s ja gleich gewusst! „Nur in Haus A arbeitet noch jemand in der Küche.“

In Haus A wohnten die drei Grazien, jenes Partyteam, das Marion an diesem Abend beliefert hatte; couragierte junge Frauen, die jetzt wahrscheinlich die Überreste der alten Bestellung wegräumten oder eine neue vorbereiteten. Ich hoffte, dass sie noch eine Weile zu tun hätten, wenigstens bis Franz zurückkehrte. Schließlich konnten die drei morgens ausschlafen. Ich kannte ihren ungewöhnlichen Tagesrhythmus aus zahlreichen Gesprächen.

„Ihre Visitenkarte mit der Telefonnummer liegt in meinem Schreibtisch. In der schwarzen Pappschachtel. Wenn irgendwas ist, kannst du bestimmt bei ihnen anrufen.“

„Ich will aber nicht, dass ‚irgendwas ist'", jammerte sie. „Ich will nachts nicht immer allein sein!"

„Ich komme nach Hause, so schnell ich kann. Ich verspreche es dir. Vielleicht klärt sich der Fall sofort." Jetzt stammte das unangenehme Pochen hinter den Schläfen von meinem schlechten Gewissen.

„Darf Rollo bei mir bleiben?"

„Aber nicht im Bett!" Die Nervosität gab meinem Tonfall eine ungewollte Schärfe, andererseits …

„Aber ich kann besser schlafen, wenn er oben ist."

„Rollo ist ein Hund, er hat Flöhe und Zecken. Das ist unhygienisch."

„Und auf meiner Tagesdecke, am Fußende?"

„Na gut. Ich fahre jetzt los und lass mein Handy eingeschaltet. Du kannst mich jederzeit erreichen." Noch ein unsolides Versprechen! Ich wendete und fuhr stadtauswärts.

- II -

Wir hatten Neumond. Der Schiffahrter Damm war unglaublich finster, aber nur schwach befahren. Ich folgte Lückmanns Wegbeschreibung, wobei ich mir, solange noch keine Hochzeitssträußchen an den nur spärlich stehenden Baumstämmen auftauchten, vorzustellen versuchte, wie Kerstin unseren treuen Wachhund vom zugigen Hauseingang in ihre kuschelige Mansarde einlud. Er würde ihr ebenso fasziniert folgen wie Alice dem weißen Kaninchen ins Wunderland. Sie hatte Recht: Ein Hund, der im Parterre nervös zu bellen begann, würde sie nur noch mehr in Panik versetzen. Wenn er neben ihr blaffte, konnten sie gemeinsam nach dem Grund seiner Unruhe suchen. Aber mit Sicherheit würde er nicht blaffen. Zugegeben, es steckte eine gehörige Portion Fatalismus dahinter, wenn man glaubte, ein Verbrechen pro Nacht sei im Münsterland genug, um die Statistiken aufrecht zu halten. Ich beendete meinen Exkurs zur Familie mit der Vorstellung, wie Kerstin und Franz am Vormittag einen Brunch zusammenstellen und es sich auf der Terrasse bequem machen würden, an dem neuen Gartentisch aus Pinienholz. Und ich hätte mit jedem gewettet, dass ausgerechnet beim Eintreffen des Staatsanwalts am Einsatzort Kerstins telefonisches Angebot käme, mir etwas übrig zu lassen. Zum Beispiel ein paar von der Hitze mumifizierte Tortelloni.

Sentimentale Gans!, maßregelte ich mich selbst. Hatte Franz vielleicht eine leichte Nacht vor sich? Die Bauern im Münsterland reagierten selbstbewusst und kompetent. Die holten keinen Tierarzt, wenn es nicht ernst war.

In diesem Moment huschte das erste Hochzeitskränzchen durchs Scheinwerferlicht; auf Augenhöhe in den Stamm einer Platane genagelt. Buchsbaum, rote Schleifen und weiße Myrtenblüten, die nach der drückenden Schwüle dieses Tages schlapp herunterhingen. Darunter klebte ein Herz aus weißer Pappe mit den roten Buchstaben J und A und einem schwarzen Pfeil, der nach rechts zeigte. Etwa zehn Meter weiter öffnete sich ein Feldweg, und mein alter Kombi polterte so hart durch die Schlaglöcher, dass ich um die

Motorwanne fürchtete. Waren die Hochzeitsgäste etwa in Geländewagen hergekommen? Nach etwa fünfzig Metern wurde die Strecke besser, leider auch sehr dunkel, weil sie mich von dem grellen Lichtschein wegführte, den ein Mähdrescher in emsigen Ernteaktivitäten in den dunklen Himmel schnitt. Nur noch schemenhaft erkannte ich skurril geformte Kopfweiden am Wegrand, aus denen ich schloss, dass ich an einem Bach entlang fuhr oder an einem jener Wassergräben, die man im Münsterland Gräfte nennt. Noch eine Papptafel tauchte auf, der Pfeil war diesmal nach links gerichtet, und die Baumvegetation wechselte zu Eichen, die sich im Dreimeterabstand reihten wie in einer künstlich gepflanzten Allee. Ich folgte einer weiteren Wegbiegung, die den Kombi zu einem erbarmungswürdigen Rumpeln zwang, dann leuchtete der Himmel vor mir plötzlich wie über einem Fußballfeld mit Flutlicht. Die hohen Baumkronen mit ihren schon leicht krustigen Blättern waren mit weißer Helligkeit gefüllt, als hätten sie sie aufgesogen wie ein Schwamm das Wasser. Das Licht reflektierte sich in den Dächern der Autos, die dicht an dicht entlang der schmalen Fahrbahn geparkt waren.

Nach etwa hundert Metern endete mein Weg vor einem Torhaus aus Backstein-Fachwerk, an dem sich rotweißes Absperrband straffte. Auf beiden Seiten blockierte jeweils ein Streifenwagen die Durchfahrt. Ich stellte mein Auto an der stark geneigten Böschung ab, stieg aus und beugte mich, da in dem linken Streifenwagen lebhaft telefoniert wurde, zu dem Wagenfenster des rechten. Dort saß Brunner und nickte mir zu. Ich bückte mich unter dem Band her und passierte die mächtigen, mit Nägeln gespickten Torflügel.

Nicht weit hinter dem Torhaus und gerade noch von den Scheinwerfern unserer Techniker erfasst, ragten zu beiden Seiten des asphaltierten Wegs scheunenartige Gebäude auf, schief, altersschwach und ebenfalls im landesüblichen Fachwerk. Die Fensterscheiben waren zerbrochen, und von den Toren existierten nur noch die Angeln.

Dahinter lag der große, mit Kopfstein gepflasterte Hofplatz. Menschen drängten sich dort, und ein nervöses Summen lag über dem in Kunstlicht getauchten Areal. Schwarz hoben sich die Gestalten vor der offenen Tür zur hell erleuchteten Tenne ab. Rechts und links der gläsernen Doppeltür parkten ein Mannschaftswagen unserer uniformierten Kollegen und der Kleinbus vom Erkennungsdienst.

In der lang gestreckten Tenne war das Büffet aufgebaut gewesen, jetzt stand nur noch eine völlig in sich zusammengesunkene Hochzeitstorte am Tischrand. Am anderen Ende der von Flecken und Krümeln übersäten Tafel saß Lückmann auf einem Biergartenstuhl und redete mit einem dunkel gekleideten, sehr blassen jungen Mann, dessen Haar flammend rot war. Max machte sich Notizen auf seinem Schreibblock und war so vertieft in das Gespräch, dass er beinahe verwirrt hoch sah, als ich ihm auf die Schulter klopfte. „Hallo Max. Da bin ich!"

Sofort sprang er auf und sagte zu dem Rotschopf: „Herr Weiting, warten Sie bitte draußen bei den anderen." Der junge Mann trollte sich.

„Ist der Chef benachrichtigt?"

Max nickte. „Ich habe ihn vor einer Stunde angerufen. Er erwartet morgen früh gegen sieben einen ersten Bericht."

„Hast du hier schon mit jemandem ausführlicher gesprochen?"

„Mit den engsten Verwandten. Sie sitzen in der Küche." Er zeigte auf eine Tür in der Rückwand der Tenne. „Außerdem mit zwei Freundinnen der Braut, dem Ex-Freund des Opfers und einem Gast, der … aber das erzähle ich dir später. Die Freundinnen der Braut waren am Fundort, allerdings ohne die Leiche gesehen zu haben. Die Braut führte sie gerade durch den alten Speicher, als sie im Dachgeschoss ihre Schwester entdeckte. Das dürfte gegen einundzwanzig Uhr dreißig gewesen sein. Genau weiß sie es nicht mehr, aber sie sagt, es sei noch dämmrig gewesen. Jochen Steinwerck hat zu diesem Zeitpunkt mit Freunden telefoniert. Es ging um die Hochzeitsreise, genauer um die Schlüsselübergabe für die Ferienwohnung, die sie ab morgen gemietet haben. Jetzt allerdings … Ihre Flitterwochen können die beiden natürlich vergessen. Und die restliche Gesellschaft muss zumindest bis morgen früh hier bleiben. Bis wir alle befragt haben und der Todeszeitpunkt annähernd fest steht."

Ich fragte Max, wann die Schwester der Braut zum letzten Mal gesehen worden sei.

„Um fünf. Das sagen ihre Großmutter und einer der Musiker aus, mit denen sie befreundet war. Danach verschwand sie spurlos."

Getreidespeicher lagen häufig am Rand einer Hofanlage. Mir fiel wieder ein, was Marion über das historisch bemerkenswerte Exemplar von Große Antrup gesagt hatte. Die einzige authentische Fassade. Alles Übrige wurde renoviert, Altes mit Neuem vermischt, gerade so wie Optik und Komfort heutzutage die Lebensverhältnisse auf alten Gehöften beherrschten. Ihr schwärmerischer Blick stand mir wieder vor Augen, als sie sich ausmalte, in solch einem Gemäuer Ausstellungen zu organisieren. Wusste Max schon Genaueres über seine Lage und Verwendung?

„Er steht am Rand des Wohnbereichs", präzisierte er, „etwa hundertfünfzig Meter vom Haupthaus entfernt und nahe am Gräftenufer. Quer durchs Gemüsebeet wären wir in fünf Minuten dort, aber Schüller besteht darauf, dass wir den asphaltierten Weg nehmen, weil der schon auf Spuren abgeklärt wurde. An den Nutzflächen arbeiten sie noch."

Das Acker- und Weideland hatte Steinwerck verpachtet, der Pächter und seine Leute kamen und gingen über die Feldwege. Da die Gräfte das gesamte Wohngelände umschloss, war es auch für sie nur durch das Hoftor erreichbar.

„Warum wollte die Braut ihren Freundinnen den Spieker zeigen?"

„Sie wollten ihn mieten; zwei Seidenmalerinnen, die ein Atelier suchen. Sie sahen sich gerade die erste Etage an, als Frau Lehnbach weiter ins Dachgeschoss ging und dort ihre Schwester fand. Sie hing an einem Strick im Dachstuhl. Frau Lehnbach sagt, sie sei fast ohnmächtig geworden vor Schreck. Und ihre Freundinnen gaben an, sie habe weiß wie ein Laken ausgesehen, es habe sie regelrecht geschüttelt."

„Haben die beiden Freundinnen irgendetwas Auffälliges gehört?" Max verneinte, und als ich fragte, ob der Speicher offen gestanden hätte, als die Braut ihn zeigen wollte, erklärte er, er sei während der ganzen Hochzeitsfeier abgeschlossen gewesen. Demnach hatte sich entweder der Täter oder das Opfer den Schlüssel geholt. „Wie viele Schlüssel gibt es?"

„Zwei. Einen bewahrt Frau Lehnbach an ihrem Schlüsselbund

auf, der andere hing für gewöhnlich an einem Haken in der Küche. Dort hängt er nicht mehr."

„Und Frau Lehnbach hat ihren Freundinnen nichts von ihrer furchtbaren Entdeckung gesagt?"

„Nein, obwohl die natürlich ahnten, dass sie irgend etwas Schockierendes gesehen hatte. Laut Aussage der beiden musste sie sich auf dem Rückweg zum Wohnhaus mehrmals übergeben. Und es war ja wirklich kein schöner Anblick. Der Täter hat … Aber mach dir selbst ein Bild."

„Willst du damit sagen, dass sie noch hängt?"

„Natürlich nicht. Schließlich wurden Fotos gemacht."

„Ist Heinrich denn schon da?"

„Vor einer Viertelstunde eingetroffen. Hatte sich verfahren, diese Schlafmütze." Seinem nachfolgenden Schweigen entnahm ich, dass er seine Mühe mit den Bildern von der Toten hatte.

„Nachdem Alma Lehnbach ihre Schwester entdeckt hatte", sagte er schließlich, „alarmierte sie sofort die engste Verwandtschaft, die sich daraufhin in die Küche zurückzog. Von der Familie hat sich angeblich niemand mehr in die Nähe des Spiekers gewagt. Was natürlich nicht ausschließt, dass ein anderer Gast einen Blick hinein geworfen haben könnte. Die Braut hatte in ihrem Schrecken nämlich vergessen, abzuschließen. Als es ihr einfiel, fehlte ihr der Mut, noch mal hinzugehen." Er warf mir einen bedeutungsvollen Blick zu. „Aber jemand anderes könnte es getan haben. Manche Menschen sind hemmungslos in ihrer Neugier. Wenn das Brautpaar und die Familie plötzlich wie gelähmt vor Entsetzen im Hausinnern sitzen, spricht sich das schnell herum."

Ich fragte Lückmann nach seinem ersten Eindruck von der Hochzeitsgesellschaft, und er gab an, bei seiner Ankunft sei ein Teil der Gäste auf dem Hofplatz versammelt gewesen, andere drinnen in der Tenne und die Familie in der Küche. Der Schock saß tief, bei jedem, mit dem er bisher geredet hatte.

„Hat man die Schwester – wie heißt sie eigentlich – gar nicht vermisst? Und wenn ja, seit wann?"

Sie hieß Maja Lehnbach und war dreiundzwanzig Jahre alt. Ursprünglich hatte sie an der Hochzeit nicht teilnehmen wollen, um dann ohne jede Erklärung doch aufzutauchen. Ab halb sechs hatte man nach ihr gesucht. Die junge Frau war in der Modebranche tätig und hatte ihrer älteren Schwester als Hochzeitsgeschenk einen Blazer geschneidert, den diese in die Flitterwochen mitnehmen wollte. Leider hatte Maja ihn vergessen. Das gute Stück hing noch in ihrem Atelier in der Klosterstraße, und Maja war verschwunden. Die Braut, die sich darüber ärgerte, weil sie noch am Abend den Koffer packen, in ihrem bodenlangen Kleid aber nicht Auto fahren wollte, drängte ihren Mann, er solle den Atelierschlüssel und damit auch den Blazer herbeischaffen. Die Stimmung hatte plötzlich aufgeheizt gewirkt, was rein theoretisch natürlich auch andere Gründe haben konnte. Jedenfalls machte Steinwerck sich auf die Suche nach Maja, fand jedoch nur ihre Umhängetasche in der alten Remise, wo die Musikband einquartiert war. Doch wenigstens war der Schlüssel zur Hand. Um zwanzig Uhr kehrte der Bräutigam zurück und zwar ohne Blazer. Er hatte ihn nicht finden können. Umso verärgerter war er über das ganze Palaver und die Extratour in die Stadt.

„Einer der Gäste", erzählte Max weiter, „hat gehört, wie er und seine Frau sich in der Küche heftig stritten. Das passierte kurz bevor Steinwerck sich nach Münster aufmachte, und er brachte vor allem die flittchenhafte Art seiner Schwägerin aufs Tapet. Schlampe nannte er sie. Und zwar nicht nur wegen ihrer ewigen Schussligkeit, sondern auch wegen ihres Lebenswandels. Offenbar wechselte sie ihre Männer wie andere das Taschentuch. Mit ihrem Exfreund Dirk unterhielt ich mich gerade, als du auftauchtest. Du erinnerst dich: dieser Rothaarige. Keine Woche ist es her, dass sie mit ihm Schluss gemacht hat, und zwar wegen eines neuen Flirts. Scheint wirklich ein flatterhafter Geist gewesen zu sein, diese Biene Maja."

„Sie ist tot", erinnerte ich vorwurfsvoll, weil ich es nicht gut fand, wenn über ein Opfer gelästert oder gewitzelt wurde, vor allem nicht, bevor man Näheres über die Lebensumstände erfahren hatte. Zu Lückmanns Gunsten nahm ich an, dass er auf diese Weise versuchte, seine Abscheu vor der Tat zu verarbeiten. Doch dann lieferte er eine sehr pragmatische Begründung für seine schroffe Einschätzung der Lage. „Wenn sie ein moralisches Leichtgewicht gewesen ist, könnte das für unsere Ermittlungen sehr wichtig sein.

Dann engt sich der Täterkreis bereits ein. Denk nur an all die Eifersuchtsdelikte mit tödlichem Ausgang."

„Immerhin hat sie ihren Ex-Freund zur Hochzeit mitgebracht", gab ich zu bedenken, doch Max korrigierte: „Das war nicht sie, sondern die Brautmutter. Offenbar mochte Frau Lehnbach Dirk Weiting sehr gern und hoffte, die Feier wäre eine Gelegenheit, die beiden wieder zusammenzubringen."

„Und wer außer dem Bräutigam hat sie noch als moralisches Leichtgewicht dargestellt?", wunderte ich mich. „Und zwar auf einer Familienfeier und in voller Lautstärke?"

„So konkret wie der Bräutigam hat das bisher niemand behauptet", lenkte Max ein. „Allerdings kam zwischen den Zeilen schon zur Sprache, dass sie keine Hemmungen hatte, anderen den Lover auszuspannen. Dirk Weiting, zum Beispiel …"

„Erinnert sich dieser Gast noch an die genaue Uhrzeit des Streits? Und um wen handelt es sich?" So viele Überprüfungen!, dachte ich mutlos. Das war ja komplizierter als eine ganze Flohhorde nach Typ und Größe zu sortieren. Wer achtete schon darauf, ob sein Tischnachbar mal für eine Stunde verschwand?

In diesem Moment tauchte Ansgar Schüller, der Leiter der Spurensicherung, unter dem Vordach einer winzigen Hütte auf, die mich an die Bildstöcke meiner bayrischen Heimat erinnerte.

„N'Abend, Sieglinde. Oder sollte man besser schon Moin sagen?" Auch Ansgars Munterkeit wirkte aufgesetzt, sein weißer Schutzanzug leuchtete in dem kalten Scheinwerferlicht neonblau. „Wir haben alle Nebengebäude abgesucht. Jetzt geht es auf dem Gelände weiter."

„Habt ihr in den Nebengebäuden etwas gefunden?"

„Den üblichen Schund. Dieser Hof war für längere Zeit eine Baustelle. Komm im Lauf des Vormittags mal im Labor vorbei."

„Machst du eine Geländeskizze, mit sämtlichen Gebäuden?"

„Ist fertig. Liegt in drei Minuten auf dem Tisch in der Tenne."

Ich fragte, ob es schon konkrete Hinweise gebe. Leider nicht, Schüller zuckte die Schultern. Aber bei so vielen Fundstücken ergab sich vielleicht schon bald ein erster Anhaltspunkt.

„Wie steht es mit den beiden Scheunen an der Einfahrt?"

„Nur Gerümpel, damit waren wir schnell durch. Der Boden ist so staubig, dass wir jeden Fußabdruck sofort gesehen hätten. Also, da war seit Monaten niemand mehr drin."

„Obwohl sie offen stehen?"

Er schürzte die Lippen. „Na ja, Tierspuren gab es jede Menge. Vor allem von Katzen. Eine Jungfamilie wohnt dort, das Muttertier hat mich vielleicht attackiert! Dagegen ist jedes Pantherweibchen ein Kuscheltier." Er ließ den Latexhandschuh ein Stück hochschnellen. Ich war beeindruckt von den roten Striemen, doch unser wackerer Lückmann ließ sich nur zu einem nachsichtigen Lächeln hinreißen. Auf dem Land, wo er groß geworden war, lebte man von Kind auf mit derlei Läsionen.

Wir hatten den Spieker erreicht; ein hohes, fast rachitisch aussehendes Fachwerkhaus mit vorkragendem Obergeschoss und steilem Ziegeldach. Die Gefache waren nicht mit Backstein ausgefüllt wie bei dem Haupthaus, sondern mit weiß verputztem Lehm. Im Speicher lagerte man früher das ausgedroschene Korn, bevor es im Backhaus zu Brot verarbeitet wurde. Die meisten von ihnen, so auch dieser hier, waren auf „Mäusesteinen" aufgebockt, um die lästigen Nager fernzuhalten, dadurch lag die Eingangstür sehr hoch. Sie bestand aus roh gezimmertem Birkenholz und war mit Eisenbeschlägen verstärkt. In kriegerischen Zeiten, wenn Landsknechte die Gegend unsicher machten, hatte sich die Bauernfamilie dort verschanzt, um wenigstens das eigene Leben und ein paar Wertsachen zu retten. War es Zufall oder hatte es einen besonderen Grund, dass Majas Leiche hier gefunden wurde? Hatte es der Täter darauf angelegt, dass ihre eigene Schwester sie entdeckte? Dann konnte er sicher gehen, dass sie seine Tat nicht störte. Wobei auch die Tatsache zählte, dass der Speicher das am weitesten vom Wohnhaus entfernte Nebengebäude war.

Das Dachgeschoss besaß eine Giebelverkleidung aus dunklen Holzlatten und war fensterlos. Aus den symmetrisch eingesetzten Sprossenscheiben im Erdgeschoss und im ersten Stock fiel helles Licht. Die Tür öffnete sich nur schwer und quietschte. Das Parterre war leer bis auf einen Lichtspot unter der Decke und einen simplen Strohbesen, der gleich neben der Tür lehnte. Auf der halben Raumtiefe führte links eine steile Holztreppe nach oben. Von dort drang

Max und mir Stimmengemurmel entgegen. Auch die erste Etage wurde offenbar nicht genutzt: unbehandelte Bohlen auf dem Boden, die Wände frisch gestrichen. Als wir das Dachgeschoss betraten, sah ich als Erstes eine große schwarze Plane und auf ihr in Rückenlage, im Licht von drei Scheinwerfern, das unbekleidete Opfer. Berni Wagner, der Kollege vom Erkennungsdienst, sicherte mögliche Spuren auf dem Holzboden, den er mit breiter Klebefolie abgedeckt hatte. In der Ecke beulte sich die abgeschabte Instrumententasche von Dr. Kerner, dem neuen Mann im Institut für Rechtsmedizin.

Er hatte vor der Toten in der Hocke gekauert, jetzt richtete er sich auf und sah uns entgegen, während Wagner, nach einem kurzen Begrüßungsnicken, wortlos seine Arbeit fortsetzte.

„Da sind Sie ja, Frau Züricher", sagte Kerner. „Sie kommen gerade noch recht, um sie zu sehen, bevor wir sie abtransportieren."

Die Tote war mittelgroß und sehr schlank. Sie hatte goldblondes, kurzes, auffallend ungerade geschnittenes Haar und einen sehr hellen Teint, von dem sich die Hauteinblutungen am Hals und im Gesicht scharf abhoben. Um den Hals zog sich die Schlinge eines etwa daumendicken, geflochtenen Stricks, einen Zentimeter darunter verlief eine tiefrote Spur, die sich in die Haut eingeschnitten hatte. Die Spur hatte etwa die halbe Breite des Stricks. Ich sah mir die Streckseiten der Unterarme, beide Handrücken und -innenflächen an, es gab keine blutigen Kratzer. Dr. Kerner ging wieder in die Hocke und zog mit einer Pinzette an den unteren Augenlidern der Toten. Am Rand des Augapfels hatte sich Blut gesammelt; eine häufige Folge von Erwürgungen oder Erdrosselungen. Als ich den Arzt fragte, ob er ihr die Augen geschlossen habe, nickte er.

„Sie hat im Dachstuhl gehangen?"

„Dort drüben." Er zeigte zu den Dachsparren über der rechten, hinteren Zimmerecke, die in etwa drei Metern Höhe den First bildeten. In dem Eisenring an einem der kräftigen Querbalken, die die Sparren miteinander verbanden, hatte jemand ein starkes Hanfseil verknotet, dessen abgeschnittene Schlaufe den Hals der Toten umspannte. Die Position des Stricks war durch einen Kreidekreis auf dem Boden markiert. Bei dem Knoten handelte es sich, so erklärte Kerner, der am Bodensee eine ansehnliche Yacht vor Anker liegen hatte, um einen Roringstek, mit dem die Schiffer ihr Tauwerk befestigten. Das entsprechende Wissen konnte man sich ohne weiteres im Internet besorgen.

Mein Blick glitt durch den Raum, es gab keinerlei Hinweise auf einen Kampf und nicht den geringsten Geruch; allenfalls einen Anflug von Holzspänen und frischer Farbe. Auch der Boden war makellos. Mit dem Eintreten des Todes setzte manchmal die Kontrolle über Blase und Schließmuskel aus. Gelegentlich hatte sich das Opfer übergeben müssen. Wenn es im Spieker keine Flecken gab, war der Mord dann nicht hier geschehen? Aber wo sonst, wenn alle Nebengebäude der Hochzeitsgesellschaft zur Besichtigung offen standen und das Gelände von einem fünf Meter breiten Tümpel umschlossen wurde? „Wäre es denkbar, dass sie woanders gestorben ist?"

Kerners Miene wirkte skeptisch. „Bevor sie an dem Balken aufgehängt wurde, hat man sie erdrosselt. Ein eindeutiges Ergebnis bringt uns erst die Obduktion, allerdings haben wir neben der Strangfurche des Stricks auch eine Spur des Erdrosselungswerkzeugs." Er schob den Strick leicht in Richtung Kehlkopf, drehte die Tote auf die Seite und fuhr mit dem Zeigefinger einer von der Kehle zum Hinterkopf aufsteigenden Linie nach, anschließend dann der horizontalen Einkerbung um den Hals. „Sehen Sie den Unterschied? Die Furchen haben etwa die gleiche Breite, aber sie verlaufen nicht identisch."

„Also ein Mord, der als Selbstmord verschleiert werden sollte. Haben Sie schon einen Hinweis, womit man sie erdrosselt hat?"

Kerner vermutete einen Stoffgürtel, einen dünnen Schal oder eine Krawatte. Diese Frage würde sich konkreter beantworten lassen, wenn in der Strangfolge Gewebereste gefunden wurden.

Das untere Strickende hing, wie die Messlatte ergab, auf zwei Metern Höhe. Das hätte ausgereicht, um Maja Lehnbach zu erhängen, falls das Erdrosseln nicht zum Tod führte. Wollte der Täter auf Nummer Sicher gehen? Einen Selbstmord suggerieren? Oder sollte man die hängende Position der Leiche als Botschaft verstehen? Und war bei dem Spieker als Schauplatz weitere Symbolik im Spiel? Die feuchte Wärme staute sich unter den Dachsparren wie unter einer elektrischen Trockenhaube, Schweißperlen rieselten mir den Rücken hinab.

„Ist ihre Kleidung verschwunden?“

Kerner nickte. „Auch das Kopfhaar scheint jemand erst vor kurzem abgeschnitten zu haben. Hier, sehen Sie!“ Er zupfte an den blonden Zotteln, aus denen sich einzelne Büschel lösten. Ich hätte mir auch nur schwer erklären können, warum sich eine modebewusste junge Frau dermaßen verunstaltete; es sei denn, sie legte es darauf an, als Bürgerschreck zu gelten.

„Und noch eine Probe seiner Handschrift hat der Täter hinterlassen“, schaltete sich Max ein. „Sieh dir die Fußsohlen an.“

Da ich am Kopfende der Toten stand, hatte ich es bisher noch nicht entdeckt: Ihre Füße waren grau. Ich fuhr vorsichtig darüber, und die Farbe zerstob wie feine Asche. Ich sah mich um, doch die groben Holzdielen waren selbst in den Ecken sauber. Auch auf den Treppenstufen lag kein Schmutz.

„Vielleicht hatte sie keine Schuhe an“, überlegte ich, weil mir beim Anblick der Sohlen kurz der Gedanke an Mittsommerfeuer durch den Kopf ging. Da wir nicht wussten, wie die Tote gekleidet gewesen war, konnte es gut sein, dass sie zum langen Sommerrock oder zur weiten Hose barfuß gegangen war. Aber warum hatte sie dann keine Abdrücke auf dem Boden hinterlassen? Hatte der Täter sie herauf getragen? Hatte er gründlich saubergemacht?

„Sie hat Schuhe angehabt“, unterbrach Lückmann meine Spekulationen. „Sie lagen hinter einer Kopfweide zwischen Backhaus und Wassergraben. Majas Mutter hat sie identifiziert.“

„Was für Schuhe?“ Vielleicht ließ sich von ihnen auf die Kleidung schließen. Es handelte sich um Sandalen aus schwarzem Schlangenlederimitat.

„Aber Kleidung und Wäsche fehlen“, vergewisserte ich mich, und Max nickte: „Bisher, ja!“

Erdrosselt und aufgehängt. Warum diese doppelte Tötungsart? Wie lange hatte der Täter gebraucht, um das Haar zu stutzen, die Fußsohlen zu färben und die Leiche an den Dachsparren aufzuhängen? Wie sicher konnte er sein, dass niemand in die Nähe des Speichers kam?

„Haben wir Haarproben?“, fragte ich Wagner. Er reichte mir

mehrere Plastikbeutel mit hauchfeinen Haarfragmenten, im Obergeschoss mit stumpfen Pinzetten aus den Zimmerecken und den Ritzen zwischen den Bodenbrettern isoliert oder aus dem Besen neben der Haustür gezupft. Weitere Beutel enthielten Aschepartikel, ebenfalls von beiden Fundstellen. Die wenigsten Verbrecher dachten daran, auch jene Spuren zu beseitigen, die das bloße Auge nicht sah. Wer suchte schon den Schauplatz seines Verbrechens mit einer Lupe ab? Um sich nicht durch Sohlenabdrücke oder Stofffasern zu verraten, trug mancher Täter nicht nur Handschuhe, sondern auch Lederkluft oder Gummizeug. Die tückischen Souvenirs, die der bloße Körper hinterließ, wurden vergessen. Dabei reichte schon die kleinste Spur.

Unser Täter war also das Risiko eingegangen, an drei Orten zu agieren: im Obergeschoss, unterm Dach und schließlich im Parterre, wo er den Besen abgestellt hatte. Bei etwas Glück würde Wagner auch ein frisch ausgefallenes Haar von ihm sichern.

Falls er vorgehabt hatte, sein Opfer zu vergewaltigen, wären ihm die schummrigen Lichtverhältnisse unterm Dach sicher günstiger erschienen als die erste Etage mit ihren vier niedrig liegenden Fenstern und der Gefahr, von draußen bemerkt zu werden. Selbst wenn er und Maja zu einem Date verabredet gewesen waren, hätten sie sich unter dem Dach getroffen. Ich redete mit Kerner über meine Theorie, doch er erklärte, bisher deute nichts auf Geschlechtsverkehr, weder erzwungenen noch freiwilligen. „Aber warten wir auf die Untersuchungsergebnisse. Manchmal haben wir nicht schlecht gestaunt.“ Er rang sich ein mageres Lächeln ab.

Ein Täter, der sein Opfer aufwändig und zeitraubend herrichtete, obwohl er nicht in der Finsternis und Stille der Nacht agierte, sondern inmitten einer großen Hochzeitsgesellschaft! Während mir kurz durch den Kopf ging, dass er auf den Gruppenfotos zu sehen sein musste, hoffte ich auf einen Zeugen, der sich an irgendein Detail erinnerte, das erst vor dem monströsen Hintergrund eines Mordes seine wahre Symbolik offenbarte.

„Können Sie schon Genaueres zum Todeszeitpunkt sagen?“ Stur und unbelehrbar stellte ich jedes Mal diese Frage, obwohl ich wusste, dass eine seriöse Antwort kaum möglich war, weil die wichtigsten Indikatoren – Totenflecken, Leichenstarre und Körpertemperatur – nur in groben Grenzen Auskunft gaben. Der kontinuierliche Abfall der Temperatur war nicht nur den klimatischen Bedingungen unterworfen, sondern auch der Körpermasse und der Bekleidung. Insofern hielten sich die Rechtsmediziner dezent zurück, wenn es um eine schnelle Festsetzung der Tatzeit ging. Trotzdem drängten wir Kriminalbeamten immer wieder auf konkrete Daten, um bereits Alibis überprüfen zu können, bevor die Labormethoden den Todeszeitraum auf eine kleinere Spanne einengten.

Was jedoch nicht ausschloss, dass die Auffindesituation eines Opfers auf verschiedenste Weisen manipuliert sein konnte. Bei trotz sommerlicher Temperatur voll aufgedrehten Heizkörpern wurde die Verwesung beschleunigt, im schattigen Unterholz von Parks oder Waldgebieten verzögert, in Kühlräumen völlig unterbunden.

Dr. Kerner nickte zu meiner Frage. „Wir haben Elektroschocks angesetzt. Sie kennen die Methode?“ Als ich sagte, ich hätte davon gehört, fuhr er fort: „Augenlider, Mundwinkel und das Handgelenk werden mit ein wenig Kochsalzlösung vorbereitet und mit Elektroden stimuliert. Natürlich kann ich auch in diesem Fall nur mit Annäherungswerten dienen, aber rechnen Sie mit dem Zeitraum zwischen halb sechs und halb acht. Dieser Spanne entsprächen auch die äußeren Todeszeichnen.“ Bei seiner Ankunft um kurz vor dreiundzwanzig Uhr war die Leichenstarre im Unterkiefer, in Armen und Händen so weit fortgeschritten gewesen, wie es einem post mortem-Zeitraum von drei bis vier Stunden entsprach. „Wenn Sie zurückrechnen, landen Sie bei zirka neunzehn Uhr dreißig.“ Ein anderes Kapitel waren die Totenflecken. Die strumpf- und handschuhförmig ausgebildeten Blutansammlungen in den Extremitäten deuteten auf einen Tod durch Erhängen. Dem widersprach, wie bereits angemerkt, die Strangfolge am Hals.

Trotzdem war es rein theoretisch möglich, dass die Frau an einem anderen Ort getötet worden war. Bis zu vier Stunden nach dem Tod verlagerten sich die Leichenflecken noch.

Kerners Blick glitt über den Dachstuhl. „Dieser Hof ist alt, was?“

„Keine Ahnung!“ Lückmanns distanzierter Blick verriet, dass er die historischen Spekulationen unseres Gerichtsmediziners für unpassend hielt. Möglich, dass sich Kerner wohler fühlte, wenn er einen Verstorbenen in einem luftigen Dachgeschoss untersuchte anstatt in einem Schlafzimmer; ganz zu schweigen von Wasser- oder Kellerleichen. Mir ging die Frage durch den Kopf, ob Alma Lehnbach, als sie ihre Schwester fand, gewusst hatte, dass jede Hilfe zu spät kam. Hätte sie Maja nicht sofort herunternehmen müssen? Gab es eine Aussage der beiden jungen Frauen, die sie begleitet hatten, wie lange sie bei der Toten geblieben war? Lückmanns Auskunft war eindeutig: nicht mal eine Minute!

„Wer hat die Polizei in Greven benachrichtigt?"

„Der Notarzt. Um viertel vor zehn hat Steinwerck die Einsatzleitstelle benachrichtigt, um zehn waren ein Arzt und zwei Sanitäter auf dem Hof. Da es jedoch untrügliche Todeszeichen gab, haben sie nichts mehr unternommen, um keine Spuren zu verwischen. Um viertel nach zehn hat der Arzt dann dem Grevener Revier einen nicht natürlichen Todesfall gemeldet."

„Wir brauchen das Band mit Steinwercks Stimme", sagte ich.

Als ich dann von Dr. Kerner wissen wollte, ob er selbst Fotos gemacht habe, zog er einen Umschlag aus seiner Tasche, der einen Stapel Polaroidaufnahmen enthielt. Jetzt verstand ich Lückmanns Abscheu. Die Augen des Opfers waren blutunterlaufen, das Gesicht von lilafarbenen Unterblutungen gesprenkelt, die Zunge als bläulicher Wulst zwischen die Zähne gepresst.

„Ich habe sie nach der Untersuchung so weit zurecht gemacht, dass sie …", der Arzt hob mit einer hilflosen Gebärde die Arme und fuhr dann fort: „Auch Mordopfer haben ihre Würde. Gerade sie!"

„Ich nehme an, es sind noch mehr Aufnahmen gemacht worden als diese hier." Ich dachte an Heinrich, den Max aus dem Bett hatte läuten müssen. Als könnte er Gedanken lesen, versetzte Kerner trocken: „Keine Sorge! Bevor wir sie herunternahmen, hat Herr von Heinrichsdorff ausreichend fotografiert." Er griff nach seinem Funksprechgerät und gab den Befehl durch, man könne die Tote abtransportieren. Wenig später erschienen zwei Männer mit dem Sarg, und das Zuschnappen des Deckels war für ein paar Sekunden der einzige Laut in unserer Umgebung. Max brach das schwer lastende Schweigen, in dem er fragte, ob gleich am Sonntag eine Obduktion gemacht werden könne.

Der Arzt lächelte zitronensauer. „Reden Sie mit dem Staatsanwalt!" Es klang wie ein Mantra.

„Aber einige Fragen müssten sofort beantwortet werden", drängte ich. „Wurde die Frau vor ihrer Ermordung betäubt? Waren Drogen im Spiel? Wurde sie vielleicht doch vergewaltigt?"

„Falls sie schwanger war", setzte Max noch eins drauf, „würde das ein ganz neues Licht auf mögliche Tatmotive werfen."

„Ich weiß, ich weiß." Dr. Kerners Stimme klang nachsichtig, beinahe heiter, als hätte er zwei Kinder vor sich, die ihn mit ihren unerfüllbaren Wünschen bestürmten.

Das Duo aus dem rechtsmedizinischen Institut transportierte den Sarg vorsichtig die steile Treppe hinunter, und nachdem sich auch Dr. Kerner verabschiedet hatte, kehrten wir zum Haupthaus zurück.

Unterwegs fragte ich Lückmann noch einmal nach möglichen Fluchtwegen, worauf er bedächtig den Kopf wiegte. Die Gräfte umschloss das gesamte Wohnareal, das hatten die Techniker als Erstes überprüft. Nur das Ende des Grabens vorn an der Straße war vor langer Zeit zugeschüttet worden. Vielleicht weil die Stege morsch waren oder die Hofbewohner überfallartige Besuche lockerer nahmen. Angedickt mit Entengrütze und Algen, hatte die Gräfte die Konsistenz von passierter Erbsensuppe und eignete sich allenfalls als Austragungsort eines Überlebenstrainings. Auch Ratten waren schon gesehen worden.

Die Äcker und Weiden, die ebenfalls zu Große Antrup gehörten, waren von außen, über die Feldwege zu erreichen. Zum Wohnbereich hatte man nur durch das Torhaus Zutritt, und das war nach dem Eintreffen der letzten Gäste gegen vierzehn Uhr dreißig vom Bräutigam abgeschlossen worden.

„Eine Hochzeit auf dem Lande, und man verrammelt das Tor?" Ich dachte an Pechnasen und Schießscharten, allerdings auch an die Hochzeit meiner Kollegin in Altötting. Fünfzehn Jahre lag sie zurück, doch hatte sich an der ungezwungenen Gastfreundschaft bestimmt nichts geändert. Über hundert Gratulanten waren erschienen, die Hälfte davon nicht offiziell eingeladen.

„Und wenn jemand mal zum Auto wollte? Oder Lust auf einen Spaziergang außerhalb des Geländes hatte?"

„Der Schlüssel steckte von innen", stellte Lückmann klar. „Steinwerck hatte den Sohn eines seiner Freunde darum gebeten, sofort wieder abzuschließen, wenn jemand weggegangen war."

Hatte der Bräutigam das Verbrechen befürchtet? Besaß er keinen Hofhund, der ungebetene Gäste verbellte? Wozu überhaupt diese Sicherheitsmaßnahmen? Wir lebten doch nicht in der Bronx.

„Vor genau drei Wochen", berichtete Max, „sind abends gegen halb zehn zwei merkwürdige Burschen am Torhaus aufgetaucht. Sie fragten nach einem Hofnachbarn, dessen Namen Herr Steinwerck noch nie gehört hatte. Dabei bewohnt er den Hof seit Ende März. Er nimmt an, dass diese Typen irgendetwas ausbaldowern sollten, leider hat er keine Ahnung, um was es gehen könnte. Nach dem, was heute Abend passiert ist, würde uns sogar ein bloßer Verdacht möglicherweise weiterbringen. Eine Hochzeit auf einem so großen Areal, mit über sechzig Gästen ist eine unübersichtliche Angelegenheit, geradezu ideal für ein Verbrechen, vorausgesetzt man besitzt genügend Geschmacklosigkeit."

„Kann Herr Steinwerck diese Leute beschreiben?"

Er zuckte die Achseln. „Alter, Kleidung, Frisur … das war schon präzise. Aber wer garantiert uns, dass diese Typen beim nächsten Mal nicht anders aussehen, oder dass eine neue Crew ausgeschickt wurde, um den Rest zu erledigen? Ich meine den Mord."

„Du denkst an eine Bande? Der Bräutigam hat mit den Burschen geredet. Welche Sprache hatte ihre Mama ihnen denn beigebracht?"

„Nicht, was du denkst!", fauchte er, und sofort tat mir meine Bemerkung leid. Max hasste Ausländerfeindlichkeit bis zur Selbstgefährdung und hatte in seiner Nachbarschaft schon viel Frieden gestiftet. Multikulturelle Kochorgien stellten eine feste Einrichtung in seiner geräumigen Wohnküche dar. Nur das vielsprachige Rezeptbuch blieb vorerst kühne Vision.

Ich überdachte die Möglichkeit, von dieser abgeriegelten Insel der Hochzeitsseligen unbemerkt zu verschwinden. Doch so wie es aussah, gab es nicht die geringste Chance, es sei denn, man vertraute sich dem dubiosen Wasser der Gräfte an. Sekundenlang dachte ich an einen Taucheranzug, doch dieses Bild wirkte grotesk. Der Mord war bei Tageslicht geschehen, selbst als die Tote entdeckt wurde, war es noch dämmrig gewesen. Ein Taucher hätte nicht nur in Schlamm und Entengrütze verräterische Spuren gezogen, sein Weg hätte sich auch weiter verfolgen lassen.

„Sobald es hell wird", unterbrach Max meine Gedanken, „startet eine Flugstaffel. Wir bekommen einen Helikopter, aus dem Videos und Fotos von der gesamten Anlage gemacht werden. Morgen Abend, wenn die Aufnahmen vorliegen, setzen wir uns im Präsidium zusammen und checken ab, ob das Gelände vielleicht doch einen Zugang besitzt, von dem der Hausherr nichts weiß."

Während wir weitergingen, erfuhr ich, dass zwei der insgesamt dreiundsechzig Festteilnehmer den Hof schon früh verlassen hatten. Der Fotograf Oliver Radebrecht war um fünf gegangen, weil er um sechs zu einem Termin in Rheine bestellt war, die Brautjungfer Irma Kottnick sogar schon um halb fünf, weil eine Lerngruppe in Coerde auf sie wartete. Beides würden wir überprüfen.

„Um neunzehn Uhr musste Steinwercks Nichte nach Hause gebracht werden, weil sie knatschig wurde. Sie ist erst fünf, das Kind zum Blumenstreuen." Max hüstelte, als säße ihm etwas hartnäckig im Rachen.

„Wer von den Gästen hat sie weggebracht?"

„Niemand. Die Mutter des Kindes, Steinwercks Schwester Monika, hat eine Studentin angerufen, die in Sprakel in ihrer Nachbarschaft wohnt. Sie hat die Kleine abgeholt."

„Gibt es auch einen Vater?"

„Natürlich gibt es den", Max lachte überdreht. „Aber nicht als Kundschaft für uns. Monika Steinwerck ist Alleinerziehende."

„Ist bei den Gästen jemand, der uns besonders interessieren sollte?"

„Denkst du an Stadtprominenz?", funkelte er mich an. „Aber machen wir es seriös: Die Gäste sind Verwandte, Freunde und Nachbarn."

„Meinst du ehemalige Wohnungsnachbarn aus Münster? Der Hof scheint sehr einsam zu liegen."

„Sie haben die Besitzer des nächstgelegenen Hofs eingeladen, Karl und Paula Önning, beide schon reifere Semester. Wohnen etwa dreihundert Meter von hier. Mit denen habe ich ebenfalls schon gesprochen. Ach ja, eine Kollegin von uns ist auch dabei. Ebenfalls ein älteres Baujahr."

„Eine Polizistin?"

„Luise Braake", erklärte Max. „Polizeiobermeisterin auf dem Grevener Revier. Ich schätze, die kennt die Gegend hier wie ihre

Hausapotheke." Ein irritierender Vergleich! Ich kannte den Inhalt unserer Apotheke nämlich nicht, vor allem all die exotischen, unprofessionell ausgedrückten Tuben ohne Beipackzettel gaben Rätsel auf. Doch Max redete schon weiter. Frau Braake stehe kurz vor der Pensionierung und halte ihre Stellung in Greven schon seit dreißig Jahren. Von der erhoffe er sich einiges an Information.

Sie kannte Steinwerck von einer Demonstration in Greven; eine Protestaktion gegen Erweiterungspläne für den Flughafen. Die Ortsdurchfahrt war gesperrt, Steinwerck saß im Auto fest, Frau Braake sorgte für Ordnung. So kamen sie ins Gespräch. Über sie lernte er den Brandmeister der Grevener Feuerwehr kennen, der ihm bei der Hofrenovierung gute Tipps geben konnte. Seitdem Steinwerck und seine Frau hier draußen wohnten, kamen sie regelmäßig zum Doppelkopf zusammen.

„Da sie vom Fach ist", schätzte ich, „hat sie vielleicht einen schärferen Blick als andere Gäste und kann sich an wichtige Einzelheiten erinnern. War der Brandmeister nicht eingeladen?"

„Was weiß ich? Vielleicht hatte er keine Zeit." Max kickte einen umgestürzten Blumentopf aus dem Weg, der von einer schmalen Trockenmauer heruntergefallen war. In den Kräuterbeeten dahinter waren die Kollegen von der Spurensicherung unterwegs. Akribisch suchten sie die Sträucher und niedrigen Stauden ab. Das Acker- und Weideland war verpachtet? Mir fuhr durch den Kopf, dass auch der Pächter befragt werden musste.

Max wusste noch nicht, ob er zur Hochzeitsgesellschaft gehörte. „Aber deine Frage bringt mich auf die Idee, die Einladungsliste mit dem aktuellen Gästeverzeichnis zu vergleichen. Die Schwester der Braut wollte ursprünglich nicht teilnehmen und ist dann doch erschienen. Vielleicht hat noch jemand abgesagt, um mit einer besonders zynischen Hochzeitsüberraschung aufzutauchen."

„Wenn niemand auf den Hof kam, ohne gesehen zu werden?"

Er pfiff leise. „Ich mache mich auf Überraschungen gefasst."

„Gab es Beschwerden, weil alle Gäste dableiben müssen?"

„Erfreut war natürlich niemand", konterte Max, „doch im Grunde verhielt sich jeder kooperativ. Wir haben die Freiberufler mit Sonntagsterminen vorgezogen, damit niemand finanzielle Einbußen davonträgt. Als ich das bekannt gab, wurde das Drama aller Welt per Handy mitgeteilt. Das war ein Gequassel auf dem Hofplatz! Und dann all die Rückrufe! Ein wahres Feuerwerk aus Klingeltönen! Ich weiß“, wehrte er meinen Einwand ab, „diese Bemerkung ist dir zu flapsig, aber Teufel noch mal, die Sache geht mir an die Nieren. Sie war ein hübsches Mädchen, echt!“

„Wenn die Geschichte dermaßen durchs Telefonnetz gegangen ist, dann werden wir uns in den nächsten Stunden vor Reportern nicht mehr retten können. Stammt von den Hochzeitsgästen jemand aus der lokalen Medienwelt?“ Als Max zu meiner Beruhigung verneinte, wollte ich wissen, ob jemand von sich aus darauf bestanden habe, möglichst schnell vernommen zu werden.

„Am eiligsten“, ätzte er, „hatte es der Bäcker, von dem die Hochzeitstorte stammt, der muss um zwei in der Backstube stehen. Am nachsichtigsten waren die vier Friseusen, die die Braut toupiert haben. Die können noch am Montag ausschlafen.“

„Kannst du dir diese dummen Späße nicht endlich mal verkneifen?“ Wozu dieses infantile Gequatsche? Hatte ihn der Anblick der Toten dermaßen aus dem Gleis geworfen?

Er ignorierte meinen Rüffel, wahrscheinlich weil wir gerade das Wohnhaus erreichten. Die Tür vor uns führte in die Küche, in Westfalen Flett genannt. An der rechten, teilweise verglasten Wand, hinter der sich früher die Schlafräume anschlossen, blinkten Chrom und polierter Granit, doch das eigentliche Zentrum bildete die alte Feuerstelle, mit dem wuchtigen Eichensims und der blau-weißen Kachelwand, die Jahrhunderte lang die Höfe nicht nur beheizt und bekocht, sondern auch mehr schlecht als recht beleuchtet hatte. Auch jetzt beschien nur eine gedämpfte Pendelleuchte die vierzehn Personen, die sich um den Esstisch drängten. Als wir hereinkamen, war ihr Gespräch abrupt verstummt. Jetzt trafen uns scheue Blicke, während sich am Kopfende ein älterer Mann erhob.

„Herr Lehnbach“, sagte Max, „ich möchte Ihnen Frau Hauptkommissarin Züricher vorstellen.“

Der Mann war etwa Mitte sechzig, weißhaarig und mittelgroß. Er hielt sich sehr gebeugt, und der Druck seiner Hand wirkte zittrig. Mein Blick wanderte über die sechs Männer und sieben Frauen, die bei ihm saßen: verstörte Gesichter, manche davon tränennass,

Hände, die sich auf der Tischplatte um Taschentücher ballten, zusammengepresste Lippen. Auch Majas Vater blieb stumm.

„Sie haben mein volles Mitgefühl“, begann ich vorsichtig. Die ersten Worte an eine Schicksalsgemeinschaft fielen mir jedes Mal schwer, weil mein Mitleid ein kompliziertes Bündnis mit der Überlegung einging, dass der Täter nicht selten im engen Umfeld des Opfers zu finden war. Ich sah in ihre unbeweglichen Mienen und schluckte energisch den Kloß im Hals hinunter. „Ich verspreche Ihnen, dass meine Kollegen und ich keine Ruhe geben werden, bis der Schuldige gefunden ist. Meine Bitte an Sie lautet, dass Sie nicht nur offen und ehrlich jede Frage beantworten, sondern uns auch alles Ungefragte mitteilen, das Sie wissen oder beobachtet haben. Selbst wenn es sich um banale Einzelheiten handelt.“ Als keine Fragen gestellt, keine Meinungen geäußert, sondern nur Blicke gewechselt wurden, bat Max die Tischrunde, im Flett zu warten, bis sie einzeln aufgerufen würden. Während wir in die Tenne zurückkehrten, befiel mich das unangenehme Gefühl, dass sich ihre Blicke in meinen Rücken brannten.

Wir setzten uns an den Tisch in der Tenne, um die Befragung zu regeln. Max schlug vor, beim Brautpaar geschlechterspezifisch vorzugehen, so dass er mit Alma Lehnbach, ich mit dem Bräutigam reden würde. Die Gespräche mit den beiden Familien hatte er bereits so aufgeteilt, dass sich jeder von uns sowohl mit den Lehnbachs als auch mit den Steinwercks befasste. Selbst dort war also seine ureigenste Choreographie am Werk. Und er hatte insofern kräftig gemischt, als ich für Großvater Lehnbach und Almas Mutter, für Großmutter Steinwerck und Steinwercks Vater sowie für Almas Onkel und Tante zuständig war. Gern hätte ich gewusst, welches brandneue Vernehmungskonzept sich dahinter verbarg, vielleicht ein Tipp vom FBI, doch Lückmanns Gesicht wirkte so verrätselt, dass ich mir meine Frage verkniff. Unser Einsatzleiter in dieser Nacht war Max und niemand sonst.

Die Liste der restlichen Gäste ordneten wir alphabetisch und halbierten sie dann: Die Buchstaben A-L für Max, der Rest fiel an mich. Doch als er aufstand, um den ersten Festteilnehmer herein zu bitten, und ich ihm folgen sollte, schüttelte ich den Kopf.

„Bevor ich mit den Vernehmungen anfange, möchte ich mir noch einmal den Spieker ansehen. Vielleicht habe ich irgendetwas übersehen, weil ich hauptsächlich die Leiche vor Augen hatte. Jetzt, nachdem sie weggebracht wurde … Du brauchst nicht mitzugehen, aber für mich gehört dieser Rundblick über den Verbrechensschauplatz zu meinen Ritualen."

Er zögerte kurz, bevor er sagte: „Ich komme mit."

Im Obergeschoss des Spiekers blieb ich stehen, den Rücken zum Fenster gewandt, und ließ meinen Blick durch den Raum wandern. Erst jetzt fiel mir der starke Mittelbalken unter der Decke auf. Demnach hätte Majas Leiche auch hier hängen können. Warum hatte sich das Verbrechen auf zwei Ebenen abgespielt? Und auf welcher Ebene war der Tod eingetreten, für den es keine Spuren gab? Ich fragte Max, wann die Hofbesitzer das letzte Mal im Spieker gewesen seien. Bei Frau Lehnbach war es zwei Wochen her, bei ihrem Mann noch länger. Nach dem Anstreichen der Wände hatte Frau Lehnbach gründlich sauber gemacht. Danach gab es im Wohnhaus noch einiges zu tun; das Meiste in Eigenregie.

„Findest du nicht auch, dass die Holzböden nach zwei Wochen noch immer auffallend sauber sind? Es stehen zwar keine Fenster offen, aber wir haben Hochsommer. Bei all dem Blütenzeug in der Luft und den vielen Insekten frage ich mich, warum hier drinnen nichts davon zu finden ist. Keine tote Fliege, kein Pollenstaub, keine Blätter. Dass das Fachwerk und die Eingangstür nichts hereinlassen, kann mir keiner erzählen, da gibt es immer Ritzen."

„Unsere Person ist ein Sauberkeitsfanatiker." Max rieb sich nachdenklich das Kinn. „Die erste Eigenschaft, die wir an ihr kennen lernen. Wäscht sich alle zehn Minuten die Hände."

„Oder sie ist ein Routinier und weiß, dass selbst das kleinste Blütenblatt unter dem Mikroskop etwas von ihr verraten könnte."

„Sie hat sich viel Zeit genommen; das steht fest."

Ich wanderte die Fenster eins nach dem anderen ab und spürte Lückmanns Ungeduld wie einen unangenehmen Hauch im Nacken. Es stimmte, dass wir mit unseren Befragungen beginnen mussten, bevor das Brautpaar und seine Gäste die Nerven verloren oder jemand falsche Fakten auftischte, die von Müdigkeit oder Gedächtnislücken diktiert wurden. Gegen Böswilligkeit und Verschleierungsstrategien war natürlich erst recht kein Kraut gewachsen. Und wenn jemand der Aufregung oder Belastung nicht gewachsen war? Unter den Teilnehmern befanden sich ältere Herrschaften, vielleicht auch chronisch Kranke, die ihre Medikamente zu Hause gelassen hatten, Personen mit Diätvorschriften, die, am Büffet sträflich vernachlässigt, sich jetzt böse rächten. Das Szenario vor meinem inneren Auge reichte von der Gallenkolik bis zum diabetischen Schock.

Das alles verdrängte ich fürs Erste, ignorierte auch das nervöse Husten von Max, weil ich mir keinen übersichtlicheren Posten vorstellen konnte als diesen. Zum einen dank der fast skelettierenden Wirkung der Scheinwerfer, die das lang gestreckte Hofareal ausleuchteten; zweitens wegen der erhöhten Perspektive, drittens weil keine Bäume den Blick versperrten. Trotz der beträchtlichen Entfernungen reichte er in südwestlicher Richtung bis zur erleuchteten Rückseite des Haupthauses, im Norden und Osten dagegen bis zum Beginn des Ackerlandes, wo die Gräfte in der Ferne schimmerte, träge und matt glänzend wie ein langer, fetter Aal. Im Westen dümpelte sie nur wenige Meter vom Spieker entfernt. Man sah vom Fenster direkt auf das brackige Wasser, an dessen Oberfläche Schlammblasen faulten, während Tierkot und Pflanzenabfälle zu kleinen, kompakten Inseln verklumpt waren, denen der träge Nachtwind ein mattes Leben einzuhauchen schien. Im Süden, für mich im Moment nicht sichtbar, schloss das Torhaus das Gelände ab. Dort staute sich der Graben an Betonwänden.

Auf dem Weg ins Dachgeschoss sah ich mir Stufe für Stufe die Treppe an und versuchte das Bild nachzustellen, auf dem der Täter Majas Leiche vom ersten Stock hinauf trug. Die schweren Schritte der Sargträger klangen mir dabei lebhaft im Ohr.

Eine Etage tiefer beinahe hexenartig verunstaltet, hier oben an den Dachsparren aufgehängt. Warum diese räumliche Trennung? Hatte der Täter Maja auf der ersten Etage erdrosselt, um ihre Leiche in Panik unter dem Dachstuhl zu entsorgen? Aus den Augen, aus dem Sinn. Die Beseitigung der Spuren drängte. Und sie kostete Zeit.

Viele Gäste hatten sich das Hofgelände angesehen, angetrieben von Bewegungsdrang und Neugier, freundlich dazu aufgefordert durch den stolzen Hausherrn. Und wenn die beiden Seidenmalerinnen schon früher ein Auge auf den Spieker geworfen hatten, schon vor der Führung mit Alma? Hatten sie etwas beobachtet, worüber sie lieber nicht redeten? Alma hatte ihnen nichts von ihrer furchtbaren Entdeckung gesagt, aber sie hatten auch nicht nachgesehen.

Die Treppenstufen bestanden aus rohem Holz. Wenn der Täter sein Opfer getragen hatte, war es sehr wahrscheinlich, dass unsere Kollegen Schmutzteilchen aus seinen Sohlen, Sockenfasern oder, falls er barfuß gegangen war, Hautpartikel gesichert hatten. Schon unter normalen Verhältnissen setzte ein derart heißer Tag die Menschen unter Dampf. Eine Person, die eine etwa fünfzig Kilogramm schwere Last schleppen musste, erst recht. Vielleicht hatte Schüller die Fußspuren zweier Personen entdeckt, weil das Opfer seinen Mörder im Spieker erwartet hatte.

Warum ausgerechnet die Schwester der Braut? Wie eng war der Bezug der Tat zum Thema Hochzeit? Musste der Zusammenhang erotisch gesehen werden? War der Täter – egal ob Mann oder Frau – bei Maja abgeblitzt, und die Hochzeit, dieser festlich inszenierte Balztanz, hatte eine schon seit längerem glühende Lunte zur Explosion gebracht?

Geht es denn immer nur um Sex?, dachte ich genervt. Hatte das Opfer finanzielle Probleme gehabt? War Erpressung im Spiel? Ich rieb mir den Nacken, der von schwüler Wärme klebte, und versuchte abzuschätzen, wie viel Zeit es kosten würde, jeden einzelnen Befragten auf seine Verlässlichkeit und Vertrauenswürdigkeit zu überprüfen. Ich trocknete Nacken und Stirn mit einem Papiertaschentuch und tröstete mich bei dem Gedanken, dass man schon Mordfälle auf Ozeandampfern geklärt hatte; sogar nachdem ein Großteil der Passagiere an Land gegangen war. „Fangen wir mit den Befragungen an?“ In Lückmanns Stimme schwang eine nur schwer unterdrückte Gereiztheit mit. Ich nickte.

-III-

Es war sieben Uhr morgens, und der Himmel jenseits der gläsernen Tennentür leuchtete schon wieder tiefblau wie auf einer Urlaubspostkarte, als ich den letzten potenziellen Augenzeugen, Mitwisser, vielleicht auch Täter aus seiner Vernehmung entließ. Nachdem der junge Mann, einer von Steinwecks Schülern aus dem Atelier an der Steinfurter Straße, die Tür zum Hofplatz geräuschvoll hinter sich geschlossen hatte, klappte ich den Schreibblock zu, stützte den Kopf in die Hände und schloss für ein paar Minuten die Augen. Hinter meinen Lidern zuckten die hellen Blitze der totalen Ermüdung, und meine Wirbelsäule gehörte einer Säulenheiligen mit gotischem Knick. Biergartenstühle waren nicht für mehrstündige Aufenthalte gemacht, es sei denn, man hatte mehr als drei Promille im Blut.

Um halb drei hatte uns Kerners Anruf erreicht. Maja war zwischen sechs und sieben gestorben. Wenn man voraussetzte, dass sie vorher mit dem Mörder zusammen gewesen war – ab fünf Uhr war sie nicht mehr gesehen worden –, und für die „Nachbehandlung", wie Max die Eingriffe an der Leiche mitleidlos nannte, weitere sechzig Minuten veranschlagte, mussten wir für das Verbrechen drei Stunden rechnen. Eine lange Zeit und ein waghalsiger Täter, der sich absolut sicher gefühlt hatte, obwohl er sich am Rande einer quirligen Hochzeitsgesellschaft bewegte.

Um eins hatten wir mit den Vernehmungen begonnen, ab fünf dann den ersten Ansturm von Journalisten hinter uns gebracht, indem Max und ich abwechselnd an der Hofeinfahrt erschienen, um unsere unvermeidliche Kundschaft mit einer Pressemitteilung am Montagvormittag zu vertrösten. Ihr Blitzlichtgewitter auf das Torhaus und die davor geparkten Streifenwagen versuchten wir erst gar nicht zu stoppen. Das Risiko, es sich mit den Medien zu verscherzen, indem man sie daran hinderte, ihre Füße möglichst weit durch den Türspalt unserer Informationsbereitschaft zu drängen, war etwa so groß wie bei einem Kopfsprung in flache Gewässer. Wir waren auf die Mithilfe der Öffentlichkeit angewiesen, und irgendetwas mussten die Reporter und Nachrichtenredakteure berichten, wenn ein Verbrechen geschehen war. Lästige Anrainer und Schaulustige gab es nicht, denn die Besitzer des Nachbarhofs gehörten zur Hochzeitsgesellschaft, und der miserable Zufahrtsweg machte jeden Durchgangsverkehr unmöglich. Zehn Meter am Hoftor vorbei verengte sich die Fahrbahn zu einem Trampelpfad, der in die Pampa führte.

Gegen sechs, als sich ein erster Lichtstreifen am Horizont zeigte, gellte ein Schrei über den Hof, der mich mit einer ordentlichen Portion Adrenalin versorgte. Gerade hatte ich einen ehemaligen Lehrerkollegen von Steinwerck aus der Vernehmung entlassen und die Eckdaten meines nächsten Gesprächspartners überflogen, als sich der Schrei wiederholte und ich mich mit einem entspannten Lächeln zurücklehnte. Im selben Moment stolzierte nämlich ein prächtiger Pfau an der Tennentür vorbei, pickte wählerisch im Sand und schüttelte dann seine schillernde Federnlast wie eine Braut ihre Damastschleppe. Bewundernd blickte ich ihm nach, stellte mir vor, jemand von der Staatsanwaltschaft erschiene in so eitler Aufmachung am Tatort, und wünschte mir gleichzeitig, der Pfau schlüge ein Rad, auf dem sich die Lösung des Falls ablesen ließe wie auf einem magischen Fächer.

Wenig später wurde das majestätische Tier von der Flugstaffel vertrieben. Es starrte wütend nach oben und floh mit gesenktem Kopf, würdelos wie ein Hahn vorm Suppentopf. Das Knattern über unseren Köpfen nervte auch mich. Da half nicht mal die Aussicht, dass uns am Abend Filme und Fotos vorliegen würden. Im Gegenteil! Wenn sie auch nur das kleinste Schlupfloch auf dem Wohngelände von Große Antrup dokumentierten, weitete sich der Täterkreis auf eine Dimension aus, bei der mir der Mut sank.

Max hatte vor fünf Minuten mit Dr. Gross telefoniert und war dann durch die Tennentür verschwunden, um sein Morgen-Jogging zu absolvieren. „Nur ein Stündchen! Sonst werde ich hier verrückt.“

„Lauf nur“, sagte ich. „Aber lass mir deine Vernehmungsprotokolle da. Wir reden dann später.“

Ich beobachtete ihn, wie er sich auf dem schmalen Rasenstreifen neben der Tür streckte und ostentativ durchatmete. Auch mein Kopf rotierte wie ein Wäschetrockner voll nasser Handtücher, und der rechte Fuß war endgültig eingeschlafen. Was mir jetzt gut getan hätte, wäre meine Yogadecke gewesen. Aber sollte ich hier in der Tenne vielleicht eine Kerze aufs Parkett legen, die Hand-an-die-Wand-Übung machen oder mit dem Kamel gegen meinen verspannten Rücken ankämpfen? Schließlich verharrte ich dreißig Sekunden mit Augenrollen, presste anschließend die Handflächen zum Berg zusammen und versuchte danach meine Gesichtsmuskeln mit dem Löwen zu lockern; eine besonders groteske Asana, bei der man die Augen weit aufreißen und die Zunge bis zum Anschlag herausstrecken muss. Doch ob es nun daran lag, dass ich mich am Schauplatz eines Verbrechens befand oder an der Furcht, bei meinen Verrenkungen beobachtet zu werden, meine Gymnastik fand ein schnelles Ende. Stattdessen schlug ich Lückmanns Schreibblock auf und legte seine Protokolle der vergangenen Nacht neben meine. Wie sich herausstellte, hätte die Allerheiligenlitanei in zwei verschiedenen Kirchen nicht identischer sein können als unsere Notizen.

Sehr schnell und mit verhuschter Miene waren zwei ältere Frauen in weißen Schürzen erschienen, um die Tortentrümmer wegzuräumen und das Tischtuch zu entfernen. Danach gähnten fünf auf Malerböcke gestützte Türblätter zwischen Max und mir. Sie schufen eine Distanz, die uns auf Rufweite hielt, anstatt lästige Handykontakte quer über den Hof zu erfordern, und gleichzeitig verhinderte, dass andere die Aussagen mithören konnten.

Jetzt, da es vorläufig keine Befragungen mehr gab, stellte ich fest, dass meine anfängliche Zuversicht, irgendjemand werde sich zu einer weiterführenden Information verleiten lassen, einer Ernüchterung Platz machte, die meine Müdigkeit noch verschlimmerte. Ich tröstete mich damit, dass andere Menschen in dieser Situation Migräne oder Magenschmerzen entwickelten, und dass ich in der nächsten halben Stunde vielleicht eine Tasse Kaffee bekäme, doch wirklich helfen konnten diese Spekulationen nicht. Waren unsere Fragen scharf genug, um jemanden in Widersprüche zu verwickeln? Waren sie zielstrebig? „Wann haben Sie Maja Lehnbach zum letzten Mal gesehen? Wo haben Sie selbst sich am frühen Abend zwischen siebzehn und zwanzig Uhr aufgehalten? Kann das jemand bezeugen? Können Sie sich daran erinnern, dass sich in diesem Zeitraum ein anderer Gast für längere Zeit entfernt hat? Hat jemand erklärt, er müsse kurz wegfahren, um etwas zu erledigen? Ist jemand ohne jede Begründung für längere Zeit verschwunden? Bedenken Sie bitte, dass Sie Ihre Aussage unter Eid wiederholen müssen, wenn es zu einem Gerichtsverfahren kommt."

Die Antworten ähnelten einander auf frustrierende Weise. Obwohl es keine Tischordnung gab und die Plätze gewechselt wurden, konnten nur wenige der Befragten Auskunft über längere Abwesenheiten geben. Um viertel nach drei hatten die Cousins und Cousinen der Brautleute ein Programm aus Sketchen, Gedichten und Moritaten vorgetragen, das eine halbe Stunde gedauert und die Festgesellschaft vorübergehend an ihren Plätzen festgehalten hatte. Auch Maja hatte eine Weile zugehört, irgendwann jedoch ihren Stehplatz rechts neben der Tennentür verlassen.

Um vier hatte der Hausherr Hofrundgänge angeregt, auf eigene Faust oder in geführten Gruppen. Mancher männliche Gast hatte längst seine Gürtelschnalle gelockert, während die übergewichtigen Damen nicht mehr wegen der Hitze pusteten. Da waren ein paar Schritte ums Haus genau das Richtige! Wohl kaum einer der gut gelaunten und unternehmungslustigen Gäste hätte sich einfallen lassen, dass jemand dieser Aufforderung auf seine sehr spezielle Art folgen, und dass der Grund fürs nächste Familientreffen eine Beerdigung sein würde – keiner außer dem einen, den wir suchten.

Im Lauf der Vernehmungen hatte ich mir noch einmal bestätigen lassen, dass sämtliche Nebengebäude zur Besichtigung offen gestanden hatten. Alle, bis auf den Spieker. Aber der lag weit ab und bot absolut keine Attraktionen. Im Backhaus dagegen konnte man sich den rußgeschwärzten Steinofen und den wie ein Einbaum geformten Trog zum Teigkneten ansehen. Der ehemalige Schweinestall lockte mit verschiedensten Butterstempeln und Butterformen, der Schafstall mit Weberschiffchen und Modeln zur Blaufärberei. Im Linnenhüsken, wo wir Ansgar Schüller getroffen hatten und wo früher der Knecht schlief, der das selbstgesponnene, auf der Bleiche festgepflockte Leinen bewachen und regelmäßig anfeuchten musste, stand noch die alte Bettstatt, auch Durk genannt. In der Leibzucht, wo der Altbauer gewohnt hatte, waren über Jahre zusammengetragene Waffeleisen, Kaffeemühlen und Geräte für die Bedienung des Herdfeuers ausgestellt.

Immer wieder war das Gespräch zu den Museumsstücken abgedriftet, wobei Almas Sachkenntnis und Ausdauer beim Sammeln viel Bewunderung fand. Nach diesen Ausflügen in harmlose Gefilde war es umso schwieriger gewesen, das Gespräch zurück auf den brutalen Mord zu bringen; ein Thema, von dem man entsetzt abrückte, bevor äußerst vorsichtig eine Antwort formuliert wurde. Zu abrupt war die unbeschwerte Festgesellschaft in Große Antrup aufgescheucht worden. Der Schock saß tief.

So hatte ich in den vergangenen sechs Stunden in einunddreißig ernste, verschlossene oder skeptische Gesichter geblickt, hatte mir von einunddreißig verschiedenen Stimmen versprechen lassen, dass man sich bis zur Wochenmitte nicht aus Münster entfernen würde, ohne uns zu benachrichtigen, und hatte jedes Mal das Fazit ziehen müssen, dass auch die neuen Informationen, zumindest auf den ersten Blick, keine Hinweise brachten. Und ich hatte protokolliert, bis mir das Handgelenk wehtat: die Personalien, das Verhältnis zum Opfer und zu den Brautleuten, die Eindrücke des vergangenen Nachmittags und Abends und immer wieder die Antwort auf jene Frage, die uns am meisten bewegte: „Von welchem Gast können Sie zweifelsfrei behaupten, dass Sie ihn zwischen siebzehn und zwanzig Uhr gesehen haben? Wenn sich der Betreffende mal kurz ins Hausinnere verzog, um ungestört am Büffet nachzulegen oder sich frisch zu machen, dann ist das nicht relevant. Sie müssen auch nicht mit ihm geredet haben. Doch jeder, der in diesem Zeitraum nicht an seinem Platz war, ist für uns wichtig.“

Max und ich hatten für jeden Festteilnehmer ein eigenes Blatt Papier angelegt und die Namen jener Personen abgehakt, deren Präsenz in der Tatzeit bezeugt wurde. Hinter sieben Namen gab es kein Häkchen. Jochen Steinwerck hatte sich um viertel vor sechs nach Münster aufgemacht, um den Blazer zu holen, und war um acht zurückgekehrt. Auch über sechs Hochzeitsgäste gab es keinen Anwesenheitsnachweis. Die beiden Männer waren Majas Exfreund Dirk Weiting und Roland Weißkopf, jener Steinwerck-Schüler, den ich vor zehn Minuten verabschiedet hatte. Bei den Frauen handelte es sich um die Brautjungfern Anke Illmann und Hanne Frewes, ferner um Agnes Schulze-Bracht, die Frau des Pächters, und um unsere Kollegin Luise Braake.

Roland Weißkopf behauptete, von den fraglichen drei Stunden zweieinhalb mit Joggen verbracht zu haben. Gegen siebzehn Uhr hatte das Brautpaar den Tanz auf dem Karree vor der Remise für jene eröffnet, die entweder genug vom Hof gesehen oder gar nicht an einer Besichtigung interessiert waren, was vor allem auf die junge Generation zutraf. Solange Diskorhythmen den Takt bestimmten, hatte sich auch Weißkopf unter die Tanzenden gemischt, abwechselnd mit Anke Illmann und Hanne Frewes, die er aus Steinwercks Atelier kannte. Sie standen dort regelmäßig in der Klasse für Aktmalerei Modell. Weder Maja noch die beiden anderen Brautjungfern hatte er je zuvor gesehen. Als von den älteren Herrschaften vehement Walzerseligkeit gewünscht wurde, habe er, so beteuerte Weißkopf, sich zum Joggen aufgemacht, und zwar allein. Seinen beiden Tanzpartnerinnen sei es zu heiß zum Laufen gewesen. „Gegen zwanzig Uhr, als ich kaputt wie Hund zum Hof zurückkam, wurde noch immer langsamer Walzer gespielt, allerdings aus der HiFi-Anlage. Die Broken Wings hatten das Handtuch geworfen und grasten das Büffet ab. Eine Kultband kann man doch nicht zum Kurkonzert verdonnern!"

„Die ältere Generation hat auch ihre Rechte. Wann bekommt die schon mal die Gelegenheit zum Tanzen? Die können nicht einfach in die nächste Diskothek gehen."

„Wissen Sie, wie oft bei Senioren geschwoft wird?", fragte er genervt, um im nächsten Moment ein freches Grinsen aufzuziehen. „Raten Sie mal, was das sein könnte: Es ist zwanzig Meter lang, hat sieben Zähne und riecht leicht nach Urin." Er lachte meckernd. „Das ist eine Polonaise durchs Altersheim. Ich war als Zivi dort."

„Ich nehme zu Ihren Gunsten an, dass Sie dieser Mordfall ziemlich aus der Spur gebracht hat, Herr Weißkopf, es reicht! Wenn Sie hier den Clown spielen wollen, bitte sehr! Wir werden in solchen Fällen hellhörig. Noch interessanter wäre allerdings Ihre Antwort auf die Frage, ob Sie jemand beim Joggen gesehen hat?"

Es hatte ihn niemand gesehen.

„In welche Himmelsrichtung sind Sie gelaufen?"

„Haben Sie einen Kompass dabei, wenn Sie laufen?"

„Wenn mich die Himmelsrichtung interessiert, richte ich mich nach der Sonne. Sie können jetzt gehen." Wie gesagt, er war mein letzter Kunde gewesen, und er hatte mehr Zweifel geweckt als alle anderen. Aber da war auch noch Majas Ex-Freund Dirk Weiting.

Zur gleichen Zeit, als Weißkopf joggte, hatte Weiting in Greven auf einen Interessenten für sein Fahrrad gewartet. Treffpunkt war eine Tankstelle mit angeschlossener Hondawerkstatt am nördlichen Ortsausgang. Dort hatte Weiting sein Rad untergestellt, und da die Tankstelle am Wochenende geschlossen blieb, hatte ihm der Pächter gezeigt, wo der Schlüssel hing. Leider sei der Kunde nicht gekommen. Über eine Stunde habe er, unter dem Vordach der Werkstatt wie ein Sumoringer schwitzend, gewartet. „Der Typ hatte es sich anders überlegt und war zu feige, abzusagen. Habe ich ein Problem wegen der Tatzeit?“

„Nicht, wenn der Interessent Ihnen eine Handynummer oder eine Adresse gegeben hat. Dann können wir Ihre Aussage überprüfen.“

„Hat er nicht“, er kratzte sich am Kopf. „Er sprach am Telefon irgend so’n Kauderwelsch. Ein Asylbewerber wahrscheinlich, wahnsinnig touchy, was Daten betraf. Wollte wohl nicht auffallen.“ Seine verdrossene Miene wirkte gespielt.

„Aber ein Fahrrad passt ins Asylantenbudget! Wollen Sie mich verschaukeln? Ich kann mir nämlich nicht vorstellen, dass Sie auf einer rostigen Gardinenstange durch die Gegend gefahren sind. Es war ein teures Rad, wenn Sie es so gut verschließen mussten.“

Prompt machte er einen auf bockig. „Der Typ kann ja auch einen Konsul zum Vater haben. Schließlich habe ich ihn nie zu Gesicht bekommen. Für’n Fahrrad ist Daddy zu geizig und für die Weitergabe von Telefonnummern zu misstrauisch. Da muss Sohnemann sich eben etwas einfallen lassen.“

„Wenn Sie mir jetzt die Masche mit dem fehlenden Taschengeld und dem strengen Papa auftischen, frage ich mich, ob Sie überhaupt verabredet waren. Wie viel wollten Sie für das Fahrrad haben?“

„Ist das hier eine Befragung in einem Mordfall oder eine Versteigerungsaktion bei eBay?“

Sein aggressiver Tonfall heizte mich meinerseits auf, obwohl mir der Junge helle genug schien, um der Polizei nicht so ohne weiteres ins Messer zu rennen. Total sauber kam er mir aber auch nicht vor.

„Finden Sie die Telefonnummer und die Adresse dieses Mannes heraus, sonst haben Sie ein echtes Problem, Herr Weiting.“

Auch mit Agnes Schulze-Bracht hatte ich geredet. Sie besaß ein Schneideratelier am Verspoel und hatte das Brautkleid entworfen. Das brachte möglicherweise Sprengstoff in unsere Ermittlungen, für den Fall, dass Maja gern das Kleid kreiert hätte. Trotzdem überzeugte ein solcher Konflikt nicht als Mordmotiv. Selbst wenn Alma und Jochen kurz vor Majas Tod über den Blazer gestritten hatten, kam der Herkunft des Brautkleides wohl kaum so viel Bedeutung zu, dass sie in ein Verbrechen mündete. Etwas mehr Stirnrunzeln löste dagegen die Tatsache aus, dass Agnes die Frau von Clemens Schulze-Bracht war, jenem jungen Mann, der Große Antrup vor vier Jahren geerbt und hoffnungslos den Bach hinunter gewirtschaftet hatte. Seitdem verdiente er sein Geld als Pächter auf seinem ehemaligen Besitz. Und was war von Frau Schulze-Brachts Aussage zu halten, sie habe Maja nicht gekannt?

Sie hatte die Zeit, in der der Mord geschehen war, mit der Hin- und Rückfahrt zum Verspoel und der Suche nach Schnittmustern verbracht. Auslöser war Paula Önning gewesen, die der stromlinienförmige Schnitt des Brautkleids wohl in den Irrglauben so manches übergewichtigen Menschen versetzt hatte, man müsse nur das entsprechende Kleidungsstück besitzen, um genauso schlank und schön auszusehen wie das Mannequin. Insofern hatte Alma gut für ihre schneidernde Freundin geworben. Obwohl sie ziemlich klein und recht kompakt gebaut war, hatte das sahneweiße, die Figur durch senkrechte, blassgrüne Blumenranken gezielt streckende Kleid ein paar Zentimeter Körpergröße dazugemogelt, während die eng gesetzten Biesen der Taille gut bekamen.

Den Beweis, dass ihre Angaben stimmten, konnten mir weder Agnes Schulze-Bracht noch Paula Önning liefern, da die Schneiderin gegen halb acht ohne die versprochenen Schnittmuster zurückgekehrt war, weil sie sie nicht gefunden hatte. Auch konnte sie keine Zeugen für ihren Aufenthalt im Atelier nennen. Ich dachte darüber nach, ob Clemens Schulze-Bracht seine Frau zu dem Mord angestiftet haben könnte, während er selbst angeblich eine Landwirtschaftsmesse in Dänemark besuchte. Ein Messebesuch konnte durch die Eintrittskarte belegt werden, und da er mit dem Wohnmobil gefahren war, hatte er unterwegs getankt …

Von den beiden Brautjungfern, die ebenfalls kein Alibi besaßen, studierte die eine Medizin, die andere Kunst. Sie hatten gegen siebzehn Uhr dreißig das Tanzvergnügen aufgegeben, weil es kein Vergnügen mehr war und ihr Partner Roland Weißkopf zum Joggen aufbrach. Seine Einladung, ihn zu begleiten, hatten sie angesichts der Hitze abgelehnt und sich stattdessen die große Hängematte geteilt, die hinter dem Backhaus zwischen zwei Apfelbäumen gespannt war. Obwohl sie beide für Steinwerck Modell standen, hatten sie sich bis kurz vor der Hochzeit nicht gekannt. Die Mädchen arbeiteten nach Zeitplan. Sekundenlang dachte ich an die Theorie, dass wir es mit zwei Täterinnen zu tun hatten. In diesem Fall halbierte sich die Zeit für das Zurechtmachen der Leiche; eine erschreckend nüchterne Berechnung, aber Erkenntnisse zu einem Mordfall waren selten fürs Poesiealbum geeignet.

Bis siebzehn Uhr war die Hängematte von Maja belegt gewesen. Das sagte ihre Großmutter aus, die sich auf die Suche nach der Enkelin gemacht hatte, um sie endlich an den „Lehnbachtisch" zu ordern, wo man sie seit Beginn der Feier erwartete. Daraufhin habe Maja zwar knurrend die Hängematte verlassen, sei allerdings nicht zum Familientisch in der Mitte des Hofplatzes gegangen, sondern in Richtung Remise. Ich dachte wieder an die Schuhe, die man zwischen dem Backhaus und dem Gräfteufer gefunden hatte. Hatte Maja sie abgestreift, bevor sie sich in die Hängematte legte, und nicht wieder angezogen, als sie sich zur Remise entfernte? Oder hatte der Täter die Schuhe zur Hängematte zurückgebracht? Sekundenlang beschäftigte mich wieder die Hoffnung, dass er auf Radebrechts Gruppenfotos zu sehen war.

Wie kaltblütig musste dieser Mensch sein, wenn er, nachdem er eine junge Frau erdrosselt, erhängt, verunstaltet hatte, imstande war, mit harmloser Miene an seinen Platz in der Hochzeitsgesellschaft zurückzukehren und Fragen nach seiner Abwesenheit mit ein paar Belanglosigkeiten zu umgehen. Vielleicht hatte er sich zunächst noch eine Weile am Büffet herumgedrückt oder im Bad verschanzt, um die innere Ruhe wiederherzustellen und den Zeitablauf der Tat zu verfälschen. Hatte er andere Gäste freundlich angelächelt und dabei den erloschenen Blick des Opfers vor sich gehabt? War er in Gespräche verwickelt worden, während sich in seinem Ohr der Todeskampf, das Weinen und Wimmern wiederholten? War er stolz auf seine Tat, befreit und erlöst? Und hatte er dieses Hochgefühl für geistreiche Gesprächsbeiträge verwertet? Oder war eine Ungereimtheit in seinem Verhalten gewesen, ein kurzes Zittern der Hand, eine Sekunde der Unkonzentriertheit, ein zu langes Schweigen auf eine Frage? Sensible Augen und Ohren hätten dieses Zögern registriert oder im Nachhinein als solches interpretiert. Leider schien keiner der Hochzeitsgäste besonders sensibel zu sein, und mein Frust steigerte sich noch, als ich daran dachte, dass ausgerechnet die Polizistin unter ihnen kein Alibi besaß: Luise Braake.

Ich wandte mich wieder Lückmanns Liste zu. Verena Bloch, Kunststudentin und dritte Brautjungfer, hatte die Tatzeit mit wiederholten Make-up-Korrekturen in den Gästebädern zwischen Tenne und Flett verbracht. Das hatten Festteilnehmer zu Protokoll gegeben, die das Mädchen immer wieder heraustrommeln mussten. Insofern gab es mehr Zeugen, als Verena Bloch brauchte, um ihre Unschuld zu beweisen. Obwohl man wegen dieser Blockade des stillen Örtchens nicht gut auf sie zu sprechen war.

Mit Irma Kottnick hatten wir noch nicht reden können, die anderen drei Brautjungfern beteuerten, sie hätten die Tote nicht gekannt. Entweder sagten sie die Unwahrheit, weil sie Angst hatten, oder Maja war nie zur gleichen Zeit wie sie in Steinwercks Atelier aufgetaucht. Ich schlug die Seite auf, die Almas Gespräch mit Max dokumentierte, fand jedoch auch dort keinen Hinweis.

Die Letzte auf der Liste war Luise Braake. Laut Lückmanns Notizen hatte sie die fraglichen drei Stunden damit verbracht, zu ihrer Wohnung im münsterschen Stadtteil Kinderhaus zu fahren, um ihre Balkonkübel zu wässern und eine Runde mit dem Hund zu gehen. Nachdem sich unter den Hochzeitsgästen herumgesprochen hatte, dass um dreiundzwanzig Uhr eine Riesen-Omelette Surprise mit Wunderkerzen serviert würde, war sie unverzüglich aufgebrochen. Bis Mitternacht wären ihre Pflanzenlieblinge in der Hitze verdurstet, während der alte Schnauzer auf dem Perser im Wohnzimmer unschöne Wasserspiele veranstaltet hätte. Augenzeugen für diese Aktivitäten konnte allerdings auch sie nicht nennen. Die Kinderhauser Straßen waren menschenleer gewesen. Bei tropischen Temperaturen schmorten die Münsteraner in den Freibädern, suchten Schatten auf der Promenade oder hechelten vor dem Fernseher.

An einem Wintertag mit Schneechaos hätten wir eine vergleichbare Situation gehabt. Man ging den verrückten Launen der Natur aus dem Weg oder nutzte sie gewinnbringend, am Pool oder auf der Skipiste, mit Eis- oder Jagertee.

Mein Blick fiel wieder auf die Unterlagen vor mir. Eine Kollegin von uns hatte kein Alibi! Ich ließ den Bleistift nachdenklich gegen das Papier schnippen, während meine Gedanken zu einem früheren Fall abschwenkten ... Der eigene Kollege als Täter? Ich schickte meine Spekulationen in die luftigen Wolken, die sich hinter der Glastür aufzuplustern begannen, und war gespannt auf die Grevener Kollegin. 1938 in Greven geboren, in langjährigen Revierdiensten ergraut, 1981 zur Polizeiobermeisterin befördert. Mit dem Bräutigam auf Grund einer Demonstration per Du, in die er unfreiwillig hineingezogen worden war. Nach Mordmotiv roch das nicht unbedingt. Andererseits: Wie hatte es Karl Önning, der Hofnachbar der Steinwercks, so kernig formuliert: „Man hat schon Gäule kotzen sehen, und diese Geschichte ist zum Kotzen. Unseren Nachbarn die Hochzeit derartig zu versauen! Wo die beiden kirchlich getraut worden sind! Wenn man das nicht den glücklichen Ehehafen nennen kann! Und dann solch eine Schweinerei?“

Sein Gepolter hatte mich auf die Idee gebracht, nach dem zuständigen Pfarrer zu fragen. Alma und Jochen hatten am Samstagmorgen in der Apostelkirche in Münster geheiratet. Der Pastor war ein Schulfreund des Bräutigams und mit Frau und drei Kindern noch am Mittag zur Ostsee abgereist.

Der Letzte, der nach Großmutter Lehnbach Maja noch lebend gesehen hatte, war Marc Tanner aus der Gruppe Broken Wings. Um kurz nach fünf, nach ihren ersten Musiknummern, als er in der Remise saß und Lockerungsübungen auf der Elektrogitarre machte, während seine drei Kollegen am Getränkebüffet für Biernachschub sorgten, war Maja, vom Backhaus und der dort gespannten Hängematte herkommend, hereingeschlendert und hatte ihn gefragt, ob sie ihre Umhängetasche unterstellen könne. Jene Tasche, aus der Jochen Steinwerck eine dreiviertel Stunde später den Schlüssel zu ihrem Atelier ziehen würde. Als ich Marc fragte, ob er etwas zu Majas Kleidung sagen könne, hatte er kurz überlegt und dann gemeint, sie habe einen langen schwarzen Rock und ein rotes Top getragen. Damit und mit ihrer goldblonden Mähne habe sie ihn an eine auf den Kopf gestellte deutsche Flagge erinnert. Er hatte verlegen gelächelt, als er das sagte. Doch nur dank dieses ungewöhnlichen Vergleichs könne er sich noch so genau erinnern.

„Erinnern Sie sich an die Schuhe? Ging sie vielleicht barfuß?"

Er hatte den Blick gesenkt, dann folgte ein energisches Kopfschütteln. „Ich weiß es nicht. Auf Füße achte ich nie. Mich interessieren Hände: die Körpersprache des Kopfmenschen."

„Trug Maja ihr Haar lang?"

„Bis zur Taille. Warum fragen Sie? War das anders, ich meine, nachdem sie …?" Er hatte den Blick auf seine Gitarre gesenkt, jetzt sah er mich scheu an. Als ich ihm sagte, ihr Haar habe ausgesehen wie mit der Machete abgehackt, schloss er vor Abscheu die Augen.

Er hatte Maja schon vor der Hochzeit gekannt. „Unser Studio befindet sich in der Klosterstraße, nicht weit von ihrem Atelier. Manchmal ist sie abends vorbeigekommen und hat uns zugehört. Und als Herr Steinwerck eine Band für seine Hochzeit suchte, hat sie uns empfohlen."

„Stand sie mit einem von Ihnen in engerem Kontakt?"

„Mit mir nicht. Über meine Partner kann ich keine Aussage machen. Aber man hätte es gemerkt, wenn wir mit unseren Freundinnen unterwegs waren. Maja war nie dabei."

Als ich wissen wollte, ob sie mal jemanden ins Studio mitgebracht habe, hatte er den Kopf geschüttelt, und damit war unser Gespräch zu Ende.

Ich blätterte unsere Unterlagen noch einmal locker durch, auf der Suche nach zufälligen Entdeckungen. Die Vielfalt an wenig hilfreichen Beobachtungen und Bemerkungen ernüchterte mich ebenso wie das deprimierende Ergebnis, das sich errechnete, wenn man alle Informationen auf einen Nenner brachte.

Da war zunächst das Opfer selbst. Die Aussagen der Lehnbachs schilderten eine recht eigenwillige, aber sehr talentierte Tochter, Nichte, Cousine und Enkelin, die optimistisch in die Zukunft geblickt und trotz ihres mangelnden Familiensinns im Einzelfall durchaus Solidarität gezeigt hatte. Dennoch fiel mir auf, dass ein- und derselbe Wesenszug der Toten von ihrer Verwandtschaft sehr unterschiedlich nuanciert wurde. Was die Cousine als „zielstrebig und eigenständig“ bewunderte, betrachtete die Großmutter als „uneinsichtig und ein wenig unreif“. Diese Differenzen ließen sich nicht allein als Generationsproblem erklären; an Majas Lebensstil schieden sich die Geister. Ich versuchte, auch bei den jungen Verwandten negative Zeilen herauszulesen, doch konnte ich keine entdecken. Von den übrigen Gästen einschließlich der Steinwercks erinnerte sich kaum jemand an Maja, was die Sache auch nicht gerade erleichterte. Eine schweigsame, unauffällig gekleidete junge Frau, die man schnell wieder aus den Augen verloren hatte …

Trotzdem befand sich unter den Festteilnehmern jemand, der sie mit seinen Blicken verfolgt hatte; stetig, flink und hasserfüllt. Die Tat sah nicht nach einer Affekthandlung aus. Das Instrument, mit dem man ihr die Haare buchstäblich abgesäbelt hatte, musste griffbereit gewesen sein, und auch die Asche, die die Fußsohlen färbte, lag nicht zufällig herum. Weder auf dem Hofgelände noch im Flett hatte es in den letzten Tagen ein offenes Feuer gegeben. Was war der Schlüssel zu dieser Tat? Die Verunstaltung des Opfers oder der Ort, an dem es gefunden worden war? War es Absicht, dass man den Speicher für die Hochzeitsfeier verschloss? Wer hatte diese Entscheidung getroffen? Allerdings lag der Reiz dieses Bauwerks ausschließlich in seiner historischen Fassade, während das Innere keine Sehenswürdigkeiten bot.

Maja hatte offenbar allein gelebt. Die Klosterstraße war eine stille, schmale Doppelzeile von Wohnhäusern, deren eine Seite an die Promenade grenzte. Es gab nicht viel Durchgangsverkehr, und nur wenige Passanten verloren sich von der nahe gelegenen Salzstraße hierher. Um wie vieles unauffälliger hätte der Täter an einem heißen, verschlafenen Sonntag dort zuschlagen können! Aber er hatte den Samstag der Hochzeitsfeier gewählt.

Bei dieser Überlegung kam mir die Frage, wie aussagekräftig das Datum des Mordes war. War der Zeitpunkt des Verbrechens durch seinen Schauplatz fixiert gewesen? Oder hatte der Täter die Hochzeit als Handlungsrahmen nehmen müssen, weil nur dieser eine Tag für ihn in Frage kam? Der 2. August 2003. Ich sah mir die Geburtsdaten aller Hochzeitsteilnehmer an und fand keine Antwort.

Zwei weitere Fragen, die sich immer wieder aufdrängten, lauteten: Gab es einen Zusammenhang zwischen der Hochzeit und dem

Mord, oder war dem Täter die unübersichtliche Gästeschar und die Weitläufigkeit des Geländes gelegen gekommen? Warum war sein Opfer jemand, der, wenn der erste Anschein nicht trog, in das Fest beinahe so wenig einbezogen gewesen war wie die Spatzen, die unter den Biertischen herumhüpften? Hatte der Täter Maja zur Teilnahme am Fest überredet? Auf den Gruppenfotos, zu denen Radebrecht die Festgesellschaft gegen fünfzehn Uhr versammelte, war sie angeblich dabei. Doch hatte man sie weder am Familientisch noch am Büffet gesehen, und niemand konnte sich an ein Gespräch mit ihr erinnern. Lediglich mit ihrem Exfreund Dirk Weiting hatte sie, kurz bevor das Unterhaltungsprogramm der Vettern und Cousinen begann, am Linnenhüsken ein paar Worte gewechselt, allerdings nur, um ihm, „heftig und aggressiv", so die Wortwahl des Betroffenen, klar zu machen, dass ihre Freundschaft zu Ende sei. Ob es einen neuen Freund gab, wie Weiting behauptete, hatte niemand bestätigen können. In der Festgesellschaft war sie als eine der Letzten aufgetaucht. Der schwarz-weiße Smart, mit dem sie gekommen war, stand noch am Wegrand. Schief geparkt und mit ihrem Label im Heckfenster: „Maja of Westfalia".

Maja, das ging aus den Antworten ihrer Großmutter ebenso hervor wie aus der Reaktion von Onkel und Tante, hatte sich immer als Außenseiterin aufgeführt und keinen Wert auf Familienzugehörigkeit gelegt. Sobald sie volljährig war, ging sie eigene Wege, indem sie sich die Nächte und Wochenenden mit Freunden vertrieb, von denen die Eltern nicht mal die Namen kannten. Und in jenem Frühjahr vor fünf Jahren, als sie ihr Abitur bestand, war sie kurzerhand für drei Wochen nach Holland gefahren. Ohne langen Abschied, ohne Handy, ohne Adresse. Hatte sie überhaupt Geld bei sich gehabt? Und wenn nicht: Auf wessen Kosten hatte sie dort gelebt?

Das Warten auf die Rückkehr von Max und auf das Gespräch mit ihm setzte mir inzwischen auch körperlich zu. Ich spürte ein unangenehmes Kribbeln auf der Haut, während Magenknurren und Sodbrennen einen quälenden Machtkampf ausfochten. Um mich abzulenken, rekapitulierte ich das Gespräch, das ich in der vergangenen Nacht mit Majas Mutter geführt hatte.

Jutta Lehnbach hatte ihre jüngere Tochter eine Woche vor der Hochzeit auf dem Wochenmarkt getroffen. Per Zufall waren sie sich am Samstagmorgen auf dem Domplatz über den Weg gelaufen. Maja hatte nervös gewirkt. Oder lag ihre Kurzangebundenheit an dem Gewicht ihrer beiden prall gefüllten Stofftaschen? Mit einem so schwer beladenen Fahrrad war selbst die Strecke bis zur Klosterstraße mühsam. Für wen hatte sie so viel eingekauft?

Ich wollte wissen, ob Maja in den letzten Wochen häufiger nervös gewirkt habe. Oder ängstlich. Als Majas Mutter die Schultern zuckte, hakte ich nach: Wie oft war sie zu Besuch ins Elternhaus nach Wolbeck gekommen?

Nicht oft! Bei dieser Antwort hatte Frau Lehnbach ihren Blick auf die nahe Tennentür gerichtet; eine Reaktion, mit der mich im Lauf der Nacht auch andere Festgäste überraschen würden. Als hätten wir die Tür verriegelt, um – als moderne Foltermethode – Klaustrophobie auszulösen. Immer wieder war ihnen mein Blick gefolgt. Zunächst auf den im gleißenden Kunstlicht der Scheinwerfer liegenden Hofplatz, wo die übrigen Gäste kleine, kompakte Gruppen bildeten. Danach für kurze Zeit in die Schwärze der Nacht, die allmählich von den puderigen Farben der Morgendämmerung geschluckt wurde. Bis der Hofplatz plötzlich wie geteert ausgesehen hatte, weil die Sonne wieder hinter dem Hofgebäude stand und der gewaltige Giebel seinen langen Schatten warf. Gegen sechs Uhr hatte dann unter Ohren zerreißendem Geknatter der Polizeihubschrauber die jungen Robinienbäumchen am Rand des Hofplatzes unbarmherzig zu fleddern begonnen und den schönen Pfau verjagt. Jetzt waren die Kollegen nur noch gedämpft zu hören, weil sie die Acker- und Weideflächen fotografierten. Die Hoffläche lag in greller, staubiger Ruhe. Wir hatten alle Festteilnehmer bis auf weiteres nach Hause geschickt, Roland Weißkopf war der Letzte, der den Unglücksort verließ.

Über Majas Wohnung und ihr Atelier befragt, hatte Jutta Lehnbach erklärt, ihr Mann zahle die Miete, neben einem „angemessenen Unterhalt“. Maja war mit guten Noten aus Düsseldorf zurückgekehrt, trotzdem musste sie in Münster erst noch Fuß fassen. Die Stadt war keine Drehscheibe für avantgardistische Entwürfe wie Paris oder Mailand. Man gab sich solide und preisbewusst, und so manche Boutique, die jahrelang ihre Stammkundschaft eingekleidet hatte, war längst einer jener Ladenketten gewichen, die die europäischen Einkaufsmeilen immer gleichförmiger aussehen ließen.

Demnach hatte Maja über keine nennenswerten Einkünfte verfügt?

„Woher denn? Sie fing ja gerade erst an." Die Sprödigkeit in Frau Lehnbachs Tonfall wich einer geschäftsmäßigen Beflissenheit. Die ehemaligen Schulfreundinnen, die sich für ihre Entwürfe interessierten, verdienten selbst nicht viel. Sie tranken ihr den Kaffee weg und probierten ein paar Sachen an. Aber kaufen …?

Hatte die Tochter im vergangenen Jahr mal um eine größere Geldsumme gebeten?

Frau Lehnbach verneinte. Die größte Anschaffung des letzten Jahres war der Smart, den ihr Mann bezahlt hatte. Als ich dann wissen wollte, ob Maja über ihre Ausgaben Rechenschaft schuldig gewesen sei, oder wenigstens eine gewisse Kontrolle, war sie sichtlich verlegen geworden und hatte bestätigt, dass ihr Mann regelmäßig Einblick in die Kontoauszüge gefordert habe.

In die Kontoauszüge einer Dreiundzwanzigjährigen, deren Karriere in den Startlöchern stand! War seine Herzattacke vielleicht ein Ergebnis dieser Kontrollen? Im vergangenen September hatte er sie erlitten, etwa zwei Monate nach Majas Rückkehr. Aber auch wir würden uns mit dem Konto der Toten beschäftigen müssen, dabei besaß ich keinerlei Erfahrung mit den Startkosten für ein Modestudio. Ich wusste nicht, wie viel Kapital vorhanden sein musste, um ein Atelier zu eröffnen: die Konzession bei der Handelskammer, das Arbeitsmaterial, all die Werbungskosten, bis ein fester Kundenkreis gewonnen war. Ich hatte überlegt, wen ich dazu fragen könnte, und darüber war mein Gespräch mit Frau Lehnbach für ein paar Minuten versickert. Majas Mutter füllte die schwer lastende Stille, indem sie intensiv ihr zerdrücktes Taschentuch betrachtete und immer wieder durch die Glastür nach draußen starrte, als erwartete sie, dass jemand von der Familie sie hier herausholte. Als sie mich dann fragend ansah, wollte ich wissen, inwieweit die Lehnbachs an der Liste der Hochzeitsgäste beteiligt gewesen seien. Konnte sie jemanden nennen, der nicht eingeladen worden war, aber gern gekommen wäre? Hatte jemand kurzfristig abgesagt? Gab es ein Schwarzes Schaf in der Familie?

Die Mehrheit der Gäste, wandte sie ein, stamme aus dem Freundeskreis des Brautpaars. Und welchen Grund gab es schon, jemanden von einer Hochzeit auszuschließen?

„Das hätte ich gern von Ihnen gehört, Frau Lehnbach. Könnten Sie sich jemanden aus Ihrer Familie vorstellen, der die Hochzeit Ihrer Tochter nutzt, um ein Verbrechen zu begehen?"

„Das ist absurd." Sie ließ sich so abrupt gegen die unbequeme Stuhllehne fallen, dass ich unwillkürlich zusammenzuckte und überlegte, ob ich sie vielleicht zu stramm in die Mangel nahm. Die Mutter des Opfers … In der Annahme, dass Max auch Majas Vater, Herbert Lehnbach, nach der Zusammensetzung der Gästeliste gefragt hatte, wechselte ich das Thema. Hatte es für Maja nach ihrem Abschluss der Modeschule in Düsseldorf nie zur Debatte gestanden, wieder in ihrem Elternhaus zu wohnen?

Sie selbst, entgegnete sie, hätte nichts dagegen gehabt, wenn wenigstens das Atelier nach Wolbeck verlegt worden wäre. Die Miete hätte sich halbiert. Doch ihr Mann habe strikt abgelehnt.

Diese offene Kritik am eigenen Ehemann verwunderte mich ebenso wie der unverhohlene Hinweis auf den finanziellen Aufwand, der für die Tochter getrieben werden musste. Auch jetzt, da ich mit meinen Notizen allein in der Tenne saß, suchte ich vergeblich nach einer Begründung. War der Inhaber einer offenbar florierenden Firma nicht imstande, seiner Tochter auf die Sprünge zu helfen, nachdem Alma finanziell unabhängig geworden war? Hielt er Majas Berufswahl für unseriös oder nicht standesgemäß, ihren Umgang mit Geld für leichtsinnig? Oder war ihr Bekanntenkreis schuld, den er nicht im Haus haben wollte? Noch im Nachhinein bedauerte ich, bei Bedarf nicht die aggressive und sehr umstrittene Vernehmungsstrategie von Lückmann zu beherrschen. Wie oft ich oder andere Kollegen sie auch als Einschüchterungsmanöver kritisierten, das sogar den Aussagewilligen den Mund versiegelte, Max verteidigte seine Vorgehensweise vehement, und der Erfolg gab ihm recht. Jetzt konnte ich nur hoffen, dass sein energisches Auftreten auf Herbert Lehnbach gewirkt hatte. Majas Mutter hatte nur ein paar harmlose Schäfchenwolken über ihr Familienleben gezogen, mehr würde sie in dieser Nacht nicht mehr sagen, obwohl es noch einiges zu erklären gab. Aus welchem Grund auch immer, ich wurde den Eindruck nicht los, dass ihre jüngere Tochter nicht auf das Hochglanzfoto der Unternehmerfamilie Lehnbach gepasst hatte.

Ich fragte sie nach Majas Kinderzimmer im Wolbecker Haus. War es noch in seinem ursprünglichen Zustand?

Nicht ganz, signalisierte ihr Schulterzucken. Nach ihrer Rückkehr aus Düsseldorf hatte Maja die meisten Möbel in die neue Wohnung mitgenommen. Schließlich konnte man ihr nicht auch noch eine komplette Einrichtung bezahlen. Nur die Bettcouch blieb da, der alte Kleiderschrank und der Schreibtisch.

Noch ein Hinweis auf die finanzielle Abhängigkeit der Tochter, der sicher nicht unbewusst gefallen war!

„Wie war das Verhältnis zwischen Ihrem Mann und seinen beiden Töchtern?"

Mir fiel sehr wohl auf, wie lange sie nach einer Antwort suchte. Ich nutzte unsere Gesprächspause, um ihre Mimik zu studieren. Sie war zweiundsechzig, und ihr Gesicht wirkte schön, doch es hätte wesentlich jugendlicher aussehen können, wäre sie nicht so hart geschminkt gewesen. Klümpchenhaltige, kohlschwarze Wimperntusche, ein fettig wirkender, hellrosa Lippenstift und zu viel dunkles Make-up, das vor Hals und Dekolleté zurückwich, als scheute es den Hautkontakt.

Als sie weiter schwieg, widmete ich mich unauffällig ihrer Kleidung und der Frisur. Naturgraues, kurz geschnittenes Haar und ein Hosenanzug aus Seide. Wie aus einem Saristoff geschneidert, mit winzigen, karmesinroten Blümchen auf beigefarbenem Grund. Dazu Goldschmuck in Form eines Colliers aus ineinander verschränkten, rautenförmigen Plättchen, eines glatten Armreifs und zweier Ringe mit Brillanten und einem Rubin.

Sie rang sich ein mageres Lächeln ab und sagte: „Ihre Aufgabe ist es, den Mörder unserer Tochter zu finden, und unsere, Ihnen dabei zu helfen. Sie fragen nach dem Verhältnis meines Mannes zu Alma und Maja. Sie müssen das. Nun, er hängt sehr an seinen Kindern und ist stolz auf sie. Andererseits bedeutet meinem Mann die Firma sehr viel. Sobald er die Leitung von seinem Vater übernahm, hat er sie konsequent umgestaltet, von einer herkömmlichen Glaserei zu einem Spezialbetrieb für Wintergärten und Gartenpavillons. Damit hat er erreicht, dass wir voll im Trend liegen, und deshalb war er anfangs auch ein wenig enttäuscht, dass unsere Töchter diese Begeisterung so gar nicht teilten, vor allem als Alma Jochen kennen lernte, der …“ Sie senkte den Blick und strich mit dem Zeigefinger über zwei eng benachbarte, große Astlöcher auf dem Türblatt, das uns als Tischplatte diente. Die Astlöcher bildeten eine dickbäuchige Acht.

„Verstehen Sie mich nicht falsch, wir mögen Jochen gern. Er stammt aus einer ordentlichen Familie, ist begabt und ehrgeizig. Für die Lehnbachwerke ist er allerdings kein Hoffnungsträger. Und nachdem mein Mann diesen schweren Herzanfall hatte, muss er sich allmählich einen geeigneten Nachfolger suchen.“ Sie warf mir einen abschätzenden Blick zu, als erwartete sie meinen Kommentar. „Dirk Weiting“, fuhr sie dann schnell fort, als kosteten sie die folgenden Worte einiges an Überwindung, „wäre für uns der ideale Schwiegersohn gewesen.“ Ihr Finger wechselte jetzt die Richtung, fuhr gegen den Uhrzeigersinn den Astlöchern nach, als erwartete sie, dass hartnäckiges, zielstrebiges Reiben eine Veränderung in der Maserung bewirkte; Linien vielleicht, die sich als Orakel nutzen ließen. Ich versuchte nachzuvollziehen, was diese Frau noch bewegte außer einem lähmenden Entsetzen über den gewaltsamen Tod ihrer Tochter und der Trauer über diesen so endgültigen Verlust. Hatte sie sich Sorgen um sie gemacht, wenn sie nächtelang mit Freunden herumzog? Lag es an einem leichtfertigen Umgang mit Geld, dass ihr Mann Einblick in Majas Konto gefordert hatte? Verdächtigten Lehnbachs schon jemanden als Täter? Peinigte sie der harte Dorn der Rache oder lediglich das Misstrauen gegenüber unserer Arbeit? An diese Skepsis waren wir gewöhnt, auch wenn sie mir immer wieder einen Dämpfer versetzte.

„Maja und Dirk“, begann sie wieder, „passten unserer Meinung nach sehr gut zueinander. Auch wenn ich mir ziemlich altmodisch vorkam, als ich die beiden miteinander verkuppelte.“

Ihre Worte überraschten mich. „Ließ sich Maja verkuppeln? Nach meinen bisherigen Informationen war Ihre Tochter eine sehr eigenwillige und selbstbewusste junge Frau.“

„Es ist ja auch gründlich schief gegangen. Nach einem Jahr war Schluss. Dirks Eltern sind sehr angesehene Architekten. Planungsbüro Frank und Annegret Weiting. Vielleicht ist Ihnen ihr Schild schon einmal an einer Baustelle aufgefallen. Und wo der Junge schon in Aachen studiert und so begabt ist …"

Sie zog die Hand von der Tischplatte zurück, als hätte sie sich verbrannt. War ihr ein bestürzender Gedanke gekommen? Während ich darauf wartete, dass sie weiterredete, erschien Dirk Weiting vor meinem inneren Auge: ziegelrotes Haar, das nur gefärbt sein konnte, kalkweißes Gesicht, klapperdürre Figur. Wie auch immer: Die potenzielle Schwiegermutter hatte sich ganz zu recht altmodisch gefühlt, heutzutage konnte man den Nachwuchs weder zum Vorteil des eigenen Betriebs verkuppeln noch voneinander trennen wie die Königskinder im Märchen. Junge Leute suchten sich ihren eigenen Weg, rebellisch und unabhängig von sozialen, nationalen und kulturellen Vorgaben.

„Hatte Maja einen neuen Freund?"

Jutta Lehnbach hob den Blick wieder von der Tischplatte. „Ich weiß es nicht. Von selbst redete sie nie über ihre Freunde." Erneut tastete ihr Finger die Figur auf der Tischplatte ab, als hätte die Zahl Acht symbolische Bedeutung. Ich dachte kurz daran, dass der August der achte Monat im Jahr war, verwarf diese Idee aber wieder. Wenn wir in den nächsten Tagen mit Zahlensymbolik zu tun bekämen, würde ich mich schon wieder daran erinnern.

„Offen gesagt", fuhr sie fort, „nahmen wir es ihr zunächst nicht übel, dass sie sich nach dem Abitur in Düsseldorf bewarb. Sie hatte viel Unruhe ins Haus gebracht, und oft genug musste ich mir Sorgen machen, weil sie erst in den frühen Morgenstunden nach Hause kam. Gut, sie war volljährig, aber in der Zeit vor dem Abitur war uns dieser Lebenswandel gar nicht recht."

„Mit wem verbrachte sie diese Nächte?"

Sie zuckte die Achseln. Mit Klassenkameraden oder mit Freundinnen und deren Brüdern. Lehnbachs wussten nichts über die familiären Verhältnisse dieser Leute. Heutzutage wurde doch nur noch per Handy telefoniert und die Post über das Internet abgewickelt.

Hatte sie als Mutter denn nie nachgehakt? Ihre resignierte Haltung verwunderte mich. Wenn eine Achtzehnjährige die ganze Nacht weg blieb, war das doch nicht selbstverständlich!

Frau Lehnbach quittierte meine stumme Frage mit dem Nachsatz, ihre Tochter sei eine sehr begabte Schülerin gewesen. Nur so habe es sich vermeiden lassen, dass sie im Abitur durchfiel. „Außerdem haben wie sie zur Vorsicht erzogen."

„Darf ich fragen, in welcher Hinsicht?"

„Muss ich das beantworten? Meine Tochter war aufgeklärt."

„Ich verstehe. Seit wann genau lebte sie wieder in Münster?"

„Seit genau einem Jahr und einem Monat … Entschuldigen Sie bitte!" Sie fiel in lautes Schluchzen. „Maja war ein Sorgenkind, aber sie war doch unsere Tochter. Wir freuten uns, als sie nach Münster zurückkehrte. Auch wenn sie eine eigene Wohnung mietete." Sie wandte den Blick wieder zur Tennentür. „Gerade zu Sorgenkindern hat man ein ganz besonders enges Verhältnis."

„Galt das auch für Ihren Mann?"

Abrupt kehrte ihr Blick zurück. „Natürlich!" Ihre Antwort kam mir ein bisschen zu direkt, beinahe schroff.

Ich fragte nach dem Verhältnis zwischen den beiden Schwestern, worauf sie mit noch immer brüchiger Stimme meinte, gemessen an dem Altersunterschied könne man es als gut bezeichnen. Sie seien nicht gerade unzertrennlich gewesen, doch habe es keine Versuche gegeben, einander wehzutun. In ihrem leidenschaftslosen, fast klagenden Tonfall klang es eher so, als hätte zwischen den Schwestern Gleichgültigkeit geherrscht.

„War Maja während ihres Studiums auch mal im Ausland? Sie verreiste doch gern!" Als sie mich fragend ansah, ergänzte ich: „Ich meine keine Urlaubsreise, sondern einen längeren Aufenthalt."

Sie nickte. „Sie bestand ihr Examen an der Modeschule im vorletzten März. Danach wollte sie unbedingt ein Praktikum anhängen. Schon ein Jahr vorher hatte sie sich deshalb in Den Haag beworben. Und obwohl das Designeratelier, das sie sich in den Kopf gesetzt hatte, mit über achtzig Bewerbungen bestürmt worden war – das hat Maja uns erzählt –, bekam sie einen der wenigen Plätze. Drei Monate hat sie dort verbracht. Von Anfang April bis Ende Juni des vorigen Jahres. "

„Bei wem?“

„Sein Label klang anders als sein Nachname. In Majas altem Zimmer müssten noch Unterlagen sein. Sie besaß einen ganzen Ordner mit Seiten aus dem Internet und Zeitungsartikeln. Sie hat es mir mal gezeigt. Ich“, jetzt huschte ein flüchtiges Lächeln über ihr Gesicht, „habe damals gedacht: Wer trägt denn so grauenhafte Sachen? Ich glaube, Coren hieß der Mann.“

Sekundenlang glaubte ich, mich verhört zu haben. Doch Frau Lehnbachs Stimme hatte klar und deutlich geklungen. Vielleicht gab es den Namen häufiger. Dann erinnerte ich mich, dass Marion mir erzählt hatte, in Jans Familie gebe es einen Modeschöpfer.

„Wie hieß der Mann?“

„Eddie Coren.“

Bevor wir mit unseren Befragungen begannen, hatten Max und ich entschieden, dass Majas Atelier und ihre Wohnung absoluten Vorrang hatten. Jetzt schien mir ein Besuch bei Majas Eltern dringlicher, weil die Räume an der Klosterstraße ohnehin versiegelt waren. Ihr Zimmer in Wolbeck stand jedem offen, der dort etwas zu suchen oder zu beseitigen hatte. Am Vormittag würde ich hinfahren; ohne Ankündigung und Durchsuchungsbefehl. Es musste ein Überraschungsbesuch sein.

- IV -

Majas Mutter war meine erste Gesprächspartnerin. Gegen halb zwei hatte sich dann Jochen Steinwerck zu mir an den Tisch gesetzt. Seine bedrückte Miene unterstrich noch den düsteren Gesamteindruck: dichter, dunkler Vollbart, zurückgekämmtes schwarzes Haar, ein großer, kräftiger Mann mit schwerfälligen Bewegungen. Er war sechsunddreißig Jahre alt und in Essen zur Welt gekommen, wo sein Vater als Studienrat Deutsch und Geographie unterrichtet hatte. Seine Mutter hatte die vier Kinder versorgt, von denen Jochen das älteste war. Nach dem Abitur hatte er eine dreijährige Ausbildung zum Stuckateur gemacht und nebenbei zu malen begonnen. Als er seine Bilder, von denen einige auch in Marions Galerie gehangen hatten, gut verkaufen konnte, bewarb er sich an der münsterschen Kunstakademie. Doch wie Marion schon angedeutet hatte, war ihm der Schulbetrieb bald zu stressig geworden. Seit dem Herbst 2000 unterrichtete er nur noch Erwachsene, und als er Große Antrup entdeckte, beschloss er, eine Kunstakademie mit Pensionsgästen zu gründen.

Doch wie ich dann aus Lückmanns Unterlagen erfuhr, war in Wahrheit Alma die treibende Kraft gewesen. Sie hatte von der Zwangsversteigerung erfahren, und bei ihrer Begeisterung für westfälische Landeskunde und bäuerliche Lebensformen lag es nahe, dass sie lieber auf einem Hof wohnen wollte als in der Stadt, wo schon die Anschaffung eines Hundes problematisch wurde. Es sei denn, man gab sich mit einem Rehpinscher zufrieden. Zwerghühner würde sie halten und mehrere Schafe, während Steinwerck mit dem Gedanken spielte, das alte Bienenhaus neben der Remise wieder in Betrieb zu setzen. Aus meinen eigenen ersten Ehejahren wusste ich, wie viel Elan, Zeitaufwand und finanzielle Mittel die Renovierung eines maroden Bauernhofs verschlang, da konnten Begeisterung und Idealismus noch so unbeirrbar sein. Man war nicht immer Herr über seine Pläne, so gut durchdacht und realistisch sie einem auch erschienen. Doch wenn die Geldmittel versiegten, weil der Kreditgeber streikte, oder ein marodes Fundament die schönsten Bauträume zur Makulatur machte, dann waren das immer noch harmlose Pannen verglichen mit dem Drama, eine Leiche im Spieker zu finden. Wie konnten Steinwercks nach diesem Unglück weiterleben? Würden sie Große Antrup aufgeben? Aber wer würde es kaufen, nachdem es mit einer Hypothek des schlimmsten Horrors belastet war? Schließlich gab es genug Menschen, die nicht mal einen Friedhof als Gegenüber tolerierten. Bei diesen Überlegungen war mir jener eigenartige Gedanke gekommen, der mich noch immer irritierte: Galt der Mord an Maja vielleicht gar nicht ihrer Person, sondern dem Schauplatz? War sie dem Täter rein zufällig über den Weg gelaufen? Wollte man Große Antrup den Stempel des Bösen aufdrücken? Und möglicherweise erreichen, dass der Spieker abgerissen wurde?

Warum ausgerechnet ein Speicher? Er gehörte zu westfälischen Hofanlagen wie der Leuchtturm zum Hafen, auch wenn er kaum noch Nutzwert besaß. Selbst der Plan der beiden Seidenmalerinnen, dort ihr Atelier einzurichten, kam mir ziemlich extravagant vor. Ein Speicher bestand meist aus drei kargen Räumen ohne Erker, Winkel und Nischen und war oft weder beheizt noch unterkellert. Demnach gab es nie eine „Leiche im Keller". Doch Majas bizarr hergerichtete Leiche im Dachgeschoss war ja auch ein Kapitel für sich.

Wie viel wussten Alma und ihr Mann von früheren Besitzern? Wie genau kannten sie den letzten Hoferben, der das Gut bis zur Zwangsversteigerung herunter gewirtschaftet hatte?

Auf meine Frage nach dem Pächter hatte Jochen Steinwerck seine Brille abgenommen und die Gläser umständlich mit dem Taschentuch poliert. „Ich habe Herrn Schulze-Bracht kennen gelernt, als er mir das Objekt zeigte. Beim Versteigerungstermin ließen weder er noch seine Frau sich blicken. Die Schlüssel zu Tor- und Wohnhaus habe ich mir im Amtsgericht geholt, nachdem ich den Zuschlag erhalten hatte."

„Und die Schlüssel zum Spieker?"

Er hatte die Brille wieder aufgesetzt und mich erstaunt angesehen. „Gibt es dafür überhaupt einen Schlüssel? Um ehrlich zu sein, habe ich mit diesem Gebäude überhaupt nichts im Sinn."

„Es muss mindestens zwei Schlüssel geben. Laut Aussage Ihrer Frau war die Tür abgeschlossen. Demnach hatte entweder Maja Zugriff auf das zweite Exemplar oder der Täter."

„Fragen Sie meine Frau!“

„War es auch Ihre Frau, die Agnes Schulze-Bracht zur Hochzeit eingeladen hat?“

„Kann sein!“ Steinwerck nahm die Brille ein weiteres Mal herunter und rieb sich heftig die Nasenwurzel, doch das konnte an zunehmender Müdigkeit liegen. Wenn ich mich, am Ende eines arbeitsfreien Tages, längst nicht mehr taufrisch fühlte, wie mochte es ihm nach einem gesellschaftlichen Großereignis gehen, das, von der Regenbogenpresse zum schönsten im ganzen Leben deklariert, von ihm zunächst einmal alles verfügbare Organisationstalent gefordert und dann auf so bestürzende Weise geendet hatte? Für ein paar Sekunden tat mir mein Gesprächspartner leid, weil er um den stimmungsvollen Ausklang seiner Hochzeitsfeier ebenso grausam gebracht worden war wie um die Flitterwochen, doch mein Trip in die Sentimentalität währte nur kurz.

„Stehen Sie in engerem Kontakt mit dem Ehepaar Schulze-Bracht? Immerhin ist der Mann seit Januar Pächter auf Ihrem Hof.“

Er schüttelte so abweisend den Kopf, als unterstellte ich ihm Aufdringlichkeit und Schnüffelei.

„Die Idee, ihm das Land zu verpachten“, sagte er schließlich widerwillig, „stammt ebenfalls von meiner Frau. Sie bedauert ihn, während ich der Meinung bin, dass diese Zwangsvollstreckung kein Schicksalsschlag ist, sondern selbstverschuldet. Sofort, nachdem das Testament seines Großvaters ihn zum Erben bestimmte, ist Schulze-Bracht hier eingezogen, mit einem Haufen wirrer Ideen und Pläne. Er träumte von einem Biohof, dabei hat er keinen blassen Schimmer von Landwirtschaft, er ist nämlich Koch. Seine Frau arbeitet als Schneiderin, gleichzeitig wollte sie einen Eventbetrieb aufziehen. Die beiden Scheunen am Hofeingang sollten für Partys vermietet werden. Haben Sie da mal reingeguckt?“ Er lachte höhnisch, offensichtlich in der Annahme, dass die Polizei bei einem Mordfall ohnehin in alle Ecken „guckte“. „Dabei konnten oder wollten die beiden nichts selber machen. Für jeden Kleinkram sollten Handwerker kommen, und immer war dieser schnöselige Architekturstudent dazwischen, der ihnen Flausen in den Kopf setzte … Fragen Sie Önnings“, fuhr er fort, weil mein Blick wohl etwas zu ungläubig ausfiel. „Ihr Sohn ist Tischler, der hätte ihnen gern geholfen, aber sie haben ihn nach Hause geschickt mit seinen Kostenvoranschlägen. Das Ende vom Lied war dann die Zwangsversteigerung."

Nur die Frau des Pächters war zur Hochzeit erschienen. Hatte Schulze-Bracht die Einladung abgelehnt? War sein Besuch der dänischen Landwirtschaftsmesse lediglich Vorwand oder hatte er gar nicht stattgefunden? Da Agnes auf meiner Personenliste stand, konnte ich sie fragen. Ich beschloss, das Thema zu wechseln. Die Reizleitung lief bei Zeugenvernehmungen schnell genug heiß.

„Reden wir über Ihre Schwägerin Maja."

Er schnaubte verächtlich. „Natürlich gehöre ich zu den Verdächtigen, weil ich zwischen viertel vor sechs und acht Uhr nicht auf dem Hof war. Wahrscheinlich wissen Sie auch längst, dass ich Maja nicht besonders mochte. Man heiratet nicht nur eine Frau, sondern eine ganze Sippe. Aber deswegen bringt man niemanden um."

„Bei Maja handelte es sich um kein sehr anhängliches Sippenmitglied. Sie machte sich nichts aus Familienfesten. Stimmt es, dass sie ursprünglich gar nicht an Ihrer Hochzeitsfeier teilnehmen wollte?"

„Das stimmt."

„Hat sie einen Grund angegeben?"

„Sie hat genau den Grund genannt, den Sie gerade erwähnten. Sie mache sich nichts aus Familienfeiern."

„Waren Sie nicht überrascht, als sie trotzdem kam? Und das, obwohl ihr Ex-Freund auch eingeladen war? Sie hat ja auch prompt einen Streit mit Dirk Weiting begonnen. War das der Grund für ihre Teilnahme? Dass sie provozieren und Ärger machen wollte?"

„Auch darüber kann Ihnen meine Frau mehr sagen."

„Nein, Herr Steinwerck, dazu hätte ich gern Ihre Antwort. Es gibt Zeugenaussagen über einen Streit zwischen Ihnen und Ihrer Frau im Flett. Dabei ging es um Ihre Schwägerin."

Er nickte, augenscheinlich um eine gelangweilte Miene bemüht. „Es ging um den Blazer, den Maja im Atelier vergessen hatte. Ich musste ihn holen, was im Klartext bedeutet, dass ich verärgert über meine Frau war, weil sie sich weigerte, selbst nach Münster zu fahren. Aber wenn Sie schon so gut informiert sind, dann reden Sie doch mit der Zeugin, die mich in der Klosterstraße gesehen hat. Ich kam aus dem Haus, sie wollte hinein, und ich habe ihr die Tür aufgehalten."

Auf meine Frage nach ihrem Namen hatte er mich verdutzt angesehen und den Kopf geschüttelt. Als ich Details über ihr Äußeres wissen wollte, beschrieb er eine dreißig- bis fünfunddreißigjährige Person mit Durchschnittsfigur, kurzen blonden Haaren und mittelbraunen Augen. Bekleidet war sie mit Jeans und hellem T-Shirt, und sie hatte weder Schmuck noch Brille getragen. Wenn sie nur eine zufällige Besucherin war, stand uns eine mühsame Aktion bevor, um sein Alibi zu überprüfen.

„Wenn ich gewusst hätte", fuhr er mit kaum unterdrücktem Zorn fort, „dass mir meine Gefälligkeit so viel Ärger einbringen würde, wäre ich mit irgendeinem x-beliebigen Fummel aus diesem verdammten Atelier zurückgekommen. Nur um einen Beweis dafür zu haben, dass ich dort war."

„Selbst wenn man vierzig Minuten pro Weg rechnet", wandte ich unbeeindruckt von seinem Lamento ein, „haben Sie dort fast eine Stunde verbracht. Haben Sie so lange nach dem Blazer gesucht, oder hatten Sie vielleicht Mühe, einen Parkplatz zu finden?"

Er murmelte etwas von Tanken und Wagenwaschen auf dem Rückweg. Den Reifendruck zu überprüfen und die Windschutzscheibe vor der Reise in die Flitterwochen gründlich zu reinigen, habe eine weitere Viertelstunde gekostet. Konnte er eine Quittung vorlegen? Und wo lag die Tankstelle?

Es gab eine Quittung, die Tankstelle war allerdings nur drei Kilometer von Große Antrup entfernt.

„Haben Sie den Wagen auch im Innern gereinigt?"

„Wozu sollte ich das tun?", gab er patzig zurück.

„Dann werden Sie wohl nichts dagegen haben, dass wir ihn auf Spuren untersuchen. Den Kofferraum natürlich auch."

Statt einer Antwort stand er wortlos auf und kam nach wenigen Minuten mit dem Autoschlüssel zurück, den er kommentarlos auf den Tisch legte. Ich steckte ihn ein.

„Wann haben Sie Maja vor der Hochzeit zum letzten Mal gesehen?"

Er überlegte lange. „Entschuldigen Sie", sagte er dann mit einer ungeduldigen Handbewegung, „aber die vergangenen Tage waren für meine Frau und mich ziemlich turbulent. Ich … jetzt erinnere ich mich. Am vergangenen Montagabend erschien sie in meiner Werkstatt an der Steinfurter Straße. Gegen einundzwanzig Uhr dreißig; ich wollte gerade abschließen. Sie kam, um sich ausgemusterte Aktskizzen meiner Schüler herauszusuchen. Anatomiekenntnisse sind für Modedesigner sehr wichtig. Die besseren Zeichnungen, die ich nicht weggeben wollte, kopierte sie."

„Kam sie überraschend?"

„Sie kam immer überraschend", schoss er grimmig zurück. „Aber sie verschwand auch sofort wieder. Zwischen uns gab es nie viel zu bereden."

„Arbeitete sie als Ihr Modell?"

„Sie stand Modell für meine Studenten", entgegnete er noch immer barsch. „Meine Frau hatte mich gebeten, ihr diesen Job zu geben, weil sie ständig Geld brauchte. Nur deshalb habe ich sie eingestellt. Eigentlich war ich mit den vier jungen Damen, die heute hier die Brautjungfern spielen, schon ziemlich ausgelastet."

"Wann war Majas letzter Arbeitstag bei Ihnen?"

Er hatte wieder kurz nachgedacht und dann gemeint, das müsse ein Freitag Mitte Juli gewesen sein. Bei insgesamt fünf Modellen kamen die einzelnen Mädchen in den Sommermonaten etwa alle drei Wochen an die Reihe. Die Ferienkurse fanden nur zweimal die Woche statt: montags und freitags abends. Ich wollte das exakte Datum wissen, worauf er sich erhob und kurz darauf mit seinem Terminplaner zurückkehrte. Der Tag, an dem Maja zum letzten Mal Modell stand, war der 18. Juli gewesen. Ich notierte mir auch gleich die Termine der vier Brautjungfern.

Danach hatte ich ihn in der festen Überzeugung gehen lassen, dass auch Lückmann von Alma Lehnbach einiges erfahren hatte. Wie viel Bedeutung mussten wir einem hitzigen Streitgespräch beimessen, das ein Brautpaar vor seinen einundsechzig Hochzeitsgästen nur mühsam hatte verbergen können und das einer Schwester beziehungsweise Schwägerin galt, die ursprünglich nicht zur Hochzeit kommen wollte? Wenn wir den Grund erführen, weshalb sie doch teilgenommen hatte – einen anderen Grund als den endgültigen Schlussstrich unter ihre Freundschaft mit Weiting –, kämen wir wahrscheinlich einen großen Schritt weiter. Ich blätterte die Protokollseiten durch auf der Suche nach männlichen Hochzeitsgästen, die auf Maja zumindest altersmäßig anziehend gewirkt haben konnten. Steinwercks drei Freunde, die von Lückmann in der Nacht vernommen worden waren, lebten als Singles, doch erschienen sie mir mit Anfang bis Mitte vierzig ziemlich alt für eine Dreiundzwanzigjährige. In Almas Kollegenkreis befanden sich zwei Historiker, beide schon um die sechzig. Mit ihnen hatte ich gesprochen: Zwei, jedenfalls für meine Begriffe, knochentrockene Akademiker mit Tränensäcken und wuchtigen Eheringen, die von soliden familiären Verhältnissen redeten, obwohl sie ohne Anhang zur Hochzeit erschienen waren. Doch die Ehefrau des einen, so erfuhr ich im Lauf der Befragung, hielt sich in einem Wellness-Hotel im Allgäu auf, die andere hatte die Teilnahme an einer Kindtaufe im Sauerland vorgezogen.

Ich suchte mir Lückmanns Befragung von Alma heraus. Als Erstes hatte Max wissen wollen, ob ihr, kurz bevor oder nachdem sie ihre tote Schwester fand, im Spieker oder in seiner Nähe etwas aufgefallen sei, das sie in der ersten Panik ignoriert und für die nächsten Stunden ins Unterbewusstsein verdrängt hatte. Gerade unter Schock reagiert das Gedächtnis oft mit großer Verzögerung. Flüchtige Eindrücke werden verfälscht, und die passenden Antworten stellen sich erst allmählich ein. Jetzt nachdem der allererste Schrecken überwunden war, erinnerte sie sich vielleicht an ein ungewöhnliches Geräusch, an einen fremden Geruch, an irgendein Zeichen, das die Anwesenheit eines Menschen verriet.

Alma hatte nichts Ungewöhnliches bemerkt. Sie und ihre Freundinnen waren mit einer Taschenlampe unterwegs gewesen, die das dämmrige Gelände gut ausleuchtete. Bis zum Spieker hatten sie nur wenig geredet, weil ihr Interesse dem spektakulären Sternenhimmel galt. Augusthimmel! Die Chance, eine Sternschnuppe zu entdecken, war groß. Auch rundherum war alles still gewesen, nachdem die Stimmen der Festgesellschaft, von Hecken und Gebüsch verschluckt, schnell abgeebbt waren. Eine der beiden Seidenmalerinnen hatte das zu der Annahme verleitet, als Bewohner des Spiekers sei man „weit ab vom Schuss.“ Was natürlich gewisse Nachteile hatte, aber irgendwie auch seine Reize. Landleben pur! … Nur wenige Minuten später war dieses Idyll grausam zerstört worden. Im Anschluss an diese Aussage, so Lückmanns Kommentar, hatte Alma heftig geweint.

Außer Hugo Önning, der in Greven eine Tischlerei besaß, waren schon seit Anfang Juli keine Handwerker mehr auf dem Hof gewesen. Frau Lehnbach beschäftigte einmal pro Woche eine Putzfrau, die jedoch keinen Hausschlüssel besaß, und Clemens Schulze-Bracht benutzte für seine Arbeit auf den Feldern die Zufahrt an der östlichen Grundstücksgrenze.

Clemens war dreißig und hatte ein paar Semester Agrarwirtschaft studiert, bevor er sich zum Koch ausbilden ließ. Sein Haus, der Kotten einer kleinen, längst aufgegebenen Hofstätte, lag nicht weit von Große Antrup, in genau entgegengesetzter Richtung zu Önnings. Seit Anfang Mai leitete Clemens auch ein kleines Restaurant an der Grevener Straße in Kinderhaus; das Landhaus Schulze-Bracht, wo er seine landwirtschaftlichen Produkte verarbeitete, während Agnes die Gäste bediente. Als ich feststellte, wie penibel Max die Anschrift der Gaststätte notiert hatte, konnte ich ein Lächeln nicht unterdrücken. Wenn er die Speisekarte in die Hand bekäme, würde er sie garantiert in der Mordakte abheften. So ermüdend oder deprimierend sich unsere Ermittlungsarbeiten auch entwickelten, auf neue gastronomische Geheimtipps war mein Kollege ganz versessen.

Die Tür zum Flett klappte auf, und Alma erschien im offenen Rahmen. Sie hatte ihr Brautkleid gegen einen anthrazitfarbenen Hosenanzug vertauscht. Sie trug auch kein Make-up mehr, und ihr Gesicht wirkte so blass, als hätte man alle Farbe abgesaugt. Ich erinnerte mich, dass ihr Mann am vergangenen Abend nicht das hochzeitsübliche Schwarz getragen hatte, sondern eine dunkle Hose zu einem Sakko in dem Blassgrün des Brautkleides. Und hellgrün waren auch die bodenlangen Kleider der vier Brautjungfern, so dass diese sechs Personen zwischen all den überwiegend dunkel kostümierten Gästen – auch die Frauen waren angezogen, als hätte man den Todesfall vorausgeahnt – gewirkt hatten wie Amazonaspapageien in einer Schar Krähen.

„Ihr Kollege sagte mir“, ihre Stimme klang matt, „er habe seine Befragungen beendet. Kann ich Ihnen beiden Kaffee bringen?“

„Das wäre sehr nett!“ Allein das Angebot verscheuchte meine Müdigkeit.

Sie kehrte mit einem Tablett zurück, füllte aus einer Thermoskanne eine von zwei Zwiebelmuster-Tassen, stellte mir Kondensmilch und Zucker hin und ergänzte das Stillleben durch einen Teller mit zwei Butterhörnchen. „Mehr ist leider nicht im Haus. Mein Mann und ich, wir wollten heute früh …“

„Entschuldigen Sie meine Frage: Wohin hätten Sie fahren wollen?“ Natürlich steckte keine persönliche Neugier dahinter, sondern die Hoffnung auf Informationen.

Ihr Mund verzog sich zu einem freudlosen Lächeln. „Freunde von uns besitzen eine Ferienwohnung in Timmendorfer Strand. Dort wollten mein Mann und ich uns ein paar Tage erholen. Die Renovierung unseres Hofs kostet viel Zeit und Nerven. Und Unsummen von Geld“, wieder ein pessimistisches Lächeln. „Für das nächste Wochenende ist das erste Seminar hier im Haus geplant, es ist fast ausgebucht. Bis dahin müssen die acht Gästezimmer eingerichtet sein. Das Möbelcenter hat uns die Lieferung der Betten am kommenden Donnerstag zugesagt, und auch Herr Önning hat alles im Griff. Aber jetzt … An den restlichen zwei Badezimmern fehlt noch der letzte Schliff …“ Sie strich sich mit einer konfus wirkenden Geste über das Haar. „Wie lange, glauben Sie, brauchen Ihre Leute hier noch?“

Sekundenlang verschlugen mir ihre Worte die Sprache. Ihre Schwester war ermordet worden, und sie hatte nichts anderes im Kopf als das erste Seminar ihres Mannes und die Benutzbarkeit ihrer Gästezimmer? Dann sagte ich mir, dass Lückmann sie wahrscheinlich scharf ins Kreuzfeuer genommen und dass sie eine schlaflose Nacht hinter sich hatte. Mit ihrem Mann hatte ich doch auch Mitleid gehabt. War es denn nicht normal, dass sie wieder nach vorn blickte, auf das Leben nach der Katastrophe?

„Ich kann Ihnen keinen festen Termin nennen. Aber mit Sicherheit werden meine Kollegen und ich nicht eine Minute länger als unbedingt nötig am Ort bleiben. Was nicht ausschließt, dass wir mit der einen oder anderen Frage wiederkommen. Sie müssen erreichbar bleiben.“ Ich überlegte. „Geben Sie in Ihrer Abwesenheit jemandem die Schlüssel für Wohn- und Torhaus?“

„Paula Önning bewahrt all unsere Schlüssel auf.“

„Auch den Schlüssel für den Spieker?“

„Das hat mich Ihr Kollege schon gefragt“, gab sie leicht gereizt zurück. „Wie zu allen Nebengebäuden gibt es auch zwei Schlüssel zum Spieker, aber Paula hat keinen. Der eine hängt immer im Flett, an der Holzleiste, den anderen bewahre ich im Nachttisch auf, wie alle anderen Duplikate auch. Schließlich sind in den Nebengebäuden Museumsschätze untergebracht, das heißt, im Spieker natürlich nicht. Und deshalb … Ich weiß wirklich nicht, wer den Spiekerschlüssel im Flett weggenommen haben könnte. In den letzten Tagen gab es ein bisschen Durcheinander, weil Jochen und ich uns anfangs nicht darüber einig waren, welche Nebengebäude wir während der Hochzeitsfeier offen halten sollten.“ Wieder strich sie sich mit einer fahrigen Bewegung durchs Haar, während sie, als redete sie mit sich selbst, murmelte: „Ich könnte jetzt auch einen Kaffee brauchen.“ Sie holte eine weitere Tasse aus der Küche, und ihr Blick wechselte zwischen mir und dem Biergartenstuhl, auf dem in den vergangenen Stunden meine Gesprächspartner gesessen hatten. „Störe ich Sie?“

Ein Gespräch mit der Braut „hinter den Kulissen“ war eine Chance, die man unmöglich ausschlagen konnte. Hatte sie etwas auf dem Herzen, oder wollte sie nur wissen, wie hoch die Messlatte unserer Ermittlungen inzwischen lag?

Sie wirkte ernst, aber nicht so erschüttert, wie man es beim Tod der eigenen Schwester erwartete. Die Sorge um ihre materiellen Einbußen schien sie ebenfalls stark zu belasten. Und wenn der Familiensinn nicht sehr ausgeprägt war, konnten Eifersucht und Neid ein schwesterliches Verhältnis ernsthaft vergiften.

Als ich von ihr wissen wollte, ob sie sich mit Maja gut verstanden hätte, richtete sie ihre dunklen Augen auf die Tischplatte und verschränkte die kurzen, kräftigen Hände, an deren rechter der weißgoldene Ehering blinkte. Mit ihrem in der Mitte gescheitelten, zum Knoten geschlungenen schwarzen Haar und den markanten Brauen erinnerte sie ein wenig an Frida Kahlo.

Ihre Miene wirkte unentschlossen, und ich hoffte, dass sie sich um eine ehrliche Antwort bemühte. Als sie weiter schwieg, hakte ich nach. „Telefonierten Sie regelmäßig miteinander? Sie wohnten bis Ende März in Münster, gab es mal eine Verabredung zum Shopping oder einen gemeinsam verbrachten Abend?“ Wie gern hätte ich eine Schwester gehabt, die bei gewagten Schuhkäufen neben der Anprobebank stand oder meine Hand im Kino drückte, wenn die Taschentücher zum Einsatz kamen. Der Zufall des Lebens hatte mir einen jüngeren Bruder beschert, der seine Schuhe allein gekauft und sich lieber Boxkämpfe angesehen hatte.

„Wir hatten nicht viel Kontakt“, unterband Alma meine Erinnerungen. „Als Maja nach Düsseldorf zog, begann ich gerade mit meiner Doktorarbeit. Bis dahin hatte ich noch bei meinen Eltern gewohnt, obwohl meine Schwester unser Familienleben in einer Weise aufmischte, die mir das Zusammensein mit ihr nicht gerade erleichterte. Ihre Freunde waren eine reine Fun-Gesellschaft, lästiger als eine Heuschreckenplage. Sie genierten sich nicht, mitten in der Nacht mit laufendem Motor vor der Haustür zu halten oder Maja um fünf Uhr morgens mit einem Hupkonzert zu verabschieden.“ Sie nahm einen Schluck Kaffee und schob die Tasse dann weg. „Während meine Eltern verreist waren, blieb einer dieser Typen sogar zum Übernachten da. Als ich morgens ins Bad kam, duschten Maja und er zusammen. Sie hätten wenigstens abschließen können!“ Ich überlegte, wie ich auf männliche Überraschungsgäste im Bad reagieren würde. Wir haben sie zur Vorsicht erzogen, hatte Majas Mutter gesagt. Ein Morsezeichen in meinem Hirn meldete noch einmal die Möglichkeit, dass sie schwanger gewesen war.

„Ich glaube, mit einem solideren Freundeskreis hätte sich das Leben meiner Schwester ganz anders entwickelt. Und vielleicht auch nicht solch ein furchtbares Ende genommen …“ Alma stockte und brach in Tränen aus. „Nein, ich sollte so etwas nicht sagen! Aber wir alle, meine Familie, meine Schwiegereltern, mein Mann, wir stehen vor einem Rätsel!“ Sie schluchzte. „Wir begreifen das einfach nicht. Was ist da passiert? Wer hat das getan?“

Ihre scharfen Fingernägel fuhren über ihren Nacken, als wollte sie alte Kasteiungsregeln aktivieren, doch dann ließ sie, als wäre sie erschrocken über diesen Anfall von Selbstzerstörung, die Hände mit einer hilflosen Gebärde in den Schoß fallen und heftete ihren Blick darauf. Ihr Verhalten überraschte mich nicht. Der Schock, den der Anblick der toten Schwester auslöste, hatte zunächst ein schützendes Vakuum aufgebaut, einen Zustand der Betäubung, der alle weiteren Überlegungen ausschaltete. Im Lauf unserer Befragungen war diese trügerische Membran löchrig geworden, jetzt explodierten die Gefühle. Ich beschloss, ihre Schwäche zu nutzen: „Ihre Schwester wurde während Ihrer Hochzeitsfeier ermordet. Könnte es dafür eine Erklärung geben? Denken Sie bitte nach."

Sie kämpfte gegen einen plötzlichen Widerstand in ihrer Kehle. „Ich weiß es nicht!"

„Wo und wann haben Sie Ihre Schwester vor der Hochzeit zum letzten Mal gesehen?"

„Sie brachte den Blazer zur Anprobe vorbei, das war … am letzten Dienstag, abends gegen neun. Sie blieb etwa eine Stunde, wir haben geredet …" Sie brach ab, als fände sie es merkwürdig, dass man ein Gespräch zwischen Schwestern überhaupt als erwähnenswert betrachtete.

Als ich sie bat, den Blazer ausführlich zu beschreiben, um im Atelier danach suchen zu können, sagte sie nur: „Gelbe Rohseide."

„War Ihr Mann bei der Anprobe dabei?"

„Nein, er hatte draußen auf dem Gelände zu tun."

„Worüber haben Sie mit Maja geredet?"

Alma zuckte die Schultern. „Ich wollte wissen, wie es ihr geht."

„Und wie ging es ihr?"

„Sie war ziemlich deprimiert, weil trotz ihrer zahlreichen Entwürfe die Kunden ausblieben. Sie meinte, um eine Boutique mit gekaufter Ware zu führen oder als Änderungsschneiderin zu arbeiten, hätte sie nicht auf die Modeschule gehen müssen."

Ich unterdrückte die Bemerkung, Maja sei noch sehr jung gewesen, stattdessen fragte ich, ob sie sich mal Geld geliehen habe.

„Von uns?" Almas dunkle Augen blitzten vor Sarkasmus. „Wir hätten ihr nichts leihen können. Dieser Hof ist ein leck gewordener Eimer. Ständig füllen wir Wasser nach, doch unten läuft es wieder raus. Warum fragen Sie?"

„Weil ich mir einen Überblick über die finanziellen Verhältnisse verschaffen muss. Die Kontoauszüge allein …"

Obwohl ich Wohnungsdurchsuchungen verabscheute, weil ich mit Dingen zu tun bekam, an die ich in meinem Privatbereich niemanden heran gelassen hätte, versprach ich mir in Majas Fall brauchbare Hinweise. In der Regel reichte die Palette von Terminkalendern und Adressbüchern über den Anrufbeantworter bis hin zu den jüngsten Computeraktivitäten. Und manchmal endete sie sogar bei der zuletzt abgespielten Compact Disk oder DVD.

Mein Exkurs erinnerte mich an einen spektakulären Autounfall in München, bei dem die Frage nach der Ursache durch eine Musikeinspielung gelöst werden konnte. Im Gespräch mit den Freunden des Opfers stellte sich nämlich heraus, dass die CD, die die verunglückte junge Frau im Wagen angehört hatte, von ihrem kurz zuvor an Krebs verstorbenen Mann stammte. Als die Polizei erfuhr, dass sie ihr eigenes Exemplar vernichtet hatte, vermutete sie, dass ihr jemand in böser Absicht eine Kopie in den Rekorder geschoben hatte. Ahnungslos hatte sie ihn angestellt und bei der bewussten Melodie derart die Fassung verloren, dass sie das Lenkrad verriss. Der Personenkreis, der Zugriff auf ihren Wagen hatte, war nicht sehr groß, und so wurde der Schuldige schnell gefunden – mit Hilfe einer Bagatelle, über die manch einer mit Leichtigkeit hinweggegangen wäre. Nicht jeder Kriminalbeamte überprüfte automatisch den CD-Spieler eines Unfallwagens.

„Was wissen Sie über das Praktikum in Den Haag, das Ihre Schwester nach ihrem Examen in Düsseldorf gemacht hat?"

Alma schüttelte den Kopf. „Nicht viel. Sie war drei Monate dort, bei einem Designer, der sein Label ‚boycott!' nennt. Gelegentlich hat sie mir eine Mail geschickt, allerdings nicht oft, und die Nachrichten waren auch nicht sehr aussagekräftig: Es gehe ihr gut, und die Arbeit mache ihr Spaß, so in der Art. Auch als sie dann wieder in Münster war, haben wir, sie und ich …". Alma senkte den Blick und drehte an ihrem Trauring, als wollte sie prüfen, ob er sich noch abziehen ließe. „Um ehrlich zu sein", fuhr sie fort und ließ den Ring in Ruhe, „hatten wir nur wenig Kontakt. Maja ist Löwe, ich bin Jungfrau. Das sind Tierkreiszeichen, die nicht gut miteinander harmonieren." Ein verlegenes Lächeln huschte über ihr Gesicht. „Die Verschwenderin und die Ordnungsfanatikerin, die Herrschsüchtig-Laute und die stille Pragmatikerin. Für die Polizei mögen solche Berechnungen irrelevant sein. Aber ich habe mir manches Mal meine Absolution bei den Astrologen geholt; ich meine die Absolution von der Sünde, meine kleine Schwester derart zu vernachlässigen. Aber was konnte ich für sie tun? Seitdem sie wieder in Münster war, war ich beruflich total eingespannt, und dann diese Umbauarbeiten hier auf dem Hof …"

„Wo sind Sie beschäftigt?"

„Ich arbeite für ein Institut in Münster, das auf die Volkskunde und Geschichte des Münsterlandes spezialisiert ist. Wir stehen in ständigem Austausch mit Museen und Archiven im Umkreis."

„Wie heißt das Institut?"

„Bader", gab sie zurück. „Professor Arthur Bader war Ordinarius für neuere Geschichte. Sein Spezialgebiet ist der Zweite Weltkrieg, wie er im Münsterland erlebt wurde. Vor allem die so genannte Stunde Null. Ich lernte ihn vor zwei Jahren auf einem Symposion kennen, kurz nach seiner Emeritierung. Er hatte gerade sein Institut an der Rothenburg gegründet und lud mich ein, für ihn zu arbeiten."

„Und Sie arbeiten gern für ihn?"

Ich hatte Begeisterung erwartet, zu meiner Überraschung bildete sich sekundenlang eine Falte über ihrer Nasenwurzel, dann wandte sie den Blick ab. Das konnte natürlich Kalkül sein, eine Strategie, die das Interesse der Polizei auf Banalitäten lenken sollte, während wichtige Details ungesagt blieben.

„Gibt es ein Problem?"

Sie schüttelte den Kopf, wobei ihre Miene so angespannt wirkte, dass sie ihre Gestik Lügen strafte.

„Wir reden zwar über den Mord an Ihrer Schwester, aber falls Sie Zweifel an Ihrem Chef vorbringen möchten, die in den Zuständigkeitsbereich der Polizei fallen, schlage ich vor, dass Sie am Montagmorgen ins Präsidium kommen. Zu einem Gespräch in dem entsprechenden Kommissariat."

„Ich meine doch nicht Professor Bader! Hätten wir ihn sonst zu unserer Hochzeit eingeladen?"

Ich blätterte unauffällig das Protokoll über Lückmanns Gespräch mit dem Professor auf. Seine Aussagen bezogen sich ausschließlich auf die Hochzeitsfeier. Er hatte Maja nie zuvor gesehen und erinnerte sich auch nicht an sie. Seine Anwesenheit zur Tatzeit wurde durch Steinwercks Großeltern bestätigt, die während der ganzen Zeit mit ihm am Tisch gesessen hatten.

„Dann gibt es Schwierigkeiten an Ihrem Arbeitsplatz?"

„Ja“, entgegnete sie gereizt, „obwohl das garantiert nicht hierher gehört. Aber diese Angelegenheit ist mir dermaßen in die Knochen gefahren und beschäftigt mich schon so lange … Und jetzt auch noch der Schock über Majas Tod … Sie müssen mich für ziemlich gefühllos halten, weil ich so beherrscht reagiere. Glauben Sie mir, ich kann nicht anders, ich würde sonst durchdrehen.“

„Können Sie andeutungsweise erklären, worum es geht?“

„Seit geraumer Zeit“, begann sie zögernd, „erhält das Institut eigenartige Briefe. Sie sind nicht so bedrohlich oder beleidigend, dass wir uns verpflichtet fühlten, zur Polizei zu gehen. Zumindest hält der Professor es nicht für notwendig.“

„Handelt es sich um anonyme Schreiben?“

„Ja. Sie kommen mit der regulären Post.“

„Was steht drin?“

„Der Umschlag enthält die Fotokopie eines Messtischblatts, in der ein Ort umkringelt ist. Mit einem dünnen roten Filzstift. In gleicher Farbe wurde daneben ein Totenkopf aufgemalt.“

„Ist immer derselbe Ort gemeint?“

Als sie nickte, wollte ich seinen Namen wissen, doch sie schwieg.

„Frau Lehnbach, um was geht es konkret?“

„Ich bin nicht befugt, das zu sagen.“ Warum hatte sie dann damit angefangen? Nur um ihre nüchterne Reaktion auf Majas Tod zu rechtfertigen? „Es hat auf gar keinen Fall mit meiner Schwester zu tun“, insistierte sie. „Überhaupt würde ich die Sache gern mit dem Professor besprechen, bevor ich Einzelheiten an Sie weitergebe.“

„Sie können sich einen Zusammenhang absolut nicht vorstellen?“, versuchte ich sie aus ihrer Reserve zu locken, und sie entgegnete schnell: „Der Grund für diese … Belästigungen ist unsere Studie, die sich mit einem Vorfall hier im nördlichen Münsterland beschäftigt.“

„War dieser Vorfall kriegsbedingt?“

„Es geht um ein Ereignis, das Professor Bader in den letzten Kriegstagen selbst erlebt hat. Er würde es gern in einer Studie verarbeiten und gab deshalb einen Aufruf heraus, dass sich weitere Zeitzeugen melden sollen.“

Als ich wissen wollte, wo dieser Aufruf erschienen sei, nannte sie die beiden münsterschen Tageszeitungen, die Anfang Januar und Mitte Februar die Meldung in ihrer Wochenendausgabe abgedruckt hatten. Dass die Reaktionen darauf nur sehr mäßig einträfen, habe man erwartet, aber eine so massive Drohung? Almas Hände öffneten sich kurz und schlossen sich wieder, während sie mir jetzt voll ins Gesicht sah. „Es muss jemanden geben, der unsere Arbeit sabotieren will oder zumindest an der Streichung bestimmter Zeugenaussagen interessiert ist. Nur wissen wir leider nicht, welcher Zeuge gemeint ist. Aber wie gesagt, muss ich mich erst mit Professor Bader beraten, bevor ich Dinge bekannt gebe, die zu seiner persönlichen Biographie gehören."

Auch wir konnten uns mit dem Professor unterhalten. Max war ein geschickter Taktiker, wenn es darum ging, nicht nur aus den Aussagen Verdächtiger Lügen und latente Widersprüche herauszufiltern, sondern auch den Informanten Details zu entlocken, die diese ursprünglich nicht hatten ausplaudern wollen.

Alma unterbrach meine Überlegungen. „Vielleicht hätte ich diese Sache besser nicht auf den Tisch gebracht, aber …" Ein verräterischer Glanz trat in ihre Augen, der nichts mit ihrer Forschungsarbeit zu tun hatte, sondern wieder mit Trauer und Entsetzen über den Tod ihrer Schwester. „Ich bin mit den Nerven am Ende. Ich hatte mich auf die Flitterwochen gefreut: Endlich weg von diesem Psychoterror im Institut, von der Sorge, dass neue Briefe dem Professor ernsthaft zusetzen könnten. Mein Mann und ich, wir hätten diese vier Urlaubstage dringend gebraucht. Jetzt sitzen wir noch tagelang bei Ihren Vernehmungen."

„Sie wollen doch, dass der Tod Ihrer Schwester aufgeklärt wird."

„Warum wurde sie auf unserer Hochzeit ermordet?" Sie vergrub ihr Gesicht in den Händen. Das Bild der toten Schwester hatte sich quälend eingebrannt wie ein Negativ, und die Aussicht auf immer weitere Befragungen und auf neue finanzielle Sorgen bildete eine drückende seelische Hypothek. Die Arbeit unseres Ermittlungsteams konnte ihre Vorbereitungen für das Seminar empfindlich behindern, wenn nicht ohnehin eine Absage nach der anderen auf sie einprasselte. Wer trotzdem teilnahm, gehörte womöglich zu den Sensationslüsternen. Kamera, Handy und einen Geländeplan im Gepäck. Nur Paparazzi waren noch schlimmer. Der Mord an ihrer

Schwester hatte Alma und ihren Mann in einer sensiblen Phase ihres Akademie-Projekts getroffen – auch diesen Aspekt mussten wir berücksichtigen.

Während Alma, als könnte sie Gedanken lesen, an die Wand starrte, hinter der sich die neuen Gästezimmer befanden, blätterte ich noch einmal in Lückmanns Protokoll. Steinwerck hatte meine Frage, ob es in letzter Zeit Ärger mit Kollegen, Nachbarn oder Bekannten gegeben habe, verneint. Wie ich jetzt herausfand, war auch Almas Antwort negativ gewesen.

„Kennen Sie jemanden, der neidisch auf Ihre Schwester war?"

„Nein", sagte Alma.

„Wie sahen die Pläne Ihrer Schwester aus? Unterstützte sie jemand in ihren Projekten? Dachte sie auch daran, sich in der Industrie zu bewerben?"

„Ich weiß es nicht." Sie drehte weiter an ihrem Ehering, als gäbe ihr das robuste und wertvolle Metall seelischen Halt. Ich betrachtete ihre verschlossene Miene und fragte mich, an wie vielen Aussagen der Hochzeitsgäste sich unsere Vernehmungen zu zerreiben drohten, weil das fehlende Glied der Ermittlungskette in einem winzigen Detail steckte, das entweder übersehen oder sofort vergessen worden war. Nicht nur wir, auch viele Menschen, die wir befragten, besaßen ihre ausgefeilten Verhaltensstrategien. Und so oft wir unsere Protokolle auch später lasen, miteinander verglichen, zu dechiffrieren versuchten, irgendwo verbarg sich immer eine Kleinigkeit, die unbemerkt blieb: diese eine Nuance in der Stimme, ein deplatziertes Lachen oder die fahrige Handbewegung. Die Vernehmungen im Präsidium wurden mit Videos und Tonbandaufnahmen dokumentiert und von einem Kollegen mitgehört. Hier, am Tatort, mussten wir uns auf unsere eintrainierten Kontrollmechanismen verlassen, und genau dies war der Punkt, an dem ich mit Alma nicht zurechtkam. Ihr überraschendes Angebot, mit mir zu reden, ihre stereotypen Gesten und der ständige Stimmungswandel machten es mir nicht leicht. Sie stand noch immer unter Schock, wie spontan war überhaupt ihr Verhalten? Oder handelte es sich um eine Pose, die mich in die Irre führen sollte? Sie hatte die Tote gefunden, aber sie hatte auch die Besichtigung des Spiekers auf einundzwanzig Uhr dreißig festgesetzt; zweieinhalb Stunden nach dem letztmöglichen Todeszeitpunkt. Maja und sie hatten wenig für einander empfunden, und ihr Mann bezeichnete die Schwägerin als Flittchen.

Auf meine Frage, ob Maja sie gelegentlich besucht habe, berichtete Alma, ihre Schwester habe Modenschauen auf dem Hof geplant. Den Arm voller Entwürfe, drei Mädchen im Schlepptau, war sie schon in den ersten warmen Apriltagen auf dem Grundstück aufgetaucht, als sei das die selbstverständlichste Sache der Welt. Natürlich, sagte Alma, sei sie damit nicht einverstanden gewesen.

„Sie hatten vor drei Wochen ungebetene Gäste hier auf dem Hof. Könnte es sich dabei um Freunde Ihrer Schwester handeln?"

„Ich habe diese Typen nicht gesehen, und mein Mann kannte Majas Freunde nicht. Tut mir leid, ich weiß es nicht."

„Erzählen Sie mir, wann und wie Sie Ihren Mann kennen gelernt haben?"

Für wenige Sekunden entspannte sich ihr Gesicht. „Das war vor genau dreizehn Jahren. Ich war achtzehn, er dreiundzwanzig; demnach verbindet uns zwar keine Sandkastenliebe, aber immerhin waren wir beide noch sehr jung. Und um Ihre nächste Frage gleich vorwegzunehmen: Die Münstersche Zeitung hatte damals einen Fotowettbewerb für die Sommerferien ausgeschrieben. Tiere im Zoo. Jochen und ich waren die Gewinner. Er hatte bei den Panthern gepunktet, ich bei den Giraffen. Danach verband uns mehr als unser Hobby."

„Kam Ihre Schwester weiter hierher, obwohl Sie mit den Modenschauen nicht einverstanden waren?"

Alma nickte. „Sie gab die Hoffnung nicht auf. Wenn es nicht der Hofplatz sein konnte, dann eben eins der Nebengebäude."

„Zum Beispiel der Spieker?"

„Nein, nie! Sie wollte die Remise oder den Schweinestall haben. Maja liebte spektakuläre Materialkombinationen – Brokat mit Drillich, oder Taft mit Wolle – und sie orientierte sich gern an historischen Kostümen. Ich gebe zu, dass die alten Gebäude gut zu ihren Entwürfen gepasst hätten. Aber die gibt es auf anderen Höfen schließlich auch."

„Was sagte Ihr Mann zu Majas Besuchen?"

„Er hatte grundsätzlich nichts dagegen. Seine Schwester kommt auch ab und zu. Seine Nichte ist ganz verrückt nach den Pfauen.

Doch wenn er abends nach Hause gekommen wäre, und dieser Modezirkus hätte unseren Hof okkupiert, wäre ihm das gegen den Strich gegangen. Und ich hatte Angst um meine Museumsstücke."

„Wer hätte die Fotos machen sollen? Maja selbst? Oder ein Berufsfotograf?"

„Keine Ahnung", sagte Alma, „an dem Abend damals im April brachte sie nur ihre drei Models mit. Später kam sie immer allein."

Ich dachte an Majas schlichte Kleidung auf der Hochzeit: schwarzer Rock, rotes Top. Hätte sich eine angehende Modeschöpferin nicht werbewirksamer präsentiert? Hatte sie sich die Haare selbst abgeschnitten, um die Familie zu schockieren?

Und was, wenn ihr Mörder Probleme mit ihrer Haarfarbe gehabt hatte? Das würde ihn in die Kategorie der geistesgestörten Rechtsbrecher rücken. Aber denkbar war die Sache immerhin.

Ich betrachtete Almas dunkles Haar und wollte wissen, ob Maja ihres gefärbt habe. „Meine Frage kommt Ihnen in dieser Situation wahrscheinlich sehr banal vor, vielleicht sogar zynisch. Aber Ihre Antwort könnte wichtig sein." Ich benutzte das Wort „Ritualmord" nicht gern, weil man dem Täter damit tiefsinnige Abgründigkeiten unterstellte, wo brutaler Tötungswille am Werk gewesen war. Aber den auffälligen Zustand der Leiche konnte man nicht ignorieren.

„Maja war brünett", bestätigte Alma. „Sie mochte ihre Haarfarbe nicht, weil unsere ganze Familie immer dunkelhaarig gewesen ist, seit Generationen und von beiden Elternteilen her. Bei uns zu Hause hingen Ahnenporträts, schwarz wie die Kreolen." Während ich noch überlegte, ob sie mir mit dieser Bemerkung vielleicht einen Hinweis stecken wollte, ohne sich den Mund zu verbrennen, redete sie schon weiter. „Eine Zeit lang träumte sie sogar von schwarzen Teufeln. Deshalb setzte sie als Fetisch eine blonde Puppe auf ihren Nachttisch. Hässlich, mit Glotzaugen und Haaren wie Stroh. Danach kamen die Teufel angeblich immer noch, konnten ihr aber nichts mehr anhaben. Merkwürdig war allerdings, dass sie sie zeichnete."

„Sie zeichnete Teufel?"

Alma nickte. „Gnome, Fratzen, verstümmelte Körper, abartige Verrenkungen. Sie ließ die Blätter offen herum liegen."

„Wie einen Hilferuf! Hat ihr jemand geholfen?"

„In der Verwandtschaft meiner Mutter gibt es eine Psychoanalytikerin. Sie wurde damals um Rat gefragt. Über das Ergebnis weiß ich nichts."

„Haben Sie sich denn nicht dafür interessiert?"

Almas Blick wirkte plötzlich streitbar. „Ich glaube, ich habe damals alles getan, um Maja zu helfen, habe mit ihr geredet und versucht, ihre bizarren Ängste zu verstehen. Wir hätten auch wieder ein Zimmer teilen können, doch die Analytikerin war anderer Meinung." Der Spuk hatte begonnen, als Maja zehn wurde. Alma erinnerte sich deshalb so gut, weil ihre Schwester sich zum Geburtstag einen Eisbären wünschte. Noch ein Fetisch! Andere Mädchen ihres Alters wollten Tricotronics oder einen Gamestick. Sie sammelte weiter helle Plüschtiere.

Ich notierte mir, dass wir diesen Punkt mit den Eltern besprechen mussten. Hatten sie nie daran gedacht, die Meinung eines zweiten Experten einzuholen? Eine Zehnjährige, die vom Teufel träumte?

„Könnte es sein, dass Ihre Schwester damals Kontakte zu sektenähnlichen Gruppierungen hatte?"

Als sie den Kopf schüttelte, fragte ich, wann sich Maja zum ersten Mal die Haare gefärbt habe. Auch hier fiel die Antwort sehr präzise aus. Am Abend ihres fünfzehnten Geburtstags war sie zur Tür hereingeschneit, und ihr langes Haar war goldblond gewesen.

Ich wollte wissen, ob außer Dirk Weiting und den Broken Wings noch jemand aus Majas Bekanntenkreis stamme. Sie verneinte.

„Ihre Schwester arbeitete im Atelier Ihres Mannes und kannte die übrigen Modelle nicht?"

„Auch meine Brautjungfern kannten einander nicht, bis wir vor vier Wochen unsere Hochzeit zu planen begannen. Die Mädchen haben bei Jochen feste Arbeitszeiten, deshalb laufen sie einander nicht über den Weg." Alma klang herablassend, als wäre von Bardamen die Rede. Betrachtete sie Aktmodelle als moralisch minderwertig? Warum hatte sie ihnen dann die ehrenvolle Aufgabe der Brautjungfer anvertraut?

„Ich habe immer geglaubt, die Braut sucht sich die Brautjungfern im engsten Familien- oder Freundeskreis."

Wieder massierte Alma ihren Ehering, während sie mit einem eigenartigen, schwer zu deutenden Lächeln erklärte: „Jochen kam auf die Idee, diese vier Nymphchen auszuwählen. Zugegeben, sein Vorschlag überraschte mich. Andererseits wollte ich auf diesen alten Brauch nicht verzichten. Die Brautjungfern haben die Aufgabe, die Braut vor bösen Geistern zu schützen. Deshalb tragen sie ähnliche Kleider wie sie, um die Dämonen zu täuschen."

Ich wollte einwenden, dass Brautjungfern nicht nur für Dämonen zuständig waren, sondern auch für den reibungslosen Ablauf der Feier, doch Alma redete schon weiter: „Ich hatte an meine vier münsterschen Cousinen gedacht, doch als der Entwurf für mein Hochzeitskleid fertig war, bekam ich bei der Vorstellung, sie in blassgrüne Jungmädchenkleider zu stecken, ein ziemliches Problem. Also nahm ich Jochens Vorschlag an."

„Könnten Sie sich außer Dirk Weiting einen anderen Mann vorstellen, der Maja zur Teilnahme an der Hochzeit verleitete?"

Prompt kam Almas Gegenfrage. „Sie denken an meinen Mann? Ich habe nicht den geringsten Anlass zur Eifersucht."

„Was macht Sie so sicher?" Schließlich konnte Steinwercks hartes Urteil über die Schwägerin ein Ablenkungsmanöver sein.

Ihre Antwort war ein herablassendes Lächeln. „Maja war nicht sein Typ. Zu jung, zu mager, zu unreif. Außerdem …", sie stockte kurz und fuhr dann fort, als handelte es sich um ein wissenschaftliches Ergebnis: „Mal abgesehen von dem moralischen Aspekt: ich kenne meinen Mann. Er ließe niemals eine Affäre an sich heran. Er braucht Übersichtlichkeit und Geradlinigkeit in seinem Leben, jede Heimlichtuerei wäre ihm zuwider."

„Könnte man es schärfer formulieren? Ihr Mann hielt moralisch nicht viel von Maja. Ihr Streitgespräch im Flett … "

Sie unterbrach mich mit einer hastigen Handbewegung. „Mein Mann ärgerte sich oft über sie, weil sie nicht sehr zuverlässig war. Sie verspätete sich oft oder vergaß ihren Dienst. Jochen war es unangenehm, wenn seine Klasse warten oder ohne Modell zeichnen musste."

„Warum hat er sie dann als Modell behalten?"

„Sie brauchte das Geld", entgegnete sie mit überraschender Kälte, während mir der Gedanke durch den Kopf ging, dass es Alma gewesen war, die den Kauf von Große Antrup vorangetrieben hatte. Eine Akademie auf eigenem Grund erlaubte bessere Einblicke in den Umgang ihres Mannes mit seinen Studenten, weil sie über Nacht blieben, und Alma die Gästezimmer betreute. Vielleicht hatte sie ja doch Grund zur Eifersucht.

Als könnte sie meine Gedanken lesen, fuhr sie fort: „Jochen arbeitet regelmäßig mit Aktmodellen, es ist eine absolut seriöse Beschäftigung. Trotzdem gibt es junge Frauen, die völlig auf dem Holzweg sind und sich für Dinge anbieten, die mit Kunst nichts zu tun haben. Sie lesen Groschenromane und denken sich alles Mögliche."

„Traf das auch auf Ihre Schwester zu?"

„Nicht, was Jochen betrifft. Und wenn sie mit dem einen oder anderen Studenten anbandelte, ging mich das nichts an."

Ich wollte wissen, ob die Aktmodelle auch in Große Antrup arbeiten würden, doch sie schüttelte den Kopf. Vorläufig nicht. Die Umgebung und die Jahreszeit legten es nahe, dass man sich mit Landschaften und Stillleben befasste. Übungen zum Aktzeichnen sollten erst wieder im Winter stattfinden. „Unsere Seminarteilnehmer möchten draußen arbeiten. Doch ein Aktmodell ins Freie zu stellen, wäre nicht im Sinne unserer erzkonservativen Bauerschaft. Das müsste schon ein geschlechtsloser Putto sein."

Önnings wohnten dreihundert Meter entfernt, und die jungen Schulze-Brachts waren sicher nicht prüde. Wer regte sich da auf?

Meine Spekulationen wurden von einer sachdienlicheren Idee verdrängt. Unsere Dezernatssekretärin Hilly Türmer belegte gelegentlich Kurse für Rötel- und Bleistiftzeichnungen. Seit ihrem letzten Lehrgang schmückten unseren Büroflur vegetarische Motive: Knoblauch, Zwiebeln, das Ende einer Porreestange. Mit ihrer beinahe drastischen Wiedergabe der feinen Häutchen und Wurzeln in Sepia stachen sie mir jeden Morgen ins Auge. Auf Staatskosten würde Hilly wesentlich entspannter zeichnen können.

- V -

Alma war gerade ins Flett zurückgekehrt, als meine Grübeleien einen Filmriss erlitten, weil Max zur Glastür hereinstürmte. Sein T-Shirt hatte dunkle Flecken, doch sein Schnaufen hörte sich zufrieden an. Hatte die gleichmäßig trabende Gangart des Joggens auf sein Hirn übergegriffen und dort einen Erkenntnisprozess in Gang gesetzt? Skeptisch, wie ich dem Laufen nun mal gegenüberstand, kam mir eher die Tretmühle eines Meerschweinchens in den Sinn. Wie auch immer, Max wirkte euphorisch, und ich war offen für positive Stimmungen. Nach unserem Vernehmungsmarathon konnten wir sie brauchen!

„Diese beiden Brautjungfern aus der Hängematte“, keuchte er, „Frewes und Illmann, die sich gegenseitig ein Alibi ausstellen, können die Lehnbach gekannt haben. Entgegen ihrer Aussage. Möglicherweise waren die beiden sogar mit ihr verabredet.“

„Setz dich!“, sagte ich und hoffte, nicht wie ein Lehrer aus der „Feuerzangenbowle“ zu klingen.

„Hast du zufällig ein Deo dabei?“

Ich zog meinen Spray aus der Tasche und wartete darauf, dass er über Sport for Woman die Nase krausen würde, doch er nebelte sich so verschwenderisch ein, als würde er für längere Zeit in Quarantäne geschickt. Wohlwollend sah ich ihm zu. Vor ein paar Jahren hatte ich eine ganze Ermittlungsphase lang an regelmäßigen Duftwolken von Cacharel pour l’homme teilgehabt.

Er raschelte ungeduldig mit den Blättern seines Schreibblocks, während ich mein Gespräch mit Alma zu Protokoll brachte, dann rückten wir zusammen. Er wischte sich mit einem Calvin-Klein-Tüchlein, das garantiert aus Sabines Extraschublade für treue Kundschaft stammte, den Nacken und legte los.

„Kottnick“, noch immer ging sein Atem heftig, demnach hatte er beim Joggen auf die Auslaufrunde verzichtet und sofort kehrtgemacht, nachdem ihm seine Erleuchtung gekommen war, „konnten wir noch nicht befragen, weil sie früher gegangen ist. Die drei anderen Jungfern haben ausgesagt, dass sie Maja vor der Hochzeit nie gesehen hätten. Zumindest bei Frewes und Illmann stimmt das möglicherweise nicht." Er legte eine Kunstpause ein, als ich keine Fragen stellte, lieferte er die Erklärung.

„Ich habe sie getrennt voneinander befragt, wann sie zuletzt im Atelier an der Steinfurter Straße waren. Frewes gab Montag, den 14. Juli, an, Illmann Freitag, den 18. Als ich wissen wollte, ob ihnen an diesem Abend irgendetwas aufgefallen sei, erzählten sie übereinstimmend von dem schweren Hagelschlag, der gegen einundzwanzig Uhr dreißig über diesen Stadtteil hereingebrochen sei. Den Hagel", sein Zeigefinger pochte hart auf die Tischplatte, „hat es aber am Montagabend der letzten Woche gegeben, also am 21. Juli. Da war nach Steinwercks Angabe Maja Lehnbach im Atelier. Trotzdem müssen Frewes und Illmann auch da gewesen sein. Zur selben Zeit wie die Lehnbach."

„Nicht zwangsläufig", wandte ich ein. „Frewes wohnt in Gievenbeck, Illmann am Coerdeplatz. Auch dort können sie am 21. Juli ihren Hagel abbekommen haben."

„Eben nicht! Ich habe vor zehn Minuten die Wetterredaktion beim WDR in der Mondstraße angerufen. Dieser extreme Hagelschauer ging nur über der Steinfurter Straße und dem Klinikviertel bis zum Stadtpark Wienburg herunter. Die Hagelkörner hatten Eiergröße. Es gab Beulen an den Autodächern."

Ich schlug die Seite in meinem Schreibblock auf, die die Arbeitszeiten der Aktmodelle im Juli dokumentierte. Max hatte Recht. Auch mir hatte Steinwerck gesagt, Maja sei am vorletzten Montag um halb zehn überraschend in seinem Atelier aufgekreuzt, um sich Skizzen zu besorgen. Sie hatte ebenso wenig Dienst gehabt wie Frewes und Illmann. Kottnick war an der Reihe. Das war tatsächlich ein merkwürdiges Zusammentreffen. Waren vielleicht alle vier miteinander verabredet gewesen? Ich sah noch einmal im Dienstplan nach. Verena Bloch, die Vierte im Bunde der Brautjungfern, hatte am 25. Juli, am letzten Tag vor den Ferien, Modell gestanden. Was hatte Frau Bloch über Maja Lehnbach ausgesagt? Ich fragte Max.

„Sie will Maja Lehnbach ebenfalls nie zuvor gesehen haben. Auch auf der Hochzeit ist sie nicht in ihre Nähe geraten. Aber", schob er schnell nach, als ich einen Einwand machen wollte, „sie hat ein Alibi, das von mindestens vier aufgebrachten Hochzeitsgästen bestätigt wird, die vor dem Badezimmer Charleston tanzten, weil Frau Bloch drinnen mit ihrer Verschönerungsaktion nicht zu Rande kam."

„Auf jeden Fall gehört eine Unterredung mit Irma Kottnick auf unsere heutige Tagesordnung. Haben wir die Handynummern von ihr und dieser Lern-WG, wo sie angeblich den restlichen Samstagnachmittag verbracht hat?"

Max nickte. „Ich fahre hin."

„Nein, lass mal", sagte ich in einer plötzlichen Eingebung. „Diese WG interessiert mich ganz besonders, und wo wir schon so viel im heutigen Terminkalender stehen haben, können wir es uns nicht leisten, im Doppelpack zu recherchieren." Als Lückmann fragend die Augenbrauen hob, präzisierte ich: „Nichts gegen deine ausgeklügelte Fragetechnik, aber mir schwebt ein Überraschungsangriff vor. Jetzt, wo wir zumindest vermuten, dass es doch Kontakte zwischen Steinwercks Modellen gibt." Als Max, noch immer skeptisch, die Achseln zuckte, fuhr ich fort: „Außerdem müssen wir unbedingt auch den gestrigen Tagesablauf von Oliver Radebrecht überprüfen. Wann ist er bei seinem nächsten Fototermin, der Diamantenen Hochzeit in Rheine, eingetroffen? Finde heraus, welche Zulassungsnummer sein Motorrad hat, und wie schnell er rein theoretisch am Ziel sein konnte." Darauf wirkte sein Nicken vergleichsweise begeistert. Dubiose „Fahrtenschreiber" abzuchecken, war ihm ein Vergnügen. Seitdem er seine Mercedes-Pagode zu Schrott gefahren hatte, benutzte er ein „Sportmodell", allerdings ein kostengünstiges, das seinen Namen zwei Paar Turnschuhen im Kofferraum verdankte. Umso mehr interessierte er sich für „heiße Öfen", und nachdem Sabine grünes Licht gegeben hatte, plante er einen zu kaufen. Nicht zuletzt deshalb, weil ihn das von der Pflicht befreien würde, am Wochenende seine Mutter in Ausflugslokale zu kutschieren … Mama Lückmann auf dem Soziussitz! Ich verdrängte das Bild; dies war kein Tag für Witze.

Wir beschlossen, die Neuigkeit, dass die Brautjungfern die Tote sehr wahrscheinlich gekannt und ein Treffen außerhalb des Dienstplans vereinbart hatten, so lange abhängen zu lassen, bis uns die Antwort der Lern-WG vorlag, und gingen gemeinsam die Vernehmungen jener sechs Personen durch, die außer Jochen Steinwerck kein Alibi besaßen.

Als die Rede auf Dirk Weiting kam, fiel mir ein, dass er mit Lückmann über Majas neuen „Lover" geredet hatte. Doch Max hob ratlos die Schultern. Maja hatte Weiting das Ende ihrer Freundschaft lediglich mit der Begründung angekündigt, sie habe ihren neuesten Flirt einer verhassten Konkurrentin ausgespannt.

„Wäre das kein Tatmotiv?"

In diesem Augenblick flog die Glastür auf und Schüller stürmte herein. „Wir haben die Kleidung der Toten gefunden!"

Sie war auf einer Vogelscheuche am Rand eines mannshohen Maisfeldes am nordöstlichen Gräftenufer drapiert; laut Schüllers Skizze etwa zweihundert Meter vom Spieker entfernt. Jenseits der Gräfte begann das verpachtete Wirtschaftsgelände. Majas blondes Haar wurde durch eine „Perücke" aus derben, von Trockenheit raschelnden Blättern angedeutet, sie steckte auf einem krummen, schmutzigen Besenstiel. Darunter blähte sich ein rotes Top in dem böigen Wind, der am Morgen aufgekommen war und die Maiskolben in ihren harten Blatthüllen schüttelte. Es war ein hässliches, kratzendes Geräusch. Im Schutz der Blätter kaum sichtbar, hing der schwarze Rock. Die Ackerkrume rund um den Stiel war mit einem dünnen Aschekranz bestreut, als hätte jemand einen magischen Kreis gezogen. Eine ganze Weile betrachteten wir das Szenario, dann zog ich mit einer Pinzette die „Perücke" auseinander, und wir starrten auf die rosafarbene Nelke, die in dem Blättergewirr versteckt war. Schweinchenrosa? Ich dachte an die ermordete junge Frau in Den Haag, von der Marion mir erzählt hatte. Die Öffentlichkeit hatte nur wenig über sie erfahren, trotzdem hatte Connie ihre Ausstellung in einer renommierten Haager Galerie zurückgezogen. Gab es den Namen Coren in Holland häufiger, oder hatte Maja ihr Praktikum ausgerechnet bei dem Verwandten von Connies Mann absolviert?

„Der Täter", sagte ich, „setzt Zeichen, die nur ein Eingeweihter versteht. Wenn es nicht so unwahrscheinlich klänge, würde ich behaupten, dass auf Große Antrup gestern Abend eine Hexenjagd veranstaltet wurde: die abgeschnittenen Haare, die gefärbten Fußsohlen … Aber wie finden wir diesen Eingeweihten? Ihr müsst mich gar nicht an die vielfältigen Adressen erinnern. Majas Wohnung, ihr Atelier, ihr Kinderzimmer in Wolbeck. Das Zimmer oder Apartment, das sie in Den Haag bewohnt hat, ihre Adresse in Düsseldorf. Wo fangen wir an? Die Nelke sagt mir, dass die Spur vielleicht nach Den Haag führt. Zu einer jungen Frau, die Anfang Mai ermordet und wahrscheinlich als Miss Piggy verkleidet wurde. Die Mitteilungen an die Öffentlichkeit waren sehr spärlich. Die Künstlerin, bei der die Fäden zusammenlaufen könnten, heißt Connie Coren. Sie hat gestern Abend ihre Ausstellung eröffnet und sich gegen halb acht ins Hotel bringen lassen, weil sie sich nicht wohl fühlte. Also zum Zeitpunkt von Maja Lehnbachs Tod."

„Na, so ein Zufall!" Max kniff die Augen zusammen. „Und was ist mit möglichen Beweismitteln in Steinwercks Atelier an der Steinfurter Straße?"

„Für das Atelier brauchen wir einen Durchsuchungsbefehl. Ich schlage vor, dass wir uns als Erstes Majas Zimmer in ihrem Elternhaus vornehmen. Ich fahre am Vormittag hin, und ich hoffe, Lehnbachs lassen mich auch ohne richterliche Erlaubnis arbeiten."

Während sich Schüller und Heinrich an die Sicherung der neuen Beweisstücke machten, gingen Max und ich zu unseren Autos, um zu Hause kurz „aufzutanken." Wir verabredeten uns für vierzehn Uhr an der Klosterstraße. Cornelia würde uns bei der Durchsuchung von Majas Wohnung und dem Atelier helfen.

Zuhause lag ein Zettel auf der untersten Treppenstufe, die Schrift stammte von Kerstin: „Wir sind mit den Rädern in den Rieselfeldern. Frühstücksomelett steht in der Mikrowelle. Falls dir schon nach Mittagessen ist, schau in den Kühlschrank." Mir war nach keinem von beiden. Das Butterhörnchen aus Almas Küche klebte im Magen, als wäre es aus Gummi. Ich nahm einen großen Schluck lauwarmen Kaffee und eine heiße Dusche, und meine Lebensgeister kehrten zurück wie freundliche Ahnen in einen vorübergehend stillgelegten Hausaltar. Ich zog frische Wäsche aus der Schublade und ließ mein Haar an der Luft trocknen.

Das Haus der Lehnbachs lag am äußersten südöstlichen Stadtrand und war ein schlichter, aber großer Backsteinbungalow mit flach geneigtem Zeltdach. Das etwa zwei Meter hohe, schmiedeeiserne

Gartentor war verschlossen, doch an der linken Grundstücksgrenze, an dem mit goldfarbenen, pfeilscharfen Pfostenspitzen bewaffneten Zaun vorbei, führte eine schmale Zufahrt zur Fabrikhalle und zum Kundenparkplatz. Die Schauräume der Lehnbachwerke waren sonntags bis dreizehn Uhr geöffnet. Trotzdem fuhr ich dreihundert Meter weiter zu den Abstellplätzen am Tierpark, ging dann zurück zum Tor und schellte.

Sofort begann im Hausinnern ein Hund zu bellen, als wäre die Türklingel mit seinen Stimmbändern verkabelt. Das hohe, nervöse Gekläff, das ein eher kleines Tier verriet, hatte zur Folge, dass sich die Gardine hinter dem straßenseitigen Bockfenster bewegte, dann knackte es in der Gegensprechanlage. Ich sagte meinen Namen, das Tor sprang auf und im gleichen Moment erschien Jutta Lehnbach an der Haustür. Der Kläffer entpuppte sich als schwarzer Pudel.

„Ja?" Ihre Stimme wirkte genauso ausdruckslos wie ihr Gesicht. Ohne Make-up wirkte sie sehr blass, und ihr Haar war strähnig. Ich versuchte, in ihrer Miene zu lesen: Verriet sie nur die grenzenlose Trauer über den Tod des eigenen Kindes, oder steckte hinter dieser Maske auch die Wut auf den Schuldigen? Oder die Scham über eine Familientragödie, die abwendbar gewesen wäre? Das erste Bild, das man sich von den Verwandten eines Opfers machte, konnte sehr entscheidend für die Richtung sein, in die die Ermittlungsarbeiten aufgenommen wurden. Zwar war dies nicht mein erster, spontaner Eindruck von Frau Lehnbach, den hatte ich schon heute Nacht erhalten. Doch es war die erste unangemeldete Begegnung, seitdem sie außerhalb der Reichweite der Polizei und der übrigen Festgäste zum Nachdenken gekommen war, zum Gedankenaustausch mit ihrem Mann, zu Beratungen mit der Familie. Ihre Körperhaltung wirkte fest und aufrecht, auch die Hände hatte sie unter Kontrolle, doch ihr Gesicht war eine in Stein gemeißelte Fassade. Sie hatte sich umgezogen. Anstelle des Hosenanzugs von der Hochzeitsfeier trug sie eine weit geschnittene, dunkle Leinenhose und ein cremefarbenes, ärmelloses Rollkragentop. Als ich die Stufen zur Eingangstür hinaufkam, trat sie zur Seite, während der Hund abdrehte in die dämmrigen Tiefen des Hauses. Eine lästige Besucherin, aber ungefährlich!, schien er zu denken, während seine Ballen über den Steinboden klackerten. Frau Lehnbach musterte mich misstrauisch, und ich sagte: „Entschuldigen Sie bitte, dass ich Sie störe. Könnte ich mir das Zimmer Ihrer Tochter Maja ansehen?“

Ihr Blick wurde abweisend, als wünschte sie mich auf den Mond. Das musste der Hund gespürt haben. Er machte kehrt und legte beim Bellen noch ein paar Dezibel zu. Frau Lehnbach antwortete mit einem derart schroffen: „Aus!“, dass ich ihre Feindseligkeit auch auf mich bezog. Dann fragte sie mit kaum verminderter Schärfe: „Braucht man nicht einen richterlichen Beschluss?“

„Nein, Frau Lehnbach.“ Ihr Einwand war mir nicht neu. Regelmäßig versuchten die Familienangehörigen eines Mordopfers den Zutritt zu seinem Allerheiligsten zu verwehren, während sie gleichzeitig erwarteten, dass wir „das Ungeheuer“ innerhalb eines Tages überführten und möglichst lebenslang hinter Gitter brachten.

„Fragen Sie Ihren Rechtsanwalt, wenn Sie Zweifel haben“, schlug ich deshalb vor. „Außerdem hätte ich mit einem Durchsuchungsbefehl sehr viel mehr Befugnisse.“

Daraufhin ließ sie mich ins Haus. Der Pudel hatte längst aufgegeben, resigniert trippelte er in die Küche am Ende des Korridors und schlabberte dort an irgendetwas herum. Die Küchentür stand weit offen: wuchtige Möbel im Landhausstil und eine hohe Abzughaube aus makellos poliertem Edelstahl.

Mit einem hörbaren Seufzer warf Majas Mutter einen Blick auf meine staubigen Slipper. Sie selbst trug schwarze Sandalen mit aufgenähten rosafarbenen Perlen. Und sie hatte sich die Zehennägel frisch lackiert. In der Nacht waren sie karmesinrot gewesen, passend zum Hosenanzug, jetzt glänzte Perlmutt. An unserer eigenen Haustür zog ich die Schuhe immer reflexartig aus; eine Angewohnheit, die mich durch alle Jahreszeiten begleitete, doch bei Lehnbachs blockierte mich ein kurzes Zögern. Nicht mal in Fernsehkrimis hatte ich Kommissarinnen auf Socken gesehen, es sei denn, sie schalteten vorübergehend auf ihr Liebesleben um. Zu spät stellte ich fest, dass meine Schuhe die einzigen am Hauseingang waren.

„Wer außer Ihnen und Ihrem Mann wohnt noch hier?“

Ich hatte eine ähnlich schroffe Abfuhr erwartet wie bei meinem Empfang an der Haustür, doch Frau Lehnbach gab gleichmütig zurück: „Es ist, wie Sie sagen: nur mein Mann und ich. Allerdings haben unsere Töchter noch immer ihre Bleibe bei uns, und natürlich ist auch Jochen gern gesehen …“ Sie machte eine hilflos wirkende Handbewegung und fuhr fort: „Enkel haben wir leider noch nicht, und nachdem Maja …“ Sie seufzte noch einmal tief, während sie mir vorausging, einen weiteren Korridor entlang, der das weitläufige Haus in der Quere teilte, so dass ich mir vorkam wie auf einem gigantischen Mensch-ärgere-dich-nicht-Brett. Am Flurende drückte sie eine Türklinke herunter und sagte: „Es wäre nett, wenn Sie sich bei Ihrer Durchsuchung leise verhielten, wo Sie schon ohne offizielle Erlaubnis bei uns hereinplatzen. Mein Mann hat sich hingelegt. Diese letzte Nacht hat ihm nicht gut getan.“

Lammfromm gab ich zurück: „Wie Sie sehen, laufe ich auf Socken, und ich habe auch nur vor, mit Papier zu rascheln. Falls ich etwas finde.“

Sie quittierte meine Antwort mit verkniffenem Mund, doch immerhin kehrte sie binnen kurzem mit einem Schlüssel zurück und schloss die Tür des Kleiderschranks auf, der neben dem Fenster stand. Majas Zimmer war klein, keine zehn Quadratmeter, und das Fenster ging auf den Parkplatz. Zwei Privatwagen mit münsterschen Kennzeichen standen dort, daneben drei Firmenlieferwagen.

„Hat Ihre Tochter dieses Zimmer schon immer benutzt oder erst seit ihrer Rückkehr aus Düsseldorf?“ Der Ausdruck „Bleibe“ fuhr mir kurz durch den Kopf. Eine schmeichelhaftere Bezeichnung hatte dieses karge Räumchen in der Tat nicht verdient.

„Unsere Töchter teilten sich ein großes Zimmer, bis Alma achtzehn wurde. Es ist der schönste Raum im Haus, mit Blick auf den Garten. Doch nachdem unsere Ältere zu studieren begonnen hatte, benutzten die beiden getrennte Zimmer, weil ihr Tagesablauf sehr unterschiedlich geworden war. Alma arbeitete meist bis in die Nacht, Maja brauchte viel Schlaf, um für die Schule fit zu sein.“

„War sie ein ängstliches Kind?“

„Das hat Ihr Kollege mich schon letzte Nacht gefragt“, gab sie unwillig zurück. Ich rekapitulierte das Protokoll, konnte mich aber an keine entsprechende Frage von Lückmann erinnern. Nur Alma hatte die Alpträume ihrer Schwester erwähnt. Aber Frau Lehnbach redete schon weiter: „Im Sportunterricht war sie mir sogar zu waghalsig, sie kam oft mit einer Verletzung nach Hause.“

Und nachts?, war ich versucht zu fragen. Maja war zehn gewesen, als sie von ihren Teufeln zu erzählen begann. Demnach hatte sie gerade ihr eigenes Zimmer bezogen. Ich beschloss, diese Frage zurückzustellen, bis wir mehr Einsicht in ihre letzten Lebensjahre gewonnen hatten.

Maja hatte Möbel aus dem Elternhaus zur Klosterstraße mitgenommen; was da geblieben war, wirkte wie die lieblose Ausstattung eines nur selten benutzten Arbeits- und Gästezimmers. Wo war das Spielzeug ihrer Kindheit? Stofftiere, Puppen, die Fetische? Gab es nichts Selbstgemaltes und Gebasteltes mehr? Oder Schulhefte und Bücher, vielleicht ein Tagebuch? Meine Eltern hatten ihren Hausverkauf in Bad Tölz mit einem radikalen Exodus zur zentralen Müllkippe verbunden, was ich ihnen bis heute nicht verzieh. Sekundenlang zog auch Kerstins Mansarde an meinem geistigen Auge vorbei, mitsamt dem Chaos einer Sechzehnjährigen, die sich von nichts trennen konnte und auch nicht dazu gezwungen wurde.

„Hat Ihre Tochter ihre Spielsachen nicht aufbewahrt?"

Das eine oder andere sei im Keller, erklärte Jutta Lehnbach. Wahrscheinlich gab es da unten auch allerhand Gezeichnetes. Eine Modedesignerin musste naturgemäß über ein gewisses Zeichentalent verfügen; über ein sicheres Gespür für menschliche Proportionen und Farbkombinationen. Eine solche Begabung stellte sich nicht auf Kommando ein, sondern war angeboren.

„Besitzen Sie noch Bastelarbeiten oder Zeichnungen?"

Sie runzelte die Stirn und meinte dann, sie habe gelegentlich etwas aufgehoben. Kleine Briefe zu Weihnachten oder zum Muttertag. „Aber wo die geblieben sind …?"

Sie starrte an die kahle Wand auf der anderen Fensterseite, und eine große, durchsichtige Träne rollte über ihre Wange. „Sie glauben ja nicht, wie bitter es ist, wenn das eigene Kind ermordet wurde und seine persönlichsten Dinge herausgesucht … und, schlimmer noch, an die Öffentlichkeit gezerrt werden." Ihre Brust hob sich unter einem lautlosen, bebenden Schluchzen, und beinahe hätte ich sie jetzt stumm in den Arm genommen und fest an mich gedrückt. Majas Mutter tat mir Leid, trotzdem scheute ich instinktiv vor Berührungen zurück. Das war keine Retourkutsche für ihren unfreundlichen Empfang an der Haustür, nur eine Reaktion auf das Wechselbad an Gefühlen, das sie mir präsentierte.

„Vielleicht fühlen Sie sich etwas besser, wenn wir den Mord mit Ihrer Hilfe aufgeklärt haben“, sagte ich. „Unter all den Gästen, die gestern mit Ihnen gefeiert haben, ist eine Person, die mit einem mörderischen Hass gegen Maja kam, vielleicht auch mit Rachegefühlen gegen Ihre Familie, gegen Ihre Firma. Fällt Ihnen irgendjemand ein, auf den diese Anschuldigung zutreffen könnte?“

Zu meiner Überraschung starrte sie mich an, als hätte ich ihr eine Ohrfeige verpasst, und sekundenlang überschwemmte mich Panik, weil ich sie vielleicht zu hart angefasst hatte. Aber wir mussten diese Fragen stellen! Wir mussten hart durchgreifen, wenn sich unsere wichtigsten Informanten an der Haustür hinter ihrem Pudel verschanzten oder im Schlafzimmer verleugnen ließen. Oh ja, ich war wütend, und eine angemessene, gezügelte Wut hatte mich in meinen Recherchen noch immer weitergebracht.

Frau Lehnbach wollte das Zimmer verlassen, sie schien direkt zu fliehen, was meinen Argwohn wach hielt, aber eine letzte Antwort brauchte ich noch. „Gibt es in Ihrer Firma eine Person, mit der Ihre Tochter in letzter Zeit engeren Kontakt hatte?“

„Für unsere Firma hat sich Maja nie interessiert, für nichts und für niemanden. Aber das ist absolut nicht als Kritik an ihr gemeint. Es geht uns Eltern doch nur darum, dass der Nachwuchs sich sein eigenes Leben einrichtet und glücklich wird mit seinen Entscheidungen! Obwohl manche Entscheidung schmerzt.“

Ihre Antwort klang ausweichend und ein wenig nach Selbstfindungsseminaren für reifere Ehepaare. Auch wenn man ihre tragische Situation berücksichtigte, war dies nicht der Moment für hausbackene Lebensweisheiten.

„Hat sich jemand aus Ihrem Betrieb seinerseits für Maja interessiert, ohne dass sie das unbedingt wünschte?“, fuhr ich deshalb unbeirrt fort, und sie gab ziemlich barsch zurück: „Ich bin mir nicht sicher, ob sich jemand aus unserem Betrieb überhaupt noch an Maja erinnert, seitdem sie älter als vierzehn war. Und Sie wollen doch sicher keinem unserer Mitarbeiter unterstellen, dass er die minderjährige Tochter des Chefs belästigt hat.“

„Auch bei der Polizei nimmt man nicht immer gleich den Extremfall an, Frau Lehnbach. Aber Maja war sehr hübsch, und Ihr Mann hat doch sicher Fotos auf seinem Schreibtisch stehen.“

Sie schüttelte den Kopf. „Im Büro meines Mannes gibt es nur ein einziges Bild. Ein Porträt seines Vaters und Firmengründers in Öl. Das meinen Sie wahrscheinlich nicht.“

„Nein, das meine ich nicht. Aber wir müssen den Menschen, der Ihre Tochter auf dem Gewissen hat, nun mal in allen Bereichen suchen, auch in Ihrer Firma.“

Sie griff zur Türklinke. „Geben Sie Bescheid, wenn Sie hier fertig sind. Ich bin im Wohnzimmer oder, falls es bei Ihnen länger dauern sollte, in der Küche.“

Ich öffnete die Schranktüren. Die linke Hälfte wurde durch eine horizontale Stange gegliedert. Sie war leer. Auf dem Schrankboden stapelten sich drei Schuhkartons, die von einem Discounter stammten. Ich hob die Deckel ab, ohne etwas anderes zu finden als Staub und zerknittertes Seidenpapier. Und als Schuhgröße 37.

Auf dem obersten Bord der rechten Schrankhälfte, deren übrige Fächer unbenutzt und ebenfalls ziemlich staubig waren, lag eine Flügelmappe. Ich zog sie heraus und setzte mich damit an den Schreibtisch: Unterlagen zu Eddie Corens Modefirma.

Da der Inhalt völlig ungeordnet war, versuchte ich zu sortieren. Die Ausdrucke von E-Mails, die zwischen Maja und Corens Sekretariat hin- und hergegangen waren, Majas Lebenslauf und ihr Bewerbungsbrief, ferner das Zeugnis, mit dem sie in Düsseldorf abgeschlossen hatte, und ein Erinnerungsschreiben von Corens Sekretärin, das Bewerbungsformular sei nicht vollständig ausgefüllt; Bürokram, dem ich keine weitere Bedeutung beimaß … Dann stutzte ich. Machte sich das Sekretariat einer Modefirma, das von über achtzig Bewerbern belagert wurde, wirklich die Mühe, eine Kandidatin auf fehlende Daten hinzuweisen? Hätte man die Bewerbung nicht eher ignoriert, weil sie allein schon den formalen Anforderungen nicht genügte?

Der größte Teil der restlichen Dokumente bestand aus Zeitungsartikeln: Produkte niederländischer, belgischer und französischer Printmedien, sowie aus vom Internet abgespeicherten Links über Eddie Coren. Die Adresse einer Homepage fand ich nicht, dafür gab es eine ausführliche Vita, allerdings ohne Foto und Geburtsdatum. Doch selbst wenn er seine Karriere mit Mitte zwanzig in Angriff genommen hatte, was für außergewöhnliche Talente oder mehr als solide finanzielle Grundlagen sprach, musste er inzwischen Ende fünfzig sein.

Dann entdeckte ich Zeitungsfotos von ihm und seinen Modeschauen. Sie stammten sämtlich aus der Zeit vor Majas Praktikum. Eddie Coren schmückte sich nicht mit extravaganten Zutaten wie Mozartzöpfchen oder Mopshunden. Sein Kopf war oben kahl, während von den Seiten und vom Hinterkopf hellgraues, fusseliges Haar weg stand. Obwohl seine Models ihn umringten und ihm schwärmerische Wangenküsschen verabreichten, wirkte sein Gesicht bleich und sein Grinsen so grotesk, als erfüllte ihn das Spektakel mit zynischer Freude. Ich spürte ein leichtes Schaudern, weil er mich an den Clown Pennywise aus Steven Kings „ES“ erinnerte – die aufgestülpte Nase, die dünnen, stark gewölbten Augenbrauen, die für einen Mann entsetzlich kralligen Fingernägel, die die Schultern und Oberarme seiner Models umklammerten wie die Beine einer gigantischen Spinne. Ich verjagte meine Gänsehaut, indem ich noch einmal sein Alter schätzte: Mitte fünfzig, Anfang sechzig? Zwei Fotos in einem weiteren Artikel zeigten ihn vor seinem kleinen Jugendstilschloss in Wassenaar, einem exklusiven Wohnort nahe Den Haag. Der Meister putzte eigenhändig ein prachtvolles Bleiglasfenster; ein Mensch zum Anfassen, wie die Reporterin recht blumig beteuerte.

Als Letztes enthielt die Flügelmappe einen zugeklebten braunen Umschlag im Format DIN-A4. Der breite, wellige Klebestreifen über der Lasche deutete darauf hin, dass er mehr als einmal geöffnet worden war. Ich zog ihn vorsichtig ab und schüttete weitere Fotos heraus, diesmal nicht aus Zeitungen ausgeschnitten, sondern als Computerausdrucke von Digitalaufnahmen. Sie hatten auch nichts mit Modedesign und Schneiderhandwerk zu tun, sie zeigten eine Trauung oder eine Initiation oder die Ablegung eines Gelübdes; ich hatte keine Ahnung. Nur den spontanen Eindruck, dass die beteiligten acht Personen merkwürdig weltabgewandt wirkten. In bodenlange, eisengraue Gewänder gekleidet, einander an den Händen haltend, bildeten sie auf einer Waldlichtung einen Kreis. Es herrschte Dämmerung, rundum im Boden steckten Pechfackeln, und im Licht ihrer Flammen erkannte ich in der Kreismitte Eddie Coren neben einer grauhaarigen Frau, die ihn um Kopfhöhe überragte. Erst jetzt fiel mir auf, wie klein der Modeschöpfer war, auch wenn seine Haltung Würde und Autorität ausstrahlte. Vor den beiden knieten, mit gesenkten Köpfen, ein Mann und eine Frau. Eine weitere Person musste fotografiert haben, so dass die Gruppe aus dreizehn Teilnehmern bestand. Sie wurden von einer weißen Linie umgeben, die auch die Fackeln einschloss und aussah wie mit Kreide oder Asche markiert, so dass sie mich an den Aschekreis erinnerte, den der Täter um die Vogelscheuche in Große Antrup gezogen hatte. Ich holte meine Lupe heraus. Einige Personen standen mit dem Rücken zur Kamera, doch nach gründlichem Suchen erkannte ich Maja, nicht weit von einer Fackel. Da die Bäume kahl waren, stammten die Aufnahmen vom Winter oder Frühling. Ich schob sie wieder in den Umschlag und steckte ihn ein.

Aus Lückmanns Protokoll über seine Unterredung mit Alma ging hervor, dass Maja jede Beteiligung an Aktivitäten, wie die von Pfadfindern oder der Pfarrjugend, strikt abgelehnt hatte. Nicht mal der Theatergruppe ihres Gymnasiums wollte sie beitreten, weil sie jede Art von erzwungener Anpassung hasste. Doch so, wie es jetzt aussah, war ihr Praktikum in Den Haag nicht völlig frei von Konformität verlaufen, und ich konnte nur hoffen, dass wir in Majas Wohnung oder ihrem Atelier mehr Hinweise fanden; in Form von weiteren Fotos, Briefen, Adressen … Ich musste wieder an die auffallend distanzierte Haltung ihrer Mutter denken. Wer kam auf die Idee, sich die Nägel zu lackieren, wenn er gerade die Tochter verloren hatte?

Ich fand Frau Lehnbach in der Küche. Sie stand vor der Spüle und bereitete Rohkost zu. Als ich im Türrahmen stehen blieb, sah sie hoch. „Sind Sie fertig?“

„Mit dem Zimmer Ihrer Tochter bin ich fertig. Können Sie mir etwas über den Modeschöpfer sagen, bei dem sie ein Praktikum gemacht hat?“

„Ist mit diesem Mann etwas nicht in Ordnung?“

„Wir müssen jede Person überprüfen, mit der Ihre Tochter in letzter Zeit zu tun hatte.“

„Das Praktikum in Den Haag liegt über ein Jahr zurück.“

„Vielleicht hatte Ihre Tochter noch immer Kontakte dorthin."

Sie wusste nichts von Kontakten. Als ich sie dann bat, mir die Spielsachen im Keller zu zeigen, spülte sie wortlos ihre Hände ab und begleitete mich nach unten. Dort öffnete sie einen bemalten Bauernschrank, in dem eine fast pedantische Ordnung herrschte. Auf dem obersten Brett drängten sich Plüschtiere, nach Größe und Farben sortiert, darunter sechs Puppen mit rötlichen oder schwarzen Haaren. Das mittlere Bord enthielt Mal- und Bastelzubehör, unten stapelten sich Spiele und Puzzles. Eine vage Verdrossenheit stieg in mir auf, als ich an Kerstins Schrank dachte, in dem sie jedes Mal Tabula rasa machen musste, wenn sie etwas ganz Bestimmtes ans Tageslicht bringen wollte. Majas Spielzeugsammlung war vorbildlich aufgereiht, aber nicht komplett. „Zum elften Geburtstag bekam sie einen Eisbären geschenkt. Schon vorher besaß sie eine blonde Puppe, die ihren festen Platz auf dem Nachttisch hatte. Existieren diese Teile noch?"

Frau Lehnbachs Mundwinkel zuckten, als hätte ich sie auf einen verheerenden Verlust hingewiesen, auf etwas, das jedenfalls schwerer zu entbehren war als ein zehn Jahre altes Plüschtier und eine unattraktive Puppe; „mit Glotzaugen", hatte Alma gesagt.

„Möglich, dass Maja sie mit nach Düsseldorf genommen hat … Ja, beides saß auf ihrer Bettcouch, als wir sie dort besuchten."

„Und danach? Hier in Münster?"

Ihr erstaunter Blick schien zu fragen, ob ich keine anderen Probleme als altes Spielzeug hätte, dann entgegnete sie fest: „Tut mir leid, aber das weiß ich nicht mehr. Ist es wichtig?"

Statt einer Antwort fragte ich nach alten Zeichnungen von Maja, worauf ihre Mutter zu einem ausrangierten Küchenschrank ging und in einer Schublade zu kramen begann. Das Ergebnis ihrer Suche war eine Flügelmappe, prall voll mit bemalten Blättern.

„Die kleinen Kunstwerke unserer *beiden* Töchter!", erklärte sie. „Nehmen Sie nur alles mit, was Sie interessiert. Allerdings hätte ich es gern wieder zurück." Ihr Blick wanderte eine Weile zwischen der Mappe und mir hin und her, bevor sie in zweifelndem Ton fortfuhr: „Falls Sie das überhaupt weiterführt! Haben Sie vor, einen Psychologen damit zu beschäftigen?" Ich ahnte, was sie dachte: Die Polizei suchte das Mordmotiv zuerst in der Vergangenheit des Opfers, also bei den Eltern, der engen Verwandtschaft oder häufigen Besuchern. Maja war zehn gewesen, als Alma Jochen Steinwerck kennen lernte. Ein neuer, dunkelhaariger Hausgast und die frühpubertäre Schwester, die von schwarzen Teufeln träumte?

Ich sagte, dass ich mir die Zeichnungen in Ruhe im Büro ansehen würde. Wir kehrten zurück in die Küche und setzten uns.

„War Ihre Tochter Mitglied einer Sekte?"

„Maja war nie und nirgendwo Mitglied. Als sie noch zur Schule ging, habe ich ihr nahegelegt, sich der Jungschar unserer Pfarrei anzuschließen, so wie Alma es getan hatte. Die Jugendlichen waren sehr aktiv, zumindest damals, als Maja altersmäßig dazu passte."

„Und wann passte sie dazu?"

„Als sie ins Gymnasium eingeschult wurde. Sie machten Wanderungen, diskutierten über altersgerechte Themen oder sahen sich empfehlenswerte Filme an. Maja lehnte das alles ab."

Wie passten die Fotos von der Waldlichtung zu einem so konsequenten Einzelgänger?

„Hatte sie einen konkreten Grund für ihre ablehnende Haltung?"

„Sie sagte, sie könne mit diesem überirdischen Zeug nichts anfangen; genau so hat sie sich ausgedrückt."

„Sie haben sie in Düsseldorf besucht. Waren Sie auch in Den Haag?" Ein Blick auf die Uhr belehrte mich, dass es Zeit wurde, zur Wohnungsdurchsuchung in die Klosterstraße zu fahren. Wäre unser Programm nicht so gespickt voll gewesen, hätte ich Max angerufen und ihm gesagt, dass ich länger bei Frau Lehnbach bleiben wollte, jetzt, nachdem sie gesprächiger geworden war. Doch um über die Runden zu kommen, mussten wir unsere Termine einhalten.

„Wir haben sie nur in Düsseldorf besucht!" Nicht nur mein Blick, auch Frau Lehnbachs Augen wandten sich abrupt zur Tür. Dort stand Herbert Lehnbach mit wirrem Haar, zerknitterter Leinenhose und verschwitztem Polohemd. Auf seiner linken Wange zeichneten sich die Falten eines Kissens ab. Er wirkte verschlafen oder wie unter Medikamenteneinfluss. Seit wann stand er dort?

„Haben wir dich aufgeweckt?" In Jutta Lehnbachs Stimme klang ein beunruhigtes Zittern mit. Ihr Mann antwortete nicht, sondern zog sich schwerfällig den Sessel von dem weißen Schreibtisch heran, der als Raumteiler zwischen Küche und Wohnzimmer diente. Er stützte sich auf die Stuhllehne, fixierte mich feindselig und wiederholte: „Wir haben Maja nur in Düsseldorf besucht."

„Gab es einen konkreten Anlass?"

„Sie wechselte die Wohnung und bat uns, ihr beim Umzug zu helfen", erklärte Frau Lehnbach, während ihr Mann ächzend Platz nahm, ohne dass deutlich geworden wäre, welche Körperpartie ihm das Hinsetzen so verleidete. „Wir hatten anfangs für sie ein Zimmer in einer Wohngemeinschaft gemietet. Nach zwei Monaten wollte sie dort raus." Sie machte eine Pause, in der ich mir eine ewig unaufgeräumte Küche, ein schmuddeliges Bad oder ungepflegte Haustiere vors innere Auge zog, doch sie fuhr fort: „Die WG bestand aus der Wohnungsbesitzerin und ihren drei Freundinnen. Zugegeben, sie waren schon älter, aber das freie Zimmer war so entzückend eingerichtet, ganz im Stil von Laura Ashley, und wir dachten, diese reizenden, fürsorglichen Damen hätten vielleicht einen beruhigenden Einfluss auf Maja. Sie machte ja schon seit längerem ihre Sturm- und Drangzeit durch …" Ein hilfloser Blick streifte ihren Mann, der jedoch nicht erwidert wurde.

„Maja hatte mit jüngeren Mitbewohnern gerechnet."

„Und sie fand etwas Neues?"

„Wir konnten es ihr kaum abschlagen. Die Miete war nicht höher als bei den Damen, außerdem lag die neue Wohngemeinschaft näher an ihrer Schule. Und unsere anfänglichen Vorbehalte …", noch einmal suchte sie Unterstützung bei ihrem Mann, doch Lehnbach döste vor sich hin, und so schloss sie: „Bei den restlichen Mieterinnen handelte es sich um vier Studentinnen."

„Warum Vorbehalte? Lernten Sie die Studentinnen kennen?"

„Nein. Als wir Majas Sachen in die neue Wohnung brachten, war niemand da. Das Ganze wirkte ein bisschen beengt und auch nicht sehr aufgeräumt. Aber junge Leute legen auf Ordnung und Bequemlichkeit nicht so viel Wert wie wir Älteren."

Ich beschloss, auf das eigentliche Thema zu kommen, bevor unsere Unterredung endgültig in eine Lifestyle-Diskussion abglitt.

„Sie sagten, Ihre Tochter habe keinen Sinn für mystische Dinge gehabt, eine Zeit lang scheint sie doch an Übernatürliches geglaubt zu haben. Sie träumte von Teufeln und setzte eine blonde Puppe ans Bett, um sie zu vertreiben. Sie zeichnete ihre Träume auf."

Ihre Reaktion war eine ruckartige Kopfbewegung, und ihre Stimme klang scharf: „Hat Alma Ihnen das erzählt?“ An ihrem Mann ging unser Gespräch auch jetzt komplett vorbei.

„Sind diese Zeichnungen in der Flügelmappe?“, fragte ich.

„Ich habe sie gesammelt, obwohl ich sie abstoßend fand. Das Merkwürdige war ja, dass unsere Tochter sie offen herumliegen ließ. Das heißt: Wir sollten sie sehen! Und als das so gar nicht … aufhörte, bin ich damit zu einer Psychoanalytikerin gegangen. Sie hat mich mit dem Argument beruhigt, es sei ein Hinweis auf die beginnende Pubertät. Ich solle dafür sorgen, dass Maja regelmäßig kalt duschte und an den Wochenenden morgens nicht zu lange wach im Bett bliebe. Das führe zu schlechten Phantasien.“

„Und das hat Ihnen genügt?“

Ihre Antwort war ein hilfloses Achselzucken und die Bemerkung, es habe sich um eine Tante von ihr gehandelt. Sie hätte sich garantiert vor den Kopf gestoßen gefühlt, wären weitere Experten befragt worden.

„Hat diese … Therapie geholfen?“

„Irgendwann gab es keine neuen Zeichnungen mehr.“

„Seit wann genau?“

Sie erinnerte sich nicht, doch ich ließ nicht locker, indem ich nach Ereignissen fragte, die sie mit Majas allerletzten Zeichnungen in Verbindung bringen könne. „Schwärmte sie für einen neuen Lehrer? Mochte sie einen Klassenkameraden besonders gern?“

„Über solche Dinge hat sie nie geredet.“

Als ich wissen wollte, ob zu diesem Zeitpunkt vielleicht ein Mitarbeiter ihre Firma verlassen habe, musste sie allerdings nicht lange nachdenken. „Einer unserer Designer musste damals gehen, weil er eine Praktikantin geschwängert hatte. Großer Gott, wir hätten diese Sache ja gar nicht so aufgebauscht, dem jungen Ding die Abtreibung finanziert und unseren Mitarbeiter zur Weiterbildung fortgeschickt. Man hat ja schließlich Beziehungen. Aber die Eltern des Mädchens ließen nicht locker. Der Kindesvater müsse in die Pflicht genommen werden, vor allem müsse er zahlen, sonst werde man unsere Firma ins Gerede bringen. Daraufhin haben wir ihm gekündigt.“ Sie schüttelte den Kopf und brachte ein verwundertes

Lächeln zustande. „Merkwürdig, dass mir diese plausible Erklärung für Majas Zeichnungen damals nicht aufgegangen ist."

„Hatte sie von der Sache erfahren?"

„Natürlich haben wir im Familienkreis darüber geredet."

„Ein schwarzhaariger Don Juan, der die unschuldige Praktikantin verführt?"

„Stimmt, er hatte dunkles Haar. Aber sie und unschuldig? Das Mädchen hatte es faustdick hinter den Ohren." Ihr Lächeln wirkte so befreit, als hätte sie nach Jahren die griffige Lösung eines schwer drückenden Problems gefunden. Der Schürzenjäger der Firma schwängerte das Praktikantenfrüchtchen, und die pubertierende Tochter des Chefs verarbeitete dieses Thema in teuflischen Zeichnungen. Oder stammte ihre plötzliche gute Laune von der Gewissheit, mich von der wahren Fährte weglocken zu können?

„Und an den Zeitpunkt erinnern Sie sich nicht?"

„Warten Sie: Mein Mann und ich, wir haben in jenem Jahr unseren Urlaub in Florida verbracht: 1992, Maja war zwölf."

„Was wurde aus der Praktikantin?"

„Ihre Zeit bei uns endete, als sie im sechsten Monat war. Wir haben weder von ihr noch von unserem hochbegabten Designer je wieder gehört. Sein Weggang war ein Verlust für die Firma."

Eine elegante Lösung, wenn auch etwas weit hergeholt. Gab es keine näher liegende, die allerdings viel unerfreulicher war?

„Als Ihre Tochter Alma und Jochen Steinwerck sich kennen lernten, war Maja zehn. In diesem Alter fühlen sich viele Mädchen jungen Männern gegenüber sehr unsicher. Ihre Geschlechtsmerkmale entwickeln sich, aber nur selten so, wie es den Schönheitsidealen entspräche. Sie möchten gefallen, dabei halten sie sich für dick und hässlich. Deshalb flüchten sie in Träume: in romantische oder aber verstörende. Das hängt vom Objekt ihrer Träume ab. Sie können mir vertrauen, Frau Lehnbach, ich bin zur Verschwiegenheit verpflichtet wie Ärzte oder Priester."

„Worauf wollen Sie hinaus? Was haben diese Zeichnungen mit dem Mord zu tun? Das ist doch alles schon so lange her."

Als ich schwieg, fuhr sie leise fort: „Jochen hat uns hier im Haus nicht oft besucht. Mein Mann musste sich daran gewöhnen, dass der Partner seiner Tochter niemals Chef der Lehnbachwerke würde.

Aber seit Majas Rückkehr nach Münster hatte sich zwischen uns allen ein sehr herzliches Verhältnis aufgebaut.“ Sichtlich zufrieden über diese blanke Unwahrheit, die ihr so leicht über die Lippen kam, verschränkte sie die Arme. „Maja war ganz begeistert von dem Hof. Er faszinierte sie, nicht nur wegen der Modeaufnahmen.“

„Hat Maja Ihnen das erzählt?“

„Ich weiß es von Alma.“

„Herr Steinwerck hielt nichts von Modeaufnahmen, und seine Frau fügte sich. Sieht so ein herzliches Verhältnis aus?“

„Aber Maja ist doch zur Hochzeitsfeier gekommen!“

Wäre sie nicht gekommen, lebte sie vielleicht noch.

Weder Jutta Lehnbachs Version von dem Firmengigolo noch meine Theorie, Steinwerck habe die Teufelsbilder provoziert, gefiel mir. An jeder nervtötend lang geschalteten Ampel suchte ich nach einem neuen Zugang zu unseren Ermittlungen … Ein heißer, verschlafener Sonntag, und Münsters Infrastruktur ging baden.

Warum hatten Lehnbachs so wenig über Majas Bekanntenkreis gewusst? Und wie aktiv waren diese freundschaftlichen Kontakte noch? Hatten wir bei der Vernehmung von Onkeln und Großvätern der Toten etwas übersehen oder überhört? Der weise Mentor mit den politischen Altlasten und den im doppelten Sinn des Wortes blendenden Argumenten? Das schwarze Schaf der Familie? „Welchen Grund“, hatte Frau Lehnbach zu Recht gefragt, „gab es schon, jemanden von der Hochzeit auszuschließen?“ Hatte Maja Zugang zu einem linksextremen oder rechtsradikalen Kreis gehabt? Von ersterem hätte sie den kargen Lebenswandel übernommen und sich vom großbürgerlichen Teil ihrer Familie fernhalten lassen, der zweite hätte ihr den Hass auf alles Dunkelhaarige eingetrichtert. Neonazis beanspruchten gern heidnische Riten für sich. Das Blonde, Germanische war wieder gefragt.

- VI -

Majas Atelier befand sich im Erdgeschoss und hatte ein großes, durch vertikale Jalousien verschlossenes Bockfenster zur Klosterstraße. Ihre Wohnung lag im ersten Stock. Lückmann erwartete mich am Hauseingang. „Cornelia hat schon mit der Durchsuchung angefangen. Was hast du bei Lehnbachs erfahren?"

Ich zuckte die Schultern. „Nimm eine Unternehmerdynastie ins Verhör, sie vermittelt dir garantiert eine robuste Statik und integre Fassaden, während du mit Schimmelpilz gerechnet hast. Wenigstens haben sie mir die Kinderzeichnungen überlassen. Wenn wir die auswerten können, kommen wir ein Stück weiter."

„Aber dein neuester Eindruck von den Eltern", insistierte er.

„Sehen wir uns erst mal um", schlug ich vor. „Ich möchte wissen, wie unser Opfer gelebt und gearbeitet hat."

Doch Max kehrte seine Stacheln heraus wie ein Kugelfisch, der Gefahr wittert. „Wie haben die Eltern auf deinen Besuch reagiert? Das muss ich wissen, bevor ich mir ihre Nähmaschine ansehe oder eine Schneiderpuppe."

„Die Mutter wurde gesprächiger, obwohl ihr Empfang nicht gerade einladend war. Majas Vater war keine große Hilfe. Möglicherweise stand er unter Beruhigungsmitteln."

Er betrachtete die Kappen seiner edlen Sneaker und wippte geschmeidig auf den Fersen. „Für manche sind wir nur Bullen, arrogant und zu trottelig, um die niedrigsten Arbeiten zu erledigen."

„Lehnbach schlief, als ich ankam. Wer sieht schon gern in ein Bullengesicht, wenn er die Augen aufmacht? Andererseits hätte er nicht aufstehen müssen, wenn er mich nicht sehen wollte."

Max hob den Blick. „Die beiden haben ihr Kind verloren. Ich habe Eltern erlebt, die in dieser Situation aggressiv wurden und die Polizei attackierten. Lehnbachs sind begreiflicherweise sehr reserviert. Wirkten ihre Antworten aufrichtig?"

Ich berichtete Max von Jutta Lehnbachs Aussage über den Firmenangestellten, er nickte. „Klar, dass wir die Belegschaft in unsere Befragungen einbeziehen müssen. Zur Hochzeit eingeladen war niemand von ihnen, oder?“

„Nein“, gab ich zurück. Es hätte mich auch gewundert. Keine der beiden Töchter hatte sich für die Firma interessiert. Mir fuhr die Überlegung durch den Kopf, dass Majas neuester Freund mit Sicherheit kein potenzieller Firmenerbe war, weil die Eltern sonst seinen Namen gekannt hätten. Ich hoffte auf ein Adressbuch, einen Terminkalender, ein Pinnbrett, im Atelier oder in Majas Wohnung, die uns mit Verabredungen oder Verpflichtungen weiterhalfen.

Ihr Atelier war ein großer, kahler Raum mit grau lackiertem Estrich und Metallregalen an den Wänden. Neben einer Nähmaschine, die sich unter einer fleckigen Plastikhülle verbarg, war eine kahlköpfige Kleiderpuppe aufgestellt, hüllenlos, nur mit einer fleischfarbenen Federboa um den Hals. Ich musste schlucken, weil ich wieder an das Hanfseil dachte, an dem Maja unter dem Speicherdach gehangen hatte. Die Augen der Puppe waren durch mandelförmige Schlitze angedeutet. In der linken Zimmerecke stand ein rollbarer Ständer mit verschiedenen Kleidungsstücken: Hosen, Röcke, Jacken und ein Blouson. Bunt durcheinander gewürfelt, wie sie waren, erinnerten sie an die Ständer am Eingang von Anprobekabinen, auf die die von den Kunden zurückgegebenen Teile aufgereiht wurden, bevor eine Verkäuferin sie an ihren Herkunftsort brachte. An Ärmeln und Gürtelschlaufen hingen Firmenetikette und Preisschilder. Offenbar hatte Maja zunächst mit einer Boutique beginnen wollen, die Diskrepanz zwischen den glanzvollen Etiketten und dem Preis ließ darauf schließen, dass es sich entweder um Outlet- oder Secondhandware handelte. Ihr restliches Mobiliar beschränkte sich auf einen schmalen Schreibtisch mit einem Kunststoffhocker und drei offene Regale mit Stoffballen, teils in den verhaltenen Farben steingrau, vanille, olivgrün, teils aus opulenten Materialien wie froschgrünem Brokat, altrosa Moiré und schokoladenbraunem Taft. In einem Schuhkarton lagen mehrere Rollen Nähseide, ein Zentimeterband und eine große Schere. Lückmann hatte inzwischen die restlichen Regalböden durchsucht. Als sich sein unter Latex verborgener Zeigefinger in einem hoch gereckten Stacheldraht aus Stecknadeln verfing, die in einem schmalen Stoffrest aufgereiht waren, zog er fluchend die Hand zurück und betrachtete den feinen Riss im Gummi. Doch der befürchtete Blutstropfen blieb aus. „Hausfrauenhände!", bemerkte ich ein wenig hämisch, weil ich wieder an seinen stummen Kommentar zu Ansgar Schüllers Kratzverletzung durch die Katze in der Scheune von Große Antrup denken musste. Doch Max wechselte nur kommentarlos den Handschuh und entfaltete einen Stapel von Papieren, die sich als Schnittmusterbögen entpuppten. Ganz unten im Regal reihten sich Zeitschriftenhalter aus bunter Pappe mit Modejournalen. Ich blätterte sie durch, auf der Suche nach privaten Notizen, Adressen oder anderen persönlichen Hinweisen. Da wir auch hier nichts fanden, stellten wir alles wieder zurück und setzten die Suche fort.

An einfachen Nägeln in der Wand waren Drahtbügel befestigt, auf denen Entwürfe von Maja hingen, erkennbar an ihrem Label: Auf einem schmalen, weißen Leinenband war in Dunkelblau der Schriftzug „Maja of Westfalia" eingestickt. Ihre Kollektion bewies eine starke Vorliebe für Brokat, Samt, Spitzen und Rüschen. Ein weiß-grün gestreifter Gehrock mit dunkelgrüner Litze entlang der Knopfleiste und Jabots an den Ärmeln hing neben einem tief dekolletierten, knöchellangen Kleid aus schwarzem Samt, dessen schmale Silhouette von eisengrauen, horizontalen Spitzeneinlagen unterbrochen wurde. Ein champagnerweißer Bolero schmückte sich mit Perlen in verschiedenen Blautönen. Mit ihm kontrastierte ein asymmetrisch geknöpfter Blazer aus bordeauxrotem Brokat mit eingewebten silbernen Arabesken und großen Silberknöpfen. Das Hochzeitsgeschenk für Alma konnte ich nirgendwo entdecken.

Wie Alma bereits erwähnte, hatte Maja auch einen sehr unkonventionellen Materialmix praktiziert, indem sie knallbunt geringelten Strick über eine Hose aus schwarzem Lackleder hängte oder seidene Pluderhosen in bonbonrosa mit T-Shirts in mittelalterlicher Kettenhemdoptik kombinierte. Angesichts dieser offensichtlichen Lust an extravaganten Stoff- und Farborgien gab ihr brutaler Tod weitere Rätsel auf. Wie unkonventionell war Maja im Umgang mit Menschen gewesen? Gab es dubiose Kunden, die nicht in ihrem Adressbuch auftauchten?

Auf der Fensterbank fanden wir das in Leder gebundene Namenverzeichnis. Max verglich es mit der Liste der Hochzeitsgäste, doch das Büchlein war nur mäßig beschrieben, und die uns bekannten Namen gehörten dem Lehnbach-Clan und Dirk Weiting. Keine Adresse in Den Haag, nichts aus Düsseldorf und auch nicht die geringste Spur von den Brautjungfern.

Unterdessen lüftete Cornelia den Plastiküberzug der Nähmaschine und zog die Schubladen des Tischchens heraus, auf dem die Maschine abgestellt war. Da sich auch dort nur das professionelle Zubehör einer Schneiderin befand – Seidenpapier mit Zentimeterraster für Schnittmuster, ein Maßband, verschiedene farbige Markerstifte und ein Dampfbügeleisen –, erneuerten wir das Siegel auf der Ateliertür und wandten uns Majas Wohnung zu, in der Hoffnung, endlich einen Computer zu finden, der uns mit E-Mails und Dateien auf der Festplatte weiterhalf.

Wir fanden nicht nur ihn, sondern auch Almas Blazer. In Klarsichtfolie gehüllt und effektvoll mit schwarzen und weißen Schleifen verziert, hing er am Schlafzimmerschrank.

„Kein Wunder, dass Herr Steinwerck das ganze Atelier auf den Kopf gestellt hat, ohne ihn zu finden“, sagte Cornelia.

„Dass der Blazer in der Wohnung hängt, beweist noch lange nicht, dass Steinwerck im Atelier gewesen ist.“

„Stimmt“, gab sie lakonisch zurück.

Maja hatte über zwei Zimmer, Bad und Küche verfügt. Ich überließ Cornelia die Überprüfung des Schlafzimmers und widmete mich dem Wohnraum, der mit einem Holztisch und sechs Klappstühlen, einem beigefarbenen Sofa, einer Kommode und einem Regal möbliert war. Die etwa fünfzig Bücher, die sich dort reihten, repräsentierten so ziemlich alles, was der Mensch braucht, um sich einerseits glücklich, andererseits gut informiert zu fühlen: Herz-Schmerz-Romane, ein paar zerfledderte Krimis, die ihre Leserin sichtlich Nerven gekostet hatten, außerdem vier Kochbücher, die keine besonderen kulinarischen Vorlieben erkennen ließen. Es gab Fachliteratur zu den Themen Aktzeichnen, Kostümkunde und Schnitttechnik, Handbücher zur Farbenlehre und zur Betriebswirtschaft. Ferner einen Sprachkurs in Italienisch und ein französisches Wörterbuch. Ich zog die Schubladen der Kommode auf, und während mein Blick über Besteck, Tischwäsche und Dekorationsstücke wie Teelichthalter, Serviettenringe oder farbige Glassteine wanderte, fragte ich mich, wen Maja zu sich eingeladen hatte. Bisher deutete nichts darauf hin, dass sie die Wohnung mit jemandem geteilt hatte. An der Garderobe hing nur ein dunkelroter Sommermantel, auf dem Boden davor standen schwarze Slipper und Turnschuhe in Pink-Weiß.

In diesem Augenblick hörte ich Cornelias Stimme aus dem Schlafzimmer: „Sieglinde! Kannst du mal kommen?"

Zwischen Bett und Wand stand ein Couchtisch aus Ebenholz. Cornelia hatte die Schublade herausgezogen und sah mir mit einem viel sagenden Lächeln entgegen.

„Die Lade war abgeschlossen, aber ich habe den Schlüssel unter der Matratze gefunden. Es sieht ganz so aus, als wäre unser Mordopfer Anhängerin des modernen Heidentums gewesen."

„Was meinst du?"

„Maja scheint eine gläubige Heidin gewesen zu sein. Sie praktizierte einen modernen Hexenkult."

„Und woran siehst du das?" Ihre Neuigkeit hatte mich einigermaßen überrumpelt. Moderner Hexenkult! Das klang nach Räucherstäbchen und Sphärenklängen, nach Klimperschmuck und Wallekleidern, vielleicht auch nach kitschigen Homepages, die für teures Geld Liebes- und Geldzauber versprachen … Dann fiel mir die merkwürdige Aufmachung der toten Maja ein: abgesäbeltes Haar, aschefarbene Fußsohlen. Hexenjagd!, war mein spontaner Kommentar gewesen, als Max, Schüller und ich vor der Vogelscheuche mit ihren Kleidern gestanden hatten. Doch der Gedanke war uns allen als so abwegig erschienen, dass es keine Diskussionen darüber gegeben hatte. Das war entweder esoterische Kinderei von heute oder Schnee von vorgestern! Erst Ende des achtzehnten Jahrhunderts hatte man mit diesem Irrsinn aufgehört. Die letzte Hexenverbrennung fand 1794 in Polen statt. Das wusste ich, weil Kerstin im Frühjahr ein Referat darüber gehalten hatte.

„Hier!" Cornelia hielt eine Silberkette hoch, an der ein kreisförmiges Amulett mit einem fünfeckigen Stern baumelte. In der linken Schubladenhälfte waren Kerzen in verschiedenen Farben und Größen aufgereiht, dahinter lag eine kleine, nackte weibliche Bronzestatue. Das restliche Sammelsurium bildeten eine flache Glasschale, ein Salzfässchen, ein kleiner Dolch in einer dunkelbraunen

Lederscheide und eine Räucherlampe aus bemaltem Ton, auf deren Teller sich harzähnliche Klumpen häuften. „Weihrauch", sagte Cornelia mit Kennermiene. „Jetzt verstehe ich, wofür Maja den Besen hinter der Küchentür brauchte. Im Zeitalter des Staubsaugers benutzt man ihn doch sonst kaum noch."

„Willst du damit andeuten, dass auch moderne Hexen auf Besen reiten?" Sekundenlang spukte mir der Verdacht durch den Kopf, dass sie mich ganz gehörig verschaukelte.

„Das tun sie nicht, und sie haben es auch früher nie gemacht", stellte Cornelia klar. „Ihre Reisen durch die Lüfte waren pure Einbildung, weil sie sich mit Salben aus den Samen und Wurzeln von Belladonna, Alraune oder Bilsenkraut einrieben. Diese Pflanzenhalluzinogene erweckten das Gefühl, aus dem eigenen Körper herauszutreten und sich von oben zu betrachten. Moderne Hexen brauchen den Besen, um ihren Ritualplatz zu reinigen und negative Energien über die Schwelle zu kehren. Irgendwo", sie drehte sich suchend um, „müsste auch ihr ‚Grimoire' stehen. Jede ordentliche Hexe besitzt solch ein Arbeits- und Tagebuch …"

„Woher weißt du das alles?"

„Von meiner kleinen Schwester. Sie hat mich eingeweiht, was eine große Ehre bedeutet. Allerdings musste ich versprechen, dass ich nichts verrate. Anfangs hat mich ihr Tun fasziniert", ein schnell hingeworfenes Lächeln folgte, „aber dann gingen mir nicht nur ihre komplizierten Rituale auf den Wecker, sondern auch ihre Heimlichtuerei. Meine Eltern dürfen auf keinen Fall erfahren, dass ihre Tochter eine Heidin geworden ist! Auch wenn unser Marlenchen nur die weiße Magie praktiziert, den hilfreichen Zauber also." Sie überlegte kurz. „Ich könnte sie fragen, ob es in Münster einen Coven gibt. Sie selbst ist noch zu jung, um beizutreten. Deshalb praktiziert sie ihre Riten bei mir."

Cornelia bewohnte das Torhaus eines spätbarocken Wasserschlosses, etwa fünfzehn Kilometer von Münster entfernt, in einer Landschaft aus kleinen, kompakten Wäldern, von Kopfweiden gesäumten Bächen und einem dicht verschlungenen Netz holpriger Feldwege. Kein schlechter Ort zum Zaubern! Die Fotos im Haus der Lehnbachs spukten mir durch den Kopf: Eddie Coren und seine grauhaarige Gefährtin, umringt von jungen Leuten in langen Gewändern, der Aschekreis … Wenn es stimmte, dass Maja dem Hexenglauben angehörte, hatten wir möglicherweise eine erste Spur gefunden. Auch um die Vogelscheuche im Maisfeld hatte jemand Asche gestreut.

Flüchtig blieben meine Gedanken an der Feststellung hängen, dass Große Antrup in einer sehr ähnlichen Landschaft lag wie das kleine Wasserschloss, in dem Cornelia wohnte. Modenschauen wollte Maja auf dem Hof ihrer Schwester veranstalten. Und noch etwas hatte mein Gedächtnis kurz gestreift: der Besen neben der Eingangstür zum Spieker. Andererseits machte ein Besen in diesem archaischen Häuschen Sinn, vor allem wenn Alma es vermieten wollte. Hätte sie den Staubsauger bis dorthin schleppen sollen?

„Was ist ein Coven?“, fragte ich Cornelia und kam mir schrecklich ahnungslos vor. Nie hätte ich mir träumen lassen, den Tod einer Hexe auf den Schreibtisch zu bekommen. Falls weiße Magie gesetzeswidrig war, wäre mir auf Anhieb weder ein zutreffendes Delikt noch das zuständige Kommissariat eingefallen. Allenfalls ein Verstoß gegen die Regeln der internationalen Luftfahrt bei unbeleuchteten Besenritten. Gab es den Besenführerschein? Hinterließen Hexen heiklen Sondermüll?

„Ein Coven“, klärte Cornelia mich auf, „ist ein Konvent von drei bis maximal dreizehn Hexen. Eigentlich nennen ihn nur die Anhänger der Wiccabewegung so, aber Marlene ist das Wort Hexenzirkel gegenüber Uneingeweihten zu verräterisch. Man trifft sich, um zu meditieren, Kräuter zu verarbeiten und Arbeitsutensilien oder Amulette herzustellen. Manchmal trinken die Hexen auch nur zusammen Tee oder sehen sich einen Film an, wie andere Freundinnen auch. Und dann gibt es natürlich die Rituale.“

„Wo finden diese Treffen statt?“

„Das kann dir vielleicht Marlene verraten, falls sie bereit ist, darüber zu reden. Ich habe absolut keine Ahnung, mit wem sie momentan befreundet ist – oder“, in ihren Augen blitzte ein spöttischer Funke auf, „verfeindet. Ich bin sicher, dass sie, wenn es in Münster magische Zirkel gibt, längst Kontakt aufgenommen hat. Allerdings muss man achtzehn sein, um Mitglied zu werden.“

„Gibt es den Hexensabbat tatsächlich?“ Ich hatte im Spaß gefragt, zu meiner Überraschung nickte Cornelia.

„Nicht nur den einen aus Goethes ‚Faust'. Hexen feiern ihre Feste übers ganze Jahr verteilt. Doch der Höhepunkt ist für viele die Walpurgisnacht, vom 30. April auf den 1. Mai. Es ist das Fest Beltane mit dem großen Fruchtbarkeitsritus. Die Esbate sind dagegen Mondfeste. Man trifft sich bei Neumond oder Vollmond, manchmal auch zu besonderen Planetenkonstellationen."

„Wie alt ist deine Schwester?"

„Siebzehn", Cornelia seufzte. „Ich hoffe, der Zauber legt sich, wenn sie mit der Schule fertig ist. Wahrscheinlich ist sie durch Klassenkameradinnen da hineingeraten."

„Und warum hoffst du das?"

„Wenn ich sehe, wie lange sie mit ihren Ritualen beschäftigt ist, denke ich, sie sollte sich lieber aufs Abi konzentrieren." Ihre Hand flatterte ins Leere, während ich an Majas durchfeierte Nächte in der Schulzeit dachte. Ihre Eltern hatten keinen blassen Schimmer gehabt, mit wem sie unterwegs war? Wusste Alma vom Hexentreiben ihrer Schwester? Hatte sie ihrem Mann nur deshalb aufgetragen, den Blazer zu holen, weil es mit Maja etwas zu regeln gab?

Auf meine Frage, ob er in Große Antrup auch Aktzeichnen unterrichten wolle, war sie mit unverkennbarer Geringschätzung auf die erzkonservative Bauerschaft zu sprechen gekommen, die Aktmodelle im Freien niemals tolerieren würde. Wenn die Nachbarn auf seriöse Zeichenkurse allergisch reagierten, würden sie erst recht keine Hexenrituale dulden. Wie stark musste Aberglaube sein, damit sich jemand bis zu Mordgedanken verstieg?

Alma konnte ein wasserdichtes Alibi vorweisen. Zu der Zeit, als ihre Schwester starb, hatte sie auf dem Platz vor der Remise getanzt, zunächst mit ihrem Schwiegervater, dann mit ihrem Nachbarn Karl Önning, bevor Professor Bader sie zum langsamen Walzer aufforderte. Ihr Chef hatte sich, vielleicht bewegt von latenten Führungsansprüchen, die Hauptmotive aus dem Film „Der Pate" gewünscht, und Marc und seine Band waren seiner exotischen Bitte nachgekommen, so gut sich das mit Percussion, Elektrogitarre und Synthesizer realisieren ließ.

Auch Cornelia war nachdenklich geworden. „Wenn ich mir unser Opfer vors innere Auge hole", sie strich sich durch den dunklen Haarschopf, „dann ist die Ähnlichkeit mit früheren Hexenprozessen nicht von der Hand zu weisen. Vor allem wenn man bedenkt, dass man die Todesurteile manchmal abmilderte, indem man die Frauen vor dem Verbrennen erdrosselte. Möglich, dass sich unser Täter mit der Hexenjagd beschäftigt hat und ein Zeichen setzen wollte. Dazu muss er kein Historiker sein."

„Er muss auch kein Insider der modernen Hexenszene sein", ergänzte ich. "Es könnte sich im Extremfall um einen Sadisten mit Theaterambitionen handeln, der Anregungen braucht. Aber helfen uns solche Spekulationen weiter?" Wir lächelten beide gequält, bevor ich fortfuhr: „Verlassen wir uns besser nicht darauf. Wie schnell und seifenglatt sind wir schon von unseren ersten Fährten abgerutscht ..." Ich zögerte, weil ich die Weitergabe ungeprüfter Informationen unseriös fand, dann erzählte ich Cornelia doch von den Fotos auf der Waldlichtung, auf denen Maja zu sehen war.

Vergeblich suchten wir nach einem Grund, warum sie den Schubladenschlüssel unter ihrer Matratze versteckt hielt. Wo es doch keinen Mitbewohner gab. „Was ist mit dem Bettzeug? Sollten wir uns das nicht auch vornehmen?"

Unsere Hände stießen zusammen, als wir unter die Bettdecke fuhren – da lagen sie: die „Glotzpuppe" und der Eisbär, friedlich vereint auf einem rosafarbenen Nachthemd. Sie hatten ihre Besitzerin nach Düsseldorf begleitet und zurück nach Münster. Mit einiger Sicherheit waren sie auch in Den Haag gewesen.

„Vielleicht solltest du wirklich mit Marlene reden", sagte Cornelia. „Möglich, dass sie etwas über das Verhältnis von Hexen zu Schmusetieren weiß. Im Übrigen würde ich vorschlagen, dass wir diesen Sachverhalt registrieren und ungeachtet dessen nach weiteren Hinweisen suchen. Dass Maja Lehnbach wahrscheinlich eine Hexe war, ist schließlich nur ein Aspekt von vielen anderen."

Sie hatte Recht. Eine Hochzeit auf einem zwangsversteigerten Hof; ein Pächter, dem der Hof einmal gehört hatte; eine Braut, deren Arbeitsstelle von dubiosen Drohbriefen verunsichert wurde; zwei Schwestern, die einander nicht sehr gemocht hatten, und ein eifersüchtiger Ex-Freund lieferten genug konfliktträchtiges Potenzial, an dem unsere Recherchen ansetzen konnten.

Trotzdem ließ mich unsere Entdeckung nicht los. Wie wahrscheinlich war es, dass sich die moderne Hexerei längst in den heimischen Gymnasien eingenistet hatte? Nie wäre es mir bisher in den Sinn gekommen, in Kerstins Mansarde andere Dinge zu inspizieren als den überquellenden Wäschekorb, jetzt dachte ich an eine Kontrolle der paranormalen Art. Ein Besen unter Kerstins Bett? Das war eine gewöhnungsbedürftige Vorstellung!

„Auf welches Gymnasium geht deine Schwester?"

Sie nannte mir eine der vielen Innenstadtschulen, und mir wurde klar, wie wenig uns eine Umfrage dort nützte. Weder die Mitschülerinnen noch das Lehrkollegium würden darüber Auskunft geben können, ob jemand dem modernen Heidentum angehörte, wenn die Dinge so verheimlicht wurden, wie es den Anschein hatte. Nicht mal das Tragen eines Pentagramms wäre ein Indiz, dafür hatte sich das christliche Kreuz in heidnischen Kreisen viel zu stark durchgesetzt. Wenn man ihm dort nicht die Bedeutung beimaß, die ihm traditionsgemäß zukam, konnte auch das Pentagramm eine reine Modeerscheinung sein.

Die Satanisten stellten das Pentagramm auf den Kopf. Welche Anzeichen gab es noch, um die schwarze Magie von der weißen zu unterscheiden, wenn man als Anhaltspunkt nur das äußere Erscheinungsbild einer Person hatte? Gruftimode war noch immer aktuell, wie ich von Kerstin wusste. War deshalb jeder, der im knöchellangen, schwarzen Mantel herumschlich, verdächtig? Waren lila Lippenstift oder erdfarbene Fingernägel ein Indiz?

„Welche Haarfarbe hat deine Schwester?"

Cornelia hatte das Pentagramm zurückgelegt, jetzt hob sie ihren Blick von der Schublade. „Marlene ist blond. Warum fragst du?"

Ich berichtete ihr von Majas Ablehnung gegen alles Dunkelhaarige, dabei fiel mir Dirk Weitings Rotfärbung ein. Hatte sie ihm das eingeredet? Cornelia wusste nichts von einer Abneigung gegen dunkles Haar bei ihrer Schwester.

„Könnte sie zu uns ins Präsidium kommen, damit wir noch mehr erfahren und ihre Aussage auf Tonband aufnehmen?"

„Kommt darauf an, was du wissen willst", Cornelia lächelte skeptisch. „Hexen sind zur Verschwiegenheit verpflichtet. Falls sie Kontakt zu einem Coven aufgenommen hat, würdest du über deren Mitglieder garantiert nichts erfahren. Außerdem könnten meine Eltern durch eine Vorladung Wind von der Sache bekommen."

„Nimmt deine Schwester diesen Hokuspokus so ernst?“

„Marlene ist Hexe aus Überzeugung. Und wenn du Magie in ihrer Gegenwart als Hokuspokus bezeichnest, bekommst du kein Wort aus ihr heraus.“

„Hat sie dir schon mal etwas vorgezaubert?“

Sie lachte. „Als sich mein Freund von mir getrennt hatte, habe ich sie nach einem Liebeszauber gefragt, der ihn mir zurück bringt. Aber sie sagte: ‚Wenn er dich verlässt, kannst du nichts machen. Stell dir vor, irgendein in dich verknallter Typ, den du nicht ausstehen kannst, geht zu einer Hexe, damit sie dich durch Zauberei an ihn bindet.‘ Ich musste gleich an einen entfernten Cousin denken, der mich seit Jahren hartnäckig verfolgt.“

„Sie hat dich also nur mit Reden vertröstet?“ Ich war ein bisschen enttäuscht, weil ich mehr erwartet hatte als Argumente.

„Unsinn! Marlene hat mir einen Tee aus Basilikum, Brennnessel und Eisenkraut gebrüht, als Schutzzauber gegen meinen Cousin, aber das war gar nicht der wesentliche Punkt! Sie hatte nämlich auch das Video ‚Die Hexen von Eastwick‘ mitgebracht. Zuerst haben wir uns gegraust und uns dann gekullert vor Lachen über den albernen Schluss, haben eine Flasche Rotwein leer gemacht, und als wir uns dann später auf meinem Futon zusammenrollten, war mein Freund überhaupt kein Thema mehr. Marlene erschien mir auch gar nicht als Zauberin, sondern als mein Schwesterchen, das meinen Katzenjammer komplett nachvollziehen konnte. Wir holen sie hierher! Ich sehe, dir sitzen die Fragen zum Hexenkult nur so im Nacken. Also löchere sie!“

Eine halbe Stunde später – inzwischen war es halb vier – schellte es; ein aggressiv rasselnder Ton, der wohl Dämonen vertreiben sollte. Leichte Schritte tappten durchs Treppenhaus, die Wohnungstür schob sich geräuschlos auf, und Marlene trat ein. Die beiden Schwestern wirkten so gegensätzlich, als hätten sie verschiedene Väter. Cornelia war klein, pummelig, mit festem, dunklem Haarschopf, Marlene, obwohl elf Jahre jünger, war größer als sie, blond und schlank. Cornelia ging stets resolut ans Werk, als würde sie auch geistig die Ärmel hochkrempeln, ihre Art sich zu bewegen, hatte das Wiegend-Breitbeinige eines Bikers, und ihre Stimme klang rau. Marlene redete leise und hell, und ihre Körpersprache war die eines schüchternen Teenagers.

Wir setzten uns vor die Schublade, deren Inhalt sie ohne sichtbare Gemütsbewegung betrachtete. Als legte man einem begeisterten Philatelisten ein Album mit deutschen Sondermarken vor. Das eine oder andere schien exotisch, doch schlussendlich gab es keine Überraschungen. Das untermauerte in meinen Augen Cornelias Vermutung, Maja habe als Hexe praktiziert. Was wir vor uns hatten, waren die typischen Utensilien. Je länger ich über diesen Gedanken nachdachte, desto unspektakulärer erschien er mir. Wie es schien, war das Hexentum weit verbreitet. Man könne es, so hatte Cornelia mir erklärt, nicht mit jenen unseriösen Sekten vergleichen, die jungen Menschen ihre Individualität aus dem Hirn schrubbten. Moderne Magie setzte einen über Jahrtausende zurückreichenden Versuch fort, mit der Natur in Einklang zu kommen, sich in den Rhythmus der Jahreszeiten einzufügen und das eigene Wissen und Können gewinnbringend für andere einzusetzen. Alles was du tust, so lautete die oberste Regel, fällt dreimal auf dich zurück. Also schade niemandem!

„Können Sie mit diesen Gegenständen etwas anfangen?“, fragte ich. Worauf Marlene sich eine Strähne ihres langen, blonden Haars aus dem Gesicht strich und erwiderte: „Das sind Dinge für eine Altarausstattung. Im Übrigen können Sie Du zu mir sagen.“

„Danke. Wo könnte Majas Altar stehen?“

„Diese Schublade könnte ihr Altar sein. Wir Hexen machen keine große Affäre aus unserer Arbeitsstätte. Manche benutzen ein Tablett oder einen großen Spiegel. Sogar ein Hocker genügt oder das Innenfach eines Koffers. Wichtig ist, dass die brennenden Kerzen kein Unheil anrichten. Auch darf der Weihrauchharz auf keinen Fall geräuchert sein, weil Benzpyrene entstehen können. Die sind Krebs erregend! In einem hohen Kirchenschiff ist das kein Thema, in einem kleinen Zimmer erwärmen wir das Harz nur. Sie sehen“, ein missionarisches Leuchten trat in ihre Augen, „uns modernen Hexen liegt der Einklang mit einer intakten Umwelt sehr am Herzen. Nur in einer gesunden Umgebung können wir unseren positiven Zauber bewirken und negative Energien verbannen. Deshalb sind auch Drogen indiskutabel. Wer dabei erwischt wird, muss seinen Zirkel verlassen. Oberstes Hexengebot! Fast noch strenger als die Regel, niemandem zu schaden."

„Gibt es keine Drogensüchtigen, die auf eigene Faust hexen?"

Sie schüttelte energisch den Kopf. „Möglich, dass sich einzelne Junkies auch mit Hexerei beschäftigen, aber den tieferen Sinn der weißen Magie haben sie nicht verstanden. Wir Hexen sind clean! Uns ist es nicht nur verboten, andere zu schädigen, sondern auch uns selbst. Wir tragen Verantwortung!"

Was sie sagte, klang ganz vernünftig. Junge Nachwuchshexen wurden auf mögliche fatale Folgen ihres zauberischen Lebenswandels hingewiesen, und Amulette, Talismane, Zaubersprüche gab es, seitdem die Menschheit existierte.

„Im Übrigen", unterbrach Marlene meine Gedanken, „ist es vorteilhaft, wenn nicht jeder gleich erkennt, dass an einem bestimmten Ort gehext wird."

„Gilt das auch für die Plätze im Freien, auf denen die großen Feste gefeiert werden? Wann war eigentlich das letzte?"

„Das letzte Fest hat vor zwei Tagen stattgefunden, am 1. August, und es heißt Lammas. Unser Erntedankfest", klärte Marlene mich geduldig auf. „Es gibt noch ein zweites, das am Tag des Herbstbeginns stattfindet. Uns stehen viele Orte in der freien Natur zur Verfügung, zum Beispiel eine versteckte Ecke in einem großen Park. Lieber halten sich Hexen allerdings außerhalb des Stadtgebietes auf, auf einer Lichtung oder an einem Bach. Manchmal stellen die Bauern eine Wiese oder ein abgeerntetes Feld zur Verfügung. Sie erhoffen sich einen Schutzzauber für ihr Vieh oder den Segen der Großen Mutter für die nächste Ernte."

„Kennst du Bäuerinnen, die als Hexen arbeiten?", fragte ich, während ich mir Alma Lehnbach als moderne Hexe vorzustellen versuchte. Paula Önning hatte sogar eine Warze am Kinn. Ich verscheuchte die Vorstellung und rief mich zur Ordnung. Aber wie selten gab es bei Mordermittlungen auch mal etwas Amüsantes?

Marlene wich meinem Blick aus. „Vorläufig kenne ich überhaupt keine anderen Hexen. Ich arbeite allein, anhand von Lehrbüchern."

„Und in der Schule?

Jetzt war ihre Antwort ein verschmitztes Lächeln, das ihrem mageren Gesicht sehr gut stand. Grübchen bildeten sich.

„Na ja, wenn es mal total schnarchig wird, in Mathe, Physik oder Reli, dann unterhalte ich mich ausführlich mit dem großen Geist. Er ist überhaupt mein liebster Ansprechpartner, wenn mich die Mitschüler nerven. Von Lehrern ganz zu schweigen. Dann funkt Geist dazwischen, dass es echt zum Totlachen ist."

Ich lächelte ebenfalls, weil ich die Vorstellung witzig fand. „In welcher Form findet dieses ‚Funken' statt?"

„Unter unserem Mathelehrer ist neulich der Stuhl am Lehrerpult zusammengebrochen. Niemand hatte ihn manipuliert. Also wenn das kein Fingerzeig war! Manchmal funktionieren in Physik die Experimente nicht." Ich nickte amüsiert und verkniff mir die Frage, wie Geist sich in den „Reli-Unterricht" einmischte.

Schade niemandem!, dachte ich stattdessen. Weder körperlich noch seelisch! Oberstes Hexengebot! Laut sagte ich: „Man muss achtzehn sein, um einem Zirkel beizutreten. Weißt du schon, bei welchem du dich bewerben wirst? Und ob überhaupt?"

Ihre Lider flatterten nervös. Hatte sie Sorge, zu viel auszuplaudern? „Darauf möchte ich mich noch nicht festlegen. Ist auch nicht wichtig, oder?"

„Hast du schon einen Überblick über die münstersche Szene?"

Als sie den Kopf schüttelte, fragte ich nach Internet-Adressen und erntete zu meiner Überraschung Stirnrunzeln von ihrer großen Schwester. Dachte Cornelia denn gar nicht an die Möglichkeit, dass der Täter von Majas Zauberei gewusst hatte und uns mit seinem Tatmuster auf die falsche Fährte zu schicken versuchte? Wie konnte er zu dieser Information gekommen sein, wenn nicht durch Majas Zugehörigkeit zu einem Hexenzirkel? Und solange wir diesen Zirkel nicht ausfindig machten, um seine Mitglieder über Kontaktpersonen oder Sympathisanten zu befragen, nutzte Majas Mörder seine Bewegungsfreiheit und setzte sich ab.

Ich zeigte Marlene die Puppe und den Eisbären, doch sie beteuerte, altes Spielzeug habe absolut keine Bedeutung für den Hexenkult. Allenfalls wickelte man Stoffpuppen oder formte sie aus Wachs, um sie dann mit Magie aufzuladen. Man verwendete auch kleine Skulpturen aus Bronze oder Metall, die die große Göttin darstellten. Und seine Hilfswerkzeuge sammelte man in der Natur: knorrige Wurzeln, markante Steine oder merkwürdig verkrümmte

Äste. Auch Kräuter und Wildpflanzen waren häufige Requisiten für die Rituale. Mit Plüsch oder Zelluloid hatte dagegen noch keine Hexe etwas anfangen können. Wir unterhielten uns noch etwa eine halbe Stunde, und ich machte mir Notizen, bis Marlene plötzlich auf die Uhr sah und erklärte, sie müsse jetzt dringend weg, weil sie mit jemandem am Aasee verabredet sei. Im Übrigen könne ich mir weitere Fragen bei Suchmaschinen im Internet beantworten lassen.

Ich hörte, wie sie sich leichtfüßig durchs Treppenhaus entfernte, und wäre ihr am liebsten gefolgt. War ihre Verabredung tatsächlich geplant, oder schickte sie jetzt übers Handy einen Eilruf? Andererseits konnte ich an einer Verabredung auf den Aasee-Wiesen an einem so heißen Tag nichts Ungewöhnliches finden. Vielleicht wollte Marlene ein Gewitter herbeizaubern, das endlich Abkühlung brachte. Oder einen Geldzauber bewirken, der die Sommerurlaubskasse aufpolsterte.

Kerstins Referat hatte mein Interesse für den Hexenkult geweckt. Ich wusste einiges von den Prozessen früherer Jahrhunderte. „Gestanden" die Verdächtigen unter grausamster Folter einen Pakt mit dem Teufel, verbrannte man sie. Leugneten sie ihn, deutete man ihr Schweigen als Beistand des Satans und verbrannte sie ebenfalls. Wer einmal in das Räderwerk der Reichsjustiz geraten war, hatte keine Chance zu entkommen. Und jeder der von ihnen genannten Namen zog nicht nur dem Schuldigen die Schlinge um den Hals, sondern auch weitere Verhaftungen nach sich. Weise Frauen, wohlhabende Männer, unschuldige Kinder. Jeden konnte es treffen.

Noch von der Klosterstraße aus hatte ich Irma Kottnick auf ihrem Handy angerufen und sie gebeten, ab siebzehn Uhr in ihrer Lern-WG in Coerde auf mich zu warten. Um ihre grundsätzliche Kooperationsbereitschaft zu testen, beteuerte ich, es täte mir leid, keinen genaueren Termin nennen zu können, doch sie hatte freundlich entgegnet, der tragische Anlass sei es wert, dass man sich der Polizei zur Verfügung stelle. Darüber hinaus sei der ganze Sonntag ohnehin für gemeinsame Prüfungsvorbereitungen verplant. Auf meine Frage, ob ich alle Teilnehmer der Lerngemeinschaft anträfe, hatte sie dagegen ausweichend geantwortet. Ich verabredete mich mit Max, der den Spätnachmittag in Rheine verbringen wollte, um die Aussage des Fotografen Oliver Radebrecht zu überprüfen, für den Abend im Präsidium und machte mich auf den Weg.

Meine Fahrt endete vor einem unauffälligen Mehrfamilienhaus. Neben einem der Klingelknöpfe stand „WG“, doch die Eingangstür war angelehnt, und so ersparte ich mir das Schellen. Drinnen empfing mich ein angenehm kühles Treppenhaus, das allerdings nicht nur durch eine Serie schäbiger Wandgraffiti in Schwarz und Lila, sondern auch durch einen Schwall von Kohlgeruch schlagartig an Reiz verlor. Abartige Gelüste an einem so heißen Tag! Oder kochte da jemand seine Schrebergartenernte für den Winter ein?

Zu meiner Überraschung stand auch die Wohnungstür halb offen. Rechnete man mit weiteren Lerngenossen oder vielleicht mit dem Pizzadienst? Ich klopfte. Als sich nichts rührte, stieß ich die Tür auf und sah, dass jemand das Schloss aufgebrochen hatte. Ich horchte – Totenstille – und betrachtete misstrauisch den dämmrigen Flur mit seinen vier offen stehenden Türen. Doch dann wurde meine spontan gereifte Horrorvision von steif aufgestellten Zehen hinter dem Sofa oder blutgetränkten Bettlaken durch vielstimmige und sehr vitale „Bohs“ und „Eys“ aus der letzten Tür rechts ausgebremst.

Sie waren, fünf an der Zahl, um den Küchentisch versammelt. Gewohnheitsmäßig fuhr mein Blick den großzügig bemessenen Raum ab. Für studentische Verhältnisse war er bemerkenswert aufgeräumt. Die offenen Vorratsregale berichteten nicht nur von einer gut gefüllten Haushaltskasse, sondern auch von bescheidenen Kochkenntnissen bei exklusiven kulinarischen Vorlieben. Man ernährte sich aus Dosen und Gläsern der Edelmarken und aus einem mannshohen Tiefkühlschrank. Neben der Spüle stapelten sich leere Kartons, demnach war der Pizzamann schon da gewesen. Oregano lag angenehm in der Luft und eine dezente Spur Knoblauch.

„Bitte entschuldigen Sie diesen Überfall“, sagte ich locker und lehnte meine Tasche ans Tischbein, als wäre ich bei langjährigen Freunden gelandet. „Die Tür stand offen. Haben Sie keine Angst, bei diesem Geräuschpegel als Geiseln genommen zu werden?“

Meine Gastgeber prusteten, als hätten sie den ganzen Tag noch nicht gelacht, und taten meine Bemerkung über das aufgebrochene Türschloss mit einem Schulterzucken ab. Einer von ihnen hatte sich vor ein paar Tagen selbst ausgesperrt, und anstatt einen teuren

Schlüsseldienst zu „beehren“, habe man Gewalt angewendet. „Hier im Haus wird nicht geklaut. Alle Mieter duzen sich.“

Der das sagte, war ein schmächtiger Däumling, dessen geringe Körpergröße durch einen langen, dünnen Ziegenbart kompensiert wurde. Sekundenlang zuckte mir der Zwerg aus „Schneeweißchen und Rosenrot“ durch den Kopf; eingezwickt in seinen Baumstamm.

„Die Polizei, dein Freund und Helfer!“, trompetete das blonde, rotbackige Pummelchen am fensterseitigen Tischende. Das musste Irma Kottnick sein. Einer von Steinwercks Schülern hatte sie beschrieben: „Wie die Jungfrauen auf Renoirs Aktbildern.“

„Setzen Sie sich doch!“ Die beiden Studentinnen auf der Bank rechts von mir rückten einladend zur Seite, während sich der junge Mann, der neben dem Schneeweißchenzwerg saß, mit der langgliedrigen Geschmeidigkeit eines Weberknechts erhob und zum Gläserbord über der Spüle griff. „Möchten Sie Wasser?“

„Gern!“ Ich setzte mich auf den beflissen heran georgelten Schreibtischsessel vor das Kopfende und warf einen Blick in die Runde. Mächtige Wälzer lagen aufgeschlagen auf dem Tisch, weiteres, zugeklapptes Lesefutter verriet, dass die Gruppe für eine Prüfung in Anatomie büffelte. Den Rest der Mahagoniplatte bedeckten Notizzettel, Schreibzeug, Gläser, volle Aschenbecher und zerdrückte Zigarettenpäckchen. Da konnte das Gesundheitsministerium noch so mahnen, selbst angehende Ärzte bekämpften ihren Stress mit Nikotin. Durch das offene Fenster drang das Gejohle von Jugendlichen, die sich irgendeinem Sportvergnügen hingaben, wahrscheinlich dem Fußball. Ich lächelte aufmunternd. Nicht gerade einfach, bei diesem Lärm konzentriert zu arbeiten, doch bei geschlossenem Fenster wäre die Luft zum Schneiden gewesen! Nicht zuletzt wegen der stinkenden Ascher. Aus diesem Grund stand wohl auch die Wohnungstür offen.

Als ich die Personalien aufnahm, stellte ich fest, dass außer Irma Kottnick alle in dieser Wohnung lebten. Ich fragte, wer die Tote gekannt habe, aber die Reaktionen fielen merkwürdig ölig aus, daher präzisierte ich: „Kann ich voraussetzen, dass Sie über den Tod von Maja Lehnbach informiert sind und wissen, von wem die Rede ist?“ Als Antwort erhielt ich ein betretenes Kopfnicken.

„Wer hat Sie informiert?“

„Anke Illmann“, kam es leise von Kottnick. „Sie hat heute früh angerufen und gesagt, dass sie nicht zum Lernen käme, weil sie …“ Sie drehte eine ihrer leicht verschwitzt wirkenden, schulterlangen Locken um den Zeigefinger. „Die vergangene Nacht war ja nicht gerade ein Zuckerschlecken. Ich meine, wegen der Verhöre …“

„Und wer von Ihnen kannte Maja?“

„Ich“, sagten Irma und das Mädchen, das Julia Voss hieß, wie aus einem Munde. „Wir sind …“, sie sahen einander an, dann fuhr Irma achselzuckend fort: „Eigentlich sind wir zur Verschwiegenheit verpflichtet, aber … “

„Wer hat Ihnen dieses Versprechen abgenommen?“

„Niemand! Es ist ein Hexengebot. Aber da Sie bei der Kripo arbeiten und man der Polizei keine falsche Auskunft geben darf … Julia, Maja und ich, wir gehörten zu demselben Hexenzirkel. Wir haben bewusst keinen Coven nach den Regeln der Wicca gegründet, sondern eine Gemeinschaft ohne Hohepriester, Normen und strenge Initiationsregeln, falls Sie eine Ahnung haben, wovon die Rede ist.“ Täuschte ich mich, oder wirkte ihre Miene jetzt süffisant? Die Polizei, dein Dummerchen!

„Nur Sie drei?“, fragte ich, ihrer letzten Bemerkung ausweichend.

„Zu unserem Zirkel gehören insgesamt sieben Hexenschwestern“, stellte Kottnick klar. „Das heißt, seitdem Maja …“ Sie ließ die Strähne fallen, als hätte sie sich die Finger verbrannt. „Ich meine, nachdem wir mit Maja die Glückszahl erreicht hatten, wurde beschlossen, niemanden mehr aufzunehmen.“

„Haben Sie eine Ahnung, warum sie sich Ihren Zirkel aussuchte? Vielleicht weil mehrere Medizinstudenten dazu gehören? Anatomiekenntnisse sind für das Modedesign sehr wichtig.“

Diesmal umging sie meine Frage, indem sie entgegnete, sie hätte in Herrn Steinwercks Atelier einen Zettel mit einem umrahmten Quadrat unter einem Kreuz ausgehängt: das alte Schutzzeichen gegen Hexen. Jeder Eingeweihte verstand sofort, was gemeint war. Ihre Handynummer war angegeben, und Maja hatte sich sofort bei ihr gemeldet. Sie suchte einen Zirkel, weil sie nicht allein arbeiten wollte. „Medizinstudentinnen mussten nicht unbedingt dabei sein“. Jetzt klang ihre Stimme patzig. „Für uns wiederum war es wichtig, dass wir mit sieben Mitgliedern die Glückszahl erreichten. Obwohl Zahlen eigentlich keine Rolle spielen, wir haben Talismane und Formeln."

„Wann hat sich Maja bei Ihnen gemeldet?"

„Im Januar. Imbolgc, am 2. Februar, hat sie schon mit gefeiert."

Die Siebte in ihrem Bunde war ermordet worden; das war in der Tat kein überzeugendes Argument für Glückszahlen. „Was spricht gegen einen Coven nach den Regeln der Wicca?", fragte ich in der Hoffnung, von einem bestimmten Trend zu erfahren, dem die Tote gefolgt war. Möglicherweise ließen sich weitere Kontaktpersonen ermitteln. Gab es in europäischen Esoterikkreisen eine Art Guru?

Irmas Antwort sprudelte heraus, als sähe sie eine reelle Chance, das Thema Mord fallen lassen zu können. Wiccas und andere Neo-Heiden, so belehrte sie mich, befehdeten einander mit harten Bandagen. Ein Wicca-Coven müsse von einem Hohepriester und einer Hohepriesterin angeführt werden, und derlei Hierarchien und Machtansprüche deckten sich nicht mit ihren eigenen Vorstellungen. Direkt missionarisch wirkte sie, und Julia Voss warf ihr bewundernde Seitenblicke zu. „Wir wollen Spaß am Zaubern haben, anstatt uns mit Glaubensregeln herumzuschlagen."

„Nennen Sie mir die übrigen Mitglieder Ihres Zirkels?"

Prompt setzte sie eine kämpferische Miene auf. „Wir haben beschlossen, niemanden beim Namen zu nennen."

„Das könnte aber Ärger mit der Polizei geben. Immerhin stammt das Opfer aus Ihrer Gemeinschaft."

„Kommen Sie mit einem Durchsuchungsbefehl zurück", konterte sie, ohne mit der Wimper zu zucken, während ich bei Julia ein kurzes, panisches Japsen zu bemerken glaubte.

„In wie vielen Wohnungen müssten wir dann aktiv werden?"

Sie zuckte die Schultern. Man traf sich zum Hexen, Meditieren oder „Quasseln" reihum, mal hier bei Julia, mal in ihrer eigenen Bude. Es würde viel Zeit kosten, alle Adressen zu durchsuchen.

„Waren Sie auch mal in Maja Lehnbachs Wohnung?"

Sie nickte knapp. Als ich dann wissen wollte, ob ihr bekannte Hexen unter den Hochzeitsgästen gewesen seien, entgegnete sie, es sei ja nicht nur eine sehr große Gesellschaft gewesen, sondern auch ein weitläufiges Gelände. Und sie selbst habe früher gehen müssen, schon um halb fünf …

Warum wich sie mir aus?

Die Brautjungfern waren vor etwa vier Wochen zusammen gekommen, um ihre Rolle bei der Hochzeit einzuüben, das war eine Tatsache. Dass sie sich auch schon früher gekannt hatten, war eine Theorie. Meine Gedanken streiften kurz die Möglichkeit, dass sie allesamt Majas Hexenschwestern waren und folglich einem Schweigegelübde unterlagen, das nur Irma mit Rücksicht auf meine Zugehörigkeit zur Kriminalpolizei gebrochen hatte. Fürchteten sie sich vor jemandem so sehr, dass sie die Polizei belogen? Wollten sie nicht als Hexen entlarvt werden? Da ich mir das nicht vorstellen konnte, wäre die einzige Erklärung ihre Verwicklung in den Mord gewesen. Meine Frage, ob es in letzter Zeit im Zirkel Ärger gegeben habe, Streit oder Meinungsverschiedenheiten, brachte Irmas Gesprächsbereitschaft so zum Erliegen, dass ich beschloss, den nicht hexenden Teil der Tischrunde für etwa dreißig Minuten aus der Küche zu bitten. Die beiden jungen Männer und die Studentin, die neben Julia saß, trollten sich erstaunlich friedlich. Deshalb malte ich mir erst gar nicht aus, wie diese Szene abgelaufen wäre, hätte ich mit Studenten der 68er-Revolte zu tun gehabt. Garantiert hätte man absolute Transparenz gefordert und ein Mitspracherecht bei den „Schnüffelaktionen der Staatsschergen."

Sobald wir nur noch zu dritt waren, wiederholte ich meine Frage nach den Anschriften der restlichen Hexenschwestern, doch die Mienen von Irma und Julia verschlossen sich so abrupt, als hätte man die Zugbrücke einer Wasserburg hochgezogen. Ich hoffte, dass im Internet eine Website von ihnen existierte, mit E-Mail-Adressen, vielleicht sogar authentischen Vornamen und Angaben fürs nächste Treffen. Und mit Hilfe der verschiedenen Suchprogramme würde Hilly diese Website auch finden. Als ich mir eine entsprechende Notiz machte, reckten die beiden Mädchen neugierig die Hälse, ohne jedoch aus meinem privaten Runensystem schlau zu werden. Wir schenkten uns gegenseitig ein Lächeln, das gleich weit von Sympathie und Misstrauen entfernt war, dann zog ich mein erstes As aus dem Ärmel, indem ich spekulierte, Maja habe auf dem Hof ihrer Schwester einen Platz für Rituale gesucht. Dieser Einfall war mir auf der Herfahrt gekommen, als ich noch einmal über ihr Ansinnen nachdachte, Große Antrup für Modeaufnahmen zu nutzen. Zugegeben, meine Theorie war ein reiner Versuchsballon, doch Irma bestätigte, dass Maja unter dem Deckmantel von Modeaufnahmen einen Ritualplatz gesucht hatte. Alma, natürlich ohne von den wahren Absichten ihrer Schwester zu wissen, sei strikt gegen Modenschauen gewesen und habe später, bei offenbar bröckelndem eigenem Widerstand, behauptet, Jochen würde unter Garantie protestieren. Trotzdem hatte Maja nicht aufgegeben.

„Welches Gebäude wollte sie haben?"

„Den Spieker", sagte Irma. „Der wird ohnehin nicht genutzt."

„War sie gestern Nachmittag dort mit jemandem verabredet?" Ich dachte an die beiden Seidenmalerinnen, die das Häuschen mieten wollten, und überschlug kurz die Möglichkeit, dass sie ebenfalls als Hexen arbeiteten. Dann verwarf ich den Gedanken. Das ganze Münsterland ein einziger Blocksberg – das schien mir nun doch eine Nummer zu groß.

Irmas Miene hatte sich wieder abgeschottet. Als sie dann erklärte, auf der Feier kein einziges Wort mit Maja geredet zu haben, zog ich das nächste As. Es war ja nicht so, dass ich keine unangenehmen Fragen auf Lager hatte.

„Sie haben sich am vergangenen Montag mit Maja, Hanne Frewes und Anke Illmann in Herrn Steinwercks Atelier getroffen. Mich würde der Grund für dieses Treffen interessieren."

Irma blieb cool. „Es ging um das Hochzeitsgeschenk."

„Maja hatte ein Geschenk, zumindest für ihre Schwester."

„Aber nicht für Jochen. Und da sie ihn nicht besonders …" Sie brach ab und korrigierte sich dann: „Ich meine, er ist … er war in erster Linie ihr Chef und erst danach ihr Schwager. Deshalb wollte sie sich lieber an unserem Geschenk beteiligen."

„Es handelte sich also um ein geplantes Treffen. Maja war nicht ausschließlich wegen der Skizzen gekommen."

Darauf schwieg sie, und ich beschloss, mich vorerst mit ihren Antworten zufrieden zu geben. Ich holte noch ein paar Informationen zu der Entstehungsgeschichte des Konvents ein. Doch alles was ich erfuhr, war, dass Maja seit Januar dazu gehört und nie über frühere Hexereien geredet hatte, möglicherweise weil sie ein ähnliches

Schweigegelübde verpflichtete. Ich fragte die übrigen Mitglieder der WG, die gerade lärmend und gut gelaunt von einem Ausflug zum nächsten Zigarettenautomaten zurückkehrten, einen nach dem anderen, wann Irma am vergangenen Nachmittag bei ihnen eingetroffen sei, und ihre Antworten fielen einheitlich aus: um viertel nach fünf. Demnach hatte sie für die knapp zehn Kilometer von Große Antrup nach Coerde eine dreiviertel Stunde gebraucht – kein schlechter Schnitt.

Ich stand schon im Hausflur, als Irma mich nachdenklich ansah. „Jetzt fällt mir noch etwas ein. Ich weiß nicht, ob es wichtig für Sie ist, aber Maja hat nicht nur den Blazer für ihre Schwester geschneidert, sondern auch ein Kleid für sich selbst. Ich habe den Entwurf gesehen, es sah ganz irre aus.“ Ihre Worte ließen vor meinen Augen einen bodenlangen, ziemlich transparenten Hauch aus Chiffon entstehen, in einer Skala von Schwarz über Anthrazit bis Nebelgrau, im Rücken frei bis zum Steißbein und auch vorne nur lose verschlungen. Das Kleid war fertig gewesen, das hatte Maja am 21. Juli berichtet, als sie sich bei Steinwerck trafen.

Ich fragte, ob sie sich dann nicht gewundert habe, dass Maja es auf der Hochzeit nicht trug. Worauf Irma die Augenbrauen in die Höhe zog und rief: „Aber sie hat es doch getragen! Es hat für jede Menge Gesprächsstoff gesorgt. Ihre Großeltern fanden es skandalös, ihre Cousinen hätten es ihr am liebsten vom Leib gerissen, um es selbst anzuziehen.“

„Andere Gäste haben sie in rotem Top und schwarzem Rock gesehen. Von einem skandalösen Kleid war nicht die Rede.“

„Also wenn Sie mir nicht glauben, sehen Sie sich doch die Gruppenfotos an, der reinste Glamour.“

„Bedeutet das: Sie haben Maja nur in diesem Kleid gesehen?“

„Ich weiß nichts von Top und Rock“, entgegnete sie mürrisch.

Ich dachte kurz an die Sketch-Vorführung der Cousins und Cousinen, für die vielleicht eine Verkleidung gebraucht wurde. Doch Maja hatte nur die gelangweilte Zuschauerin gespielt. Hatte sie den Täter mit ihrem gewagten Fummel zur Raserei gebracht? Ihn auf verstörende Weise an jemanden erinnert, so wie Daphne du Mauriers Romanheldin mit dem Kostüm der verstorbenen Rebecca? Als ich mich von Irma verabschiedete, sagte ich wie beiläufig: „Sie haben doch vorgestern sicher Lammas gefeiert. War Maja dabei?"

Sie nickte.

Hatte sie das Kleid auch dort getragen?

„Nein. Sie hatte es doch extra für die Hochzeit geschneidert."

„Für eine Hochzeit, an der sie nicht teilnehmen wollte?"

Ich sah ihre verdatterte Miene vor mir, während ich in Richtung Präsidium fuhr. Auch mich hatte ihre letzte Aussage ein wenig aus der Spur gebracht. Eine junge Modedesignerin fertigte ein, wie es schien, sehr aufwändiges Kleid an, um es nur auf den Gruppenfotos zu tragen, wo es kaum zur Geltung kam, während sie sich im Übrigen mit einem billigen schwarzen Baumwollrock und einem einfachen Top begnügte? Und nicht nur das: Sie vergaß auch noch ihr zweites Gesellenstück, den Blazer für ihre Schwester? Ich dachte über mögliche Erklärungen nach, doch ich fand keine, dafür fiel mir ein, dass man in Majas Umhängetasche kein Handy gefunden hatte. War außer Steinwerck noch jemand in der Remise gewesen, um an der Tasche herumzufingern? Hatten wir Marc Tanner, dem Musiker, der sie in Verwahrung genommen hatte, zu viel Vertrauen geschenkt? Wenn Maja das Handy mitgenommen hatte, war es jetzt im Besitz ihres Mörders, und mit Sicherheit hatte er es abgestellt.

Aber vielleicht lag es ja in ihrer Wohnung. Während ich überlegte, wo ich danach suchen könnte, ohne viel Zeit zu verlieren, erinnerte ich mich an die Kommode mit all ihrem Erbtantenkrempel oder Flohmarktzeug, den Messerbänkchen, Spitzendecken und Teelichthaltern. Gerade hatte ich begonnen, sie gründlicher zu inspizieren, als Cornelia mich zu Majas Hexenaltar rief. Danach hatte ich am Bücherregal weiter gemacht, um jeden einzelnen Titel auf eingelegte Zettel oder handschriftliche Notizen zu durchsuchen. Seufzend nahm ich den Umweg über die Klosterstraße, um das Versäumte nachzuholen. Wieder tauchten meine Hände unter Tischdecken und Stoffsets wie in abgründigen Gewässern und schoben all die Nippes hin und her. In der mittleren Schublade fand ich das Handy, in der untersten ein Buch. Es hatte einen schwarzen Ledereinband mit goldfarben aufgeprägtem Pentagramm und trug den Titel Grimoire. Jede ordentliche Hexe, so hatte Cornelia gesagt, führe ein solches Arbeits- und Tagebuch. Dieses war etwa bis zur Hälfte beschrieben. Ungeduldig überflog ich die Eintragungen auf der Suche nach Eigennamen. Was ich fand, waren undatierte Traumprotokolle, Rezepte, Zauberformeln, Gedichte und viele Zeichnungen. Auf der Innenseite des hinteren Buchdeckels entdeckte ich die Namen von Julia Voss und den vier Brautjungfern. Hatte ich den Hexenzirkel damit identifiziert? Und möglicherweise einen Grund gefunden, warum Maja an der Hochzeit nicht hatte teilnehmen wollen? Der siebte Name zuunterst war bis zur Unleserlichkeit durchgestrichen: die siebte Hexe!

Max saß im Besprechungszimmer, den Schreibblock aufgeschlagen vor sich, daneben eine Cola light. „Bist du allein?", wunderte ich mich, während ich mich auf den Nachbarstuhl fallen ließ. Diese mörderische Hitze! Ich fühlte mich wie ausgewrungen. Aber mit einer Klimaanlage würde unser alter Kombi noch mehr Benzin schlucken, als er ohnehin schon fraß. Sekundenlang schob sich auch die Vision eines mit dem Zigarettenanzünder verbundenen Decken-Ventilators vor mein inneres Auge. Lückmann nahm einen langen Schluck aus seiner Cola-Dose, der seinen Adamsapfel zum Hüpfen brachte, und murmelte, Cornelia sei nach Hause gefahren, um „ihre Kübelpflanzen und den eigenen Luxuskörper zu wässern." Na ja, dieses Verlangen konnten wir alle gut nachvollziehen.

„Hast du schon mit dem Chef gesprochen, Sieglinde? Ich meine, wegen der absoluten Priorität der Obduktion an Maja Lehnbach?" Täuschte ich mich, oder funkelte in seinen Pupillen ein kleiner, hämischer Kobold? Im dichten Gedränge des Tages hatte ich mein selbstbewusstes Versprechen tatsächlich vergessen. Ich sah auf die Uhr und stellte mir die grantige Stimme des Pinguins am Telefon vor. Er war am frühen Morgen von Max über den neuen Fall informiert worden, jetzt stand es in seinem Ermessen, wie schnell er mit der Staatsanwaltschaft verhandelte. Besaß er nicht das verdammte Recht, seinen langjährigen Mitarbeitern zu vertrauen, die ihm am Montag die genauen Fakten präsentieren würden?

Entweder klärte sich ein Verbrechen innerhalb der ersten zwei Wochen auf, dann hatten wir es mit einer Beziehungstat zu tun, und das soziale Umfeld des Opfers entfaltete sich wie ein Fächer mit vielen bunten Miniaturporträts. Oder es vergingen vielleicht Monate. Wenn der Zufall das Opfer ausgewählt oder der Täter aus Motiven gehandelt hatte, die schwerer nachzuvollziehen waren als Eifersucht, Habgier oder blinder Hass. Wie oft hatte ich diese Binsenweisheit verwünscht, obwohl mehr als ein Quäntchen Wahrheit darin steckte. Mein Blick schweifte ab zu dem Kunstkalender an der Wand, und mir fiel ein, dass unser Chef in zwei Wochen fünfundsechzig wurde: ein Löwe wie aus dem astrologischen Lehrbuch! Auch Maja war Löwe gewesen … Noch immer klebte mein Blick an dem ineinander verknäulten Wirrwarr in Braun-Grün-Anthrazit, das man als Bild für den August ausgesucht hatte. Waren damit Hitze und Dürre gemeint? Sollte sich der Betrachter an Gewitterwolken erinnert fühlen oder an abgeerntete, bröselige Ackerkrume? Der Künstler hatte es offenbar auch nicht gewusst, sein Opus besaß keinen Titel. Der Einfachheit halber tat ich es als das Produkt einer Strickliesel auf der Basis aufgeribbelter Altherrensocken ab und nahm mir vor, am nächsten Morgen unsere Hobbyastrologin Hilly über mögliche untypische Wesensmerkmale bei Maja zu Rate zu ziehen. Mit ihrem Wissen hatte sie schon öfter ins Schwarze getroffen, auch wenn sich das in unseren Akten nur in Form von Randbemerkungen mit dem weichsten Bleistift aus Lückmanns Faber-Castell-Sammlung niederschlug. Bevor der Ordner dann zur Staatsanwaltschaft weitergereicht wurde, musste fleißig radiert werden.

Ich legte Max Majas Hexenkladde vor, erntete jedoch nur ein müdes Lächeln. Okay, diese Ladies hatten uns nicht die Wahrheit gesagt, was angesichts einer Zirkelmitgliedschaft, die strengste Verschwiegenheit verordnete, immerhin nachvollziehbar war. Wie anstößig waren Hexenrituale selbst in unserer toleranten Gesellschaft? Dass Maja sich extra für die Hochzeit ein Kleid geschneidert hatte, war da schon eine brauchbarere Nachricht. Die Transparenz des Chiffons umging ich mit ein paar kargen Worten, Lückmann hätte sich nur unnötig lange mit dem Darunter beschäftigt. Frustriert gab ich dann den Wortball an ihn zurück, doch leider klangen auch seine Ergebnisse bescheiden. Obwohl die Eheleute in Rheine ganz allein in ihrem Haus auf den Fototermin mit Radebrecht gewartet hatten, änderte das nichts an der Tatsache, dass der Mann ein Alibi besaß.

„Demnach war er pünktlich."

„Sie sagen aus, die Fotos seien gegen sechs Uhr gemacht worden", bestätigte Max und berichtete weiter. Ein unvorhersehbarer Familienkrach hatte die Festgesellschaft zuerst in feindliche Lager gespalten und dann auseinander getrieben, entweder wutschnaubend oder hin und her gerissen zwischen Betroffenheit und Lethargie, jedenfalls weg von dem Schauplatz der Enthüllungen und Verleumdungen. Deren Ursachen lagen fast genauso weit zurück wie die Jubelhochzeit, nämlich achtundfünfzig Jahre.

„Eine Geschichte aus den letzten Kriegstagen?" Als er nickte, erzählte ich ihm von Professor Baders Studie, die irgendeinen finsteren Zeitzeugen zu Drohbriefen verleitete, weil er verhindern wollte, dass Fakten zu Papier kamen, in die entweder der Professor verwickelt war oder der anonyme Absender. Vielleicht auch beide.

Gemeinsam kamen wir zu dem Ergebnis, dass eine Verbindung zwischen der unschönen Kabbelei auf der Diamantenen Hochzeit in Rheine und den Jugenderlebnissen des Professors ziemlich unwahrscheinlich war. Dafür hatte das gesamte Münsterland in den letzten Kriegswochen zu sehr unter verheerenden Bombardierungen und dem alles niederwalzenden Durchmarsch der alliierten Panzerverbände gelitten. Fatale Missverständnisse um gehisste oder dann doch nicht gehisste weiße Fahnen an Kirchtürmen hatte es gegeben, törichte Verzweiflungsaktionen betonköpfiger Rest-Nazis und allerletzte Verluste auf beiden Seiten, die nicht mehr hätten sein müssen.

Eigenartig!, dachte ich, wie diese unselige Stunde Null noch immer in den Köpfen der Menschen spukt, ob sie sich nun zu Familienfesten versammeln oder als Zeitzeugen zu einer wissenschaftlichen Studie eingeladen werden. Wie viele da offensichtlich noch etwas zu vertuschen haben!

Was ganz genau war bei der Diamantenen Hochzeit in Rheine passiert? Auch wenn Radebrecht als Jahrgang 1974 nicht unmittelbar involviert sein konnte, interessierte mich die Sache.

„Essen gut, alles gut", so hatten sich wohl die Hochzeiter gedacht, doch sobald die Dessertteller abgeräumt waren, kamen nicht nur Schnapsgläser auf den Tisch, sondern auch Kriegserinnerungen.

Kommunisten versus Nazis, dazwischen ehemalige Sympathisanten der Zentrumspartei und unbelehrbare Monarchisten. Selbst innerhalb der jeweiligen politischen Lager war der Streit entbrannt. Einander im Stich gelassen im Schützengraben, gegenseitig angeschwärzt beim Kommandanten, dass es nur so fackelte, als Bürgermeister den größten Mist gebaut beim Einzug der Alliierten, die die einen als Befreier, die anderen noch heute als feindliche Truppen verstanden wissen wollten … Max schüttelte den Kopf, als traute er seinen eigenen Worten nicht. Völlig entnervt hatte das Jubelpaar ein Taxi bestellt und allein zu Hause auf Radebrecht gewartet. Kein Gruppenfoto, nur ein Doppel-Brustbild, nebeneinander auf dem Canapé, in kurzem, aber sehr radikalem Verdrängen der soeben erlebten Familienkatastrophe.

„Wie verfielen sie eigentlich auf Radebrecht als Fotografen?"

Zufall!, erklärte Max. Man war weder verwandt noch verschwägert. Aber welcher Zusammenhang verband denn Steinwerck, der Radebrecht als Nachbarn an der Steinfurter Straße kannte, mit einem Hochzeitstag in Rheine? Musste denn wie in einem Koordinatensystem alles miteinander verbunden werden?

„Vorläufig auf jeden Fall", wandte ich ein. „Wegstreichen können wir immer noch." Worauf er frustriert die Coladose zerdrückte und knurrte, auf diese Weise kämen wir nie ans Ziel.

Auch ich rümpfte die Nase. Hatte das Jubelpaar überhaupt auf die Uhr gesehen, als Radebrecht eintraf – frustriert, wie sie gewesen waren, vielleicht sogar schwer geschockt durch den Familienstreit?

Lückmann blätterte kurz in seinen Unterlagen und entschied, das Alibi sei lupenrein. Er hatte mit den beiden alten Leuten im Salon gesessen, in etwa demselben Blickwinkel, wie Radebrecht ihn beim Fotografieren gehabt hatte. Die beiden auf dem Canapé, er gegenüber und über den beiden die wurmstichige Biedermeier-Uhr an der Wand. Demnach war der Zeitpunkt auf den Fotos dokumentiert. „Die Uhr ging auf die Minute genau!"

„Bekommen wir diese Fotos?" Und nicht nur die, sondern auch die Hochzeitsbilder von Große Antrup. Max versprach, das Kinn ruckartig vorschiebend, wie bei einem zu engen Hemdkragen, er werde sich um beides kümmern. Radebrechts Fotoatelier liege nur wenige Meter von Steinwercks Künstlerschmiede entfernt, und ein Überraschungsbesuch beim Schwager des Opfers könne nie schaden.

Es war zwanzig Uhr, und Cornelia Hanflang hatte, Neid erregend frisch nach Geißblatt und Apfelblüte duftend, längst unser Trio wieder komplett gemacht, als wir die Aufnahmen aus dem Helikopter zu sehen bekamen. Wir hatten das Warten überbrückt, indem wir einen exakten Zeitplan für den nächsten Vormittag erstellten. Als Erstes wollte Max Majas Kontobewegungen bei der Volksbank einsehen, während ich mir eine flächendeckende Nachfrage bei ihrer Nachbarschaft in der Klosterstraße vornahm, nicht zuletzt um Steinwercks Aussage über die unbekannte Frau am Hauseingang zu überprüfen. Nebenbei erhoffte ich mir auch die eine oder andere Aussage über Majas Lebensstil, über ihr Kommen und Gehen und ihre Besucher. Cornelia wiederum versprach uns eine Auflistung der auf dem Hofgelände gesicherten Gegenstände. Eine Uhrzeit für die Pressekonferenz war noch nicht fixiert, aber Dr. Gross, so hatte Hilly uns wissen lassen, würde sich noch vor unserer Lagebesprechung am nächsten Morgen mit der Staatsanwaltschaft in Verbindung setzen. Die Lagebesprechung war früh angesetzt, um halb acht erwartete Gross uns in seinem Büro.

Die Fotos und das Video, die die Kollegen von der Flugstaffel abgeliefert hatten, belegten zweifelsfrei, dass man das Gebäudeareal von Große Antrup nur auf einem einzigen Weg betreten und verlassen konnte: durch das Hoftor. Es sei denn, man schreckte nicht davor zurück, die Gräfte, mit oder ohne Taucheranzug, zu durchschwimmen und anschließend, mit Algen und Entengrütze behängt, über die Zäune und Maschendrähte zu klettern, die das etwa fünfzig Hektar große Gelände begrenzten.

Zwar verengte sich der Graben auf der Höhe des Spiekers um etwa einen Meter, doch wie sollte jemand selbst diese Distanz aus dem Stand heraus überwinden? Und eine längere Planke, die sich als Steg geeignet hätte, war bei der Spurensuche nicht gefunden worden.

Das Hoftor hatte Steinwerck während der Hochzeitsfeier verriegelt, als befürchtete er einen Überfall, und den Sohn eines Freundes gebeten, hinter jedem Gast, der das Gelände verließ, sofort wieder abzuschließen. Doch wie zuverlässig war dieser Junge?

Ich suchte in unseren Protokollen nach seinem Namen, bis mir einfiel, dass ich selbst mit dem Siebzehnjährigen geredet und ihn als sehr aufmerksam eingestuft hatte. Er erinnerte sich präzise an jede einzelne Person, hinter der er das Tor verschlossen hatte. Auch seine Aussage über Steinwercks Fahrt nach Münster deckte sich mit den Beobachtungen anderer Gäste.

Bevor Max und ich uns an diesem späten Abend trennten, legten wir sämtliche Aussagen der vergangenen Nacht noch einmal nebeneinander, tilgten endgültig die Namen aller Personen, die zur Tatzeit an der Festtafel oder am Büffet, beim Tanzen oder beim Rundgang über das Hofgelände gesehen worden waren, und verschafften all jenen Teilnehmern zusätzlich eine weiße Weste, die aus Altersgründen oder ethischen Überlegungen für das Verbrechen nicht in Betracht kamen. Was übrig blieb, war „der harte Kern" jener sieben Personen, die für ihre Abwesenheit keine Zeugen nennen konnten. Der Bräutigam gehörte dazu, unsere langgediente Polizeikollegin aus Greven, die beiden Brautjungfern Anke Illmann und Hanne Frewes, ferner die Frau des Pächters Agnes Schulze-Bracht, Majas Exfreund Dirk Weiting und Steinwercks Schüler Roland Weißkopf, der die beiden Brautjungfern zum Tanzen aufgefordert hatte. Für das anschließende Joggen hatten sie ihm einen Korb verpasst und sich stattdessen in die Hängematte hinter dem Backhaus zurückgezogen, woran sich allerdings keiner der übrigen Gäste erinnern konnte. Sekundenlang ging mir die Möglichkeit durch den Kopf, dass wir es bei Majas Ermordung mit einer Beteiligung aller drei jungen Leute zu tun hatten. Allerdings gab es bisher nicht den geringsten Hinweis auf mehr als einen Täter. Da stand unsere Theorie, das Verbrechen könne in Verbindung mit Magie stehen, schon auf stabileren Füßen. Die Aufmachung der Leiche war nicht nur ungewöhnlich, sondern eindeutig in ihrer Symbolik. Gemeinsam mit Cornelia war ich zu der Überzeugung gekommen, dass Majas abgeschnittenes Haar, das Seil um ihren Hals und die Asche auf ihren Fußsohlen als Botschaft im Sinne einer Hexenverbrennung verstanden werden sollten. Selbst wenn der Täter uns in die Irre leiten wollte, hatte er zumindest von Majas Hexerei gewusst, und falls sie nicht der Grund für ihren Tod war, so hatte er sie doch zum Anlass genommen, um sie zu brandmarken, unter erheblichem Zeitaufwand und einem hohen Risiko, entdeckt zu werden.

Was wussten wir damit über den Täter? Worin lag sein Motiv? Hatte Maja gegen einen besonders heiklen Paragraphen der Hexenordnung verstoßen? Gab es ein solches Regelwerk überhaupt? Ich dachte an Irmas vehemente Weigerung, die Namen ihrer Zirkelschwestern zu nennen.

Hatte es vielleicht wegen ihrer Open-Air-Rituale Klagen von Nachbarn gegeben? Verheimlichte Alma uns, dass Maja in Große Antrup bereits Hexenfeste gefeiert hatte? In einem früheren Mordfall waren Max und ich kindischen Geisterbeschwörungen auf einem alten Friedhof nachgegangen, über die es Beschwerden von den Anrainern gehagelt hatte. Ich musste unbedingt am nächsten Tag die Kollegen vom Wach- und Wechseldienst nach entsprechenden Anrufen fragen. Die Adressen der Kläger würden uns, so hoffte ich, in die richtige Richtung führen.

Und wenn der Täter ein bigotter Typ war, der sich von Majas Heidentum provoziert fühlte? Bei der Aussicht, gleich in drei verschiedenen Lagern – fanatischen Kirchenkreisen, intoleranten Sittenwächtern und rachsüchtigen Paganisten – recherchieren zu müssen, sank mir der Mut. Ich schob die Schuld für meinen Pessimismus auf die bleierne Müdigkeit und die lähmende Hitze, unter der wir alle litten. Ein bisschen Abkühlung über Nacht und ein paar Stunden Tiefschlaf, und wir würden am frühen Morgen die Ärmel aufkrempeln und unsere Befragungen fortsetzen, Aussagen und Alibis überprüfen und Stück für Stück ein Mosaik in Angriff nehmen, von dessen Größe und Kompliziertheit wir allerdings noch nicht die geringste Ahnung besaßen.

Zu meiner Überraschung waren Franz und Kerstin noch munter, als ich unseren alten Kombi vor der Garage parkte. Dabei war es kurz vor Mitternacht. Sie saßen auf der Terrasse an der Rückseite des Hauses, von Motten und allerlei undefinierbarem Insektenvolk umflattert, im Schein der dicken, nach Lavendel duftenden Kerze, die Marion mal mitgebracht hatte, und spielten Schach. Ein bis auf die Rinde herunter geknabbertes Käsesortiment, eine halbvolle Flasche Wein und ein Tetrapack Apfelsaft waren ihre stummen Zuschauer. Als ich mich zu ihnen setzte, rief Kerstin „Schachmatt“

und warf die Figuren um. Ein paar rollten über die Tischplatte und kollerten in die Böschung. Dem glucksenden Lachen, mit dem Kerstin sie einsammelte, entnahm ich, dass sie kurz vorm Verlieren gewesen war. Doch sie machte ihren unrühmlichen Abgang wieder wett, indem sie mit ein paar schnellen Handgriffen ein Tischlein-deck-dich inszenierte. Nicht nur ein zweites Rotweinglas wurde herbei gezaubert, auch ein Teller mit meinen Lieblings-Sandwiches – Frischkäse mit Kresse, Paté unter roten Paprikaringen und Tunfisch mit fein geraspelter Gurke – erschien, wie von Geisterhand zusammengestellt. Während ich meine Zähne hungrig in die köstliche Masse grub, wollten meine Lieben Einzelheiten zu unserem neuen Fall wissen. Ich vertröstete sie auf den nächsten Tag und überraschte sie mit meinem Plan, nach Den Haag zu reisen. Diese Idee war mir ganz spontan auf der Heimfahrt gekommen. Ich würde den alten Kombi nehmen, vielleicht Marion um ihre Begleitung bitten und spätestens am Freitag wieder zurück sein … Kerstins Quengelei vom Samstagabend saß mir noch im Ohr, umso erleichterter war ich, als ich sah, wie gelassen sie diese Neuigkeit aufnahm. Ich schob den leeren Teller zur Seite, trank einen letzten Schluck Wein und dankte ihr mit einem anerkennenden Blick. Ihre Tramezzini waren Hexerei auf höchstem Niveau!

Mein letzter Gedanke vorm Einschlafen galt noch einmal dem Mord von Den Haag. Das Gerücht um die makabre Kostümierung des Opfers als Miss Piggy wäre mir kaum eine Überlegung wert gewesen, hätte Connie Coren nicht ihre viel versprechende Ausstellung in der Galerie Oranje-Art zurückgezogen, und wäre da nicht die rosafarbene Nelke im Maisfeld von Große Antrup. Bei Eddie Coren hatte unser Mordopfer ein Praktikum absolviert und gemeinsam mit ihm an einem Fest teilgenommen, das wie ein Ritual wirkte. Die Morde an der jungen Holländerin und an Maja waren am 2. Mai beziehungsweise 2. August verübt worden – unmittelbar nach zwei bedeutenden Hexenfeiertagen, dem Fruchtbarkeitsfest Beltane und dem Erntedankfest Lammas … Noch bevor ich diesen Gedanken weiter verfolgen konnte, hatte mich der Schlafmangel endgültig im Griff. Ich besaß nicht einmal die Energie, einen Traum aufzubauen. Aber es wäre auch mit Sicherheit kein schöner Traum geworden.

- VII -

Staatsanwalt Krahl hatte die Pressekonferenz auf zwölf Uhr mittags festgesetzt, so dass Max und mir, nachdem die Lagebesprechung mit Dr. Gross sehr kurz ausgefallen war, noch vier Stunden blieben, um unsere Pläne für den Vormittag in die Tat umzusetzen.

„Ich geh dann mal zur Volksbank." Max gähnte und stand auf. Man hatte ihm versprochen, noch vor Schalteröffnung Majas Kontoauszüge des letzten Halbjahres herauszusuchen.

Und ich drücke jede Menge Klingelknöpfe in der backofenheißen Klosterstraße, dachte ich. Später, wenn die Pressekonferenz zu Ende war, würde ich mir den Papierkram aus Majas Schreibtisch vornehmen. Vielleicht war ja Interessanteres dabei als Kassenbons von Schlecker oder H&M. Notizen über Verabredungen und Termine, zum Beispiel, Wegskizzen, Handynummern oder E-Mail-Adressen. Und falls nicht, und wenn auch die Überprüfung ihres Computers uns nicht weiterhalf, dann würden wir eben Irma Kottnick und ihre Hexenschwestern ein bisschen nachdrücklicher zum Reden bringen.

Wir hatten am Sonntagnachmittag einen Aushang neben der Eingangstür zu Majas Wohnhaus angebracht, auf dem alle Hausbewohner gebeten wurden, sich an diesem Morgen zwischen zehn und elf zur Verfügung zu stellen. Ich hatte also noch eine Stunde Zeit, und so rief ich im Polizeipräsidium von Den Haag an. Ich schilderte der Kollegin kurz das Verbrechen von Samstagabend und bat sie um Einblick in den Haager Mordfall von Anfang Mai.

„Stimmt es, dass die junge Frau eine Miss-Piggy-Maske trug?"

„Wie kommen Sie darauf?" Täuschte ich mich, oder klang in ihrer Stimme Panik mit? Ich sagte, es sei ein Gerücht der Medien.

„Ein Gerücht, das bis nach Münster gedrungen ist?"

„Ich weiß es von einer Journalistin in Den Haag; wie gesagt, als vages Gerücht. Können Sie mir sagen, ob es stimmt?"

„Es stimmt! Aber die Akte", fuhr sie überraschend abweisend fort, „ist über zweihundert Seiten stark, alles in Niederländisch." Hatte die Haager Gerüchteküche sie misstrauisch gemacht, oder waren ihr besonders strenge Vorsichtsmaßnahmen auferlegt worden? Als ich hartnäckig, aber hoffnungsvoll schwieg, fragte sie: „Würden Sie das lesen können?“ Ich versicherte ihr, dass ich es mir zutraute.

„Gut.“ Wieder ein kurzes Zaudern, bevor sie sagte: „Ich faxe Ihnen die Unterlagen. Und kommen Sie doch bitte in den nächsten Tagen vorbei, damit wir die Fakten vergleichen können. Ich heiße Anja Vaal. Einmal Victor, zweimal Anton, einmal Ludwig.“

„Danke! Mach ich gern!“ Das war genau die Einladung, die ich brauchte, um Dr. Gross zu überzeugen. Nur eine Frage musste ich schon jetzt klären: „Welche anderen Details wurden nicht an die Öffentlichkeit weitergegeben?“

Diesmal antwortete sie, ohne zu zögern. „Das Seil, an dem die Tote hing, war mit einem Schifferknoten befestigt.“

„Ein Roringstek?“

„Exakt! Aber woher …?“

„Ein Detail aus unserem eigenen Fall. Wurde ihr das Haar abgeschnitten? Hatte sie Asche auf den Fußsohlen?“

„Weder das eine noch das andere. Ihre Eltern baten uns allerdings, zu verschweigen, dass ihre Tochter unter dem Bademantel keine Wäsche getragen hatte.“

„Können Sie mir sagen, ob Drogen im Spiel waren?“

„Auch.“ Ich gab es auf, sie weiter mit Fragen zu löchern.

Lückmann hatte die Nase gerümpft, als er von meinen Reiseplänen erfuhr, und von Zeitverschwendung geredet. Er änderte seine Meinung nicht, als ich Connie Corens Absage bei der Galerie Oranje-Art ins Spiel brachte. Auch dass Jan am Samstagabend nicht zur Vernissage zurückgekehrt, sondern bei seiner Frau im Hotel geblieben war, löste nur ein skeptisches Schulterzucken aus.

„Connie Coren verließ die Vernissage in dem Zeitrahmen, den wir für Majas Tod veranschlagen. Vielleicht fühlte sie sich schlecht, weil sie von dem Mordplan wusste. Ich besuche in Den Haag auch sie und ihren Mann, ganz gleich in welchem Verhältnis sie zu dem Modemacher stehen. Wenn sie ihn persönlich kennen, erfahren wir möglicherweise mehr über Maja.“

Die Kopien ihrer Kinderzeichnungen lagen inzwischen auf dem Schreibtisch unserer Hauspsychologin Mara Hoppe. Ich war gespannt, welche Erklärung sie für die schwarzen Fratzen fand, die sich auf den Blättern tummelten wie mutwillige Trolle … Nein!, korrigierte ich mich sofort, das waren keine harmlosen Comicfiguren. Etwas abstoßend Laszives haftete ihnen an, als hätte irgendein perverser Mensch dem Mädchen die Hand geführt. Wie viele Zeichnungen gab es noch?

Das Wort Comicfiguren weckte die Erinnerung an Connies Vernissage. Natürlich gab es viele erotische Anspielungen in den Cartoons, aber sie stammten von einer jungen Frau, die mit sexuellen Symbolen zu jonglieren verstand, und nicht von einem offenbar frühpubertären Kind. Und sie waren in der kühl kalkulierten Absicht entstanden, erwachsene Kunden zum Kaufen zu bewegen, anstatt die schwülen Träume eines aus dem Gleis geratenen Mädchens zu verarbeiten. Diese Gegenüberstellung machte die Brisanz der Teufelsbilder noch deutlicher. Hatte jemand Maja diese Ausgeburten der Phantasie eingeflößt wie in einem Fall von Besessenheit? Ich erinnerte mich, von einer jungen Frau gelesen zu haben, die in Trance so bizarres Zeug zeichnete, dass man als treibende Kraft übernatürliche Mächte vermutete.

Je länger ich über all das nachdachte, desto mehr bedauerte ich, Maja nicht kennen gelernt zu haben, was meinem Interesse an der Aufklärung ihres Todes sicher zugute gekommen wäre. Es gab Mordopfer, die einem bis zur Lösung des Falls eigenartig fern blieben, so dass man die Ermittlungsarbeit als mühsam und unerquicklich empfand. Andere verfolgten einen mit ihrer Lebensgeschichte Tag und Nacht, und ergebnislose Recherchen wogen schwerer als so mancher andere persönliche Misserfolg.

Noch einmal betrachtete ich die düsteren Gnome und Fratzen und konnte mir auch jetzt keinen Reim darauf machen. Wie hätte ich bei unserer Tochter reagiert? Bestimmt hätte ich eine Psychologin um Rat gefragt. Ich überlegte, ob ich mit Frau Lehnbachs Tante reden sollte, die die Zeichnungen ausgewertet hatte. Aber die Sache lag schon so lange zurück …

Befanden wir uns in einer Art blindem Fleck, wenn wir den Täter im Umkreis der modernen Hexerei suchten? Hatte der Fall in Den Haag mit Magie zu tun? Der Fundort, ein Abrisshaus, sprach eher für die Drogenszene, und die Kollegin hatte eine Verwicklung in

Junkiekreise indirekt zugegeben. Falls sich herausstellte, dass auch Maja vor ihrem Tod Rauschgift genommen hatte, geriet das mühsam aufgestellte Kartenhaus unserer Ermittlungen ins Wanken. „Wir lehnen Drogen ab", hatte Marlene beteuert, oberstes Hexengebot, noch strikter als die Regel, niemandem zu schaden. Würde man ein rauschgiftsüchtiges Mitglied ausschließen?

Wie auch immer! Wir fingen ja gerade erst an! Ich stieß Majas Zeichnungen bündig an der Tischplatte auf. Meine Dienstreise würde ich auf jeden Fall antreten. Auch wenn der Haager Täter sein Opfer nicht als Hexe hergerichtet hatte, lag dieselbe Todesursache vor, und wenn die rosa Nelke im Maisfeld von Große Antrup keine magische Bedeutung hatte, war sie vielleicht eine Anspielung auf den Mord in Holland. Innerhalb von drei Monaten, jeweils am 2., waren zwei gleichaltrige Frauen auf die gleiche brutale Weise ums Leben gekommen. Nach Zufall sah das nicht aus, aber vielleicht nach einem Trittbrettfahrer, der Zugang zu den Akten in Den Haag besaß.

Während Lückmann mit der Modeschule in Düsseldorf telefonierte, in der Hoffnung, Anhaltspunkte über Majas dortigen Freundeskreis zu erhalten, nahm ich mir noch einmal die Liste der Spurensicherung vor, um sie später mit den Haager Unterlagen vergleichen zu können.

Der Täter von Große Antrup hatte Handschuhe getragen. Weder die Tote noch das Seil, an dem sie gehangen hatte, gab die geringste fremde Faser, ein menschliches Haar, ein Gewebeteilchen preis. Wir mussten das rechtsmedizinische Ergebnis abwarten. Die Haarreste aus den Bodenritzen und dem Besen waren noch nicht identifiziert, und auf den Holzstufen hatten sich ernüchternd viele latente Sohlenabdrücke verewigt, während der Dachstuhl und die Wände frei von Spuren waren. Das Inventar des Hofgeländes umfasste drei eng beschriebene Seiten mit den üblichen Bagatellen. Nicht gerade Bierdosen, Plastiktüten und Kondome, aber eine Grundfläche von viereinhalb Hektar, über die sich zuerst die Handwerker des Hoferben Schulze-Bracht samt schnöseligem Architekturstudenten, dann, nach der Übernahme durch Steinwerck, der Tischler Hugo Önning und seine Crew, und vorgestern dreiundsechzig Hochzeitsgäste verteilt hatten, konnte nicht jungfräulich bleiben. Im Umkreis des Spiekers hatten Schüller und seine Mannschaft Zigarettenkippen eingetütet, einen rostigen Schlüsselring, den Absatz einer Schuhsohle und – an der der Gräfte zugewandten Rückseite des Spiekers – einen dunkelblauen, stoffbezogenen Knopf dicht neben einem Heftpflaster mit Blutresten. Das Pflaster war höchstens einen Tag alt. Bei diesem heißen Wetter litten viele Menschen unter Blasen an den Füßen oder an infizierten Insektenstichen. Aber veränderten die derzeit herrschende Hitze und Trockenheit nicht die Konsistenz von Blutresten? War eine exakte Datierung überhaupt möglich? … Müde starrte ich auf die Fensterscheibe meines Büros. Drinnen brummten ein paar Schatten oder Freiheit suchende Schmeißfliegen, draußen flimmerte das stabile Blau des Himmels fast fiebrig wabernd … Ein Heftpflaster war an sich kein schlechter Fund. Wir würden schon bald wissen, ob das Blut von einem Mann oder einer Frau stammte, und wir hatten als Tatort einen closed room vor uns, wie es ihn klassischer nicht gab: einen wasserumspülten Affenfelsen wie bei Agatha Christie. Ein schwaches Lächeln huschte über mein Gesicht. Wie ich unser sprichwörtliches Berufsglück kannte, stammte dieses verdammte Stück Hansaplast nicht vom Täter, sondern von einem extrem neugierigen Hochzeitsgast, der die Empfehlung des Bräutigams, der Spieker und seine Umgebung lohne die Mühe nicht, ignoriert hatte. Was sollte man überhaupt von dieser Empfehlung halten? Denkbar war auch, dass ein männlicher Festteilnehmer, nachdem die Waschräume regelmäßig blockiert waren, einen entlegenen Winkel des Geländes gesucht hatte, um sich dort zu erleichtern.

Oder, dachte ich, der Täter steht mit Maja an der Rückwand des Spiekers, zuerst im Gespräch, dann im Streit. Die beiden scheuen Augen- und Ohrenzeugen, weil es um eine delikate Angelegenheit geht. Als sie sich wehrt, wird er rabiat, erdrosselt sie und schleppt sie nach oben, wo sie so schnell keiner findet. Leider passte der Knopf nicht zu diesem Szenario, weder farblich noch vom Material her. Selbstverständlich hatten wir im Protokoll auch die Kleidung aller Hochzeitsgäste festgehalten.

Vielleicht hatten sich Maja und ihr Mörder im Spieker verabredet. Als der Täter ihn verließ, war er nass geschwitzt. Und während er barfuß durchs Gras ging, um Spuren zu verwischen, löste sich das Pflaster. Oder er hatte seine Kleidung mit dem Taschentuch gereinigt und dabei das Pflaster verloren …

Das Faxgerät scheuchte mich aus meinen Gedanken auf. Als ich die Seiten aus dem Auffangkorb nahm, spürte ich, wie nass geschwitzt meine eigenen Hände waren. Bestimmt war es in Den Haag schon kühler. Die Wetterfrösche kündigten ein Ende der Hitzewelle, in Form einer Meeresbrise, an. Leider mit Regen und noch mehr Brummern, die dann Wärme und Trockenheit suchten.

Als Erstes las ich Valerie van Kranenburgs Lebensgeschichte, in der Hoffnung, mehr zu erfahren, als dass sie aus wohlhabendem Haus stammte. Sie war ein Einzelkind gewesen, hatte ein Internat in Rotterdam besucht und anschließend in Leiden dreimal das Studienfach gewechselt, ihr letztes war Geschichte. Sie hatte dort eine Eigentumswohnung besessen und einen Toyota. Über ihren Freundeskreis hatten die Eltern wenig ausgesagt, offenbar gab es noch spärlichere Kontakte zur Tochter als bei Lehnbachs. Ein Selbstmord konnte auch bei Valerie ausgeschlossen werden, weil die tödliche Strangfolge sich nicht mit dem Abdruck des Seils deckte. Die Tat, zwischen achtzehn und neunzehn Uhr verübt, war der Polizei gegen zwanzig Uhr dreißig von einer Frau gemeldet worden. Sie hatte ihren Namen nicht genannt, man vermutete daher, dass es sich um eine der Drogensüchtigen handelte, die sich in dem Haus ihren Stoff besorgten. Doch schied sie als Verdächtige aus, weil die Hautreste unter Valeries Nägeln von einem Mann stammten. Augen- und Ohrenzeugen aus der Nachbarschaft gab es nicht.

Die Fotos vom Tatort zeigten die Abdrücke nackter Füße, die in verschiedene Richtungen führten, als hätten Opfer und Täter miteinander gerungen. Der Boden war so von Schmutz- und Fettschichten überzogen, dass sich die Sohlen eingegraben hatten und auf makabre Weise an die Fußabdrücke der Filmstars vor dem Mann's Chinese Theatre auf dem Hollywood Boulevard erinnerten. Sonst gab der Raum nicht viel Brauchbares her. Zu vielfältig war die Drogenklientel und zu groß ihre Sorge, etwas von ihrer Identität zu verraten. Nur ein paar unappetitliche Details bewiesen, dass sich der eine oder andere seiner Sucht gleich vor Ort hingab. Wegen der Hautpartikel unter Valeries Nägeln hatte man Proben von dem Erbrochenen genommen, leider ohne Ergebnis. Auch führte keine einzige Spur in Richtung Magie.

Frau Vaal hatte nicht nur das Passbild mitgeschickt, das ich von unserem Zeitungsexemplar von Anfang Mai her kannte, sondern auch eine Nahaufnahme der toten Valeric. Zwar hatte man ihr da die scheußliche Miss Piggy-Maske mit der langen, silberblonden Perücke bereits abgenommen, doch erträglicher wurde der Anblick dadurch nicht, im Gegenteil. Ihr Gesicht war unter der feuchten Wärme des Gummis aufgequollen, der stramme Rand der Maske hatte sich an den Schläfen tief in die Haut gedrückt, während auf der Stirn durch einen heftigen Saugreflex ein Bluterguss entstanden war. Ich legte das Passfoto neben die Aufnahme von Eddies Feier auf der Waldlichtung, suchte auch das Faltblatt mit Connies Foto heraus, das Marion anlässlich ihrer Vernissage verteilt hatte, und betrachtete Gesicht für Gesicht unter der Lupe. Die Gruppe mitsamt der Person, die die Aufnahmen gemacht hatte, bestand aus dreizehn Teilnehmern, die höchste bei Hexenzirkeln übliche Mitgliederzahl. Connie konnte ich nirgendwo entdecken, und Valerie erkannte ich erst auf den zweiten Blick. Doch jetzt wusste ich definitiv, dass sie und Maja an demselben Ritual teilgenommen hatten. Ein halbes Jahr nach ihrer Rückkehr nach Münster hatte sich Maja dann dem magischen Zirkel um Irma angeschlossen, ohne Corens Gruppe zu erwähnen; eine Zurückhaltung, für die es zwei Erklärungen gab: Corens Versammlung war entweder völlig harmlos, oder man hatte Maja Stillschweigen auferlegt.

Ich sah mir die Aufnahmen des Opfers noch eine Weile an, bevor ich die Nummer von Eddie Corens Sekretariat in Den Haag heraussuchte und, um meine Anonymität zu wahren, zu meinem privaten Kartenhandy griff.

Die Vorzimmerdame sprach sehr gut englisch, und sie klang so freundlich, dass mir die Vorstellung, sie weise Praktikumsbewerber auf die Unvollständigkeit ihrer Unterlagen hin, nicht schwer fiel. Wenn man die Wärme einer Stimme durchs Telefon messen könnte, wäre sie glatt bei vierzig Grad gelandet, obwohl sie sich nicht fiebrig anhörte, sondern eher wie nach einem erholsamen Sonnenbad. „Sie können einen Termin mit Herrn Coren am Mittwochvormittag vereinbaren", bestätigte sie so fröhlich, als wäre ich eine prominente Stammkundin. Als sie wissen wollte, in welcher Angelegenheit ich käme, gab es nur eins: Eine ehrliche Antwort, auch wenn ich unsere Mordkommission aus dem Spiel ließ. „Im April des vergangenen Jahres haben Sie eine deutsche Praktikantin aus Düsseldorf aufgenommen. Sie blieb drei Monate und hieß Maja Lehnbach. Dazu hätte ich ein paar Fragen an Herrn Coren."

Eine Gegenfrage hätte mich absolut nicht überrascht, und ich hätte sie nach bestem Wissen beantwortet. Warum schwieg sie? Wusste sie, dass Maja tot war?

Doch wie sich herausstellte, hatte sich die Sekretärin keineswegs in verlegenes Schweigen gehüllt, sondern beflissen den Hörer weggelegt, um eine Antwort von ihrem Chef einzuholen. Überraschend schnell war sie wieder am Apparat. „Hören Sie? Herr Coren steht Ihnen am Mittwoch gegen halb elf Uhr auf seinem privaten Anwesen De Kievit zur Verfügung. Wenn Sie nur bitte pünktlich sein könnten! Um halb zwölf muss er nämlich zum Flughafen. Falls Sie zu spät kommen, geht das auf Kosten Ihres Gesprächs mit ihm." Das klang nicht drohend, sondern, im Gegenteil, besorgt. Und freundlich ging es weiter: Sie nannte mir Corens Privatadresse in Wassenaar und die Telefonnummer seiner Privatsekretärin, für den Fall, dass ich den Termin nicht wahrnehmen könne. Und ob ich vielleicht eine Wegskizze haben wolle? Vielleicht hatten wir bei der Polizei zu oft mit aggressiven Typen zu tun, jedenfalls überschwemmte mich ihre Liebenswürdigkeit dermaßen, dass ich auf eine Wegbeschreibung verzichtete, um ihr nicht länger auf den Wecker zu gehen. Schließlich hatte ich bekommen, was ich wollte. Dann fiel mir ein, dass man ihre Freundlichkeit auch anderes verstehen konnte, in dem Sinne, dass Corens Sekretärin mit meiner Fax- oder E-Mail-Adresse, an die sie die Wegskizze senden sollte, meine Daten in die Hand bekäme. Trotzdem bereute ich meine Absage, schließlich hätte ich Marions Faxnummer oder Hillys private Mail-Adresse nennen können. Es hätte glaubwürdiger gewirkt, wäre ich wie die ortsunkundige Klatschreporterin eines Privatsenders aufgetreten. An die Eitelkeit mancher Promis, dachte ich ernüchtert, würde ich mich wohl nie gewöhnen. Wahrscheinlich gab Eddie Coren liebend gern Interviews für Hochglanzzeitschriften. Der beste Beweis war der Zeitungsausschnitt aus Majas Kleiderschrank:

Der „Mann zum Anfassen“, der sich wahrscheinlich von seinen Mitarbeitern duzen ließ und eigenhändig die Fensterscheiben putzte.

Eine Weile blieb mein Blick noch auf dem zurückgelegten Telefonhörer hängen, während ich mir telepathische Kräfte herbeiwünschte, um einen Blick in Corens Büro werfen zu können. Ging man dort völlig unbeeindruckt jenen Verrichtungen weiter nach, die mein Anruf unterbrochen hatte? Oder gab es eine improvisierte und hektische Besprechung über den Zweck meines Besuchs? Je länger ich über sie nachdachte, desto erstaunlicher fand ich die entgegenkommende, fast arglose Reaktion seiner Sekretärin. Da meldete sich jemand wegen einer Drei-Monats-Praktikantin, die die Firma vor mehr als einem Jahr verlassen hatte, und es gab keine misstrauischen Rückfragen? War die Sekretärin identisch mit Corens grauhaariger Partnerin auf dem Foto von der Lichtung? Oder würde ich diese Frau in seinem Privathaus kennen lernen?

Die Teilnehmer an Eddie Corens Zeremonie waren dem Aussehen nach volljährig. Was war an einem abendlichen Treffen strafbar, solange nicht ruhestörender Lärm, grober Unfug oder sittenwidriges Verhalten ins Spiel kamen? Und selbst dann: Wer sollte protestieren, wenn keine Zeugen in der Nähe waren? Ich nahm die Fotos noch einmal zur Hand und versuchte die Umgebung einzuordnen. Gab es irgendeinen Anhaltspunkt, dass sich die Waldlichtung in einer unbewohnten Gegend befand? Möglicherweise nahe am Strand? Wassenaar lag am Meer. Wenn dieser Treffpunkt zu einem großen, abgeschirmten Privatgelände gehörte, gab es sicher keine Beschwerden von Anrainern. Und folglich auch keine Anhaltspunkte für anstößiges Benehmen. Nachdem ich Eddie Corens Adresse besaß, war ein Flurplan sinnvoll. Bestimmt war das Anwesen eingezeichnet, mit Gebäuden, Wald- und Wasserflächen. Ich ging zu den Kollegen vom Wach- und Wechseldienst und ließ mir ein Messtischblatt von Den Haag und Umgebung heraussuchen. Ungeduldig breitete ich es auf dem Schreibtisch aus, doch meine Erwartungen wurden enttäuscht. De Kievit war zwar eingetragen, aber nur als Haus. Eine kurvige Straße führte dorthin. Etwa fünfhundert Meter nördlich vom Haus begannen die Dünen, und bis zum Meer war es noch einmal so weit. Über die Größe des Grundstücks sagte die Karte nichts aus.

Jetzt gab es nur noch eine Möglichkeit: die dreidimensionalen Satellitenbilder von Google Earth. Sobald ich die genauen Koordinaten für Corens Grundstück besaß, konnte ich mir ein perfektes Luftbild besorgen, in ähnlicher Qualität wie die Aufnahmen von Große Antrup, die uns die Kollegen von der Flugstaffel geliefert hatten. Bis auf etwa zwanzig Meter Höhe ließ sich das Gelände am Computerbildschirm heranzoomen.

Ich wählte noch einmal Anja Vaals Nummer und hoffte, sie säße nicht gerade in einer Besprechung oder im Vernehmungsraum. Doch sie war sofort am Apparat. „Danke für Ihre Akte“, sagte ich. „Können Sie mir die Koordinaten für Google Earth von Haus De Kievit in Wassenaar nennen? Das würde uns sehr helfen, wenn wir Details zu den beiden Mordfällen vergleichen wollen.“

„Selbstverständlich kann ich das.“

Meine Frage, ob ihr für unser Treffen der frühe Mittwochnachmittag passte, bejahte sie ebenfalls, und auch ihre nächste Antwort nährte meinen Optimismus. Eddie Coren war im Fall van Kranenburg vernommen worden. Doch als ich in meiner Euphorie auch noch wissen wollte, ob weiße Magie in irgendeiner Form im Spiel gewesen sei, legte Frau Vaal so abrupt auf, als wäre jemand in ihr Büro gekommen, der das Gespräch nicht hören sollte. Wusste sie, ob Coren ein Fest abgehalten hatte, das Ähnlichkeit mit Hexenritualen hatte?

Ungeduldig startete ich das Google Earth-Programm, bewegte, sobald ich die Umgebung von Den Haag eingestellt hatte, den Curser leicht nach Norden, bis ein schmaler Strandstreifen sichtbar wurde, schwenkte dann nach Osten über den Ort Wassenaar hinweg, dann hatte ich Corens Grundstück vor mir. Deutlich war das rechteckige Hausdach am südöstlichen Rand eines weitläufigen Parks zu sehen. Das Schlösschen besaß an seiner südlichen Längsseite eine große Terrasse mit Swimmingpool und war von einer Gräfte umgeben, die, dem lang gestreckten Grundriss des Hauses folgend, ein Oval bildete. Die Aufnahme wirkte so täuschend nah, dass man jederzeit damit rechnete, jemanden das Gebäude verlassen und mit dem Auto wegfahren zu sehen, das links davon geparkt war. Ich zog ein Blatt Papier heran, um eine Skizze zu zeichnen, bevor das Satellitenfoto vielleicht unscharf wurde. Die Aufnahme stammte vom Winter oder Frühjahr, Bäume und Büsche waren kahl. Umso deutlicher erkannte man, dass das Gelände dicht bewachsen war und dass es außer dem Wohnhaus keine weiteren Gebäude gab. Die Ungeduld, dieses Grundstück und vielleicht auch die Waldlichtung aus allernächster Nähe zu sehen, brachte mein Adrenalin auf Trab. Hinzu kam die Hoffnung, dass wir über Connie Coren eine direkte Verbindung zwischen den Mordfällen von Den Haag und Große Antrup herstellen konnten, vorausgesetzt, sie hatte das Zyklusthema „Circe und Odysseus" nicht rein zufällig, sondern in einer bestimmten Absicht gewählt. Warum ausgerechnet ein Stoff über Zauberei? In diese Hypothese passte die Tatsache, dass Connie nach dem Mord an Valerie ihre Ausstellung in Den Haag – mit allen Konsequenzen, die ein solcher Schritt für eine junge, unbekannte Künstlerin nach sich zog – abgesagt und zum Zeitpunkt von Majas Tod auch Marions Vernissage verlassen hatte. Im Gedränge der Galeriebesucher werde ihr grundsätzlich leicht schwummrig, hatte Marion gesagt, doch diesen Schwächeanfall am frühen Abend des 2. August hatte Jan Coren so ernst genommen, dass er bei ihr im Hotel geblieben war. Hatte sie einen Weinkrampf bekommen, vielleicht sogar einen Nervenzusammenbruch? Marion konnte mir nicht weiterhelfen, aber ein lockeres Gespräch vor ihrem Teich mit den erlesenen Seerosen würde Connie sicher die Zunge lösen.

Die Dreier-Konstellation Valerie, Maja, Connie hatte etwas massiv Bestechendes. Drei etwa gleichaltrige junge Frauen! Zwei von ihnen innerhalb eines Vierteljahres brutal erdrosselt und anschließend auf makabre Weise entstellt: die eine als Comicfigur, die andere als Hexe, die eine am Tag nach dem Fruchtbarkeitsritus Beltane ermordet, die andere nach dem Erntedankfest Lammas. Die dritte Person hatte einen Comiczyklus zum Thema Hexerei gezeichnet, um dann kurz nach beziehungsweise während der Verbrechen die eigenen Ausstellungen zu boykottieren. Wo lag der Schlüssel zu all diesen Fakten? In Corens Haus in Wassenaar? In seiner Firma? Oder im Spieker von Große Antrup?

Ich legte die Skizze des Grundstücks De Kievit neben Schüllers

Plan von Große Antrup. Im Gegensatz zu Fotos lenkte Handgefertigtes wohltuend von Nebensächlichkeiten ab, weil seine stilisierte Form die räumlichen Verhältnisse vereinfachte und man den Maßstab beliebig vergrößern konnte. Außerdem ließen sich Spielfiguren einsetzen. Egal, ob wir es mit dem Grundriss eines ausgedehnten Einkaufszentrums zu tun hatten oder mit einer Bahnhofshalle, sogar im münsterschen Allwetterzoo hatten Max und ich schon Mensch-ärgere-dich-nicht-Männchen herum geschoben, um einen Tathergang nachzustellen. Mir geriet ein schiefes Lächeln, als ich daran dachte, dass jedes Mal ein Streit über die Farbe des Täter-Männchens entbrannte, weil ich für Rot, Lückmann für Schwarz plädierte. Nur dass die Polizisten Grün trugen, stand außer Zweifel. Doch meine Heiterkeit legte sich so schnell, wie sie gekommen war. Ich hatte nicht die geringste Ahnung, wie viele Personen sich regelmäßig auf Corens Besitz aufhielten, und ob sich dort in letzter Zeit etwas Illegales abgespielt hatte. Und wenn ich mich in ein Hirngespinst verrannte? Noch einmal verglich ich die Geländeskizzen von Corens Anwesen und Steinwercks Hof auf der Suche nach einer Besonderheit, die auf beide zuträfe.

De Kievit und Große Antrup waren beide durch Torhaus und Wassergraben abgesichert, wobei die Gräfte jeweils nur das Wohngelände umschloss. Das eine Wohnhaus umgab ein großzügiger Park, das andere weitläufige Ackerflächen. Darin erschöpfte sich jede Vergleichbarkeit. Darüber hinaus störten meine Hypothese mehrere schwerwiegende Schönheitsfehler. Valerie war nicht auf Corens Grundstück gefunden worden, sondern in einem unbewohnten Altbau in Den Haag, zweitens gab es dort vorläufig kein Anzeichen für einen Zusammenhang mit dem Neopaganismus und drittens deutete bisher nichts darauf hin, dass in Große Antrup Hexenfeste gefeiert worden waren. Kottnick hatte nur von Majas Wunsch nach einem Ritualplatz gesprochen, und angesichts ihrer recht offenen Art, mit mir zu reden, musste ich ihr so lange glauben, bis uns jemand das Gegenteil bewies. Je länger ich über De Kievit und Große Antrup nachdachte, desto stärker arbeiteten sich die Unstimmigkeiten heraus, hässlich wie abblätternder Putz an einer Hausfassade, auf die plötzlich das Sonnenlicht fiel. Der heilsame Effekt von vorschnellen Schlussfolgerungen lag meist darin, dass man anschließend umso erbarmungsloser alles hinterfragte, was man bisher überhaupt an Informationen eingeholt hatte.

Wäre da nur nicht die makabre Maskerade der beiden Toten gewesen, die Farbe Rosa und das auffällige Datum.

Um Ordnung in meine Gedanken zu bringen, zeichnete ich ein Quadrat und setzte auf jede Ecke einen Namen, wobei ich voraussetzte, dass es zwischen Connie und Eddie irgendeine Beziehung gab. Vielleicht stammten die Fotos auf der Lichtung von ihr. Ich platzierte die beiden Namen auf die oberen Quadratecken und beschriftete die unteren mit „Maja“ und „Valerie“. Die Verbindung der beiden Mordopfer untereinander und mit Coren war klar: die Teilnahme an seinem Ritual. Die Schiene Eddie – Valerie zog ich also ebenso durch wie die Linie zwischen Valerie und Maja. Auch über die connection Connie – Valerie herrschte kein Zweifel; schließlich hatte sie ihre Vernissage in Den Haag abgesagt. Jetzt ging es um die noch ungesicherten Verbindungen. Die Frage, ob Connie ihre Vernissage bei Marion verlassen hatte, weil sie von dem Mord an Maja wusste, konnte nur sie selbst beantworten. Insofern bildete Connie, obwohl sie einen ganzen Zyklus unter das Thema Zauberei gestellt hatte, das unsicherste Element in meiner Konstellation. Nachdenklich betrachtete ich meine Skizze mit den vier durchgezogenen und den zwei – zwischen Connie und Maja beziehungsweise zwischen Connie und Eddie – gestrichelten Linien. Alle vier Personen standen in einer mehr oder weniger stringenten Beziehung zueinander. Und das Netz, das diese Linien bildeten, hieß Magie in einer noch ungeklärten Spielart.

Nicht lange, und mein Kartenhaus stürzte auch schon wieder ein; die Zweifel waren erdrückend. Zwar war Eddie Coren im Fall van Kranenburg unter Verdacht geraten, aber man hatte ihn laufen lassen. Und selbst wenn er als eine Art Hohepriester fungierte, hatten wir bisher keinen Beweis dafür, dass Valerie wegen Hexerei gestorben war. Nicht mal bei Maja hatten wir dafür einen sicheren Beleg. Der Mörder von Große Antrup konnte uns bewusst irreführen und eine Parallelität dieser beiden Fälle vortäuschen wollen, die gar nicht existierte.

Warum erschien mir die Verbindung nach Den Haag trotzdem so herausfordernd? Hilly hatte den ganzen Vormittag im Internet verbracht, nicht nur auf der Suche nach magischen Zirkeln, sondern vor allem, um die internationalen Daten nach einem vergleichbaren Fall von Hexenjagd abzusuchen, leider bisher ohne Erfolg. Die Suche konnte noch Tage dauern.

Falls Coren das Ritual in seinem Park abgehalten hatte, gab es keine Anrainer, die über Lärm oder groben Unfug klagten. Hatten auch Kottnick und ihre Hexen einen einsamen Platz gefunden? Wenn ich nur mehr über diese Treffpunkte wüsste! Wenn die Mädchen nicht freiwillig redeten, mussten wir Druck machen.

Max hatte zu meinen Fragen geschwiegen, jetzt nickte er gönnerhaft. „Ich stehe deiner Reise nicht im Wege."

„Wenn der Chef zustimmt, fahre ich Mittwoch früh. Bis dahin wissen wir vielleicht schon mehr über die drei Corens. Auch wenn man dem Modedesigner nichts anhängen konnte, finde ich heraus, ob er aktenkundig ist. Oder vielleicht Connies Ehemann."

Ich schnappte meine Umhängetasche und überprüfte den Inhalt: Schreibblock, Kugelschreiber, Kamera und Handy – alles drin! Es wurde höchste Zeit für die Klosterstraße.

Zwar schellte ich nirgendwo umsonst, doch so oft ich auch unsere nach Steinwercks Angaben gefertigte Phantomzeichnung vorzeigte, ich erntete nur Kopfschütteln. Eine Frau Anfang bis Mitte dreißig, kurzes blondes Haar und haselnussbraune Augen, etwa einen Meter fünfundsechzig groß, durchschnittliche Figur, Jeans und helles T-Shirt, weder Schmuck noch Brille? Nie gesehen! Als mir eine Hausbewohnerin in ganz ähnlichem Outfit entgegentrat, beschleunigte sich mein Puls. Doch wie sich wenig später herausstellte, war die Frau am Samstagabend nicht zu Hause gewesen, weil sie als Bedienung in einer Innenstadtkneipe arbeitete.

So gab es an diesem Vormittag zwar keine neuen Ergebnisse, aber unerwarteten Grund zur Heiterkeit. Bei ihrer Suche nach möglichen Websites von magischen Zirkeln stieß Hilly mit Hilfe einer ausgefeilten Stichwortkombination binnen kurzem auf die Homepage von „münster paranormal". Und obwohl die Besitzerin der Domain, wie sich wenig später ergab, unmöglich in unseren Mordfall verwickelt sein konnte, rief Hilly mich zu sich ins Büro. „Sieh dir das mal an!", kicherte sie. Die Website gehörte einer populären, in die Jahre gekommenen münsterschen Theaterschauspielerin, die ich zweimal im Kleinen Haus bewundert hatte, einmal als Lady Macbeth, das andere Mal als Marthe Schwertlein. Beim Anblick des massiven Portals mit seinen bombastischen Eisenscharnieren konnten Hilly und ich uns ein glucksendes Lachen nicht verbeißen. Rechts und links zuckten Pechfackeln so rhythmisch wie in einem elektrisch betriebenen Kamin, über den oberen Bildrand humpelte in regelmäßigen Abständen eine grinsende Katze, während sich am unteren Ratten jagten. Als Hilly den Link „Ich über mich" aktivierte, erschien „Andromeda", mit einem rosa Schleier um den drallen Astralleib und einem Blick, der wahrscheinlich verführerisch blinzeln sollte, allerdings entsetzlich schmachtend geraten war.

Die Pressekonferenz dauerte länger, als wir ohnehin befürchtet hatten, weil die Anteilnahme der Medien immens war. Dr. Gross, der seinen Arbeitstag mit einem Imbiss in Gesellschaft des Staatsanwalts fortsetzen wollte, wirkte aufgedreht wie ein Blechhuhn, als Max und ich ihn im Strom der davon eilenden Journalisten abfingen, um ihn über unsere Kontakte mit Den Haag zu informieren. Als wir von weißer Magie zu reden begannen, verzog er skeptisch den Mund. Doch dann dirigierte er uns mit offenkundigem Interesse an ein entlegeneres Fenster, wo uns das Gedränge und Stimmengetöse nicht mehr umbrandete, sondern in einem Sog an uns vorbei strömte, als befände sich am Ende des Korridors ein Wasserfall. Der Pinguin hörte sich meine Gründe für eine Reise nach Den Haag an und nickte. Vor allem das Argument, beide Mordopfer hätten an demselben rätselhaften Ritual teilgenommen, bei dessen Initiator Maja Lehnbach ein Praktikum absolviert hatte, schien ihn zu überzeugen.

„Fahren Sie", bestimmte er mit einer großzügigen Geste seiner Hand, in der wie immer eine Zigarre gloste. „Am Freitagabend erwarte ich Ihren Bericht. Konnten Sie die Alibis der sechs Hochzeitsgäste inzwischen überprüfen? Und wie steht es mit der Aussage des Bräutigams?"

„Schlecht!", sagte ich. „Eine Frau, wie er sie beschrieben hat, wohnt nicht im Haus der Ermordeten, und diejenigen, die dort wohnen, erinnern sich auch nicht an eine Besucherin am frühen

Samstagabend." Ich hatte die Hausparteien gefragt, ob sie in letzter Zeit unbekannte Personen beobachtet hätten, die vielleicht ausspionieren wollten, ob jemand im Urlaub sei. Auch dazu war das Kopfschütteln einhellig gewesen. Demnach stand Steinwercks Alibi auf wackligen Füßen. Aber auch die Angaben der sechs zur Tatzeit abwesenden Hochzeitsgäste ließen sich nicht überprüfen.

Als Dr. Gross genauere Details, vor allem zu möglichen Tatmotiven, forderte, verlegten wir das Gespräch in sein Büro.

Zwei Brautjungfern, die bestritten hatten, die Tote gekannt zu haben, in Wirklichkeit aber ihre Hexenschwestern waren. Als ich ihnen Majas „Grimoire" unter die Nase gehalten hatte, waren Frewes und Illmann weich geworden, auch wenn sie sich über die Identität des siebten Zirkelmitglieds standhaft ausschwiegen.

Zwei junge Männer, der eine von Maja als Freund abserviert, der andere vielleicht von vornherein zurückgewiesen, ferner die Frau des Pächters, der seinen Hof an Steinwerck hatte abtreten müssen, und unsere Kollegin Luise Braake. Dr. Gross hatte die Namen untereinander auf seinem Schreibblock notiert, jetzt hob er den Kopf und fragte: „Könnten Sie sich bei unserer Kollegin aus Greven ein Tatmotiv vorstellen? Kannte sie die Tote?"

Max, der nach dem Mord mit ihr geredet hatte, schüttelte den Kopf und beantwortete damit beide Fragen. Luise Braake sagte aus, die Tote vor der Hochzeit nie gesehen zu haben, und mit einem Mordmotiv tat Max sich schwer. Er hatte sich Frau Braakes Akte aus der Personalabteilung besorgt, aber nichts Auffälliges oder Erklärungsbedürftiges feststellen können; allenfalls eine, wie er es ausdrückte, sehr reduzierte Karriere. Vor zweiundzwanzig Jahren zur Polizeiobermeisterin befördert, bekleidete sie diesen Dienstgrad noch immer. Sie hatte mehrere wesentlich jüngere Vorgesetzte „überlebt" und war dem Streifendienst treu geblieben. Sekundenlang plagte mich die Vision eines wesentlich jüngeren, dynamischen Chefs, der mir selbst nach der Pensionierung von Dr. Gross vor die Nase gesetzt würde, glücklicherweise unterbrach Lückmanns Stimme meine düstere Vision. Er berichtete, wie Braake und Steinwerck einander bei der Demonstration gegen den Flughafen Münster-Osnabrück kennen gelernt und später eine regelmäßige Kartenrunde in Große Antrup gegründet hatten.

Maja war mehrfach auf dem Hof aufgekreuzt. Waren sie und Frau Braake einander nie begegnet? Lückmann verneinte. Maja war grundsätzlich bei Helligkeit gekommen, für den Fall, dass Alma ihren Widerstand aufgab und die Fotos genehmigte. Die Doppelkopfabende, an jedem dritten Donnerstag im Monat, begannen nie vor zehn Uhr. Es gab keinen Grund, Frau Braakes Aussage anzuzweifeln.

„Na dann!“ Dr. Gross machte eine Handbewegung, als verscheuchte er lästige Spatzen. Wir seien entlassen!, bedeutete das in seiner manchmal etwas infantilen Gebärdensprache.

Ab dem frühen Nachmittag, während Max mit dem Lehrerkollegium jenes Gymnasiums redete, in dem Steinwerck bis vor drei Jahren unterrichtet hatte, brütete ich über unserem ersten Kassensturz aller bisher eingefahrenen Informationen. Umwerfend war das Ergebnis nicht! Maja Lehnbachs Kontoauszüge lasen sich unspektakulär, weder bei ihren Einkünften noch bei den Ausgaben gab es Unregelmäßigkeiten. Sie besaß kein Sparbuch, nur ein Privatkonto, und die Rahmenbedingungen ihres Lebens waren nicht nur bescheiden, sondern erstaunlich konsequent: Konstante achtzig Euro pro Woche, jeweils am Montagmorgen aus dem Bankomaten gezogen, von denen sich Maja ernährt, gekleidet und wohl auch mit Arbeitsmaterial sowie gelegentlichem Unterhaltungsstoff in Form von Zeitschriften, Büchern und DVDs versorgt hatte. Ihre Abrechnungen fürs Handy bewegten sich im Rahmen des Üblichen, sie hatte nirgendwo auf Raten gekauft, keinen Banktresor gemietet, um Wertpapiere oder teuren Schmuck zu schützen, und der Smart stammte von ihrem Vater, der wahrscheinlich auch ihre Benzinrechnungen kontrolliert hatte. Neben dem monatlichen Betrag von vierhundert Euro, die er ihr überwies, schlugen auf der Habenseite nur jene vierzig Euro zu Buche, die Steinwerck fürs Modellstehen zahlte. Für teure Extras blieb da nichts. Ich bündelte die Kontoausdrucke zu einem kompakten Stapel und fragte mich, warum Herbert Lehnbach, der eine, wie es schien, prosperierende Firma besaß und nur noch eine Tochter zu versorgen hatte, sie dermaßen knapp gehalten hatte. Dass er ihre Ausgaben auch noch kontrollierte, erschien in diesem Zusammenhang direkt grotesk. Die Tatsache, dass er offenbar genug Hoffnungen in sie gesetzt hatte, um sie mit dem

Firmenerben seiner Wahl verheiraten zu wollen, auch wenn dieser Plan nicht aufgegangen war, passte ebenso wenig ins Bild wie die unverhohlenen Klagen seiner Frau über ein Kind, das ihnen mit dreiundzwanzig noch auf der Tasche lag. Manche Hexen versuchten mit Wahrsagungen, bestellten Liebes- oder Schutzzaubern oder allen möglichen Wundermittelchen an Geld zu kommen, allerdings meist online. Majas Homepage warb nur für ihre Mode. Hatte die Familie sie wegen ihrer magischen Aktivitäten finanziell so kurz gehalten? Sie vielleicht schon früher wegen ihrer geträumten und gezeichneten Teufel verketzert? Hatte Maja bereits als Zehnjährige geglaubt, übersinnliche Kräfte zu besitzen?

Und wenn wir es mit einem Fall von schamvoll vertuschtem Kindesmissbrauch im Verwandten- oder Bekanntenmilieu zu tun hatten? Die Wortkargheit, mit der ihre Eltern unsere Fragen erwidert hatten, bewies entweder Schuldbewusstsein, absolute Unkenntnis oder die radikale Verdrängung. Die ganze Lehnbach-Sippe kennzeichnete offenbar dunkles Haar; ein Farbton, den Maja derart verabscheut hatte, dass sie sich ihr eigenes mit vierzehn goldblond färbte. Und so die Vergangenheit übertünchte?

Zwar waren auch Miss Piggy und Connie Coren blond, doch das konnte Zufall sein oder ein modischer Farbtrend, und als dessen Folge der unablässige Strom der Blondinenwitze. Viel wichtiger schien mir die Frage, ob die Vorlage für Majas Teufel im Umfeld ihrer Familie zu suchen war. Dann mussten wir ihren Job in Steinwercks Akademie als Protest gegen Kindheitserlebnisse verstehen. Auf die Modellfunktion ihrer schwarzen Teufel hatte sie geantwortet, indem sie sich selbst als Objekt zur Verfügung stellte: nackt und blond. Dann durften wir auch ihre Rolle als Hexe nicht im Sinne einer trendigen Daseinsform sehen, sondern als unerbittliche Konsequenz dem eigenen Leben gegenüber. Hatte Maja als Höhepunkt der Hochzeit einen großen „Auftritt" geplant? Die Entlarvung eines Onkels oder Vetters? Etwa ihres eigenen Vaters? Und war Dirk Weiting nur deshalb eingeladen worden, weil er den Skandal verhindern sollte?

Ich notierte mir, dass wir mehr über die Familie Lehnbach erfahren mussten, über Verwandte zum Beispiel, die früher einmal unter den Verdacht der Pornographie oder des Kindesmissbrauchs geraten waren. Selbst wenn Frau Lehnbachs Tante, deren psychologischen Rat sie damals eingeholt hatte, noch lebte, half ihre antiquierte Meinung uns nicht weiter. Da boten sich andere Wege an.

Über Steinwerck hatte Max ein blütenweißes Führungszeugnis eingeholt und per Handy an mich weitergegeben. Von seinem Gymnasium in freundlichem Einvernehmen verabschiedet, von sämtlichen Schülern in der Steinfurter Straße ohnehin hoch gelobt – ein Superlehrer und genialer Kopf. Dirk Weiting dagegen war vor zwei Jahren in einen selbstverschuldeten Verkehrsunfall unter Alkoholeinfluss verwickelt worden, während sich Roland Weißkopf als Zivildienstleistender Anzeigen wegen ruhestörenden Lärms eingehandelt hatte. Die noch sehr rüstigen Insassen seines Altenheims hatten wiederholt über Partyradau geklagt.

Ihre Proteste erinnerten mich an die Beschwerden wegen nächtlichen groben Unfugs oder ruhestörenden Lärms, die vor allem mit Beginn der milderen Jahreszeit regelmäßig in den münsterschen Polizeiwachen eingingen. Ich legte die Akte zur Seite und rief die zuständigen Kollegen im Präsidium, am Alten Steinweg, an der Gutenberg-, der Geist- und der Patronatsstraße an. Bereitwillig strapazierten sie ihre Computer, mit dem Ergebnis, dass sie den Beginn der milderen Jahreszeit sehr großzügig ausgelegt und gleich die letzten sechs Monate durchforstet hatten. Aber die Karnevalstage verliefen ja in der Regel auch nicht gerade leise. Nein, keine Schlägereien!, präzisierte ich ihre Rückfragen, nur Lärm im Sinne von Gartenfesten. Kein Feuerwerk, keine Kavalierstarts auf dem Moped … Erst jetzt wurde mir bewusst, wie schwer es war, ein Hexenritual zu definieren, ohne wie eine Märchentante zu wirken. Die Kollegen hatten trotzdem eine schnelle Antwort. Aus gleich fünf Stadtteilen waren im Lauf der Zeit Klagen von genervten Bürgern eingegangen; die meisten allerdings vom Stadtteil Kinderhaus. Ich notierte mir die Daten: 2. Februar, 21. März, 1. Mai und die Mittsommernacht. „Und dann vor drei Tagen, der Abend des 1. August.“ Der Kollege klang gestresst, als machte ihm die Schimpfe der Anrainer noch jetzt zu schaffen. Die Adressen ballten sich in dem Straßenquadrat Am Burloh, Bröderichweg und auf den beiden Seiten der Grevener Straße, wobei niemand den Klamauk genauer habe orten können. Nur dass hysterisches Gelächter und der Lärm von Tamburinen zu hören gewesen seien, und zwar bis halb drei morgens. Von unserer Verdächtigenliste waren gleich zwei Frauen in diesem Viertel zu Hause. Luise Braake wohnte am Althausweg, während das Landhaus Schulze-Bracht etwas weiter stadtauswärts, an der Grevener Straße, Ecke Janningsweg lag. Ich dankte den Kollegen und wählte die Nummer des Polizeireviers Greven. In bester Laune, wie es schien, versprach mir Luise Braake, um achtzehn Uhr in ihrer Wohnung auf mich zu warten. Ob ich nicht Lust hätte, eine neue Teemischung zu probieren, einen echten Gaumenschmeichler? Der Anlass meines Besuchs interessierte sie offenbar nicht.

Das Landhaus Schulze-Bracht blieb montags geschlossen.

Nach diesem Anruf kehrte ich zu unseren Aufzeichnungen über die Familie Lehnbach zurück, genauer zu meiner Überlegung, der gewaltsame Tod der Tochter könne die Folge einer internen Sippenangelegenheit sein. Zwar konnte, außer beim Schwiegersohn, für sämtliche Familienmitglieder die Anwesenheit zur Tatzeit belegt werden, doch Majas bescheidene finanzielle Verhältnisse und die regelmäßige Kontrolle durch ihren Vater waren ein Faktum, das mir nicht aus dem Kopf wollte. Ihr Atelier machte nicht den Eindruck, als florierten die Geschäfte. Hatte sie heimlich dazuverdient und sich dadurch in Gefahr gebracht? Wer war dann ihr Geldgeber? Und war dieses Geld sofort verbraucht worden, sobald Maja es in die Hand bekam, oder hatte sie es gut versteckt? Ich dachte an die Homepage von „münster paranormal“ mit ihrem halbseiden wirkenden Outfit. Versprachen das verheißungsvolle Geblinker und kokette Blinzeln, die flattrige Hülle um den Oberkörper der alternden Mimin, die mehr offenbarte als versteckte, nicht eher die Qualitäten einer erfahrenen Puffmutter als Kräuterkenntnisse oder die Kunst des Kartenlesens? In Münster waren Nachtclubs kein Thema, der Straßenstrich erst recht nicht. Was jedoch nicht bedeutete, dass es keine schnuckeligen Apartments gab. Kottnicks Aussage zufolge hatte Maja ihr Gewand extra für die Hochzeit geschneidert. Hatte sie es mitgenommen, um sich darin fotografieren zu lassen? Zu einer Hochzeit nahmen viele Gäste eine Kamera mit. Wo steckte das Kleid jetzt?

Um frischen Wind in meine festgefahrenen Überlegungen zu

bringen, und weil ich hoffte, einen Hinweis auf eine unerklärliche Geldquelle zu finden, nahm ich mir noch einmal die Inventarliste ihres Schlafzimmers in der Klosterstraße vor. Vielleicht besaß Maja kostbaren Schmuck, der nicht nach Erbstücken aussah, exklusive Unterwäsche, irgendwelche Luxusartikel, die nicht mit ihrem Kontostand vereinbar waren. Aufmerksam begann ich zu lesen, wobei ich jeden einzelnen Gegenstand nach Wert und Herkunft einzuschätzen versuchte.

Bis auf das Bett stammten die Möbel aus ihrem Elternhaus in Wolbeck. Das Bett gab es bei Ikea; Kerstin besaß das gleiche Modell: „mullvad“, auf Deutsch Maulwurf.

Auch der Schmuck, den sie in einer runden Holzdose aufbewahrte, sah eher nach Schulzeit und Patentante aus als nach einem feurigen Verehrer. Cornelia hatte einen Granatanhänger in Form einer Rebe aufgelistet, zwei Ringe mit verschnörkelten Silberfassungen und Brillanten, einen simplen Blechring wie aus dem Kaugummiautomaten, ein goldenes Kreuz, wie man es zur Erstkommunion bekam, und ein so genanntes Bettelarmband, an dem fetischartige Gebilde hingen: ein Tierzahn und ein Knochenstück, die verkleinerte Nachbildung einer Hühnerkralle, eine wie ein Augapfel bemalte Kugel, eine Mondsichel und ein winziger Kelch aus Leichtmetall. Leider hatten wir weder einen Terminkalender noch Fotos oder einen Abriss von einem Bahn- oder Flugticket gefunden. Auch gab ihr Computer nichts preis, das uns weiter geholfen hätte. Die Mailbox enthielt ein paar unverdächtige Spams, bei den Favoriten standen Dateien und Links, die sich mit ihrem Beruf in Einklang bringen ließen, auch auf der Festplatte waren nur professionell wirkende Unterlagen gespeichert. Jede Menge Schnittmuster, viel Information zum Thema Materialkunde und Farbenlehre, aber nichts, was auf eine illegale oder riskante Nebenbeschäftigung deutete. Nach unserem bisherigen Wissen war ihr letztes Lebensjahr nicht nur bescheiden verlaufen, sondern auch geregelt. Bis zu ihrem brutalen Tod.

Die Kassenzettel, Belege und Rechnungen aus ihrer Wohnung steckten in einem braunen Briefumschlag. Maja war im letzten halben Jahr ein paar Mal essen gegangen, wobei sie offenbar für die lateinamerikanische Küche schwärmte. Ich las die Rechnungen, die mehrere Tischgefährten – mal drei, mal vier – vermuten ließen, und fühlte mich unbehaglich, weil ich daran denken musste, wie sehr sie sich auf diese Abende gefreut hatte. Meine Sentimentalität verflog, als ich auf einer Quittung mit dem Datum 19. Juli und einer Bestellung, die auf einen Zweiertisch in einer Kneipe am Hafenweg und eine ausgeprägte Neigung für Cocktails deutete, eine mit Bleistift notierte Handynummer entdeckte. Ich tippte sie ins Telefon ein, doch der Anschluss war stillgelegt. Ich versuchte es bei dem zuständigen Anbieter und staunte nicht schlecht, der ehemalige Teilnehmer hieß Oliver Radebrecht. Er hatte zum vergangenen Freitag seinen Handyvertrag gekündigt. Was natürlich alle möglichen Ursachen haben konnte …

Gegen achtzehn Uhr fing ich Hilly, die sich gerade auf den Heimweg vorbereitete, ab, um ihr die Teilnahme an Steinwercks erstem Seminar in Große Antrup schmackhaft zu machen. Begreiflicherweise schmeichelte es ihr, dass sie zu ihren künstlerischen Ambitionen befragt wurde. Nein, erklärte sie, zu einem Kursus an der Volkshochschule habe sie sich im letzten Frühjahr nicht mehr aufraffen können. Sie lächelte gequält, als müsse sie sich für Bequemlichkeit oder Sparsamkeit oder für beides entschuldigen. Als ich mit meinem Vorschlag herausrückte, hellte sich ihre Miene auf, um sofort von Skepsis geschluckt zu werden.

„Sieglinde! Da käme ich mir ja vor wie Adelheid Möbius."

„Nur der Chef erfährt davon, weil er das Geld genehmigen muss. Aber da es sich lediglich um zwei Tage handelt …"

„Zwei Tage mit Vollpension", wandte sie ein.

„Eben! Du erlebst die Stimmung bei Tisch, hörst, worüber die anderen Teilnehmer reden. Halte die Ohren offen, wenn zwischen den Hofbesitzern das Thema Maja aufkommt. Bleib in ihrer Nähe, wie eine echte Undercoveragentin."

„Du glaubst, sie servieren mir ihren persönlichen Verdächtigen auf dem Silbertablett?" Sie schürzte spöttisch die Lippen.

„Es gibt Zeichnungen der zehnjährigen Maja, auf denen schwarze Teufel zu sehen sind. Warum tauchten sie auf, nachdem Alma ihren Jochen kennen gelernt hatte? Er ist dunkelhaarig, geht mit der kleinen Schwägerin in spe ein bisschen zu locker um. Sie spielt mit, bis aus dem harmlosen Schäkern Belästigungen werden."

„Du meinst, dass er …?“

„Vorläufig meine ich gar nichts. Ich mache mir meine Gedanken. Die zugeknöpften Eltern, die ihre Aussagen sehr genau zu dosieren scheinen, der Paradeschwiegersohn, den sie verzweifelt suchen, obwohl auch Maja als Firmenchefin nicht geeignet schien. Vergiss nicht“, drang ich weiter in Hilly ein, weil sie noch immer eine Schnute zog, als wollte ich sie als Pudel an den Zirkus Althoff vermieten, „Steinwercks Alibi hängt völlig frei im Raum.“

„Ist der Kurs nicht schon ausgebucht?“ Hatte ich ihr Interesse endlich geweckt, oder suchte sie nur nach einer letzten Ausrede?

„Warum rufst du nicht an? Um diese Zeit ist Frau Lehnbach bestimmt auf dem Hof. Aber lass uns zu meinem Auto gehen. Dann kann ich das Gespräch mithören.“ Und auf Almas Display würde kein Präsidiumsanschluss sichtbar werden.

Almas Stimme hatte leise und angespannt geklungen, als erwartete sie ein Gespräch. Der Anruf einer motivierten Kursteilnehmerin – Hilly spielte ihre Rolle bühnenreif – schien ihre Stimmung augenblicklich zu bessern. Welches Zimmer sie denn haben wolle, fragte sie so beflissen, als hätte sie viele Absagen hinnehmen müssen: Hofseitig oder zur Gräfte raus, wo allerdings das nächtliche Quaken der Frösche stören könne. Und ob bei der Vollpension irgendwelche Vorlieben zu berücksichtigen seien? Sie überkugelte sich vor Eifer, doch ich vermutete einfach nur Erleichterung über den Fortgang der Aktivitäten auf ihrem Hof.

Sie versprach ein Anmeldeformular zu schicken, und Hilly notierte sich die Zeiten. Kursbeginn am Freitagmittag um zwei, Ende am Sonntagabend um sechs. „Stillleben in freier Natur“, lautete das Thema. Demnach würden auf unserem Flur bald neue Zeichnungen in Hillys Extrem-Realismus hängen.

- VIII -

Luise Braake stand im Türrahmen. Ich hatte mich verspätet, und sie erwartete mich in türkisfarbenem Jogginganzug und mit vorwurfsvoller Miene. Sogar der alte, in Würde grau gewordene Schnauzer an ihrer Seite schien mich tadelnd zu mustern.

„Tut mir leid“, japste ich, „ein Anruf im Büro, in letzter Minute.“

„Nun ja!“ Ihre Stimme klang ein wenig gespreizt. „Wie Sie sehen, haben Hugo und ich uns schon für den Ausgang fertig gemacht. In seinem gesetzten Alter ist er um achtzehn Uhr dreißig auf eine Gassirunde fixiert und ich aufs Einkaufen. Aber Sie können uns gern begleiten.“ Demnach hatte sie knapp dreißig Minuten für unser Gespräch veranschlagt. Nicht gerade üppig! Da konnte ich nur hoffen, dass sie ein bisschen mehr einkaufen musste als nur Brot und Butter und sich auch in den hellhörigen Räumlichkeiten von Aldi oder Minimal nicht von einer offenen Unterredung abhalten ließe. Ein Mordgeständnis an der Wursttheke? Das würde ganz bestimmt in die Chronik des Präsidiums eingehen. – Und erst die Bildzeitung …!

Während sie die Wohnungstür abschloss und an dem Knauf so manisch rüttelte, als verreiste sie für mindestens vier Wochen, betrachtete ich sie unauffällig. Sie hatte kurzes, glattes Haar in einem modischen Rotbraun und einen mürbweichen Teint in der Farbe getrockneter Apfelringe, von dem der blutrote Lippenstift so heftig abstach, als hätte sie sich am Mund verletzt. Auf der zweitobersten Stufe bückte sie sich zu meiner großen Verblüffung und hievte Hugo, dieses halbe Kalb von einem Köter, auf ihren Arm. Allein hätte sie diese Gewichthebernummer wahrscheinlich stumm absolviert, da ich nun mal neben ihr stand, murmelte sie etwas von Arthritis in seinen Hinterläufen. Gut, Luise Braake war groß und kräftig, und der Hund schien sehr alt, sie wohnte im vierten Stock, und das enge, steile Treppenhaus war alles andere als eine Architekturperle. Trotzdem fragte ich mich, ob sie vielleicht vorhatte, Hugo bis zu seinem Pinkelbaum zu schleppen. Doch an der Eingangstür angekommen, setzte sie ihn so behutsam auf seine Pfoten, als wären sie aus Glas. Dann schlug sie den Weg ein, der in nördlicher Richtung am Kinderbach entlang führte. Natürlich kam unsere Unterhaltung sofort auf den Samstagabend. Frau Braake schilderte in farbigen Details, wie sie zwischen sechs und acht zu Hause ihre Pflanzen und den Hund versorgt hatte. Hugo habe vor Freude gejault, als ihr Schlüsselbund an der Eingangstür klimperte. Das mache sie immer extra, damit er wisse, dass die Erlösung nahe sei. Der gute alte Bursche! Sie tätschelte seinen borstigen Kopf. Und ihre Balkonpflanzen hätten direkt aufgeatmet, als sie mit der Gießkanne erschienen sei. Ich nickte: Soso und jaja, weil ihre Abwesenheit vom Hof nun mal niemand bezeugen konnte, und da ich inzwischen entdeckt hatte, dass ihre Einkaufsliste auf ein kleines Teebeutelkuvert passte, schnitt ich zielstrebig mein Thema an, indem ich mit anerkennendem Blick über die umstehenden Häuser fragte, wie lange sie hier schon wohne. Es war noch nicht sehr lang, wie sich herausstellte. Eine unverhoffte Erbschaft hatte Frau Braake zu einer Eigentumswohnung mit Balkon verholfen. Ein ruhiges Viertel? Mit einem niedrigen Altersdurchschnitt? Obwohl das ja eigentlich ein Widerspruch war, nickte sie, wenn auch nicht so recht überzeugt. Ich setzte gleich eins drauf. Kam es jetzt, in der warmen Jahreszeit, zu vermehrter Lärmbelästigung? Und wie um dies zu bestätigen, düste gleich eine ganze Schwadron johlender Skateboardfahrer an uns vorbei. Frau Braake nahm es gelassen, und auch Hugo kostete die stürmische Begegnung nicht mal ein Lefzenzucken. Zielstrebig, als sei an der Wurzel ein Karton Hundefutter vergraben, steuerte er den nächsten Baum an.

„Es geht so", sagte Luise Braake, während sie dem Hund beim Urinieren zusah. „Gerade haben die Ferien begonnen. Da grillen die Leute gern auf den Balkons, aber ich kann nicht klagen."

„Das heißt, keine ohrenbetäubende Musik oder lautstarke Kabbeleien nach zweiundzwanzig Uhr, keine rätselhaften Happenings mit Gesang und Tamburin."

Ich hatte den Eindruck, dass ihr Blick ein wenig argwöhnisch wurde, als fragte sie sich, worauf ich hinaus wollte. Doch dann entgegnete sie: „Ich schlafe nach hinten raus … ich meine, zum Kinderbach. Und dann mache ich ja sehr viel Nachtschicht. Mein Hugo hat nämlich einen Schlaf, dass ihn nicht mal ein Bombenangriff wachrütteln könnte. Deshalb kann ich ihn abends getrost allein lassen, vorausgesetzt, er hat sich die Beine schlapp gelaufen, die Blase geleert und seine Kutteln zu fressen gekriegt.“

Wir hatten den Parkplatz des Einkaufszentrums erreicht, wo Hugo sofort im Gebüsch zu scharren begann. Eine Passantin, die ihr hoch beladenes Fahrrad vorbei schob, warf ihm einen unfreundlichen Blick zu, worauf Frau Braake ihn energisch an die Leine nahm und neben ihre Füße zerrte. „Sitz!“ Ihre Stimme klang so gereizt, dass ich mich ebenfalls angesprochen fühlte. Ich musste endlich zur Sache kommen, bevor sie im Supermarkt verschwand.

„Wenn Ihre Nachbarschaft erfährt, dass Sie bei der Polizei arbeiten, werden Sie doch sicher mal mit einer Klage konfrontiert.“

„Nö, eigentlich nicht“, wiegelte sie ab, während sie die Hundeleine an einem der Fahrradständer verknotete. „Haben Sie drinnen im Supermarkt vielleicht auch etwas zu besorgen?“

„Ich könnte Kaffee brauchen“, entschied ich. Frau Braake blieb beim Obst und Gemüse stehen, schnupperte an einer halbierten Melone, legte sie weg und wiederholte diese umstrittene Qualitätsprobe bei einer aufgeschnittenen Ananas.

Ich griff nach einer besonders prallen Knoblauchzwiebel und bemerkte wie beiläufig: „Der Kinderbach wäre ein guter Treffpunkt für Vampire. Haben Sie nie Anzeichen dafür bemerkt? Wo Ihr Schlafzimmer nach hinten rausgeht?“ Sie kicherte. „Der Bach heißt nicht so, weil man dort Kinder gebissen hat, sondern weil es früher drüben bei der Kirche ein Haus für Leprakranke gab.“

„Ich weiß“, nickte ich. „Diese armen Leute waren hilflos wie die Kinder, deshalb der Name. Aber wie wäre es denn mit Hexen?“

„Ich kenne mich mit Hexen nicht aus!“ Sie hatte ihr Obst- und Gemüsesortiment zusammengestellt und lenkte den Wagen in die Gasse mit der Kühltheke. Linkerhand kam das Kaffeeregal in Sicht. „Vergessen Sie Ihren Muntermacher nicht!“, mahnte sie mit einem neckischen Lächeln. Um sie nicht argwöhnisch zu machen, griff ich gehorsam nach einem preisreduzierten Doppelpack.

„Aber Hexerei“, fuhr Luise Braake fort und inspizierte das Käseangebot, „soll ja wieder ganz aktuell geworden sein.“

Wir hatten uns ein paar Schritte voneinander entfernt, und ihr kräftiges Organ übertönte sogar die rumpelnden Geräusche, die vom Einräumen irgendwelcher Konservendosen herüberschallten. Eine Kundin in Camouflageleggings und mit knallrotem Haargummi, die sich entspannt über den Griff ihres Einkaufswagens gelehnt hatte, sah verstört von ihrem Einkaufszettel hoch. Ich kehrte an Frau Braakes Seite zurück, damit sie nicht so schreien musste.

„So heißt es!“, bestätigte ich aufgekratzt, weil sie meinen Köder so prompt geschnappt hatte. „Aber nur weiße Magie ist erlaubt. Schade niemandem! Und vor allem: keine Drogen!“

Sie schnaubte verächtlich durch die Nase. „Hinter dem ganzen Gedöns stecken doch entweder Rechtsradikale, die diesen germanischen Naziblödsinn wieder ausgraben wollen, oder irregeleitete junge Frauen, die die Symbole der Kirche verhöhnen.“ Für einen Augenblick verspannte sich ihr rechtes Handgelenk, das den Wagengriff umklammerte, bis die Knöchel weiß hervor traten. Kein Zweifel, sie mochte keine Neoheiden! Natürlich hatten wir in der Mordnacht alle Hochzeitsgäste mit Details von Majas Leiche konfrontiert. Die meisten, vor allem die Familienmitglieder, hatten entsetzt reagiert, der Rest zumindest ratlos. Nur Frau Braake hatte harte Konsequenzen für einen Täter gefordert, der sich an seinem unschuldigen Opfer über die unvorstellbare Qual und Verzweiflung der in früheren Hexenprozessen gepeinigten Frauen lustig machte. Und genau dieses Argument wirkte wie ein Störfaktor, der meine Überlegungen und Berechnungen immer wieder irritierte. Hätte ein Täter, der moderne Hexen hasste und die alten Regeln der Hexenjagd wieder aufleben lassen wollte, sein Opfer nicht viel subtiler hergerichtet? Hätte er nicht mehr Rätsel aufgegeben, um sich nicht zu verraten? Um es auf einen brutalen, aber eindeutigen Nenner zu bringen: Der Täter hatte Maja in ein klassisches Hexenoutfit gebracht, das den herkömmlichen Vorstellungen genau entsprach. In dieser Hinsicht hakte unser Täterprofil ganz gewaltig, weil wir noch viel zu wenig über Neopaganismus, Neonazis und alle möglichen Trittbrettfahrer wussten – harmlose wie gefährliche. War Majas ehemaliger, angeblich so unsolider Freundeskreis wieder aktiv geworden? Hatten wir vielleicht Hochzeitsgäste nach Hause geschickt, die mit fanatischen Helfershelfern im Bunde waren? Ich überlegte gerade, ob ich, für den Fall dass meine Suche nach Hintergrundinformation zu viel Zeit kostete, die Kollegin Braake als

Informantin einsetzen könnte, und verwarf den Gedanken auch schon wieder, weil sie auf der Liste der Verdächtigen stand, da explodierte vor der Eingangstür des Supermarkts ein Gebell, als wäre ein ganzes Rudel Höllenhunde aufeinander geprallt. Frau Braakes Gesicht wurde weiß. „Das ist mein Hugo! Können Sie kurz bei meiner Tasche bleiben?"

Ich sah ihr nach, wie sie an dem für sie wahrscheinlich endlos langen Klopapier- und Pampersregal entlang hechtete. Es dauerte, bis sie zurückkehrte, sichtlich erregt und über „aggressive Treppenabsatzmischungen" zeternd. Plötzlich hatte sie es eilig, nach Hause zu kommen. Mit einer hastig geraunten Entschuldigung drängelte sie sich an der verdutzten Warteschlange vorbei in die Poleposition, türmte ihre Einkäufe aufs Fließband und zerrte Geldscheine aus dem Portemonnaie. Dann warf sie sich förmlich über den aufgeregt fiependen Hugo und verschwand mit ihm um die Ecke. Kutteln würde er an diesem Abend nicht bekommen.

In Anbetracht des Kassenandrangs, und weil in unserem Keller noch mindestens drei Kilo Kaffee standen, stellte ich das Paket wieder ins Regal und ging zurück zum Auto. Als ich auf der Höhe von Luise Braakes Wohnhaus war, warf ich einen schnellen Blick auf den fast ausgetrockneten Kinderbach, versuchte mir dort eine Sabbat- oder Esbatfeier vorzustellen und kam zu dem Ergebnis, dass die Anrainer nah genug wohnten, um den nächtlichen Lärm lokalisieren zu können. Auch die andere Straßenseite war in jenem heterogenen Gemisch aus Mehr- und Einfamilienhäusern bebaut, das dieses ganze Viertel bestimmte. Doch von dort waren keine Beschwerden eingegangen. Trotzdem würde ich mit Agnes Schulze-Bracht reden. Vielleicht hatte sie in ihrem Restaurant zur Zeit der Sperrstunde Stimmen und Gelächter gehört. Und war nicht von dem Lärm eines Tamburins die Rede gewesen?

Die Ampel an der Ecke zur Grevener Straße sprang auf rot, und ich nutzte das Warten für einen letzten Rundblick. In diese Gegend war ich bisher nur selten gekommen. An der rechten Straßenseite befand sich ein unbebautes Grundstück mit alten Bäumen. So nah an der Innenstadt und gleichzeitig so ungepflegt, dass es zwischen all den adretten Ziergärten wie ein Stück Dschungel erschien. Die Ampel sprang um, ich nahm die Kurve und dachte: Es gehört garantiert der Stadt, und ebenso sicher wird demnächst dort ein moderner Apartmentblock errichtet oder ein weiteres Einkaufszentrum, aber bis dahin …? Als eine Bushaltestelle in Sicht kam, bremste ich und stieg aus.

Die niedrige Begrenzungsmauer aus Backstein war stellenweise eingebrochen, das Gebüsch wirkte undurchdringlich, die Brennnesseln standen hoch. Da weit und breit kein Bus zu sehen war, ging ich ein paar Schritte in die Wildnis hinein. Weite Wege konnte ich mir allerdings nicht leisten, die Haltestelle wurde von zwei Linien angefahren, mein Wagen blockierte sie, und wir hatten noch immer Rushhour. „Die Not lehrt die Alte traben!" Auf irgendeiner Toilettentür hatte ich diesen frauenfeindlichen Spruch mal gelesen, jetzt machte er mir selber Beine. Ich rannte ein Stück, bis ich eine Lichtung erreichte, ein ovales Areal, umstanden von sieben Buchen und Eichen mit ziemlich dünnen Stämmen, nicht älter als dreißig Jahre. Ich war mir sicher, sie schon einmal vor mir gehabt zu haben. Aber wann? Fieberhaft überlegte ich, dann kam ich drauf: Sie waren auf den Fotos zu sehen, die ich in Majas Wolbecker Zimmer gefunden hatte. Die Häuser im Hintergrund hatte man nicht erkennen können, weshalb ich von einem großen, einsam gelegenen Park oder Waldstück ausgegangen war. Jetzt sah die Situation natürlich ganz anders aus. Eddie Corens Zeremonie hatte nicht auf seinem Anwesen De Kievit stattgefunden, sondern im münsterschen Stadtteil Kinderhaus. Ich hetzte zurück zum Auto, zerrte die Digital-Kamera aus dem Handschuhfach und sah aus dem Augenwinkel gerade noch, wie in der Ferne ein Bus auftauchte. Falls ich nicht rechtzeitig zurück wäre, würde ich den Stadtwerken drei Kisten Bier stiften. Ich schaffte es, die Lichtung aus allen vier Himmelsrichtungen zu fotografieren und die Fläche abzuschreiten – etwa dreizehn Meter längs, sieben Meter quer –, bevor ich die Haltebucht wieder erreichte und mich mit einer beschwichtigenden Geste in Richtung des hupenden Busfahrers ins Auto schwang. Sextanerblase!, knurrte er wahrscheinlich.

Mein Herz hämmerte vor Aufregung hart gegen die Rippen, während ich ins Büro fuhr. Ich legte die Fotos von der Zeremonie neben meine Aufnahmen des Grundstücks an der Grevener Straße: Die Anordnung der Bäume, die Form ihrer Stämme – alles stimmte perfekt. Wenn wir jetzt noch die Identität der unbekannten Teilnehmer klären konnten, kamen wir einen großen Schritt weiter. Kurzerhand beschloss ich, meinen Trip nach Den Haag auf Freitag zu verlegen, um mir zunächst Klarheit über das Ritual zu verschaffen. Für dubiose Events gab es fast immer Zeugen.

„Das Gelände der ehemaligen Villa Zimmermann", Max zuckte emotionslos die Achseln. „Kenn ich!" Ich dachte an das hohe Einsatzrisiko meiner Aktion – von den Kosten für das Bier gar nicht zu reden – und war sauer. Diese Fotos bewiesen einwandfrei, dass Eddie Coren in Münster ein Ritual zelebriert hatte! Und zwar mit dem Mordopfer Maja und dem Mordopfer Valerie, ob die beiden Fälle nun miteinander zu tun hatten oder nicht. Er hatte auf einem Grundstück, das ihm nicht gehörte, ein dubioses, vielleicht satanisches Fest gefeiert. Doch Max nahm diese Neuigkeit hin, als hätte ich ihm Bilder vom letzten Betriebsausflug vorgelegt. Majas reibungslose Anstellung als Praktikantin in Corens Modestudio fiel mir wieder ein. Nicht alle Unterlagen komplett? Kein Problem! Unter mehr als achtzig Bewerbern hatte man sie ausgewählt.

Bei dieser Überlegung kam mir Lückmanns gestriges Telefongespräch mit der Düsseldorfer Modeschule in den Sinn. „Konnte dir dort jemand weiter helfen?" Seine Schnute wirkte filmreif. „Als die Schulleiterin von dem Mord hörte, machte sie die Schotten dicht. Irgendwie klang die Sache nach Zoff."

„Maja hatte mit guten Noten abgeschlossen."

„Eben", nickte er. „Die Schule vermittelte ihr einen Job in einer Sportfirma im Ruhrgebiet, doch unsere Lady war offenbar wählerisch. Sie schlug das Angebot aus und begann bei Coren."

„Moment, das war doch nur ein Praktikum."

„Aber der Job war futsch!"

„Jetzt verstehe ich die Eltern! Die Modeschule empfiehlt sie weiter, aber Maja lehnt ab. Die Folge ist eine eher spartanische Unterstützung von Zuhause, vielleicht sogar Lehnbachs Herzattacke."

Als Lückmann wissen wollte, ob es auf dem Grundstück irgendwelche verdächtigen Spuren gebe, schlug ich vor, noch einmal hinzufahren, diesmal mit Cornelia und ihrem Instrumentenkoffer.

„Wenn sich einer hier im Präsidium mit dem Müll von Hexenfesten auskennt, dann sie."

Doch die Suche verlief enttäuschend. Jede Menge Kippen und leere Zigarettenschachteln, Bierdosen und Kondome. Auf der zur Straße „Am Burloh" gewandten Seite lag ein Baumstamm, der, wie die Batterie leerer Flaschen bewies, gern als Sitzplatz benutzt wurde. Auch dort deutete nichts auf „magische Sperenzchen" hin, wie Max sich weiterhin widerborstig ausdrückte. „Und selbst wenn?", knurrte er. „Solche Happenings sind nicht verboten! Wo kein Kläger, da kein Richter!"

„Und die Fackeln? Kein Kläger bei offenem Feuer auf bewohntem Gebiet? Üblicherweise darf innerhalb der Stadt nicht mal Laub im Garten verbrannt werden. Außerdem hat es sehr wohl Klagen gegeben. Und zwar von den Anrainern rundum."

Wieder zurück im Präsidium, ging ich zu den Kollegen der Bezirkswache Vier. Über jeden Einsatz, der auf Grund von Beschwerden aus der Bevölkerung gefahren wurde, gab es einen Bericht. Doch die Protokolle konnten uns nicht weiterhelfen, weil sich der Spuk immer gerade dann in Luft aufgelöst hatte, wenn der Streifenwagen auftauchte. Die Kollegen hatten auch das Zimmermann-Grundstück abgeleuchtet, jedoch nichts Verdächtigeres gefunden als einen Aschekreis und heruntergebrannte Fackeln. Anzeige gegen Unbekannt! Wenigstens enttäuschten mich die Daten der Anrainerbeschwerden nicht: Lichtmess, Ostara, Beltane, Litha, Lammas – die Hexenfeiertage. In der Karsamstagsnacht brannten allerdings auch vor den Kirchen die Osterfeuer, und Mittsommerfeste waren sowieso undenkbar ohne offene Flammen. Manche Bauern stellten ihre Wiese für Hexenfeste zur Verfügung und hofften auf eine gute Ernte. Schade niemandem, es kommt dreifach verstärkt auf dich zurück.

„Gibt es Hinweise auf Drogen?"

Der Kollege nickte. Spritzen, abgerauchte Joints, allerdings von schwer bestimmbarem Alter und auch eher auf der nördlichen Strecke, am Kinderbach entlang und in dem kleinen Waldstück, das zur Kirche führte. In der Umgebung des Sportzentrums tat sich so einiges. Luise Braake hatte von dem Lärm sowieso nichts mitbekommen. Sie schlief nach „hinten heraus" oder hatte Nachtschicht, während ihr Zerberus im Schlaf seine Kutteln verdaute. Es wurde Zeit, mit Agnes Schulze-Bracht zu reden.

Am späten Vormittag, während sich Lückmann mit den Angestellten der Lehnbachwerke unterhielt, machte ich mich auf den Weg zu ihr. Da ihre Mutter ihren kleinen Sohn nicht betreuen könne und sie deshalb zu Hause bleiben müsse, hatte sie mir als Treffpunkt ihren Kotten nahe bei Große Antrup vorgeschlagen. Ich hatte zugestimmt, nicht zuletzt deshalb, weil mich die „erzkonservative Bauerschaft" interessierte, über die sich Alma so nachdrücklich ausgelassen hatte. Wen hatte sie damit gemeint?

Als ich mich dem niedrig geduckten, wie ein englisches Cottage aussehenden Haus näherte, begann hinter dem offenen Fenster sehr vital ein Baby zu schreien. Frau Schulze-Bracht hielt es im Arm, als sie zur Tür kam. Sie trug eine weite Leinenhose mit Kordelzug an den Fußknöcheln und ein gelb gestreiftes Herrenoberhemd. Ihre kräftigen, weizenblonden Locken bändigte ein rosa Frotteeband, dessen Farbton mich unwillkürlich irritierte. Sichtlich stolz auf ihren Nachwuchs lächelte sie mich an, während sich ihr etwa sechs Monate altes Söhnchen in ihrem Arm wand und drehte, als steckte es in einem Schraubstock. In seinem Feuchtigkeit versprühenden Groll und dem zur Grimasse zerknautschten Gesicht ähnelte er einem kleinen Wasserspeier. Dabei war er ein niedlicher Bursche, mit flachsblondem Haar und kornblumenblauen Augen. Das weiße Achselhemd und die rote Frotteehose gaben knackigbraune Arme und Beine mit vielen Grübchen frei; kein Zweifel, dem kleinen Trotzkopf bekam die Landluft prächtig.

„Danke, dass Sie zu mir kommen", sagte Frau Schulze-Bracht. „Gerade heute hat Tommy seinen grantigen Tag. Da hätte seine Oma ihn ohnehin nicht gern genommen."

Sie trat zur Seite und ließ mich herein. Rechts und links des niedrigen, unter klobigen Deckenbalken düster wirkenden Korridors gingen Türen ab, geradeaus sah man in die Küche.

„Der wahre Grund, weshalb wir Große Antrup aufgegeben haben, ist dieser kleine Racker. Mitten in den Umbauarbeiten kündigte er sich an, und mein Mann und ich, wir haben uns gesagt: entweder Haus oder Kind – beides können wir uns nicht leisten. So sind wir hier geblieben, im Kotten des Nachbarhofs."

„Was geschah mit der restlichen Hofstätte?" Ich erinnerte mich an Almas Aussage, Schulze-Brachts lebten in dem Nebengebäude einer Anlage, die schon lange nicht mehr existierte.

„Dieses Haus ist die ehemalige Leibzucht, hier wohnte der Altbauer. Zu den anderen Gebäuden kann ich nichts sagen, weil sie nicht mehr standen, als wir einzogen. Der Großvater meines Mannes hätte Ihnen mehr darüber erzählen können, leider ist er vor vier Jahren gestorben. Aber auch Alma kennt sich aus. Ich weiß nur, dass die Anlage Anfang April 1945 bei einem Gewitter heruntergebrannt ist. Der Altenteil lag weitab, ihn hat es nicht erwischt. Dafür hat das Feuer auf Große Antrup übergegriffen."

Ich horchte auf. „Frau Lehnbach kennt sich aus?"

Sie zuckte die Achseln. „Es ist ihr Beruf, sie ist ganz versessen auf alte Hofdokumente."

„Und welche Gebäude waren in Große Antrup betroffen?"

„Der Spieker", sagte sie, „nur die Außenmauern blieben stehen."

„Wurde das Feuer vielleicht gelegt? Und ist jemand zu Schaden gekommen?"

„Fragen Sie Alma. Ich hatte nie die Zeit, den ganzen Papierkram durchzusehen."

Inzwischen hatten wir die Küche betreten, die sehr schlicht eingerichtet war. Ein alter Büffetschrank, wie meine Großmutter ihn besessen hatte, in derselben, an die Fliesen alter Krankenhäuser erinnernden Lackfarbe. Sogar die Gardinen hinter der Scheibe trugen das gleiche blauweiße Karomuster. Auf dem Gasherd daneben dümpelte in einem Wassertopf ein Babyfläschchen, während sich auf der gegenüberliegenden Seite eine Terrazzospüle, ein Kühlschrank und ein Regal mit verschiedenen Nahrungsmitteln reihten.

Im angrenzenden Wintergarten stand ein großzügig bemessener Esstisch, angenehm von der Sonne beschienen und mit Blick auf einen Bauerngarten. Die akkurate Symmetrie der Minibeete mit ihren Kräutern und Stauden, die sauber geharkten Sandwege und die sie umschließenden, niedrigen Buchsbaumhecken lösten in meiner Wirbelsäule eine schmerzhafte Gedenkminute an eigene Experimente in Altötting aus. Lang durchgehalten hatte ich die Plackerei nicht. Allein der Zeitaufwand!

Frau Schulze-Bracht unterbrach meinen gärtnerischen Kreuzweg mit der Frage, ob ich einen Kaffee wolle. Gern nahm ich an.

Währenddessen hatte sich Tommy beruhigt. Seine Mutter legte ihn auf die Matratze in der bunt gemusterten Hängematte, die sich zwischen der Türklinke des Glashauses und einem am Küchenbüffet befestigten Eisenring spannte. Der rostige Ring erinnerte mich an den Dachboden des Spiekers. Nur mühsam verdrängte ich das Bild von Majas Leiche. Hier, in diesem von Helligkeit und Wärme durchströmten Raum neben einem Säugling, der friedlich am Daumen nuckelte, mochte ich nicht an sie denken.

Wir setzten uns, und ich fragte, ob es viele Kontakte mit der Nachbarschaft gebe. Agnes schürzte die Lippen und schüttelte den Kopf: „Wir haben als Nachbarn nur Önnings und Steinwercks. Önnings mögen wir nicht, und das Verhältnis zu Alma und Jochen ist ein wenig … kompliziert. Mein Mann hat daran zu knabbern, dass er seinen ehemaligen Besitz als Pächter bearbeiten muss."

Ich verzichtete auf einen Kommentar und dachte stattdessen an Steinwercks Aussage, dass es Almas Entscheidung gewesen sei, Schulze-Bracht den Pachtgrund zu überlassen und seiner Frau den Entwurf des Brautkleides. Das änderte nichts an der Tatsache, dass die zwei Paare offenbar einander nicht grün waren, oder doch zumindest die Männer nicht. Nach ihrem Verhältnis zu Maja hatte ich Agnes schon in der Mordnacht gefragt. Sie hatte behauptet, sie vor der Hochzeit nie gesehen zu haben, und selbst auf dem Fest …

„Und was haben Sie gegen Önnings?"

Sie zuckte die Schultern. „Frau Önning ist nach Tommys Geburt ein paar Mal hier gewesen und hat ihm Milch gebracht, später dann Erdbeeren aus ihrem Garten. Aber ich glaube, sie war nur neugierig. Oder", jetzt ätzte ihre Stimme, „vielleicht wollte sie sich unseren sozialen Abstieg aus allernächster Nähe ansehen."

„Was heißt sozialer Abstieg? Sie hatten die Wahl zwischen Haus und Kind. Wenn sich ein Kind überraschend ankündigt, wird einem die Entscheidung schnell abgenommen. Haben Sie es etwa bereut?"

Als sie mit einem schwachen Lächeln wissen wollte, ob ich Kinder hätte, erzählte ich kurz von Kerstin und fragte dann: „Wann kommt Ihr Mann zurück?"

„Morgen am späten Abend. Donnerstagfrüh muss er gleich zum Großmarkt, weil wir abends für eine Firmenfeier reserviert haben."

„Wann schließen Sie Ihr Restaurant für gewöhnlich?"

„Nie vor zwei Uhr morgens. Und bis wir dann zu Hause sind …"

Ich wollte wissen, ob sie zu dieser späten Stunde mal Stimmen, Gesang und Trommeln in der Umgebung gehört habe oder von Gästen darauf angesprochen worden sei. Sie schüttelte so erstaunt den Kopf, als wäre die Rede von grünen Männchen mit Antennen auf dem Kopf. Dann nahm sie die Babyflasche aus dem Wasserbad, hielt sie prüfend an ihre Wange und hob Tommy aus der Hängematte. Doch sobald der Sauger seinen Mund berührte, bäumte er sich auf und begann wieder zu schreien. Sie versuchte es mit Schaukeln und Wiegen, ging ein paar Schritte auf und ab, wobei sie sich den Kleinen über die Schulter legte und auf seinen gut gepolsterten Windelpo klopfte. Dabei rutschte der Ärmel ihres Leinenhemds zurück, und ich bemerkte, dass sie ein Bettelarmband trug, wie wir es auch bei Maja gefunden hatten, mit den gleichen Fetischen, sogar in derselben Reihenfolge. Das konnte kein Zufall sein, dafür sprach auch die mit roten Bändern und blauen Perlenschnüren behängte Lumpenpuppe, die an der Büffetkante hing und mit ihren durch zwei Korallenstücke angedeuteten Augen den Kleinen zu fixieren schien: ein Amulett gegen den bösen Blick. Kein Wunder, dass der Junge Angst bekam und brüllte! Ich dachte an die „Glotzpuppe" auf dem Nachttisch der zehnjährigen Maja und fragte Agnes, ob sie an Schutzzauber glaube.

Abrupt drehte sie sich zu mir um, dabei stieß Tommys ruderndes Ärmchen an die Puppe, sie geriet ins Schaukeln und seine Bauchweh lösten sich mit einem Gepolter, das einer mittleren Steinlawine im Hochgebirge gleichkam. Erleichtert quiekte er auf, während sich Agnes in merkwürdig düsterem Schweigen hinsetzte und einen neuen Versuch unternahm, dem Kind den Sauger zwischen die Lippen zu schieben – diesmal mit Erfolg. Befreit von seiner Pein, begann er gierig zu trinken, und sein abwechselndes Schlucken und Schnaufen beherrschte minutenlang den Raum. Da Agnes meine Frage ignorierte, wiederholte ich sie, allerdings etwas gezielter: „Sind Sie Mitglied in einem Hexenzirkel?"

Ihr Blick blieb auf die Flasche gerichtet. „Warum fragen Sie?"

„Weil ein Hexenzirkel mit Majas Tod zu tun haben könnte."

Sie lachte, doch befreit klang das nicht. Viel eher beschlich mich der Eindruck, dass sie nervös wurde. „Glauben Sie etwa, sie wurde umgebracht, weil sie eine Hexe war? Das ist absurd. Wir schaden niemandem, wir betreiben Magie, um uns mit positiven Energien aufzuladen und anderen zu helfen. Wir haben keine Feinde."

„Es gibt auch negative Energien", wandte ich ein. „Sie kannten Maja also!" Als sie trotzig den Mund verkniff, setzte ich nach: „Wer sind die anderen in Ihrem Zirkel? Wenn Sie so sicher sind, dass der Mord nichts mit Hexerei zu tun hat, dann können Sie mir die Namen doch sagen." Schweigen.

„Sie wissen, dass Sie unter Verdacht stehen. Niemand konnte bisher bezeugen, dass Sie tatsächlich in Ihrem Atelier am Verspoel waren. Ist Ihnen klar, was das bedeutet?"

Sie lächelte Tommy zu, als wäre er ihr Verbündeter, während sie leise sagte: „Die anderen waren doch auch bei der Hochzeit."

„Sie meinen die vier Brautjungfern?" Sie nickte.

„Und wo sind Sie gewesen, als Maja ermordet wurde? Zwischen siebzehn und zwanzig Uhr?"

Agnes schwieg.

„Was, glauben Sie, wird aus Ihrem Kind, wenn wir Sie stundenlang verhören?" Wir hatten junge Mütter schon ganz anders unter Druck gesetzt, wenn sie mit der Wahrheit nicht herausrückten. Maja war tot, sie würde nie heiraten, nie ein Kind haben, und wenn Agnes demselben magischen Zirkel angehörte wie sie, dann war sie, verdammt noch mal, verpflichtet, uns bei der Suche nach dem Täter zu helfen. Oder ihre Schuld einzugestehen.

Ihre Augenlider flatterten, und sie verkniff den Mund. In diesem Moment hatte Tommy sein Fläschchen geleert, es folgte das scharfe, schlürfende Geräusch des Vakuums, sie zog ihm den Sauger aus dem Mund und klopfte ihm auf den Rücken. Sein Bäuerchen folgte umgehend und, wie es schien, sehr genussvoll. Abrupt stand sie auf, drückte sein Köpfchen gegen ihre Schulter, als dürfe er nicht mitbekommen, was sie jetzt sagen würde. Und dann rückte sie mit einer ziemlich überraschenden Antwort heraus.

„Es stimmt! Ich war am Samstagabend nicht am Verspoel, sondern in einem Hotel ganz in der Nähe."

„Warum haben Sie uns das nicht gleich gesagt?“

„Es hat mit jemandem zu tun, der in Majas Tod nicht verwickelt sein kann. Ich wollte ihr keine Schwierigkeiten machen.“

„Gibt es Zeugen für Ihre Aussage?“

Sie nickte. Um achtzehn Uhr dreißig hatte sie mit der Frau an der Rezeption geredet. Die würde sich an sie erinnern, weil die Person, wegen der sie in dieses Hotel gekommen war … Sie warf einen schnellen Blick auf Tommy, der es sich an ihrer Halskuhle bequem gemacht hatte, strich ihm über das verschwitzte Haar und legte ihn behutsam zurück in die Hängematte. Er war eingeschlafen.

„Ich hatte um halb sechs einen Anruf auf mein Handy erhalten. Eine Hexenschwester, die nicht zu unserem Zirkel gehört, sagte, sie müsse mich dringend sehen. Sie … sie wohnt nicht in Münster, sie war nur ganz kurz hier, weil …“, sie wandte den Blick ab und starrte in den Garten, als sähe sie draußen Gespenster.

„Was wollte sie von Ihnen?“ Sie antwortete nicht.

„Sie können mir vertrauen, dass Ihre Aussage nur dorthin kommt, wo sie hingehört: in unsere Akten. Niemand hat Zugriff darauf außer mir und meinen Kollegen. Wenn Sie etwas über den Mord an Maja wissen, dann sagen Sie es. Wie hieß die Person, die Sie angerufen hat?“

Sie hob in einem plötzlichen Ruck den Kopf, stand auf und begann, das Gesicht dem großen Glasfenster zugewandt, zu reden.

Bei der Anruferin handelte es sich um eine Freundin aus Delft, die nach Münster gekommen war, um in einer Galerie ihre Cartoons auszustellen. Mein Herz begann zu flattern wie ein Nachtfalter in einem engen Marmeladenglas. Aber vielleicht war auch nur der Kaffee zu stark gewesen.

„Ich lernte sie kennen, als … nein, ich muss das anders erklären.“ Sie setzte sich wieder an den Tisch und redete stockend weiter. „Im März wollte unser Münsterscher Hexenzirkel, wie jedes Jahr, Ostara feiern, das Fest der Tag- und Nachtgleiche im Frühling. Früher hielten wir unsere Rituale im Wienburgpark ab, doch als wir Ende Januar das Imbolgc-Fest planten, schlug Maja ein unbebautes Grundstück an der Grevener Straße vor. Sie war damals gerade erst beigetreten, und eigentlich ist es ungewöhnlich, dass neue Mitglieder das Leben im Zirkel derart stark bestimmen. Sie behauptete, der Wienburgpark sei nicht geeignet für eine Anrufung. Es hatte irgendwie mit dem Feuchtgebiet dort zu tun, es sei zu schlammig und enthalte Wassertiere mit negativer Ausstrahlung. Auf dem Grundstück an der Grevener Straße gab es dagegen eine Lichtung von dreizehn beziehungsweise sieben Metern Durchmesser, mit sieben Bäumen bestanden. Also feierten wir Imbolgc dort. Zum Ostarafest lud Maja Freunde aus Holland ein, ohne uns zu fragen. Einigen im Zirkel war sie zu herrisch.“ Sie senkte den Blick. „Unter den Gästen war die Cartoon-Künstlerin und dann dieser merkwürdige Bekannte von Maja …“ Ihr Zeigefinger schabte über einen derben Kratzer in der Tischplatte. Die ganze Platte trug Narben, als stammte sie aus einer alten Hafenschänke. „Der Mann behauptete, ein Medium zu sein und durch die Beschwörung von Toten Aussagen über die Zukunft machen zu können. Nekromantie nennt man das. Es gilt als moralisch bedenklich, und wir Hexen lehnen es ab, weil es ein Ritual der schwarzen Magie ist. Aber dann waren einige von uns doch fasziniert von dem Versuch. Wir haben uns abends an der Grevener Straße getroffen, die Gäste hatten Schnaps mitgebracht, was bei uns nicht üblich ist. Doch die Flasche machte gleich ihre Runde, weil es kalt war und manchen die Sache nicht geheuer schien. Dieser Mensch führte sich auf wie ein Hohepriester, obwohl unser Zirkel so etwas nicht akzeptiert.“ Als sie meiner Bitte nachkam, ihn zu beschreiben, wusste ich, dass die Rede von Eddie Coren war.

„Wie groß war die Gruppe?“

„Wir waren dreizehn.“ Sie brütete eine Weile, offenbar über den Bildern, die ihr inneres Auge gespeichert hatte, und fuhr dann fort: „Er hatte das Foto seiner toten Großmutter mitgebracht, er hat Beschwörungsformeln in einer Sprache gemurmelt, die ich noch nie gehört habe, und dabei die Augen verdreht wie ein Schmierenkomödiant. Glauben Sie mir, ich habe Menschen in Trance erlebt. Sie fallen gewissermaßen nach innen, in eine andere, nicht materielle Wirklichkeit. Natürlich ist das bei unseren Ritualen nur selten der Fall. Wir konzentrieren uns zwar auch auf die Energien, die uns durchströmen, und versuchen negative Spannungen zu entladen, doch dabei sind wir hellwach. Wir singen und halten uns an den Händen, während wir unsere Große Mutter anrufen. Und wir brauchen keinen Schnaps, um uns in die Traumzeit zurückzuversetzen. Die Traumzeit, das ist die Urzeit, in der jedes Lebewesen alle möglichen Daseinsformen annehmen konnte. Und alles stand mit jedem in Verbindung." Sie zog fragend die Augenbrauen hoch, wie um sich zu vergewissern, ob ich ihr folgen könne. Ich nickte, allerdings eher aus Erleichterung, weil die Verbrecher, die wir suchten, gottlob nicht in der Lage waren, sich in alle nur vorstellbaren Daseinsformen zu verwandeln. Zufrieden mit meiner Mimik plapperte Agnes munter weiter. Fruchtsaft gebe es bei den Festen und selbst gebackene Kekse, und man könne für ein paar Stunden den ganzen Alltagsmist vergessen, den familiären Kram, die finanziellen Schwierigkeiten, so wie man sich auch im Kino entspanne. „Dieser nekromantische Spuk damals im März, das war reiner Stuss, ehrlich."

„Welche Kleidung tragen Sie bei Ihren Festen?" Ich dachte an die Fotos von der Lichtung, die ich in Majas Zimmer gefunden hatte. Frau Schulze-Brachts Antwort würde beweisen, ob sie die Wahrheit sagte.

Die Kleidung war jedem frei gestellt. Die meisten kamen im langen Rock oder Kleid, manche in Weiß, andere in kräftigen Farben.

„Und Maja?"

„Sie kam immer in Knöchellang und Schwarz, streng wie eine Priesterin. Ich glaube, sie hoffte, dass dieser … Typ aus Holland sie zu seiner Priesterin erwählen würde. Aber er suchte sich eine andere Gefährtin aus. Das hat Maja geärgert. Sie wirkte nämlich toll an jenem Abend, mit ihren offenen, goldblonden Haaren. Und eitel dürfen wir Hexen sein, wie sollte sonst unsere Magie funktionieren? Wie oben, so unten. Alle Göttinnen waren eitel, die griechischen, römischen und keltischen." Sie lächelte kokett.

„Waren an der Grevener Straße auch Männer dabei?"

Sie nickte. Da der münstersche Zirkel nur aus Frauen bestand, gehörten die zwei jungen Männer auf dem Foto demnach zu Corens Gruppe. Der Guru hatte für jeden Teilnehmer eine Toga mitgebracht, in unattraktivem Regengrau, irgendwie sektenartig. „Und dann dieses alberne Procedere", klagte Agnes, „paarweise vortreten, hinknien, sich den Begrüßungssermon anhören und einen Eid über absolute Verschwiegenheit leisten. Wissen Sie, das Ganze war einerseits lächerlich, andererseits makaber und gruselig. Das hatte absolut nichts mit unseren Ritualen zu tun."

„Wurden Drogen genommen?"

„Keine Ahnung. Ich brauche so was nicht. Aber während des Abends muss ich zwischendurch mal geistig weg gewesen sein, als hätte mir jemand etwas in meinen Saft geschüttet." Ich fragte sie, ob sie sich an die Totenbeschwörung erinnern könne.

Die ersten Antworten aus dem Jenseits waren so harmlos gewesen wie die Sprüche in chinesischen Glückskeksen: Reichtum, langes Leben, viele Kinder. Daraufhin hatten Maja und einige andere protestiert und harte Fakten verlangt, Existenzielles zu Geburt, Krankheit und Tod. „Das Ganze artete aus. Unser Medium solle, so wurde gewitzelt, nicht die tote Großmutter anrufen, sondern die große Totmutter. Mir wurde immer unbehaglicher."

Agnes war aufgestanden und hatte die Arme verschränkt, als wäre ihr kalt. Sie starrte wieder in den Garten, und dann sagte sie mit einer Stimme, bei der ich selbst eine Gänsehaut bekam: „Da hat dieser Typ uns den Tag genannt, an dem wir sterben werden – jedem einzelnen seinen Tag. Das war so grauenhaft! Ich meine, dass man definitiv erfährt … Und alle noch in diesem Jahr."

Auch ich war geschockt. Dann rechnete ich mir vor, dass es sich bei dem Hexenzirkel offenbar um vernünftige junge Frauen handelte, die sich zusammenfanden, um bei Saft und Keksen mentale Lockerungsübungen zu absolvieren. Jeder Aerobickurs war riskanter. Ich hatte mir das Bücherangebot in den Geschäften angesehen. Hexerei war kein Tabu und, vor allem, sie war absolut in! Keine Buchhandlung ohne reich bestücktes Esoterik-Regal. Anleitungen für Rituale, Koch- und Kosmetikrezepte, historische Abhandlungen. Ein gut informierter Insider ließ sich von solch einem Hokuspokus doch keine Angst einjagen! Ich lächelte aufmunternd. „Wenn dieser Bekannte von Maja, dieses Medium, unglaubwürdig auf Sie wirkte, dann müssen Sie doch keine Sorge haben. Er war ein Scharlatan. Wissen Sie, wie er hieß?"

Sie schüttelte heftig den Kopf. „Es wäre unter Garantie nicht sein echter Name gewesen." Und dann fuhr sie völlig überraschend zu mir herum und geriet außer Kontrolle. „Verstehen Sie doch! Wenn es Daten in fünfzig, sechzig Jahren gewesen wären, hätte niemand das schlimm gefunden oder beängstigend, aber sie waren ja alle noch in diesem Jahr fällig. Alle! Und bei Maja …" Sie bebte wie in Trance. Trotzdem hoffte ich, dass sie weiter redete. Wir brauchten ihre Informationen, auch wenn sie mir völlig absurd erschienen. Doch ob an dieser monströsen Sache etwas dran war oder nicht, Agnes musste sie sich von der Seele reden. Auch meine Stimme klang belegt, als ich sie fragte, ob der für Maja vorhergesagte Todestag der vergangene Samstag gewesen sei. Ihre Antwort war ein panisches Nicken. Demnach gab es zwei Möglichkeiten: Der Täter hatte von der Totenbeschwörung gewusst, oder Maja hatte gehofft, ihrem Orakel, das sie ängstigte und deprimierte, in Große Antrup zu entkommen, im Schutz von über sechzig Personen. Ausgerechnet dort war sie ihrem Mörder in die Arme gelaufen.

Entweder mussten wir mit unseren Recherchen in Große Antrup noch einmal von vorn beginnen oder den Täter in Majas holländischem Freundeskreis suchen. Ich erinnerte mich, dass sie kurz nach ihrem Abitur für drei Wochen in den Niederlanden gewesen war – ohne Geld, ohne Handy und ohne eine Adresse zu hinterlassen. Doch solange wir nicht Namen und Anschriften ihrer damaligen Freunde kannten, war diese neue Spur so brauchbar wie das Funkeln eines vor Jahrtausenden erloschenen Sterns.

„Ist Ihr Mann zu diesem Ostara-Treffen mitgegangen?"

„Nein! Und bitte, er darf das nicht erfahren. Er weiß überhaupt nichts von dem Hexenzirkel. Ich habe seitdem auch nie mehr teilgenommen. Unser Konvent traf sich nämlich auch zu allen weiteren Ritualen an der Grevener Straße, aber das passte mir nicht. Ich konnte den Horror von Ostara nicht vergessen. Seitdem arbeite ich nur noch allein, hier im Haus."

Mit dem durchgestrichenen Namen in Majas Grimoire war also Agnes gemeint. Als ich wissen wollte, ob es üblich sei, die Mitglieder des Zirkels im eigenen Hexenbuch aufzulisten, entgegnete sie achselzuckend, das könne jeder machen, wie er wolle. Dem Grimoire lagen keine Regeln zugrunde.

„Kehren wir noch einmal zurück zu der Anruferin, ich meine die Person, die Sie von der Hochzeit weggerufen hat."

Agnes rieb sich die Schläfen, als hätte sie Mühe, sich zu erinnern, dabei kam ihre Antwort ganz spontan. „Meiner Freundin, ich meine die Künstlerin, war eingefallen, dass dieser Samstag für Maja als … Todestag vorhergesehen war. Deshalb wollte sie sich unbedingt mit mir treffen. Als ihr Anruf kam, hatte ich Paula Önning gerade versprochen, ein Schnittmuster aus meinem Atelier zu holen, und da dachte ich, weil das Hotel ganz in der Nähe lag … Und als ich meine Freundin dort nicht fand, hatte ich keine Ruhe mehr, nach Schnittmustern zu suchen. Ich hatte Angst um Maja."

„Hätten Sie Ihre Freundin nicht anrufen können?"

„Ihr Handy war abgeschaltet. Die Frau an der Hotelrezeption sagte mir, sie sei mit ihrem Mann weggegangen. Sie wusste nicht, wohin."

„Ich kann es Ihnen sagen. Ihre Freundin Connie eröffnete um neunzehn Uhr ihre Vernissage. Nach einer halben Stunde fühlte sie sich nicht wohl, und ihr Mann hat sie zurück ins Hotel gebracht."

„Wie ist so etwas möglich?" Agnes zitterte. „Das Medium hat Recht behalten, es wird auch bei uns anderen Recht haben. Ich verstehe das nicht: Es war doch nur ein Spiel."

„Jetzt reden Sie sich mal nichts ein! Das war reiner Zufall, es sei denn, der Täter hat von dieser Totenbeschwörung gewusst. Können Sie sich erinnern, ob einer der Teilnehmer auch am Samstag unter den Hochzeitsgästen war?"

„Aus der Ostara-Gruppe war niemand auf der Hochzeit, außer unserem Hexenzirkel. Das heißt, Irma musste früher gehen und Julia war nicht eingeladen." Sie schloss sekundenlang die Augen. „Majas Mörder weiß von jedem Einzelnen das Todesdatum! Er wird wieder zuschlagen."

„Haben Sie sich denn alle Daten merken können? Und ich schließe mal aus, dass die Stimme aus dem Jenseits imstande ist, einen irdischen Mord zu begehen."

Doch sie war von ihrem Horrorszenario nicht abzubringen. „Wenn jemand an den Daten interessiert war, hat er sie sich gemerkt."

„Warum sollte dieser Jemand Sie alle töten?"

„Aber Valerie …"

Ich spürte mein Herz, hart und holprig. „Welche Valerie?" Hatten wir es tatsächlich mit einem Irren zu tun?

„Valerie van Kranenburg. Sie wurde auch an dem für sie bestimmten Tag ermordet."

„Meinen Sie das Opfer aus dem Abbruchhaus in Den Haag?"

Ihr Nicken jagte mir eine Gänsehaut ein. „Sie gehörte zu der Gruppe aus Holland. Mit Connie Coren hatte ich mich sofort angefreundet, Valerie war mir beim Ostara-Fest unangenehm aufgefallen, weil sie so viel Alkohol trank. Anfang Mai rief Maja mich an. Sie konnte vor lauter Heulen kaum sprechen. Sie sagte nur: ‚Erinnerst du dich an dieses flippige, betrunkene Mädchen? Sie ist tot!' Sie glaubte an eine Überdosis, in der Zeitung stand später, sie sei erdrosselt worden."

„Frau Schulze-Bracht, ich brauche das alles schriftlich. Können Sie heute Nachmittag ins Präsidium kommen, damit wir ein Protokoll aufsetzen? Vor allem müssen Sie den Mann identifizieren, der die nekromantische Feier inszeniert hat. Wir legen Ihnen Fotos vor. Bringen Sie Tommy mit. Er wird unsere Abteilung aufmischen, wie es schon lange kein junger Mann mehr geschafft hat." Ich hatte gehofft, sie mit diesem Kompliment aufzuheitern, doch ihr Gesicht blieb kreidebleich, und mir wurde bewusst, in welcher Gefahr sie möglicherweise schwebte.

„Sagen Sie mir das Datum, das dieser Idiot Ihnen als Todestag suggerieren wollte? Ich hoffe, Sie glauben nicht an solchen Schwachsinn."

Als sie heftig den Kopf schüttelte, beschwor ich sie, es sei nur zu ihrem eigenen Schutz. Nach dem Tod von gleich zwei Teilnehmerinnen dieser makabren Séance hatten wir allen Grund zur Sorge. Doch Agnes entgegnete eigensinnig, sie brauche keinen Schutz. An dem ihr vorhergesagten Tag mache sie sich und Tommy komplett unsichtbar. Sie wisse genau, wohin sie verschwinden könne, deshalb sei es zwecklos, vor ihrem Haus einen Streifenwagen aufzustellen. Ihre Stimme begann zu leiern wie in einem Mantra. Ich betrachtete sie nachdenklich: Glaubte sie nun an dieses unselige Orakel oder nicht? In meinen Augen handelte es sich um Aberglauben in seiner krassesten Form. Aber ich war nicht davon betroffen, da ließ es sich leicht urteilen. Selbst die diffuse Todesdrohung eines Scharlatans, der sich als Herr über Leben und Tod aufspielte, konnte einen schwer belasten. Obwohl der ganze Zirkel unter ihm litt, machte jeder Einzelne seine Angst mit sich allein aus. Mir fiel ein, dass Agnes seitdem an keinem Ritual mehr teilgenommen hatte.

Ich tätschelte ihre Schultern. „Passt es Ihnen gegen drei?“ Ihre Antwort war ein flattriges Nicken.

In der Tür drehte ich mich noch einmal um. „Wer hat auf dem Zimmermann-Grundstück die Fotos gemacht?“

„Wie?“ Ihr Blick wirkte so abwesend, dass mir der Gedanke kam, sie könne sich mit ihrem Kaffee etwas Dope verabreicht haben, doch dann entgegnete sie klar und deutlich: „Die Fotos stammen von Connie.“

Sie hatte Recht. Connie war auf keiner der Aufnahmen dabei.

Nur ungern gestand ich mir ein, dass mich dieses Gespräch ziemlich aus der Spur gebracht hatte. Das Letzte, was wir in unseren Ermittlungen brauchen konnten, waren spiritistische Spinnereien, die leichtgläubige Menschen in Angst versetzten, damit ein Mord vertuscht wurde. In ziemlich gereizter Stimmung fuhr ich zu dem Hotel, in dem Connie gewohnt hatte, doch die Frau an der Rezeption zuckte die Achseln.

„Tut mir leid, ich erinnere mich natürlich an die Malerin, aber ob jemand am Samstagabend nach ihr gefragt hat, weiß ich nicht mehr. Gegen halb sieben soll das gewesen sein?“ Sie blätterte in ihrer Kladde. „Am Samstag zwischen achtzehn und neunzehn Uhr dreißig hat sich unser halbes Hotel ausgecheckt. Der Kongress in den Kliniken ging zu Ende, und viele Teilnehmer reisten ab.“

Jetzt blieb mir nur noch eine einzige Chance, Frau Schulze-Brachts Alibi zu überprüfen: Ich musste Connie Coren fragen. Doch selbst dann!, dachte ich auf dem Rückweg zum Auto grimmig. Denn falls sämtliche Corens in den Mordfall verwickelt waren, wäre Connies Aussage keinen Pfifferling wert. Und mit welchem Recht vertraute ich Agnes Schulze-Bracht mehr als den übrigen sechs Verdächtigen auf unserer Liste? Statt Polizeischutz für sie sollte ich besser ihre Observierung anfordern.

Sie schneite flott und gut gelaunt, wie es schien, um Punkt drei Uhr ins Präsidium, Tommy in einem bunt gestreiften Tragetuch auf der linken Hüfte. Wir gaben dem Kleinen eine Broschüre zum Zerfleddern, was er auch ausgiebig nutzte, so dass der Boden bald aussah wie der Prinzipalmarkt nach dem Rosenmontagszug. Nicht lange, und es gesellten sich die Brösel eines Löffelbiskuits dazu, den Cornelia aus ihrem Erste-Hilfe-Fach gegen Hungerattacken gestiftet hatte. Währenddessen betrachtete seine Mutter konzentriert die Fotos aus Majas Wolbecker Zimmer. Sie identifizierte die Grauhaarige an Corens Seite als die Besitzerin eines Esoterikladens in der münsterschen Innenstadt, deren Namen sie jedoch nicht wusste, und tippte dann auf Kottnick, Frewes, Illmann und Bloch, die der Kamera den Rücken zuwandten. Von den Männern kannte sie außer Eddie Coren niemanden. Und als ich sie fragte, ob sie wisse, wie Jan Coren aussehe, schüttelte sie ebenfalls den Kopf.

Danach setzte ich das Protokoll über unser Gespräch vom Vormittag auf, Agnes unterschrieb und verschwand so wirbelwindartig, wie sie gekommen war. Ich sah ihr nach, während sie den Friesenring überquerte und dabei das Kind auf die andere Hüfte wechselte. Dann blätterte ich im Branchenverzeichnis. Es gab in Münster nur einen einzigen Esoterikladen. Er lag im Kuhviertel, dem bevorzugten Nachtasyl von Studenten und anderen Menschen, die mit wenig Schlaf auskamen. Mit einem schnell hingeworfenen „Bin gleich wieder da! Erklär dir alles später!“, hängte ich mir die Tasche über die Schulter und verließ unser Büro. Lückmanns erstaunter Blick schien sich durchs Türblatt in meinen Rücken zu brennen.

Ich fuhr Agnes mit dem Fahrrad nach, was wegen des vertrackten Einbahnstraßensystems allerdings nicht einfach war. Außerdem schien sie mal schnell unterwegs zu sein, mal stehen zu bleiben, vielleicht um Tommy die letzten Biskuitbrösel vom Mund zu wischen oder ihm ein buntes Windrad in einem Vorgarten zu zeigen. Ich wartete, bis sie die Münzstraße überquerte, und sah meine Vermutung bestätigt. Sie bog nach rechts ab ins Kuhviertel und steuerte direkt auf das Esoterikgeschäft zu. Ich stellte mich vor die Optikerauslage gegenüber, in deren Glas sich das Innere des kleinen Zauberladens spiegelte, so dass ich Agnes beobachten konnte, und wartete, bis sie wieder herauskam. Ihr weiterer Weg ging mich nichts mehr an.

Die Ladeninhaberin hatte sich in ihr Büro zurückgezogen, man hörte sie hinter einem vom Windzug der offenen Tür mit Blechplättchen und Muscheln klimpernden Mobile telefonieren. Obwohl sie die Türglocke gehört haben musste, ließ sie mir Zeit; offenbar kam viel vertrauenswürdige Stammkundschaft. Mehr noch als Tommys bunt gestreiftes Tragetuch hatte mir seine sonnengelbe Latzhose verraten, dass seine Mutter in dem Sortiment auf der rechten Regalseite gestöbert hatte. Und da sie sich bücken musste, war das Gesuchte wohl ganz unten zu finden. Auf den obersten Regalbrettern reihten sich Phiolen mit mindestens sechzig verschiedenen Varianten von Duftöl und ebenso viele Pappschachteln mit Räucherharzen und -stäbchen, während die ovale Glasschale daneben mit allen möglichen vergoldeten Amuletten gefüllt war; ein Sortiment, das die Weisen aus dem Morgenland, auf der Suche nach einem Geschenk für das Kind in der Krippe, wahrscheinlich um den Verstand gebracht hätte. Auf dem Bord darunter drängten sich Tüten und Jutesäckchen mit getrockneten Kräutern und fertigen Tees, ferner zuckerfreie Gummibärchen und niedliche Lollys auf Maissirupbasis, und ich überlegte kurz, ob alternatives Naschwerk den kleinen Jesus nicht weit mehr gefreut hätte als Weihrauch und Myrrhe, die ihm scharf durchs Näschen schrappten.

Zwischen dem untersten Brett, wo alle möglichen Duftlampen, Messingschalen und Köcher für Räucherstäbchen abgestellt waren, und dem Fußboden befanden sich Schubladen auf Rollen. Da die Geschäftsinhaberin weiter am Handy hing, zog ich eine Lade nach der anderen heraus mit dem Ergebnis, dass alle sechs exakt dieselben Phiolen, Zellophansäckchen, Papiertüten und Süßigkeiten enthielten, wie sie auf den Borden standen. Was hatte Agnes Schulze-Bracht dort gesucht, was sie, allerdings ohne Bücken – noch dazu mit einem quirligen Kleinkind an der Hüfte –, nicht auch zwischen Augen- und Kniehöhe gefunden hätte? Als ich auf dem Boden einen weißen Kassenzettel entdeckte und sah, dass der Kunde an diesem Tag eine Duftlampe für 58 Euro gekauft hatte, kam mir eine Idee. Ich wartete, bis die Inhaberin ihr Gespräch beendet hatte und hinter dem Mobile-Geklimper auftauchte, dann ging ich zur Theke. Sie blickte mich mit jener Mischung aus innerem Frieden und aggressivem Erweckungseifer an, die für manche Menschen zur Esoterik gehört wie die Wurst zum Kartoffelsalat.

Ich konterte mit meiner Pfadfindermimik, jeden Tag eine gute Tat!, und legte ihr den Kassenzettel hin. Innerlich klopfte ich mir auf die Schulter, denn bei meinem Gegenüber handelte es sich tatsächlich um die Grauhaarige an Corens Seite.

„Ihre letzte Kundin, diese junge Frau mit dem kleinen Kind in dem Indiotuch, hat ihren Kassenbon verloren. Er lag da drüben vor dem Regal. Falls sie etwas umtauschen möchte …?"

Sie betrachtete den Ausdruck nur flüchtig, knüllte ihn dann in den Papierkorb unter der Theke und lächelte herablassend, als hätte sie einen Kinderdetektiv vor sich, der auf dem Trottoir vor ihrer Ladentür einen verdächtigen Kaugummi entdeckt hat. „Die letzte Kundin hat überhaupt nichts gekauft. Sie ist eine gute Freundin, die gelegentlich zum Tratschen vorbei kommt. Kann ich Sie beraten, oder wollen Sie sich nur etwas umschauen?"

„Kennen Sie diesen Mann?"

Sie betrachtete das Foto vom Zimmermann-Grundstück, das sie, Eddie Coren und eins der knienden Paare zeigte. „Nein! Wer soll das sein? Wer sind Sie überhaupt?" Ein drohender Unterton färbte jetzt ihre Stimme. Auch meine Dienstmarke brachte sie kein bisschen aus der Fassung, und als ich sie darauf hinwies, dass sie selbst es war, die neben dem Mann auf der Lichtung stand und zwar unter Garantie nicht zufällig, setzte sie ganz gemächlich ihre Brille auf, um dann verständnislos den Kopf zu schütteln. „Ich erinnere mich nicht an diese … Zeremonie. Warum kommt die Polizei zu mir?"

„Zwei der jungen Frauen auf diesem Bild wurden ermordet. Und Sie kannten diese Gruppe."

Sie zerwuselte ihr wildes Grauhaar. „Da müsste ich jetzt überlegen. Und sagten Sie: Mord? Das ist ja der helle Wahnsinn, davon weiß ich gar nichts. Von wann stammt überhaupt diese Aufnahme?"

„Könnte letztes Ostern gewesen sein. Hilft Ihnen das weiter?"

Kopfschütteln.

„Auf dieser … Zeremonie wurde den Teilnehmern ihr Sterbedatum mitgeteilt. Was natürlich blanker Unsinn ist. Das ändert jedoch nichts an der Tatsache, dass die beiden jungen Frauen an ihrem angeblichen Todestag einem Verbrechen zum Opfer fielen.

Deshalb nehmen wir an, dass der Mörder aus dieser Gruppe stammt. Noch immer keine Erinnerung?“

Sie sah mich an wie eine Schlafwandlerin. „Jetzt weiß ich, was Sie meinen“, sagte sie dann langsam, „wir haben Ostara gefeiert. Und es stimmt auch, dass die Todesdaten verkündet wurden, aber das war als Unfug gemeint. Und wenn jemand sein Wissen missbraucht hat, um zwei Morde zu begehen, dann ist das ganz entsetzlich. Trotzdem verstehe ich noch immer nicht, warum Sie zu mir kommen.“

„Reine Routine! Wer hat Sie zu dieser Feier eingeladen?“ Dass sie nicht zu Majas Hexenzirkel gehörte, wusste ich schließlich.

Sie zuckte gleichmütig die Schultern. „Eine Kundin, die einem Hexenkonvent angehört. Ich persönlich arbeite lieber allein, aber zu Festen lasse ich mich gern bitten.“

Als ich wissen wollte, ob sie die Gäste aus Holland schon vorher gekannt habe, schüttelte sie den Kopf.

„Und dann holte Herr Coren Sie gleich an seine Seite?“

Ihr Mund verzog sich mokant, und in ihren braunen Augen tanzte ein winziger Kobold, als sie erwiderte: „Warum denn nicht? Ich war das einzige reifere Semester außer ihm. Wir waren ein schönes Paar!“

„Dieses Fest war der Auftakt zu zwei brutalen Morden.“

„An diesem Abend wurde niemand getötet.“

„Sie wissen, was ich meine. Hatten Sie danach noch Kontakt zu Eddie Coren?“

Sie lachte zynisch: „Diese Frage muss ich Ihnen nicht beantworten. Oder stehe ich unter Verdacht?“ Doch dann erstarb ihr Lachen. „Sie halten doch nicht etwa ihn für den Täter?“

„Darauf antworte ich Ihnen nicht. Wo waren Sie am letzten Samstag zwischen siebzehn und zwanzig Uhr?“

„Hier im Laden, bis um sieben. Der Optiker gegenüber kann es bestätigen, er schloss zur selben Zeit sein Geschäft ab. Danach war ich mit Freunden zum Abendessen bei Pinkus Müller verabredet.“ Sie nannte auch die Namen und Adressen der Freunde, und mir blieb nichts anderes übrig, als mich für ihre Auskunft zu bedanken. Ihre geharnischte Ruhe – oder war es eine Form von innerer Abgehobenheit – gab mir Rätsel auf, und ich hätte gern gewusst, ob sie jetzt in Panik wieder zum Handy griff. Würde sie meinen Besuch anderen mitteilen? Diese Frau umgab eine merkwürdige Aura, die mit Teebaumöl und Weihrauchharz nicht zu erklären war.

Den Abend verbrachte ich bei Marion. Sie war eine krasse Materialistin, die nicht mal die Nasenspitze in ein Esoterikgeschäft gesteckt und, auf Magie angesprochen, wahrscheinlich Nordic Walking genannt hätte oder die Glyxdiät. Nach meinen ergebnislosen Ausflügen ins Paranormale erwartete ich von ihrer bodenständigen Rationalität eine gewisse Entspannung. Außerdem hatte sie mir Details über die Schulze-Brachts versprochen, die sie bei einem ihrer Stammkunden einholen wollte.

Meine Frage, ob ich ihr einen Weg in die Küche abnehmen könne, verneinte sie mit dem Argument, etwas Bewegung tue ihr nach einem Nachmittag am Schreibtisch sehr gut. Ich ging auf den Balkon.

Vom Martinikirchplatz drangen die übermütigen Kommandos Fußball spielender Kinder herauf. Passantenstimmen mengten sich darunter, eine der vielen münsterschen Kirchturmuhren schlug neun Mal, eine andere antwortete. Es war ein wolkenloser Abend, an dem es lange hell bleiben würde. Der Himmel nahm eine Farbmischung aus Blassblau und Zimtrot an, und die Geräusche erinnerten mich an meine ersten Jahre in Münster, als ich mit Kerstin in der Fußgängerzone gewohnt hatte, hoch unterm Dach. Ich trauerte dieser Zeit nicht nach. Der Umzug von Franz aus Altötting zweieinhalb Jahre später teilte mein Leben in Münster in ein Davor und ein Danach. Konfliktreich war es weiter gegangen, aber wir waren wenigstens wieder eine komplette Familie. Hier, in Marions Wohnung, konnte ich den Gedanken an Kerstins Magersucht, mit der sie damals auf die „komplette Familie" geantwortet hatte, für ein Weilchen vergessen. Auch die Frage, wie aktuell Paganismus an den Gymnasien sein mochte, konnte mich an diesem Abend nicht fesseln. Zwischen dem gut gemeinten Liebeszauber von Hexenschwestern, die ihre Energien aus so harmlosen Ingredienzien wie Kräutertees, Amuletten oder Stoffpuppen zogen, und den mit Asche gefärbten Fußsohlen eines Mordopfers erstreckte sich der ganze Kosmos.

Ich atmete tief die warme Abendluft ein, an der irgendeine würzige Baumblüte beteiligt war – für Linden war es schon zu spät –, und dachte darüber nach, auf welchem Innenstadtterrain man nächtliche Hexenrituale abhalten könnte, ohne dass es aus der Nachbarschaft Beschwerden hagelte.

Und ich überlegte: Wenn ich tatsächlich erst am Freitagmorgen nach Den Haag führe, konnte ich Marion bitten, mich zu begleiten. Allerdings rechnete ich fest mit ihrem Einwand, dass sie ihre Galerie so ungern im Stich ließe wie ein Sperling sein Kuckuckskind. Sechs der „Circe"-Comics, so hatte sie mittags am Telefon verkündet, seien verkauft; ein guter Schnitt für die erste Ausstellungswoche. Leider handelte es sich ausschließlich um die Liebesabenteuer. Weder die vier Schweinemetamorphosen hatten bisher einen Abnehmer gefunden noch der eigenwillige „Dialog der Knoblauchzehen" oder „Circes Überstunden am Webstuhl."

Sie kehrte aus der Küche zurück, setzte auf dem niedrigen Glastisch vor der offenen Balkontür ein voll gefülltes Tablett ab und rief mich ins Zimmer. Ich fragte sie, warum es in Connies Cartoonserie so viel Liebesthematik gebe, aber nicht ein einziges Bild von Odysseus in der Unterwelt, dem frühesten Fall von Nekromantie überhaupt, wie Max herausgefunden hatte.

„Das war ja der Grund für ihre Krise!", ereiferte sie sich. „Connie hatte auch die Totenbeschwörung zu einem Bild verarbeitet: Auf Circes Rat hin steigt Odysseus hinab in die Unterwelt, um von dem blinden Seher Teiresias zu erfahren, wie lange seine Reise noch dauern wird. Jan sagte, dieser Cartoon sei einer ihrer besten gewesen. Doch nach dem Mordfall in Den Haag hat sie ihn zerstört. Da es aber unbedingt zwölf Bilder sein sollten – eins für jeden Monat, den Odysseus bei Circe blieb –, musste sie ein neues Thema finden. Ihr fiel nichts Besseres ein als ein Dialog zwischen Knoblauchzwiebeln. Ob sich das je verkaufen wird?"

Sie hatte einen Chardonnay entkorkt und zwei Weingläser gefüllt. Jetzt zog sie den zweiten Armsessel aus der Zimmerecke zum Tisch, setzte sich und lud mich mit einer Handbewegung ein zuzugreifen. Auf dem Holzbrett standen Brotaufstriche, in japanischen Teeschalen angerichtet und in den abenteuerlichsten Farben: paprikarot, pistaziengrün, dunkeloliv und schlichtweiß mit Schnittlauchröllchen. Dazu ein Teller mit „Locken“ von meisterhaft dünn geschnittenem Katenschinken. Auf einem zweiten Teller warteten Scheiben von Bauernstuten und Stapel aus üppig gebutterten Pumpernickeldreiecken.

Wie es zu Marions, bei allem Selbstbewusstsein, recht wortkargem, fast schroffem Naturell passte, erstickte sie schon im Ansatz jedes Kompliment für dieses auch optisch sehr ansprechende Stillleben. „Ich habe ja noch immer den Verdacht, dass ihr zu Hause von morgens bis abends Weißwurst zuzelt und Laugenbrezen knabbert“, spottete sie. „An Festtagen gibt es Leberknödelsuppe, danach Käsnocken und als Nachtisch Dampfnudeln. Ihr seid richtige Bayern geblieben, stimmt’s?“

„Stimmt“, nickte ich, „und auf alles streichen wir unseren süßen Senf.“

„Der Bauernhof, den ihr, Franz und du, damals umgebaut habt, lag der in Altötting? Ich meine, mitten im Ort?“ Sie stieß das Messer tief in den Olivenaufstrich, türmte das stolze Ergebnis ihrer Schürfarbeit auf ein Stück Pumpernickel und biss herzhaft zu. Ich tat es ihr mit der roten Variante nach.

„Erzähl mir lieber von Jochens und Almas Renovierungsarbeiten in Große Antrup.“ Unser eigenes Bauexperiment gehörte nicht gerade zu meinen Lieblingserinnerungen. Dafür war es zu eng mit dem Verdacht verknüpft, dass unsere Ehe in einer unspektakulären, halbwegs finanzierbaren Neubauwohnung mit funktioneller Einbauküche und praktischem Bad weniger gefährdet gewesen wäre als in unserer „Villa Wahnsinn“ mit ihren dauerfeuchten Fundamenten. Als hätte in den Mauern des maroden Dreikanthofs, den Franz, kurz bevor wir einander kennen lernten, einem jungen Pärchen abgekauft hatte, ein böser Gnom gehockt, der regelmäßig die Kellerwände anpinkelte, den Kaminabzug mit seinem Atem verpestete und Risse in die zweihundert Jahre alten Balken hustete. Kaum hatte ich unsere drei Monate alte Tochter auf eine Decke unter den alten Birnbaum gelegt, als sie von Hornissen attackiert wurde, deren Volk sich ausgerechnet in unserer Balkonverkleidung eingenistet hatte. Der Birnbaum ging ein, der erste Hofhund wurde überfahren, und zu allem Übel mussten wir uns von der Altbäuerin des Nachbarhofs vorwerfen lassen, das Käuzchen auf dem Dorffriedhof schrie viel öfter, seitdem wir das Haus renoviert hätten. Meiner Hypothese, der Umbau habe eingemauerte Gespenster aktiviert, konnte sie einiges abgewinnen. Wenig später zogen Kerstin und ich ins aufgeklärte München, und obwohl Franz versprochen hatte, nachzukommen, wurde nie etwas daraus …

In Große Antrup hoffte ich wahrscheinlich umsonst auf irgendeine rabenschwarze Hexerei, die, vor Jahrhunderten passiert und bei der Renovierung ans Tageslicht gekommen, einen modernen Ritualmord erklären konnte. Das Böse rekrutierte sich nicht mehr aus Aberglauben und religiöser Intoleranz wie in den Zeiten der aktiven Hexenjagd, sondern, rein materialistisch, aus Habgier, Neid und Eifersucht.

„Du warst zur Hochzeit eingeladen. Hättest du dort jemanden gekannt außer dem Brautpaar?"

„Wohl kaum", gab Marion überraschend reserviert zurück.

„Kannst du dich im Zusammenhang mit der Einladung an irgendetwas erinnern, das jetzt, im Nachhinein, auf das Verbrechen hindeuten könnte?"

„Hätte ich dir das nicht längst gesagt?", polterte sie. „Und glaube mir, ich wäre hingegangen, wenn ich nicht Connies Ausstellung hätte eröffnen müssen."

„Musste es für Connie Coren unbedingt der 2. August sein?"

Sie hatte ihrer letzten, hoch beladenen Schwarzbrotkogge eine Verdauungsminute hinterher geschickt und ließ jetzt den Blick über die Käseplatte schweifen, die aus Platzgründen auf der Fensterbank stand. „Sie wollte in Münster noch ein paar Freunde treffen."

„Weißt du mehr über diese Freunde?"

Sie schüttelte den Kopf, und ich bohrte weiter: „Es ging ihr an jenem Abend nicht gut. Hat sie mit jemandem telefoniert? Hat sie dir irgendetwas gesagt?"

Als auch diese Antwort negativ ausfiel, kam ich auf meine Reise nach Den Haag zu sprechen, und Marions Miene entspannte sich. „Brauchst du Insiderwissen von Amélie? Ich kann das einfädeln, sie ist absolut diskret. Sie bekommt so viel Tratsch mit, dass sie gar nicht alles veröffentlicht. Wenn du sie darauf hinweist, dass du in polizeilichen Ermittlungen unterwegs bist …"

„Vielleicht kannst du bei deiner Schwägerin übernachten", lockte ich. „Das spart Hotelkosten.“ Und es bleibt dir, dachte ich weiter, vielleicht eine einfache Absteige erspart, weil ich kein Zimmer gebucht habe und gar nicht weiß, wo ich kurzfristig unterkomme.

Marions Schwägerin lebte seit ihrer Kindheit in Den Haag und verdiente ihr Geld nicht nur als Klatschkolumnistin, sondern auch mit Kartenlegen. Als ich irgendwann, durch irgendein Gespräch neugierig geworden, wissen wollte, wem sie ähnlich sehe, hatte Marion den Namen einer unerträglichen Quasselstrippe aus dem Unterhaltungsfernsehen genannt und meine Wissbegier damit gestillt. Jetzt war sie wieder wach.

„Wann fährst du?“, wollte sie wissen.

„Am Freitagmorgen, um fünf.“

Als begeisterte Frühaufsteherin schluckte sie das ohne weiteres. Ich war mir sicher, dass Max als mein Mitfahrer über derart „unchristliche Zeiten“ gemurrt und auf einen der neuen, schnelleren Dienstwagen spekuliert hätte, damit er nicht so zeitig aus den Federn musste.

„Im Lauf des Sonntags möchte ich zurück sein, um meinen Bericht zu schreiben. Aber dir bleiben zwei volle Tage, um Museen zu besuchen. Das Mauritshuis in Den Haag würde dich doch sicher reizen. Gut essen gehen können wir auch, zusammen mit deiner Schwägerin, und abends einen Strandspaziergang machen.“ Wie vor einem alten Apothekenschrank stehend, zog ich ein Schubladchen voll Versprechungen nach dem anderen heraus. Doch wie es zu Marions angeborener Fuchsschläue passte, beließ sie es bei einer vagen Zusage.

„Du könntest dich“, schnurrte ich weiter, „unentbehrlich machen.“

„In welcher Form?“ Vielleicht hatte ich ihre Neugier geweckt, mit Sicherheit aber ihre hilfsbereite „Ader“. Ich unterdrückte meine Skrupel, die mir schamlosen Eigennutz vorwarfen, indem ich mir eine aufschlussreiche Unterhaltung mit Connie und Jan Coren ausmalte. So massiv ihre Bedenken gegen ein Gespräch mit einer deutschen Polizeibeamtin wahrscheinlich auch wären, mit ihrer Galeristin im Schlepptau würden sie mich wohl kaum vor der Tür stehen lassen.

„Zum einen, indem du mir ein Treffen mit den Corens vermittelst, zum anderen mit einem Vortrag über Zauberei und Hexenwesen während der Autofahrt. Ich habe unsere unermüdliche Hilly gebeten, mir aus dem Internet auszudrucken, was immer ihr nützlich und lehrreich erscheint." Als sie nicht reagierte, seufzte ich theatralisch: „Wenn ich euch gute Geister nicht hätte! Aber es ist ja auch ein fesselndes Thema."

„Man fühlt sich direkt von ihm herausgefoltert", feixte Marion und versprach, sich die Sache zu überlegen. Zuerst müsse sie allerdings erfahren, ob ihre Schwägerin nicht gerade verreist sei. Und das Ganze lohne tatsächlich nur, wenn sie die Corens ebenfalls besuchen könne. Es gebe einiges zu bereden.

„Wo übernachten wir?" In ihren Pupillen schienen sich Luxussuiten zu spiegeln. Ich gab zu, dass ich das noch nicht wusste, und dass es bei einer Dienstreise auch nicht das vorrangige Problem war. „Besitzt deine Schwägerin kein Gästezimmer?"

Zu meiner Überraschung kam als Antwort ein abgrundtiefes Stöhnen. „Amélie besitzt ein Gästezimmer, nur ist es leider voll gestopft mit allem möglichen Krimskrams in Delfter Blau und mit Devotionalien der holländischen Königsfamilie. Außerdem raucht sie Filterlose in Kette und schnarcht wie ein kanadischer Holzfäller. Man hört es sogar durch die Wand. Du musst mich schon in deinem Hotelzimmer unterbringen, oder ich bleibe hier, in meiner ruhigen Bude." Mit ihrer rebellischen Miene unter dem grauen Strubbelkopf erinnerte sich mich plötzlich an eine alte Fernfahrerin, die sich mal in einer Raststätte lautstark über die verstopfte Dusche beschwert hatte. Seitdem war die „Truckeroma" in unserer Familie ein Pseudonym für aufmüpfige Senioren.

„Roll bei den Corens den roten Teppich aus mit einem positiven Bericht über deine Bilderverkäufe, und sie werden mir vielleicht etwas freundlicher Rede und Antwort stehen."

„Nein!", entgegnete sie energisch. „Wenn jemand den roten Teppich ausrollen möchte, dann ist es meine Schwägerin Amélie. Sie brennt darauf, die Corens kennen zu lernen, als Vorbereitung für ein Exklusivinterview. Und Connie täte gut daran, dieses Interview zu geben, um in der Haager Kunstszene wieder Fuß zu fassen." Damit war unsere Fahrt besiegelt.

Eine Weile probierten wir das Käseangebot durch, nippten am

Wein, dann fragte ich: „Was hast du über die Familie Schulze-Bracht erfahren?“

Sie zog die Augenbrauen hoch. „Merkwürdige Dinge! Stell dir vor, du bist siebenundzwanzig, und dein Großvater ist gerade gestorben. Im Testament steht, dass du seinen Hof erbst. Es handelt sich um einen mittelgroßen Betrieb, schätzen wir mal grob fünfzig Hektar, von denen der größte Teil Acker- und Weideland ist. Bleiben noch das Wohnhaus, der Gemüsegarten, eine Obstwiese und die Nebengebäude. Und damit sind wir beim Thema: Leonhard Schulze-Bracht, der Großvater unseres Erben, war noch ein Vollblutbauer, seinem Sohn hat er diese Begabung offenbar nicht zugetraut, sonst hätte er ihn als Nachfolger eingesetzt, anstatt auf den Enkel zu warten. Der alte Schulze-Bracht blieb bis zu seinem Tod auf seiner Scholle, ließ sich keine Entscheidung abnehmen und behandelte seinen Sohn wie einen Verwalter. Und dann überlässt er alles dem Jungen? Das soll einer verstehen! Clemens, so heißt er, hat ein paar Semester Agrarwirtschaft studiert, aber dann auf Koch umgesattelt.“

„Und sein Vater ließ sich von ihm das Heft aus der Hand nehmen?“ fragte ich erstaunt. „Auf einem so großen Gehöft?“

Marion zuckte die Schultern. „Nach der Testamentseröffnung hat er wohl das Handtuch geworfen. Schließlich war er selbst schon an die sechzig. Und er wollte wohl nicht dabei zusehen, wie sein Sohn den Hof in den Ruin trieb. Unerfahren und unrealistisch, wie Clemens war, beschloss er nämlich, die Gebäude aufwändig zu modernisieren, und ließ sich dabei von einem Architekturstudenten beschwatzen, der ein Objekt für seine Diplomarbeit suchte. Er versprach, sich mit dem Denkmalamt in Verbindung zu setzen, hatte aber seine guten Beziehungen wohl etwas überschätzt.“

„Sagtest du nicht, der Spieker sei sehr alt?“

„Nur die Außenwände“, korrigierte sie. „Sie haben mehr als zweihundert Jahre auf dem Buckel, und entsprechend schief sehen sie auch aus. Doch das Innenleben stammt aus der Zeit kurz nach dem Zweiten Weltkrieg. Offenbar war es der alte Schulze-Bracht, der den Spieker nach einem Brand wieder in Stand setzte, obwohl diese Gebäude heutzutage eigentlich nicht mehr gebraucht werden.

Jedenfalls hat sich Jochen gewundert, dass er ihn damals nicht abreißen ließ."

„Alma dürfte das anders sehen", wandte ich ein. „Wenn der Spieker über zweihundert Jahre alt ist, wäre es schade gewesen, ihn abzureißen."

„Ja, Alma!", lenkte sie ein. „Doch ich bezweifle, dass der alte Schulze-Bracht historische oder ästhetische Ambitionen hatte, noch dazu in der damaligen Notlage. Baumittel waren knapp, die verschwendete man nicht an ein nutzloses Gebäude. Schließlich war der restliche Hof vom Feuer verschont geblieben."

„Was weißt du über den Nachbarhof? Ich meine nicht Önnings, sondern das Gelände auf der anderen Seite, wo die Hoferben jetzt wohnen."

„Nichts", sagte sie kurz angebunden und fuhr sich durchs Haar. „Wie dem auch sei, bei Clemens musste es schnell gehen, und nur vom Feinsten durfte es sein. Stell dir vor: Agnes schaffte Pfauen an, plante einen Kräutergarten nach alten Klosterbüchern, und ihr einziges Problem bestand darin, die Giebelinschrift in den Originalfarben nachpinseln zu lassen. Nicht lange, und die beiden standen draußen, vor ihrer piekfeinen Tür."

„Wie erfuhr Alma Lehnbach von der Zwangsversteigerung?"

Sie zuckte die Achseln. „Vielleicht aus der Zeitung, vielleicht beim zuständigen Amtsgericht."

„Kannte sie sich vielleicht in der Gegend aus? Wenn sie alten Hausrat sammelt, kommt sie doch sicher viel herum."

„Da musst du sie schon selber fragen." Täuschte ich mich, oder klang ihre Stimme ein klein wenig aggressiv?

„Die beiden haben Mut!", bekannte ich in echter Bewunderung, worauf Marion einwandte, dass Jochen und Alma, anders als die Schulze-Brachts, über ein solides Startkapital aus langjährigen Ersparnissen verfügten, von jedem Geldinstitut als seriöse Kunden betrachtet würden und außerdem keine Flausen im Kopf hätten.

Die drückende Schwüle hatte uns beide müde gemacht. Die jungen Fußballspieler waren längst nach Hause gegangen, die Innenstadtkirchen meldeten halb elf, und als es irgendwo in der Ferne zu grummeln begann und ein kräftiger Windstoß die Gardinen bauschte, schloss Marion die Balkontür. Wir brachten Teller und Gläser in die Küche. An der Wohnungstür drehte ich mich um. „Also ein Doppelzimmer für zwei Nächte. Und wo?“

„In Scheveningen. Ich war eine Ewigkeit nicht am Meer.“

Das Ergebnis der Spurensuche in Steinwercks Wagen und der rechtsmedizinische Befund trafen fast zur gleichen Zeit ein. Die Wagendurchsuchung hatte nichts ergeben, auch der Befund konnte mich nicht mehr überraschen, nachdem ich bei der Autopsie zugesehen hatte. Dass Maja nicht schwanger gewesen war und sich vehement gegen ihren Mörder gewehrt hatte, wusste ich bereits. Unter ihren Nägeln hatten Hautreste geklebt. Doch bei keinem der Hochzeitsgäste war mir ein frischer Kratzer im Gesicht, am Hals oder an den Armen aufgefallen. Ich dachte auch an Majas eigene unversehrte Unterarme und Hände. Der Täter hatte Handschuhe getragen. Die Labortests auf Drogen oder Medikamente in Blut und Gewebe waren negativ verlaufen, Majas Magen war leer, ihr Tod zwischen halb sechs und halb sieben durch Erdrosseln eingetreten. Das Erhängen mussten wir entweder als Täuschungsmanöver verstehen oder als symbolische Geste. Allerdings waren in der Einschnürung an ihrer Kehle, die das Erdrosseln verursacht hatte, dunkelblaue Baumwollfasern gefunden worden, das gleiche Gewebe, das auch den Kleiderknopf überzog. Der Bericht enthielt noch ein weiteres hilfreiches Detail. An beiden Fersen der Toten hatte man frische Hautabschürfungen gefunden, als hätte sie jemand über den Boden geschleift. Bei dem Staub unter den Fußsohlen handelte es sich um die Asche von Papier.

Nach unseren bisherigen Erkenntnissen hatte sich der Täter also für etwa drei Stunden von der Hochzeitsgesellschaft entfernt und war nach verübtem Mord wieder auf der Bildfläche erschienen, eine plausible Erklärung für sein Fortbleiben auf den Lippen. Steinwerck hatte den Blazer gesucht, Luise Braake zu Hause nach ihrem Hund gesehen, Agnes Schulze-Bracht sich um ein Schnittmuster gekümmert. Dirk Weiting hatte umsonst auf den Käufer seines Fahrrads gewartet und Roland Weißkopf sein tägliches Lauftraining absolviert, während die beiden Brautjungfern in der Hängematte plauderten. Jeder von ihnen hätte sich genauso gut mit Maja im Spieker treffen können, um sie kaltblütig zu töten. Allerdings musste der Betreffende vorher unbemerkt auf das Gelände zurückgekehrt sein.

An die letzte Seite der Akte war ein loses Blatt Papier geheftet: Das Ergebnis der DNS-Analyse ordnete den Heftpflasterstreifen einem Mann zu. Blut und Wundsekret seien zur Zeit der Untersuchung nicht mehr als achtundvierzig Stunden alt gewesen.

Den Donnerstag verbrachten Max und ich damit, unsere bisherigen Ergebnisse zu ordnen und die Akte van Kranenburg durchzuarbeiten. Dabei beschäftigte uns vor allem die Frage, ob unser Täter auch den Mord in Den Haag begangen haben konnte. Valerie hatte Schuhgröße 37. Jene Fußabdrücke, die nicht von ihr stammten, entsprachen 43, ließen also einen ziemlich großen Menschen vermuten. War er bei der Beseitigung der Spuren gestört worden? Oder hatte er sich in der Sicherheit gewiegt, die Polizei würde sie in dem Chaos aus Schmutz und Abfall nicht entdecken? Max schlug noch eine dritte Lösung vor. „Ein Dealer würde seinen Stoff retten! Und dann schnellstens verduften!"

„Den übereinstimmenden Fakten in den Fällen Valerie und Maja", fuhr er dann nachdenklich fort, „stehen ebenso viele Abweichungen gegenüber."

„Trotzdem überprüfen wir die Alibis unserer Verdächtigen auch für den 2. Mai." Ich hatte schon die Hand auf der Klinke, als mir einfiel, dass am folgenden Abend in Steinwercks Akademie an der Steinfurter Straße jene Schüler versammelt sein würden, denen Maja Modell gestanden hatte. Nur jeweils alle drei Wochen kamen die Mädchen in den Sommerferien an die Reihe.

„Frage sie, ob es zwischen Maja und Steinwerck irgendwelche Spannungen gab. Entweder erotische oder feindselige. Ich meine die berühmte Chemie, die entweder ‚stimmt' oder aber für böse Knalleffekte sorgt."

„Mach ich!", nickte Max.

- IX -

Der rundum verspiegelte Lift in Amélies Apartmenthaus wurde mit Klaviermusik à la Nobelkaufhaus berieselt. Während wir sanft nach oben glitten, prüften Marion und ich in den reflektierenden Wänden Gesicht und Frisur, als wären wir zum Casting bestellt, und beredeten gleichzeitig den Tagesablauf. Für den Abend empfahl Amélie ein beliebtes Scheveninger Strandcafé mit Fischspezialitäten. Zwar waren Regen und Sturm uns seit Münster so hartnäckig gefolgt wie ein Schwarm Fliegen einem Marmeladentopf, doch an der See schlug bekanntlich das Wetter häufig um, so dass ein pittoresker Sonnenuntergang zumindest im Bereich des Vorstellbaren lag.

Die Liftkabine hielt im achten Stock, Amélies Apartment lag gleich gegenüber. Wir schellten, und sie stand vor uns, als hätte sie hinter der Tür gewartet; imposant in Größe und Statur, mit einem mächtigen, schwarzen Haarknoten und einer dunkel gefassten Brille an einer langen goldfarbenen Kette – die Frau, die nicht nur der niederländischen, sondern auch internationaler Prominenz in Kleiderschränke und Kochtöpfe blicken und ihren Einrichtungsstil kommentieren durfte und über jedes Wehwehchen im Bilde war. Sie schrieb für die Frauenzeitschrift „Nymphaea" regelmäßig Interviews, erstellte Horoskope und beantwortete Leserbriefe.

Keine Scheidung oder Trennung, deren Vorgeschichte Amélie Vondembusche nicht kannte, keine Hochzeit, Geburtstagsfeier oder Megaparty, über die sie nicht detailfreudig berichtete. Marion hatte mir mehrere Exemplare der Zeitschrift „Nymphaea" gezeigt, unter anderem auch das Interview mit Eddie Coren. Amélie war über seine zahlungskräftige Kundschaft mit ihm in Kontakt getreten. Das Label „boycott!", so stand dort zu lesen, war vor allem bei den Jungen und Junggebliebenen der westeuropäischen Promis gefragt. „Understatement at it's best" lautete das Motto seiner Homepage, die die Person des Hausherrn allerdings aussparte. Stattdessen trippelten digitalisierte Models über einen imaginären Laufsteg, während die rundum kursierenden Sprechblasen verkündeten, die Philosophie von „boycott!" wolle die Lust an einer Kleidung wecken, die kein anderes Gefühl hinterließ als jenes, extrem gut angezogen zu sein. Spinnengewebe des Wohlbefindens. Mich hatte Corens Website eher an das Märchen „Des Kaisers neue Kleider" erinnert. Doch meine Gedanken hatten auch wieder Maja Lehnbach gestreift. Wo steckte das Chiffonkleid, das sie laut Kottnicks Angaben auf den Gruppenfotos der Hochzeitsfeier trug? Leider hatten wir die Aufnahmen noch nicht bekommen. Wie es schien, hetzte Radebrecht ständig irgendwelchen Terminen nach und war nicht erreichbar.

Hatte der Täter Majas Rock und das rote Top vielleicht deshalb im Maisfeld deponiert, weil auf dem Chiffonkleid verdächtige Spuren zu finden waren? Wozu diente diese Inszenierung überhaupt?

Amélie Vondembusche trug einen Hosenanzug aus weißer Seide mit Vogelmotiven in leicht verwaschenen Grün-Blau-Tönen, die an die faszinierenden Wandfresken in Pompei erinnerten. Was ihren Schmuck betraf, so war sie behängt wie eine Weihnachtstanne. Eine Reihe Perlen und ein Collier aus goldfarbenen Rosetten machten der Brillenkette Konkurrenz, an ihren Ohren schaukelten Amethysthänger, während sich um die kräftigen, sonnengebräunten Unterarme ein Goldreif und eine Armbanduhr im Stil von Cartier spannten. Ringe schien sie dagegen nicht zu mögen, nur am linken Mittelfinger steckte ein doppelter Trauring in schwerem Rotgold. Ihr Mann Horst, Friedrich Vondembusches älterer Bruder, hatte sich in den Niederlanden als Ingenieur einen Namen gemacht, indem er an dem Jahrzehnte währenden Deltaprojekt mitarbeitete – Hollands Antwort auf die mörderischen Sturmfluten früherer Jahrhunderte. Vor sechs Jahren war er bei einer Autofahrt verunglückt. Marion, damals schon seit fünf Jahren Witwe, hatte sich sehr um ihre Schwägerin gekümmert. So waren die beiden engste Freundinnen geworden, obwohl Amélie am Beginn ihrer Ehe ihrer angeheirateten deutschen Verwandtschaft sehr distanziert gegenübergestanden hatte. Man konnte sich kein gegensätzlicheres Gespann vorstellen. Beide zwar gesellig und umtriebig, lebhaft und imposant vom Äußeren her, doch Amélies Umgang mit Tratsch und Glamour kostete Marion nur ein ironisches Lächeln, während Amélie die manchmal recht exzentrischen Maler, Bildhauer oder Schmuckdesigner ihrer Schwägerin für Spinner oder Scharlatane hielt. Ich fragte mich, ob sie Connies Cartoons kannte, und welchen Kommentar ihre spitze Zunge dafür gefunden hatte.

Wir versanken in gelben, butterweichen Sesseln, während Amélie sich kurz in der Küche zu schaffen machte. Ich nutzte ihre Abwesenheit, um mich umzusehen. Die skurrilen und frechen Holz- oder Bronzefiguren von Marions Mann reihten sich auf den drei Fensterbänken des großzügig bemessenen Wohnraums. Von zierlichen Deckenspots beleuchtet, warfen sie abends wahrscheinlich bizarre Schatten. Die Wände schmückten dagegen brave Kunstdrucke, wie man sie in Museumsshops oder gut sortierten Kaufhäusern bekam: Die Nachtwache von Rembrandt und die bekannten Interieurs von Pieter de Hooch und Vermeer van Delft. Die eher behäbigen Eichenmöbel waren darauf abgestimmt.

Während wir eine raffinierte Mischung aus Earl Grey und Orange Pekoe tranken und dazu Spekulatius knabberten, den es in Holland rund ums Jahr gibt, erzählte Amélie, die mir sofort das Du angeboten hatte, von dem Interview, das Coren ihr im April in seinem Schlösschen in Wassenaar gegeben hatte.

War noch jemand dabei gewesen?

Seine Stiefschwester, siebenunddreißig, seit drei Jahre geschieden und kinderlos. Sie führte ihrem Halbbruder den Haushalt, nachdem auch seine Verbindung mit einem Lebensgefährten in die Brüche gegangen war.

„Hat er dir das alles erzählt?“, wunderte sich Marion.

Amélie schüttelte den Kopf. „Böses Partygeschwätz. Demzufolge soll er auch seiner Stiefschwester ungebührlich nahe stehen.“ Ich wurde den Eindruck nicht los, dass sie selbst an dem Partygeschwätz nicht ganz unbeteiligt war. Doch sie fuhr einlenkend fort: „Wenn jemand exklusive Mode entwirft, muss er in seinem Gefühlsleben natürlich ein Monster sein.“ Sie schnippte eine Zigarette aus der Schachtel, die auf dem Couchtisch lag. In einer flachen Glasschale daneben schwamm eine voll aufgeblühte, gelbrote Seerose, die mich neugierig auf Connies Garten machte.

Ich fragte sie, in welchem Verwandtschaftsverhältnis Eddie Coren zu der jungen Künstlerin stände, und sie gab an, er sei der wesentlich ältere Stiefbruder ihres Mannes. Wie seine Schwester

Lies van Dongen war Jan das Produkt einer späten zweiten Ehe seiner Mutter mit einem Theaterregisseur, der ihren Sohn Eddie adoptiert hatte. „Eine extravagante Familie, diese Corens“, sagte sie lächelnd und blies mentholhaltigen Rauch ins Zimmer. „Alle haben sie einen, wie sagt man auf Deutsch?, kleinen Schuss.“ Sie zeigte an ihre Schläfe, während Marion den Zigarettenrauch von sich weg wedelte und demonstrativ hustete.

„Betreiben die Corens Hexerei?“

Sie sah mich erstaunt an. „Du meinst schwarze Magie? Die ist in manchen Kreisen wieder ganz ‚in‘. Heimlich natürlich und eher bei jungen Leuten. Allerdings sollte es mich wundern, wenn die Corens Satanisten wären. Eher könnte ich mir bei Eddie den Gebrauch von Kokain vorstellen. Allein schon zur Stressbewältigung.“

„Hat dieser Mann überhaupt Stress?“, schaltete sich Marion eher gelangweilt ein. „Wenn ich dich richtig verstanden habe, laufen seine Bücher ordentlich und vor allem prosperierend.“

„Erzählt heute Abend mehr davon“, bat ich. Es wurde Zeit für meinen Termin mit dem Modezar.

Das Torhaus von De Kievit war abgesperrt, an der langen Auffahrt reihten sich Fahrzeuge. Die meisten mit privaten Kennzeichen, allerdings auch zwei Streifenwagen und ein Mannschaftsbus. Ich dachte an die nekromantische Beschwörungsfeier auf dem Grundstück der Villa Zimmermann. War die Polizei etwa angerückt, weil auch in den Niederlanden schwarze Magie strafbar war? Aber warum verfolgte man ein Delikt, das im Nachbarland verübt worden war? Nein, in Corens Villa musste etwas anderes vorgefallen sein. War dieser Vorfall der Grund für seine Reise am Mittwoch gewesen? Und hatte ihn vielleicht jemand daran gehindert, weil er türmen wollte?

Ich suchte mir einen Parkplatz und ging auf einen der Schutzpolizisten zu, der mit grimmiger Miene den Durchgang des Torhauses bewachte. Ich war noch nicht auf gleicher Höhe, als er bereits heftig den Kopf schüttelte. Herr Coren sei nicht zu sprechen, entgegnete er auf meine Frage. Er war ein Turm von einem Mann, der mit seiner Statur und der gewaltigen Nase an Charles De Gaulle erinnerte.

„Was ist passiert?“, wollte ich wissen. Er funkelte mich streitlustig an. „Kriminalpolizei Münster?“ Achselzuckend gab er mir meinen Dienstausweis zurück und verschränkte die Arme auf dem Rücken. Sogar das aggressive Rauschen seines Funksprechgeräts schien sich gegen mich zu richten.

Ich begriff, dass es mich – mit oder ohne Ausweis – einen zähen Kampf kosten würde, mein Gespräch mit Coren zu bekommen. Natürlich wollte ich es jetzt erst recht haben. Auch wenn ich zugeben musste, dass uns ortsunkundige Kollegen bei Ermittlungsarbeiten genauso nervten wie ich jetzt ihn. Ich wiederholte meine Frage, was mit Coren geschehen sei, und als mein Gegenüber seinen Riecher mit den großen, schwarz behaarten Löchern in die Luft reckte und den Rücken zum Hohlkreuz bog, bis ich mir so bodennah vorkam wie ein Pekinese, begann ich den zähen Fleiß der Journalisten und Reporter zu bewundern, wenn sie ein paar Worte oder Fotos von einem Ort zu ergattern versuchten, der der Polizei offensichtlich einen längeren Aufenthalt wert war. Ich wog noch immer das abweisende Gebaren des uniformierten Zerberus gegen die Aussichten ab, mit einem schnellen Schritt an ihm vorbei zu kommen, als er sein Funksprechgerät an den Mund hielt. Da er den Namen Anja Vaal nannte, schöpfte ich Hoffnung. Der Mann machte nämlich nicht den Eindruck, als müsste er eine Kollegin zur Hilfe holen, um einen ungebetenen Zaungast in Schach zu halten. Kurz darauf erschien eine Frau in Jeans und gelber Öljacke im Torhaus, wand sich unter dem Absperrband durch und strebte dem Kollegen zu, der sie mit einem knappen Nicken an mich verwies.

Am Telefon hatte sich ihre Stimme jung angehört, dabei war Anja Vaal Mitte bis Ende fünfzig. Bronzefarben gebräunte Haut, wüstes Silberhaar, harte Schminke. Und was für Augen! Tiefbraun, aggressiv, aufpeitschend wie ein starker Mokka. Ein Energiebündel. Mit ihren durchnässten Hosenbeinen, dem gelben Ölzeug und den schwarzen, sandverklebten Gummistiefeln schien sie geradewegs aus den nahe gelegenen Dünen zu kommen. Besaß Corens Grundstück einen direkten Zugang zum Wasser?

Als sie mich nicht unhöflich, aber doch eindeutig abweisend fragte, ob ich von der Presse sei, zog ich wieder meinen Dienstausweis heraus. „Sieglinde Züricher, Mordkommission Münster. Wir haben am Mittwoch miteinander telefoniert und einen Termin für heute, vierzehn Uhr, in Ihrem Büro im Präsidium vereinbart. Um halb elf bin ich bei Eddie Coren angemeldet. Aber Ihr Kollege sagt mir …"

Sie sah auf das Klemmbrett in ihrer linken Armbeuge. Ich wusste aus eigener Erfahrung, wie man sich fühlte, wenn ungebetene Gäste erschienen, die man schlecht wegschicken konnte. Unter gequältem Lächeln überlegte sie offenbar, ob und wie sie mich in den Vorfall einbinden konnte, der das verträumte Designerschlösschen erschüttert haben musste – sonst wäre die Polizei nicht am Ort.

„Kommen Sie mit!" Sie warf einen kurzen Blick über die nervöse Szenerie mit ihrem hektischen Türenschlagen an den Autos, dem unentwegten Rauschen und Knistern der Funkgeräte, den knappen Kommandos, dann zog sie mich am Handgelenk in Richtung Torhaus. Ihr Griff war hart und eisig, als hätte ihre Hand lange in kaltem Wasser gehangen – um etwas zu suchen oder zu bergen, ein Beweismittel, zum Beispiel. Ich dachte an den Pool auf der Rückseite von Corens Villa und eine böse Ahnung stieg in mir auf. Hatte man ihn dort gefunden? Sobald wir unter dem Absperrband durchgeklettert waren, lehnte Frau Vaal das Klemmbrett gegen einen Mauervorsprung, verschränkte die Arme und sah mich herausfordernd an: Typ Mutter Courage. „Weshalb wollten Sie Herrn Coren sprechen?"

„Wir haben neue Verdachtsmomente im Fall Maja Lehnbach. Aber darüber würde ich lieber in Ihrem Büro reden. Und erst nachdem ich Herrn Corens Antwort auf diese Vorwürfe gehört habe."

„Herr Coren kann Ihnen nicht mehr antworten, er liegt vor seinem Pool, und zwar mausetot. Hat sich durch das schöne Jugendstilfenster seines Hauses gestürzt." Ihre Zähne waren regelmäßig, aber klein und spitz, vor allem die Eckzähne. Als sie sich, vor mir her, unter dem Absperrband durchgewunden hatte, war mir aufgefallen, dass ihre Gummistiefel hohe, dünne Absätze hatten. Eine ungewöhnliche Kombination, aber sie mogelten ihr mindestens fünf Zentimeter an Körpergröße dazu.

Sie redete weiter, den dünnlippigen Mund von Abscheu verzogen. „Da rennen ihm die Klatschreporter die Tür ein, um dieses Bleiglasjuwel fotografieren zu dürfen und natürlich auch ihn selbst, wie er daran herumwienert. Und dann zerschmettert dieser Barbar das kostbare Ding. Hätte er nicht das Milchglasfenster im Gästeklo nehmen können? Sehen Sie sich die Sache nur an! Er selbst ist nicht sehenswert und war es auch nie, dieser kleine, geile Fettsack! Schädelbasisbruch, ein zerschmettertes Nasenbein und zwei offene Oberschenkelbrüche. Aber diese Scherben …“ Ihre rauchige Stimme wurde ganz heiser vor Empörung.

„Warum hat er Selbstmord begangen?“

„Das kann ich Ihnen vielleicht heute Nachmittag in meinem Büro erklären. Erstmal laufen hier die Leichenschau und die Spurensicherung. Also trampeln Sie nicht unnötig herum. Aber …“, sie überlegte kurz, „Sie können mir einen Gefallen tun. An unserer Arbeit beteiligen kann ich Sie nicht. Da müssten wir offiziell um Amtshilfe bitten, verstehen Sie?“ Ich nickte. Dass sie sich im Konjunktiv ausdrückte, war mir nicht entgangen. Unsere Zusammenarbeit war für sie keine Selbstverständlichkeit. Was sich natürlich noch ändern konnte, wenn sich herausstellte, dass Corens Selbstmord mit unseren neuen Beweismitteln zu tun hatte. Hatte mein Anruf in seinem Büro oder irgendeine Warnung seiner münsterschen Freunde ihn in Bedrängnis gebracht? Hatte heute vielleicht sein eigener Tod im Kalender gestanden? Andererseits war die Séance auf dem Zimmermann-Gelände für ihn doch nur ein makabrer Spaß gewesen.

„Machen Sie einen Spaziergang durch die Dünen hier gleich hinter dem Grundstück“, unterbrach Frau Vaal meine Spekulationen. „Überlegen Sie, was es mit dieser Liste auf sich haben könnte.“ Sie drückte mir ein eng zusammengefaltetes Stück Papier in die Hand. Die Berührung ihrer kralligen Nägel, die weit über die nikotinverfärbten Fingerkuppen ragten, weckte in mir Gänsehaut, doch für Zimperlichkeit war jetzt kein Platz. „Keine Sorge“, fuhr sie mit einem ironischen Lächeln fort, „dies ist kein Original, sondern nur eine Abschrift. Vielleicht werden Sie ja daraus schlau. Warten Sie in den Dünen, bis ich komme. Wir treffen uns in etwa einer Stunde an dem weiß-blauen Schild mit der Aufforderung, Hunde an die Leine zu nehmen. Sie können es nicht verfehlen: honden an de lijn.“ Ihr Lachen glich einem Meckern, und ich fühlte mich leicht verunsichert, was sich auch nicht besserte, als ich zum Himmel blickte. Der Regen hatte vor einer Stunde aufgehört, gerade als ich mich auf den Weg zum Haus De Kievit machte, aber der scharfe Westwind trieb den sicheren Nachschub vor sich her. Ich beneidete Frau Vaal um ihr Ölzeug und die Jeans und verwünschte meinen cremefarbenen Leinenanzug von Escada. Vergeblich fragte ich mich, wem ich damit hatte imponieren wollen: Marion, Amélie oder Eddie Coren? Die Frage nach starken Farben und strapazierfähigen Materialien brachte mich zurück zu unserem Toten.

„Erstens möchte ich vorher die Leiche sehen, schließlich ist Eddie Coren für uns tatverdächtig. Zweitens würde ich gern wissen, woher die Information stammt, die Sie mir überlassen haben.“ Wie zur Bestätigung ließ ich den Papierfetzen in meiner geballten Faust knistern.

„Ja zu eins, nein zu zwei!“, konterte mein Gegenüber trocken, „das heißt, die Leiche können Sie natürlich sehen. Woher die Nachricht in Ihrer Hand stammt, sage ich Ihnen erst, wenn ich Ihre Interpretation kenne. Uns gibt sie Rätsel auf.“

„Gut, dann habe ich eine dritte Frage.“

Sie hob gestresst die Augenbrauen. „Fragen Sie!“

„Wer wohnt noch in diesem Haus?“

Ihre Miene baute Barrikaden auf. „Im Wohnzimmer sitzt eine Frau, die behauptet, Corens Schwester zu sein. Angeblich hat sie seine Leiche gefunden. Die näheren Umstände müssen wir noch klären. Personal im Sinne von Putzfrau, Gärtner, Koch“, sie machte eine Handbewegung, die das weitläufige Gelände umfasste, „war zum Zeitpunkt unseres Eintreffens nicht zu entdecken. Wahrscheinlich finden wir keine Zeugen für den Vorfall.“

„Wer eigenhändig seine Fenster putzte, hat vielleicht auch selbst gekocht.“

Ihre nikotingelben Krallen verhakten sich in meinem Leinenblazer, als sie mir mit einem müden Lächeln das linke Schulterblatt tätschelte. Wie konnte man als Polizistin mit solchen Schippen arbeiten? Damit sie mein Schaudern nicht bemerkte, schrieb ich ihr schnell meine Handynummer auf, für den Fall, dass sie sich wesentlich verspätete, oder wir uns in den Dünen verfehlten. Als wir dann, an der Frontfassade des Schlösschens vorbei, zu dessen Rückseite gingen, kam mir die makabre Vorstellung, ich hätte den toten Coren auf dem Satellitenbild von Google Earth erkennen können. Die Schärfe der Aufnahmen gab das her, und das Zoom war leistungsstark …

Der Swimmingpool war in eine Terrasse aus etwa zehn mal zwanzig Metern feinsten Travertins eingelassen. Auf drei weißen Liegestühlen, die ihn umstanden, perlte noch das Regenwasser. Das Schwimmbecken deckte eine hellgraue Folie ab, mit einem Drehhebel wie bei einer gigantischen Sardinendose.

Auch Eddie Corens Körper schützte hellgraues Plastik, der Leichensack der Polizei. Anja Vaal öffnete den Reißverschluss bis zum Beginn des Unterbauchs, den eine weinrote Pyjamahose bedeckte. Um seine blicklosen Augen hatte sich ein Brillenhämatom gebildet, aus beiden Ohren war Blut gesickert und unter dem Kopf zu einer Pfütze zusammengelaufen. Das eigenartig wattige Haar, das ihm seitlich vom Kopf weg stand, hatte eine unnatürliche Rotfärbung angenommen, so dass er Stephen Kings Clown Pennywise auf noch groteskere Weise ähnelte. Seine auffallend kleinen Hände und die sehr kurzen Unterarme zeigten scharfe Schnitte, und der schwammige, gnomhafte Torso wirkte unter dem schweren Kopf wie falsch angeschraubt. Auf den Zeitungsfotos hatte er seine Models überragt, als trüge er einen Kothurn. Beim Fensterputzen hatte er sich auf einer Leiter ablichten lassen, auf dem Zimmermann-Grundstück wahrscheinlich einen Schemel unter den Füßen gehabt. Demnach war er ein eitler Mensch gewesen.

Ich fragte Anja Vaal, ob nicht auch Fremdverschulden vorliegen könne, worauf sie entgegnete, auf der Innenseite des Jugendstilfensters – übrigens sein Schlafzimmerfenster – habe ein niedriger Hocker gestanden, mit frischen Fingerabdrücken von Coren. Auch am Fensterknauf seien sie zu finden gewesen. Und auf dem Bett lag ein Abschiedsbrief.

„Er gibt eine Erklärung für seinen Selbstmord?“

Sie nickte. „Er schreibt, er habe nicht mehr lange zu leben, sein Sterbedatum stehe fest. Doch seine Schwester – oder wer immer diese Frau im Wohnzimmer ist – weiß von keiner unheilbaren Krankheit. Sie weiß nur, dass das Jugendstilfenster für Coren einer der Gründe war, dieses Haus zu kaufen. Obwohl es sich ursprünglich um ein Flurfenster handelte, hat er dorthin sein Schlafzimmer legen lassen. Also, wenn Sie sich einen Reim auf diesen Fenstersturz machen können …"

„Er hat das gute Stück aus Nostalgie mit in den Tod gerissen, und sein Sterbedatum stammt wahrscheinlich aus dem Bauernkalender." Sekundenlang überlegte ich, ob ich Anja Vaal von der Todesséance in Münster erzählen sollte, doch schien es mir sinnvoller, bis zum Nachmittag zu warten. Ich ging in die Hocke, um mir die Glasscherben anzusehen: die Reste eines weißen Schwanenflügels, ein bärtiges Männergesicht – vielleicht Lohengrin –, Elsas gebauschter Ärmel vor flaschengrünem Hintergrund.

Den zusammengerollten Zettel in der Faust, machte ich mich anschließend auf den Weg in die Dünen. Die Auskunft, woher sein Inhalt stammte, hatte Frau Vaal bis zum Schluss verweigert. Ich solle erst mal lesen. Hatte sie etwa vor, eine Schnitzeljagd zu veranstalten? Dass sie mich fürs Erste loswerden wollte, war ganz offensichtlich.

Der Sand war nass. Aber ich fand in einem Papierkorb unter dem Schild mit der Hundeleinenvorschrift eine saubere Zeitung, die ich auf dem Boden ausbreitete. Bevor ich mich setzte, warf ich einen Blick auf die Sonderangebote eines Haager Supermarkts. Dann atmete ich tief durch, öffnete die Hand und faltete den Zettel auseinander. Die Zeitung unter meinen Vier Buchstaben knisterte, als wäre Nervosität ansteckend.

Es war eine Liste mit dreizehn Namen, von denen ich zehn kannte: Maja Lehnbach, Agnes Schulze-Bracht, die vier Brautjungfern und Julia Voss – der münstersche Hexenzirkel –, dazu noch Valerie van Kranenburg, Connie und Eddie Coren. Von den drei unbekannten Namen klangen zwei niederländisch, während es sich bei der Frau eigentlich nur um die Esoterikerin aus dem Kuhviertel handeln konnte. Jeder Name war mit einem Datum versehen, dessen makabre Bedeutung außer Zweifel stand. Es waren die Sterbedaten, die Coren bei seiner Séance auf dem Zimmermann-Grundstück verkündet hatte. Ich erkannte es an den Terminen hinter den Namen von Valerie und Maja.

Coren selbst war der 18. Oktober vorherbestimmt. Vielmehr hatte er sich diesen Termin zudiktiert, entweder um zu zeigen, dass er genauso betroffen war wie seine Adepten, oder aus einer verrückten magischen Anwandlung. Aber warum dann ein Selbstmord am 8. August? Woher wusste er, dass er nicht mehr lange zu leben hatte? Wir mussten seinen Hausarzt ausfindig machen.

Als Termin für Agnes Schulze-Bracht galt der 31. Oktober: Halloween oder Samhain, wie man in Hexenkreisen sagte, das keltische Neujahrsfest. Auch alle restlichen Daten lagen noch vor uns – Mitte September, Mitte Oktober, Ende November. Und dann Connies Termin am 6. Dezember, dem Nikolaustag, der in Holland mit Geschenken begangen wird wie bei uns Heiligabend. Eine besonders perfide Entscheidung von Coren für seine junge Schwägerin. Wie brachte man es fertig, ein Familienmitglied mit einem frei erfundenen Sterbedatum zu belasten? Welche Animositäten hegte Eddie gegen sie? Und hatte Connie das Fotografieren übernommen, damit sie auf den Aufnahmen nicht zu sehen war? Was sollte ich Anja Vaal bezüglich der beiden niederländischen Gäste raten, die Maja ebenfalls zu dem Hexentreffen nach Münster eingeladen hatte? Welche Methode steckte hinter diesem ganzen Wahnsinn? Von dreizehn Personen waren zwei an einem Tag ermordet worden, der ihnen, einer obskuren Botschaft zufolge, persönlich zugedacht war. Und jetzt hatte sich das Medium, von dem die Botschaft stammte, aus einem wertvollen Fenster gestürzt. Ein Selbstmord der Luxusklasse.

Agnes Schulze-Bracht war nach der düsteren Totenbeschwörung allen weiteren Hexenfeiern ferngeblieben. Lag der Grund wirklich nur darin, dass ihr das Zimmermann-Grundstück suspekt war? Lag der Treffpunkt zu nah an ihrem Restaurant? Oder hatte es Streit in ihrem Zirkel gegeben, weil die Angst, die Todesdaten könnten Wirklichkeit werden, die Frauen entzweite? Während die einen hysterisch wurden, machten die anderen darüber Witze. Noch einmal ging mir die Möglichkeit durch den Kopf, dass die fünf Hexenschwestern – Julia Voss war nicht eingeladen – die Hochzeit in Große Antrup für ein klärendes Gespräch nutzen wollten, das aus irgendeinem Grund eskaliert war. Aus Neid, Eifersucht, einer rituellen Wahnvorstellung. Ich musste an die Sonnentempler denken, an ihren Befehl zum kollektiven Selbstmord! Wie leicht ließ sich ein so bunt zusammen gewürfelter Geheimclub, der unter Schweigepflicht stand, durch die Zwänge einer übergeordneten Macht unter Druck setzen. Ich stellte sie mir vor: Illmann und Frewes in der Hängematte debattierend, Verena Bloch im Waschraum verschanzt, Kottnick, die sich vorzeitig vom Acker machte, um nicht in dieses finstere Vorhaben verwickelt zu werden. Wenn meine Theorie stimmte: Im Auftrag welcher mysteriösen Instanz hatten die Mädchen gehandelt? Und wer von ihnen hatte Maja auf dem Gewissen?

Über meinem Kopf schwebte eine große Silbermöwe, so unbeweglich und tief, als wollte sie die Liste mitlesen. Als sie sich ins Binnenland entfernte, entdeckte ich Anja Vaal. Auf dem tiefgründigen Sandboden machten ihr die Stilettoabsätze der Gummistiefel sichtlich Probleme. Mit der rechten Hand umklammerte sie den Riemen ihrer bauchigen Umhängetasche, die linke balancierte ein Paket, dessen Wachspapier mich an die Pappteller mit Bratfisch auf dem münsterschen Samstagsmarkt erinnerte. Als ich rekapitulierte, dass mein Frühstück bereits sieben Stunden zurücklag, war mein Magen plötzlich ein heftig rebellierender Hohlkörper.

Frau Vaals Jeans waren auch jetzt noch feucht. Unbekümmert ließ sie sich auf den Hosenboden fallen. Jetzt kommt es auch nicht mehr drauf an!, signalisierte ihre Miene, während sie die Beine ausstreckte und das Wachspapier löste. Auf zwei schiffchenförmigen Pappschalen häuften sich goldglänzende Pommes frites, die gespaltene Spitze der Holzspießchen glich einer Schlangenzunge. Beim Anblick der fahlgelben Mayonnaise kam mir kurz der Gedanke, dass Coren einen weit abstoßenderen Anblick hätte bieten können, wenn seine Hirnschale geplatzt wäre. Ich verdrängte das Bild, bevor es mir den Appetit verdarb. Ich eignete mich nicht zum Hungerkünstler.

Anja ergänzte unser Picknick durch zwei Fläschchen Orangensaft, und während wir uns über die Fritten hermachten, wollte sie mein Ergebnis wissen. Ich sagte es ihr. Mit den zwei niederländischen Namen auf der Liste konnte sie auf Anhieb nichts anfangen. Auch meine Neuigkeit, dass die dreizehn Genannten an einer nekromantischen Sitzung in Münster teilgenommen hatten, löste bei ihr nur ratloses Kopfschütteln aus, bevor sie schweigend den Rest ihrer Mahlzeit verdrückte. Ich tat es ihr nach. Als mir eine scharfe Böe eine Ladung Sand in den Mund fegte, und ich ihn nur mühsam mit Hilfe der Papierserviette entfernen konnte, lächelte Frau Vaal mitfühlend, Solidarität kam auf.

„Mal ehrlich Anja: Hat Sie Herrn Corens Tod überrascht? Sie haben ihn doch im Mai vernommen. Könnte es sein, dass ein neuer Verdacht gegen seine Person ihn in Panik gebracht hat?“

„Überrascht hat er uns nicht“, bestätigte sie. „Nicht nur Sie, auch wir hatten weiteres Beweismaterial in die Hand bekommen und Herrn Coren für gestern Nachmittag ins Präsidium bestellt, doch er ist nicht erschienen. Angeblich war er verreist. Das müssen wir noch überprüfen.“

Warum überhaupt der Verdacht gegen ihn? Ich erfuhr, dass Valerie gelegentlich zu seiner Klientel gehört hatte. Ihre Eltern ließen es ihr finanziell an nichts fehlen, vielleicht um ihr schlechtes Gewissen über die derart aus der Bahn gekippte Tochter zu verdrängen, die sich, in Designerklamotten gekleidet, im dubiosen Bahnhofsviertel verabredete. Hatten die Kollegen eigentlich überprüft, ob Valerie ihre teure Kluft systematisch übers Internet weiter verhökerte, um ihre Sucht zu finanzieren? Die Händler in Osteuropa zahlten sich wahrscheinlich blöde an Modellen aus dem Westen. Die Schneiderinnen zum schnellen Kopieren saßen an der Nähmaschine bereit. Während ich diesen Gedanken weiterspann, kam mir der Gedanke, ob sich Maja womöglich in diesen speziellen Deal eingeschleust hatte. Waren ihre Entwürfe nur die Plagiate renommierter Designer? Die Vorlagen wären ihr schließlich leicht in die Hände geraten. In meinem Hirn begann ein eigenartiges Schema zu kreiseln: zwei Mordfälle, spiralig ineinander verschlungen wie eine DNS-Kette. Maja hatte in Corens Modestudio Schnittmuster kennen gelernt, Valerie war als Kundin ein- und ausgegangen, spätestens seit dem nekromantischen Spektakel in Münster hatten die beiden einander gekannt. Das Problem lag leider darin, dass man die beiden Stränge nur in dieser engen Verflochtenheit mit Corens Atelier verstehen konnte. Trennte man sie davon, hatte man zwei Einzelfälle vor sich, die zumindest vordergründig nicht mehr miteinander zu tun hatten als zwei Erdrosselungsmorde an etwa gleichaltrigen jungen Frauen in Nachbarländern. Im vollen Bewusstsein meiner heiklen Argumentation überdachte ich noch einmal die Theorie, dass die Haager Ermittlungsakten nach Münster geraten waren.

„Meinen Sie mit neuem Beweismaterial diese Namenliste?“ Ich glättete das Stück Papier. Es stammte aus einem Schulheft mit Linien, wie man sie in deutschen Schulen nicht verwendete.

Anja nickte. „Angeblich lag sie in einem Fach von Corens Schreibtisch. Er hat vor ein paar Wochen eine Mitarbeiterin gefeuert. Demnach war es wohl als Racheakt gedacht, als sie uns die Liste schickte. Es ist Corens Handschrift.“ Für Majas Tod am 2. August hatte er ein Alibi, an dem nicht zu rütteln war. Außerdem gehörte er definitiv nicht zu den Hochzeitsgästen.

„Und für den Todeszeitpunkt von Valerie?“

Sie schüttelte den Kopf. Der 2. Mai war ein Freitag gewesen, den Coren in der Regel nicht mehr im Büro verbrachte, sondern mit seinem Fitnessprogramm: Joggen durch den Schlosspark, Squash auf dem hauseigenen Quarzplatz, Muskeltraining im Studio. Beweisen konnte er das nicht. Genauso gut hätte er zu dem Abbruchhaus fahren und Valerie erdrosseln können.

Ich bat sie, mehr über den Fall zu erzählen, und erfuhr, dass das kokainsüchtige Mädchen wahrscheinlich mit einem Drogenhändler verabredet gewesen war. Da sie sich massiv gewehrt hatte, gab es Kratzspuren an den Unterarmen und Hautreste unter den Nägeln, so dass man einen genetischen Fingerabdruck des Täters besaß. Leider war er in der Datenbank nicht zu finden, selbst das enge Durchkämmen der Drogenszene hatte die Mordkommission nicht weiter geführt. Anja leerte ihre Saftflasche mit einem energischen Zug und seufzte. „Schwer gemacht haben es uns auch die Eltern des Mädchens. Die van Kranenburgs besitzen eine Baufirma, mit Aufträgen in ganz Holland und Belgien. Sie haben uns viele Antworten verweigert, um nicht ins Gerede zu kommen. Das sei geschäftsschädigend. Stellen Sie sich das mal vor! Wir suchen den Mörder ihrer Tochter, und sie schlagen uns die Tür vor der Nase zu. Ich werde den Eindruck nicht los, dass sie etwas verbergen wollen.“

„Welche Fragen blieben unbeantwortet?“

„Die nach dem Freundeskreis der Tochter, zum Beispiel. Valerie studierte in Leiden. Man hätte ein Adressbuch in ihrer Wohnung erwartet, auch war ihr Laptop nirgends zu finden. Angeblich hatte der Täter es gestohlen. Ich bitte Sie: Nimmt man ein Laptop zu einem Treffpunkt mit, an dem es Koks zu kaufen gibt? Ich denke eher an ein dickes Portemonnaie. Und das besaß Valerie!"

„Und ihr Handy?" Anja schüttelte den Kopf. „Nicht mal die Unterwäsche hat der Täter ihr gelassen. Das hat ihre Eltern am meisten verstört."

„Wurde sie vergewaltigt?" Diesmal nickte Anja. Also noch eine Abweichung von unserer eigenen Akte! Und ein Mann als Täter!

Als wir uns daraufhin beide in beharrliches Schweigen zurückzogen, versuchte ich mich mit dem Gedanken zu entspannen, dass ich zwei Jahre lang nicht mehr an der Nordsee gewesen war. Dabei lag Münster nur dreihundert Kilometer entfernt, ein Wochenendtrip. Selbst mein letzter Aufenthalt war dienstlich motiviert gewesen. Franz zog es ewig in den Süden, Kerstin hielt sich aus unseren Urlaubsdebatten heraus. Irgendwann würde sie uns sowieso nicht mehr begleiten.

Ich erinnerte Anja daran, dass Valerie einem Hexenkreis nahe gestanden hatte. Distanzierten sich ihre Eltern deswegen von ihr?

Sie hatte sich mit dem Anzünden einer Zigarette abgemüht. Jetzt inhalierte sie tief und schenkte mir einen spöttischen Seitenblick. „Weil sie religiös wären oder, neutraler ausgedrückt, an ethischen Werten interessiert? Vergessen Sie es. Es war ihnen peinlich, dass Valerie schnupfte. Anstatt ihr zu helfen …!"

Ihre Worte erinnerten mich an mein Gespräch mit Majas Mutter. Gerade zu Sorgenkindern hat man ein besonderes Verhältnis!, hatte sie beteuert, doch was sie über den Umgang mit ihrer Tochter berichtete, deutete eher auf das Gegenteil. Die van Kranenburgs hatten die Rolle der besorgten Eltern gespielt, um jedes geschäftsschädigende Aufsehen zu vermeiden. Andere stellten ihre Kinder zur Rede, schickten sie zur Therapie oder suchten eine Selbsthilfegruppe. Bis auf die magere finanzielle Zuwendung ließ sich in diesem Punkt die Übereinstimmung unserer beiden Fälle nicht leugnen.

„Wurde bei Valerie Kokain gefunden?"

Ein hysterisches Lachen schüttelte Anja Vaals schmalen Oberkörper. „Glauben Sie wirklich, dass jemand nach einer Mordtat ein

Tütchen Kokain liegen lässt? Der nächste Junkie kommt und überschlägt sich vor Freude."

„Woher wissen Sie dann von den Drogen? Vielleicht haben wir es ja mit etwas ganz anderem zu tun." Vergeblich versuchte ich einen galligen Unterton zu unterdrücken. Anjas Einwand hatte mich deshalb irritiert, weil er berechtigt war. Sie stärkte sich mit einem tiefen Lungenzug, bevor sie erklärte, das Abbruchhaus sei ein bekannter Szenetreff. Die erfolgreichen Razzien konnten sich sehen lassen! Aber jetzt stand die Abrissbirne bereit. Ich ließ mir die Adresse geben und beschloss hinzufahren. Vielleicht banden Valeries Mörder nostalgische Erinnerungen an diese Gegend, weil er dort seine erste Freundin verführt oder sich den ersten Schuss gesetzt hatte. Allein der Gedanke an die gebrauchten Spritzen anderer Junkies, an Erbrochenes oder Kondome hatte ihn zum Mörder werden lassen. Oder er war Spekulant und hätte das Grundstück gern gekauft. Mit einem energischen Looping zog mir Frau Schulze-Brachts Aussage über ihren frustrierten Ehemann durchs Hirn. Er habe daran zu knabbern, den eigenen Grund und Boden als Pächter bearbeiten zu müssen. Wäre Jochen Steinwerck unser Opfer, stände uns ein von krankhafter Nostalgie genährtes Mordmotiv zur Verfügung.

„Maja Lehnbach hätte auf dem Hof ihrer Schwester gern Modenschauen veranstaltet. Wurde das Abrisshaus mal für irgendwelche Events genutzt, gab es Reportagen darüber?" Frau Vaal wusste nichts von Fotos oder Filmen, stimmte mir aber zu, dass ehemalige Fabrikhallen oder stillgelegte Bahnhöfe, schäbige Cafés und abgewohnte Hotels gelegentlich für die Präsentation von Kunst, Mode oder Musik genutzt wurden. Die herbe Ästhetik der Funktionalität, demonstriert an markanten Gebrauchsspuren oder der abblätternden Farbe eines alten Gebäudes, bildete ein reizvolles Gegengewicht zu Kreativität und Innovation. Allerdings gebe es auch unentschuldbare Exzesse, ergänzte Anja. „Ich habe mal eine Modenschau auf einem Friedhof beobachtet." Ihre Stimme wurde ganz dunkel vor Empörung. „Das Model im Blaufuchs hat sich gegen den steinernen Trauerengel gelehnt und lasziv gelächelt.

Doch für solche Aktivitäten", fuhr sie fort und drückte die Zigarette unter ihrer Stiefelsohle aus, „gibt diese Bruchbude am Haager

Hauptbahnhof absolut nichts her. Nicht mal für den schwärzesten Nihilistenfilm, wobei ich mir diese Filme von Zeit zu Zeit ganz gern ansehe. Man fühlt sich danach so … gesund, ganz gleich ob man an der Kinokasse noch Hämorriden, Ohrensausen oder einen Reizmagen hatte."

Das brachte mich auf die Frage, ob Coren während der Vernehmung in seinem Studio Medikamente genommen habe. Er hatte keine genommen, hatte nicht geraucht und auch den von seiner Sekretärin hereingebrachten Kaffee abgelehnt.

Wie realistisch war der Gedanke, dass der Täter von Große Antrup die Akte van Kranenburg in die Hand bekommen hatte? War die rosa Nelke tatsächlich als Irreführung der Polizei gedacht? Bei meiner Frage war Anja Vaals Blick verständlicherweise schroff geworden.

„Sie glauben, dass Ihr Mord in Münster eine Kopie des Falls van Kranenburg sein könnte? Was haben denn Ihrer Meinung nach eine Hexe und Miss Piggy miteinander gemeinsam? Welches Tatmotiv könnte diese beiden Fälle miteinander verbinden, außer dass man zwei junge Frauen aus dem Weg geschafft hat?"

Ich gab zu, dass ich die Antwort darauf erst noch suchen müsse, wandte aber gleichzeitig ein, dass eine Miss Piggy-Maske nicht ohne Weiteres zu beschaffen war. Hatten die Haager Kollegen ihre Herkunft geklärt? Anja Vaal nickte. Die Maske stammte aus einem Geschäft für Scherzartikel und Kostüme in Amsterdam. Die letzte Kundin, die gleich das komplette Schweinchenkostüm kaufte, hatte erzählt, sie brauche es für die Geburtstagsparty ihrer Tochter. Die Verkäuferin erinnerte sich deshalb so gut, weil auch die Masken für Kermit, Rizzo, Scooter und Waldorf verlangt worden waren. Man hatte sie bestellen müssen, wobei die Sachen bis zu einem bestimmten Termin geliefert werden sollten.

„Bis zu welchem Termin?"

„Bis zum 27. April. Dem Datum der Kinderparty."

„Eine luxuriöse Kinderparty. Kannte man die Kundin?"

„Nein", sagte Anja. „Aber ich kann mir nicht vorstellen, dass jemand, der sein Opfer als Fernsehberühmtheit drapieren möchte, sich gleich das Zubehör für sämtliche Stars der Serie besorgt. Es wäre in der Tat sehr aufwändig und auffällig obendrein. Jede Verkäuferin würde sich daran erinnern."

„Kommen wir mal zurück zu einer möglichen Durchlässigkeit in Ihren Ermittlungen."

Anja schob die Unterlippe vor. „Generell ausschließen kann man das nie. Für meine Mitarbeiter würde ich allerdings die Hand ins Feuer legen."

Wir sammelten die Pappschalen und das Wachspapier ein und machten uns auf den Rückweg. Die Frau, die behauptete, Corens Schwester zu sein, saß noch im Wohnzimmer. Ich ließ die beiden allein, nachdem mir Frau Vaal gestattet hatte, Corens Schlafzimmer und den Salon anzusehen. Dort war die Spurensicherung schon abgeschlossen.

Ich hörte, wie sie mit Corens angeblicher Schwester zu reden begann, während ich über die knarzende Eichentreppe nach oben ging. Sämtliche Zimmertüren standen offen, die Rahmen mit Klebeband versperrt. Im weiß gefliesten Bad suchte ein Techniker im Papieroverall die Wanne nach Spuren ab, sein Kollege war in der begehbaren Garderobe nebenan damit beschäftigt, die Kleidungsstücke an den Stangen und in den offenen Schrankfächern durchzufingern. Mit skeptischer Miene hielt er eine schwarze, mit Totenköpfen bedruckte Krawatte in die Höhe, aber auch tangaartige Damenunterwäsche in Schwarz und Lila war dabei, bei deren Anblick ihm ein glucksendes Lachen entfuhr. Ich fühlte Ekel, als hinge ein schlechter Geruch in der Luft, doch die Normalität kehrte schnell zurück. An derlei Sperenzchen war ich schließlich von den Razzien bei der Münchener Sitte gewöhnt.

Auf der anderen Flurseite lag ein kleines Arbeitszimmer mit Computertisch und Bücherregalen, sehr karg und so tadellos aufgeräumt, dass man befürchten musste, Coren habe sämtliche Unterlagen vernichtet. Der angrenzende Salon trug dagegen die verstörenden Spuren eines dämonischen Festes, als hätte der Hausherr vor seinem Freitod noch einmal alle Register gezogen. Die dichten, schwarzen Vorhänge an den Fenstern waren geschlossen, unter der Decke brannte ein Kristallluster, an dem eine Galionsfigur aus Pappmaché befestigt war: Der nackte Oberkörper einer Frau mit knallrot geschminkten, wulstigen Lippen, deren Blick gierig ins

Zimmer starrte. Ich wand mich unter dem Absperrband durch, wobei ich darauf achtete, nichts zu berühren. Auf einem niedrigen Tisch lagen obszöne Spielkarten, über drei knallrote Ledersofas verteilten sich Videos, fratzenartige Masken und mehrere Lederpeitschen. Überquellende Aschenbecher und ein halbes Dutzend benutzter Gläser hatten die Kollegen schon eingetütet, die leeren Whisky- und Champagnerflaschen standen noch. Die Luft war zum Schneiden, verbraucht und unangenehm süß. Wann das schwülstige Gelage stattgefunden hatte, was geraucht und getrunken, welche Videos gesehen worden waren, würde Kollegin Vaal bald wissen. Lange konnte es nicht her sein.

Corens Schlafzimmer lag am Flurende rechts, und auf Grund des geborstenen Fensters war die Luft kühl, wie rein gewaschen vom Regen. Bunte Glassplitter auch hier auf dem Parkett, dunkle Blutspritzer an der Wand und auf dem ziemlich affig wirkenden grellroten Plüschhocker unter dem Fenster. Demnach hatte sich Coren schon beim Anprall gegen die Glasscheibe an einer Vene verletzt. Warum war er nicht durchs offene Fenster gesprungen, und was hatte dieser gleichzeitig barbarische und theatralische Abgang zu bedeuten? Wie der gelötete Rahmen erkennen ließ, hatte die Scheibe ein etwa einen Meter hohes, achtzig Zentimeter breites Mittelfeld ohne Verstrebungen besessen. Das Glas am Rahmenrand war zackig ausgebrochen, teilweise erkannte man die Reste von Blumenarabesken und farbigen Rauten. Ich warf einen Blick auf die Terrasse. Wenn eine andere Person Coren gestoßen hätte, wäre die Flugbahn seines Körpers größer gewesen und er wäre im Pool gelandet. Er war nicht geflogen, sondern kopfüber gefallen und so dicht an der Hauswand aufgeschlagen, dass ein Selbstmord wohl die einzige Erklärung blieb. Und hatte Anja Vaal nicht von einem Abschiedsbrief gesprochen? Ich sah mich im Zimmer um.

Die bordeauxrot bezogene Bettdecke – rot schien Corens Lieblingsfarbe zu sein – war akkurat zurückgeschlagen, das Kopfkissen flach geklopft, die Tagesdecke im Farbton schwarzroter Tulpen penibel gefaltet; ein Abschiedsgruß des Hausherrn an sein elegantes Zuhause oder die Arbeit der Kriminaltechniker? Die Nachttischschublade hatten ganz bestimmt sie herausgezogen und ihren Inhalt auf der Matratze sortiert. Stofftaschentücher, eine Schachtel Schlaftabletten, zur Hälfte verbraucht, vom Ablaufdatum her aber sicher schon länger im Haus, vier Batterien, wahrscheinlich für den Wecker und die Taschenlampe in Reserve gehalten, und ein kleines, in schwarzes Leder gebundenes Buch. Auf der Innenseite stand „Duivels Bijbel“ mit einer handschriftlichen Widmung, die ich nicht entziffern konnte. Beim Blättern stieß ich auf makabre bis perverse Zeichnungen in Schwarz-Weiß im Stil Aubrey Beardsleys, dazwischen stand eng gedruckter Text, einige Zeilen mit Ausrufungszeichen markiert.

Diesem zersetzenden Geschmack entsprach das Sortiment in dem Bücherregal, das griffbereit zur Nachtlektüre über dem Kopfende des Bettes hing. Englische Taschenbuchausgaben mit teils obszönen, teils melodramatischen Umschlagbildern à la Liebe, Tod und Teufel, ein Bildband mit den „schönsten Bordellen der Welt“, ein anderer mit Schwarz-Weiß-Fotos, dessen Titel ins Deutsche übersetzt „Die Metamorphosen Satans“ hieß. Beim Anblick mancher Abbildungen begann mein Mageninhalt zu kreiseln. Was ich noch vor einer Stunde für die besten Pommes frites meines Lebens gehalten hatte, klumpte auf einmal wie roher Pizzateig. Ich lechzte nach Amélies Tee.

Corens Abschiedsbrief wurde mir später von Anja Vaal übersetzt. Wenn man bedachte, dass er einen Freitod ankündigen sollte, erschien der Inhalt banal, weil er lediglich den Spleen eines Endfünfzigers dokumentierte, der im Geld geschwommen und seine erotischen Neigungen offenbar voll ausgekostet hatte. Schon in Zusammenhang mit Valerys Tod hatte man Corens Firmenbilanzen und seine Wertpapiere überprüft und nichts Auffälliges finden können. Das Haus De Kievit gehörte ihm seit fünfzehn Jahren, wobei ihn sein Bankkredit offensichtlich zu keinen Entbehrungen gezwungen hatte. Er hatte das Schlösschen aufwändig herrichten lassen und noch Geld genug behalten, um Filmprojekte zu unterstützen. Die entsprechende Korrespondenz fand sich in seinem Schreibtisch, ein Verzeichnis der Filme leider nicht. Kein Wort in seinem Abschiedsbrief streifte auch nur entfernt eine schwere Erkrankung. Woher stammte seine Idee, bald sterben zu müssen?

Seine Schwester Lies van Dongen hatte, wie ich später von Anja Vaal erfuhr, alle ihren Halbbruder Eddie betreffenden Fragen bereitwillig beantwortet. Sie ähnelte ihm in nichts, groß, knochig, rotblond, wie sie war. Geduldig stellte sie sich jetzt den Fragen zu ihrer eigenen Situation. Seitdem sie vor drei Jahren geschieden worden war, hatte sie für Coren gesorgt, jedoch nur an den Wochenenden bei ihm gewohnt. Von der Orgie oben im Salon wusste sie nichts. Coren hatte ihr ein Apartment in Den Haag geschenkt, als Gegenleistung erledigte sie die wesentlichen Einkäufe, kochte für ihn und organisierte als Privatsekretärin seine Reisen. Die letzte, nicht mehr angetretene, deren Sinn und Zweck sie nicht kannte, hätte nach Madrid gehen sollen. Nach seinem Hausarzt befragt, nannte sie einen Internisten in Den Haag, doch wusste sie nichts von Konsultationen in letzter Zeit, hatte auch keine Merkzettel mit Terminen oder Rezepte für Medikamente gesehen. Allerdings habe sie, und ihr Gesicht verzog sich bei dieser Aussage zu einem verlegenen Lächeln, keinen Zutritt zur oberen Hausetage, mit Ausnahme des Badezimmers, das sie wöchentlich reinigte. Alles andere schloss Coren ab, räumte selbst dort auf oder überließ, wie im Salon, die Unordnung sich selbst. Ich dachte an das Foto, das ihn beim Putzen seines Bleiglasfensters zeigte. Demnach war dies keine Pose gewesen, sondern Alltagsrealität.

Anja Vaal fragte Frau van Dongen nach dem Testament; eine rein rhetorische Frage. In nicht natürlichen Todesfällen suchte die Polizei als Erstes nach dem schriftlichen Nachlass. Ich vermutete daher, dass sie das Testament längst gefunden hatte und nur noch erfahren wollte, in welchem Ausmaß Corens Schwester in dessen Inhalt eingeweiht war.

Sie wusste angeblich nichts, sie und Eddie hatten nie darüber gesprochen. Ihrer Antwort folgten ein Achselzucken und die Auskunft, er habe in den letzten Monaten zunehmend wohltätige Organisationen unterstützt: ein Waisenhaus, Drittwelt-Projekte, nichts näher Definiertes. Demnach war sie über sein Film-Sponsoring nicht im Bilde. Was nicht unbedingt für die Qualität der Regisseure sprach.

„Gab es Freunde?", fragte Anja Vaal, wohl in der Erinnerung an das Stillleben aus Peitschen, Masken und Videos auf den roten Sofas im Obergeschoss. Und hatte Amélie nicht von einer Männerbeziehung geredet, die in die Brüche gegangen war?

Frau van Dongen senkte den Blick auf die blau-weiß marmorierte Platte des Couchtisches – ein seltenes brasilianisches Produkt – und murmelte etwas von Herrenabenden, bei denen sie jedoch niemals habe kochen oder servieren müssen. Auch die Namen der Herren kannte sie nicht. Ihre Hände verhaspelten sich in den Fransen des Sofaüberwurfs, sie wirkte hilflos und müde. Der Schock über den Tod ihres Halbbruders hatte ihren Körper wie ein feines Netz aus Wegen und Kanälen durchdrungen und mit Schmerz ausgefüllt wie mit flüssigem Blei, jetzt war die entfernteste Verästelung erreicht. So sah eine Mörderin allenfalls unmittelbar vor ihrem Geständnis aus. Doch Frau van Dongen gestand nicht, sondern sah uns von der äußersten Warte der Ratlosigkeit aus an. Wenn Coren lieber willfährige Filmemacher oder Partyfreunde begünstigte als sie, sah ihre Zukunft wahrscheinlich rabenschwarz aus.

Draußen, im Schutz des Torhauses, telefonierte Anja mit Corens Hausarzt und verabredete ein Gespräch in einer halben Stunde. Ich wartete vor seiner Praxis. Als sie wieder herauskam, war es halb vier, und der Tag hatte sich völlig anders entwickelt als erwartet. Ich ging mit einem Informationsreichtum zum Auto, den ich mir nie hätte träumen lassen. Doch konnte ich keinen Triumph empfinden, auch bei mir hinterließ Corens Selbstmord einen schalen Nachgeschmack. Er habe ein Pankreaskarzinom und erfahrungsgemäß noch etwa sieben Monate zu leben, hatte sein Hausarzt ihm am 18. März erklärt, als er in die Praxis kam, um den Befund einer Routinekontrolle abzuholen. Diese Mitteilung hatte ihn begreiflicherweise schwer geschockt. Auf Frau Vaals Frage, wie Coren reagiert habe, hatte der Doktor allerdings gemeint, es sei weniger die Erkrankung selbst als die Zahl sieben gewesen, die ihn erschüttert habe. „Die Apokalypse“, hatte er angefügt, „die sieben Plagen, die sieben Posaunen, die sieben Schalen angefüllt mit dem Zorn Gottes. Er muss ein sehr gläubiger Mensch gewesen sein.“

„Eher ein sehr abergläubischer“, hatte Anja gekontert. „Wäre er im Februar oder im April zu Ihnen gekommen, hätte Ihre Prognose sechs beziehungsweise acht Monate gelautet.“ Darauf war der Arzt eine Antwort schuldig geblieben.

„Und die sieben als Glückszahl der Magie?“ Auch dazu hatte er geschwiegen.

Als ihn dann drei Tage später die Teilnehmer der münsterschen Séance mit ihrer infantilen Sensationslust nervten, war Coren offenbar die Idee gekommen, sein voraussichtliches Sterbedatum mit frei erfundenen Terminen zu verknüpfen. Hatte er sich am Schauder seines Publikums ergötzt? Hatte ihm das kollektive Entsetzen über den eigenen Horror hinweggeholfen? Denkbar war allerdings auch, dass er den medizinischen Befund in den Wind geschlagen hatte. War diese großmäulige Sorglosigkeit der Auslöser für Corens Behauptung gewesen, durch Totenbeschwörung elementares Wissen zu erhalten? Als der Hexenzirkel essenzielle Daten forderte, war sein Zynismus mit ihm durchgegangen. Doch was sein makabrer Scherz an Verstörung und Unsicherheit wecken sollte, war dann von der Realität eingeholt worden. Gleichgültig, ob Valerie einem Insider der magischen Szene in die Hände fiel oder einem Drogendealer, es änderte nichts an der Tatsache, dass der Mord an „ihrem“ Todestag geschah. Ob Coren nun an Zufälle oder an die Fügung des Schicksals glaubte. Als er dann von Majas Tod erfuhr, wusste er: Auch für ihn wurde es jetzt eng. Seine nach den Spielregeln der Nekromantie tickende Uhr ließ ihm nur noch begrenzte Zeit. Wenn nicht an seiner Krankheit, würde er entweder durch Mörderhand oder durch einen Unfall sterben.

Da hatte er seinem Schicksal durch Selbstmord vorgegriffen. War es so? Wirklich daran glauben konnte ich nicht. Schien es nicht eher vorstellbar, dass ihm plötzlich Bedenken wegen seines makabren Scherzes gekommen waren? Ein Anfall von Panik, der ihn in den Tod getrieben hatte?

Ich rief Marion auf dem Handy an und erklärte ihr, ich müsse in der Haager Innenstadt noch den Schauplatz eines Mordfalls besuchen. Als sie daraufhin scharf den Atem einzog, beruhigte ich sie, es handele sich keineswegs um einen neuen Fall. Wir verabredeten uns für neunzehn Uhr in Amélies Wohnung, und ich machte mich auf den Weg zum Bahnhofsviertel, während Frau Vaal ins Präsidium fuhr, zur Vorbereitung einer Pressekonferenz. Der rätselhafte Tod des bekannten Modeschöpfers würde in den Medien gehörig Wellen schlagen.

„Wenn Sie nach Ihrem Besuch in dem Abbruchhaus Fragen haben, kommen Sie in mein Büro. Wie spät es auch sein mag."

Als ich den Hauptbahnhof erreichte, staunte ich nicht schlecht: Granit, Marmor, Glas und Chrom, die Gegend gab sich nobel. Zwischen verschiedenen Ministerien – das Umweltministerium fiel mir durch seine markanten horizontalen Sonnenlamellen auf – prangten auch ein paar Vier-Sterne-Hotels. Ein zierlicher Wegweiser kündigte rechterhand die Königliche Akademie für bildende Künste, das berühmte Museum Mauritshuis und den Binnenhof an, in dem sich das niederländische Parlament befindet. Kurz, es war die reinste Stadtrundfahrt, allerdings eher für Touristen. Drogenfahnder und Kriminalbeamte mussten sich deplatziert fühlen. Alles konnte man hier erwarten, nur keine Abrisshäuser. Ich fühlte mich irritiert und bereute meine vorschnelle Ablehnung einer ausführlichen Wegbeschreibung durch Anja Vaal, vor allem da ich ja schlecht einen Passanten fragen konnte, wo sich in dieser Gegend die Junkies trafen. Während ich weiter der Einbahnstraßenregelung folgte, beschloss ich, unbedingt ein Navigationssystem anzuschaffen, wie es Lückmann schon seit längerem besaß. Ungeduldig spähte ich in die Nebenstraßen, in der Hoffnung, doch noch etwas Rotlicht- und Fixermilieu entdecken zu können, und dann hatte ich plötzlich meine Abrisshäuser. Ich fand eine Parklücke, und als ich ein paar Schritte in die Straße, die eine enge Rechtskurve einschlug, hineingegangen war, sah ich Bauarbeiter geschäftig hin- und herlaufen, sah den Bagger, hörte das Jaulen seines Motors und das Quietschen der Radketten auf dem Asphalt. Tatsächlich waren es gleich mehrere Häuser, die ihrem Ende entgegen sahen. Nur wenige schienen in gutem Zustand und noch bewohnt. Die Fenster der leer stehenden waren mit Folie abdeckt, die Außenmauern mit Graffiti verschmiert, und ich fragte mich, ob Valeries Clique ihr Quartier auch nach dem Mord weiter benutzt hatte.

Hatten Valerie keine schlechten Vorahnungen gequält, als sie sich zu ihrem Drogentreff aufmachte? Offenbar war sie auf das Angebot eines neuen Dealers eingegangen, bei allen einschlägigen konnte für die Tatzeit ein anderer Aufenthaltsort bezeugt werden. Hatte sie dieses Angebot angenommen, weil es günstiger ausfiel als sonst, oder war es die Suche nach dem ultimativen Kick gewesen, die sie in dieses schäbige Loch führte? Und noch ein weiterer Grund für ihre Arglosigkeit war denkbar: Falls sie sich an diesem so gar nicht verträumten Ort regelmäßig ihren Stoff reingezogen hatte, betrachtete sie ihn vielleicht durch eine rosa Brille, die ein Außenstehender nicht nachvollziehen, ein kaltblütiger Schwerverbrecher aber sehr wohl für sich nutzen konnte.

Die Haustür leistete keinen Widerstand, mürbe, ohne das leiseste Quietschen ergab sie sich dem Besucher. Rechts und links des Rahmens flatterten noch die Reste des Absperrbands. Über rutschigen Schutt und nagelgespickte Bretter nahm ich den Weg ins Obergeschoss. Das algengrüne Dämmerlicht, das die mit Folie verhängten Fenster nur sehr spärlich hereinließen, wirkte anfangs ziemlich störend. Es war eine Stimmung, wie sie wahrscheinlich auf dem Grund der Gräfte von Große Antrup herrschte; ein Eldorado für Olme, Molche und Unken. Das Stockwerk war nur ein einziger Raum und gähnend leer, wenn man von einem dubiosen Lumpenhaufen unter dem Waschbecken an der Stirnwand absah. In der Luft hing ein unangenehmes Geruchsamalgam aus ranzigem Fett und verdorbener Erbsensuppe, dabei wohnte offensichtlich seit längerem niemand mehr hier. Die Schwaden hatten die Wände auf Dauer imprägniert. Die zerfetzte graubraune Tapete schien sich an die Wand anzuklammern wie vertrockneter Efeu, und der in dubiosen Flecken schillernde, grünliche Kunststofffußboden war rau und brüchig. Die runden oder eckigen Abdrücke von Möbelfüßen hatten sich für alle Ewigkeit eingegraben, ebenso untilgbar wie der Kreidekreis auf dem Boden, den die Kollegen unter Valeries hängendem Körper gezogen hatten. Mich überkam das Gefühl, in dem heruntergekommenen, muffigen Gemäuer mit seinen blinden Fenstern zu ersticken. Das untere Seilende züngelte über meinem Kopf, und der Knoten am Deckenring war tatsächlich ein Roringstek – das gleiche Szenario also wie in Große Antrup. Obwohl sich längst herausgestellt hatte, dass bei Valerie weder die Haare abgeschnitten noch die Fußsohlen mit Asche gefärbt worden waren, hatte dieser Schauplatz zu viel Ähnlichkeit mit Steinwercks Hof. Der einzige Unterschied lag darin, dass Valeries Mörder sich umgehend aus dem Staub gemacht hatte – wahrscheinlich um sein

Rauschgift zu retten –, während in Große Antrup gründlich aufgeräumt worden war. Und wenn dort doch ein Team am Werk gewesen war? Steinwerck und seine Nymphchen? Warum hatte Alma die Auswahl der Brautjungfern ihm überlassen? Ihm überlassen müssen?

Auch Valeries Fußspuren hatten die Kollegen umrandet, in dem fettigen Schmutz des Linoleums wirkten sie wie eingedrückt in weiches Wachs. Daneben und zwischen ihnen tanzten größere Spuren – die Abdrücke des Täters. Und je länger ich dieses makabre Menuett betrachtete, desto größer wurde mein Grauen. Hatte sich zwischen Valerie und ihrem Mörder zuerst nur ein harmloses oder doch harmlos scheinendes Geplänkel entwickelt, aus dem irgendwann ein gefährlicher Machtkampf wurde, der in tödlichen Ernst mündete? Oder hatte das Mädchen die Gefahr auf der Stelle erkannt und begriffen, dass es kein Entkommen gab? Hatte sie geahnt, dass das starke Hanfseil an dem Eisenring in der Deckenmitte für sie bestimmt war?

Hoffte der Täter vielleicht, Europol würde sich für seinen grenzübergreifenden Fall interessieren? Was in den Köpfen dieser schwer gestörten Kriminellen vor allem rumorte, war der Wunsch, endlich im Mittelpunkt des Interesses zu stehen. Jedes noch so vernichtende Gutachten von Sachverständigen war besser als die ständige Missachtung, das Übersehenwerden, das Nichtzählen. Aufsehen erregende Fähigkeiten ließen sich auch in Brutalität und Perversion messen. Als einer der Bauarbeiter draußen einen lauten Pfiff ausstieß und einen Warnruf abgab, fuhr ich unwillkürlich zusammen. Sobald sich mein Pulsschlag wieder beruhigt hatte, beendete ich meine Runde vor dem Waschbecken. Es hatte offensichtlich schon lange kein Wasser mehr gesehen, um all die Haare, Staubflusen und die Spuren schmutziger Hände, die vergeblich an der Armatur gedreht hatten, wegspülen zu können. Der Lumpenhaufen auf dem Boden davor überlagerte in seinem pestilenzartigen Gestank noch das ranzige Fettaroma: eine den Brechreiz stimulierende Mischung aus Schimmel, Fäkalien und saurem Schweiß. Offenbar wurde dieses Etablissement noch immer für Drogentrips benutzt, so lange eben, bis sich die Baggerschaufel knirschend in die Hauswand fraß und sie mitsamt den zerrissenen Plakaten auf der Fassade in ein staubiges Chaos aus Geröll, geborstenen Balken und Glassplittern verwandelte.

Anja Vaal saß in ihrem Büro im Präsidium, hoofdbureau van politie genannt, und stocherte mit kritischer Miene in einem kleinen Plastikbehälter mit Tomatenmakkaroni. Komplettiert wurde ihre Mahlzeit durch einen dampfenden Becher Tee und ein Erdbeerjoghurt. Als sie die Gabel sinken ließ, sagte ich schnell, sie solle sich nicht stören lassen, aber sie witzelte nur, das Zeug schmecke wie klein gehackter Autoreifen und wärme allenfalls den Magen. Sie setzte ihren Quicklunch zur Seite, schenkte mir einen Becher Tee ein und schlug die Akte van Kranenburg auf. Deren Abschluss bildete ein Umschlag mit Fotos, die Anja auf die Schreibtischplatte schüttete: Aufnahmen der toten Valerie im Abrisshaus.

„Wer außer Ihren Mitarbeitern könnte diese Fotos gesehen haben? In die Zeitung sind sie nicht gekommen, das weiß ich von Amélie Vondembusche."

Sie runzelte die Stirn. „Reden Sie von dieser stressigen Klatschtante?"

„Was haben Sie gegen Frau Vondembusche?"

„Die ist uns vielleicht auf die Nerven gegangen!", stöhnte Anja. „Nicht etwa, weil sie mehr erfahren wollte, als in der Pressekonferenz gesagt worden war. Mit solchen Wünschen können wir umgehen, weil jeder Journalist Extrainformationen fordert. Sie hatte angeblich alles schon ein paar Tage vor Valeries Tod gewusst, weil sie Tarotkarten legt und regelmäßig ihre Kristallkugel befragt."

„Und was wollte sie von Ihnen, wenn sie schon alles wusste?" Auf einmal bekam die Geschichte Biss. So ernst hatte ich Amélies Wahrsagertätigkeit bisher gar nicht genommen. Eine Frau mit dem zweiten Gesicht!

„Nichts, gar nichts!", gab Frau Vaal hastig zurück. „Sie versuchte nur, sich wichtig zu machen."

„Hat Frau Vondembusche Sie zu Valeries Leiche geführt?" Wenn sie meine Frage bejaht, dachte ich, weiß ich allerdings nicht, wie ich mit dieser Nachricht umgehe.

„Gar nichts hat sie", wiegelte sie weiter ab. „Haben Sie sich den Tatort angesehen?" Als ich nickte, fuhr sie fort: „Natürlich hätte man hier in der Stadt sehr viel dagegen einzuwenden, wenn sich diese Leute in unseren Grünanlagen aufhielten, wo Kinder spielen und die weggeworfenen Spritzen finden könnten. Aber dieses alte Haus, dieser Geruch, dieser Unrat … Wie heruntergekommen muss man sein, um einen solchen Ort auch nur eine Minute lang ertragen zu können? Aber was nützt es, wenn man es abreißt und sich die Fixer sofort einen anderen Treffpunkt suchen?“

Meine Überlegungen streiften kurz die Möglichkeit, dass man die Spiekerruine von Große Antrup im Jahr 1945 genauso gut hätte abreißen können. Wie es schien, hatte sich Schulze-Brachts Großvater damals durchgesetzt, und das, obwohl die Zeiten denkbar ungünstig waren für so nutzlose Gebäude, und man in Münster Ruinen von viel größerem Wert hatte abtragen müssen. War der Spieker der Schlüssel zu dem Mord an Maja? Und war es vorstellbar, dass auch das Verbrechen an Valerie nicht ihrer Person galt, sondern dem Ort, an dem sie sich aufgehalten hatte? Hatten wir es mit einer völlig perversen Nostalgie zu tun? Ich redete mit Anja über diese Hypothese und fragte sie, ob sie über die Besitzer und die Bewohner des Abrisshauses Näheres wisse, doch sie verneinte. Von den letzten Mietern kannte die Nachbarschaft nicht mal die Namen. Ein knappes Jahr lang hatte dort ein junges Paar gewohnt, dann war der Hauseigentümer gestorben und sein Erbe zu dem Entschluss gekommen, die Immobilie zu verkaufen.

„Was haben die Nachbarn des Abrisshauses noch gesagt? Hat sich niemand über das dubiose Treiben aufgeregt?“

„Die Junkies verhielten sich offenbar sehr leise“, entgegnete Anja. „Natürlich haben wir nach möglichen Tatzeugen gesucht, doch jeder, der in der Gegend wohnt, macht um die Abrisshäuer einen Bogen. Insofern gab es keine Reibereien zwischen Anwohnern und Drogensüchtigen. Bis auf einen Fall … und dem sind wir momentan hart auf den Fersen. Nicht böse sein, wenn ich sparsam mit Informationen bin! Das ist Vorschrift, vor allem bei nicht involvierten Kollegen. Aber ich halte Sie auf dem Laufenden, tun Sie es Ihrerseits bitte auch. Und viel Spaß in Scheveningen, auch wenn das Wetter besser sein könnte.“ Ein verschmitztes Lächeln spielte plötzlich in ihren Augen, und unser Händedruck fiel warm und kräftig aus.

„Dieser Modeschöpfer hatte Bauchspeicheldrüsenkrebs?“ In Marions Stimme klang ein nur schwer unterdrücktes Beben mit; sie atmete hörbar unter ihrem tunikaverhüllten Busen. Diesmal hatte sie Altrosa und Veilchenblau gemischt. Amélie, deren Mimik verkündete, dass sie auch das längst gewusst hatte, trug Schwarz, als ginge es darum, am nahe gelegenen Strand den Sommer zu Grabe zu tragen. Die wochenlange Hitze schien den Ärmsten völlig ausgemergelt zu haben, jetzt schlug er ein letztes Mal mit Sturm und Regen um sich. Ich vertrieb den Gedanken an die frostigen Frühnebel, die schon Anfang September im Münsterland aufkamen. Carpe aestatem! Auch wenn es draußen schüttet!

Bevor wir in die Wärme des Cafés flohen, hatten wir uns den Strand angesehen, der angesichts der frühherbstlichen Wetterverhältnisse erstaunlich belebt wirkte. Spaziergänger mit oder ohne Hund, Jogger, sogar Radfahrer stemmten sich gegen den scharfen Wind. Die Erklärung für diese Mobilität hatte Amélie mir schon auf der Herfahrt geliefert. Die Niederländer seien Frischluftfanatiker, Seeleute seit Jahrhunderten, abenteuerlustig, kontaktfreudig und nie klaustrophobisch. Auf Segelschiffen, Hausbooten und Fischkuttern engte sie der Tagesablauf so zwangsläufig ein wie in dem bis zum Klischee strapazierten Wohnmobil. Dafür erntete man einen Blick über den Tellerrand. Unter den großen Weltumseglern waren die Niederländer würdig vertreten, konnten sich mit Portugiesen und Spaniern messen … Ob ich wüsste, dass die Insel Tasmanien von einem Holländer namens Abel Tasman entdeckt worden und die Barentssee ebenfalls nach einem Landsmann benannt sei. De Houtman und Keyzer hatten Java erkundet, Willem Jansz die australische Nordküste. Auch Kap Hoorn sei eine niederländische Offenbarung gewesen. Und es sei absolut nicht einzusehen, warum man in Europa regelmäßig vergaß, dass Niederländer die Insel Manahatta, das heutige Manhattan, von den Indianern gekauft hatten, und zwar für sechzig Goldgulden, zehn Gewehre und eine Bratpfanne. Amélie redete, als hätte sie extra für unseren Ausflug Recherchen betrieben. Während ich argwöhnte, dass sie das Zeug zur Nervensäge besaß, schüttelte sich Marion vor Lachen. „Machst du dich seit neuestem“, ätzte sie, „auch als Reiseexpertin nützlich? Urlaub auf Redaktionskosten – wie praktisch!“

Obwohl zwischen den beiden Schwägerinnen angeblich Querelen nicht selten waren, hatte meine Freundin diesmal offenbar den Bogen überspannt. Vielleicht weil eine Deutsche am Lenkrad saß und Zeugin ihres Spotts wurde. Dabei lag mir absolut nichts an Animositäten, weil ich mir von Amélie brauchbare Informationen über die van Kranenburgs versprach. Ich warf ihr einen Blick im Rückspiegel zu und fragte sie, ob die „Nymphaea"-Reportage über die Bauunternehmerfamilie von ihr stamme. Worauf sie den Kopf schüttelte und den Namen einer Kollegin nannte, danach schmollend ihre Fingernägel und anschließend die Bordsteine der Scheveninger Straßen betrachtete.

Der Blick auf das gigantische Spiel der hoch aufgetürmten, grüngrauen Wellen, die zwanzig Meter vor uns mit Donnergepolter auf dem Sand zerplatzten, schaukelte unsere Stimmung dann wieder hoch. Die Weite des Horizonts unter den tief hängenden, sturmgepeitschten Wolken vermittelte tatsächlich das Flair der Weltmeere und die historische Dimension einer einflussreichen Handelsmacht. Wie von einem großen Krakenarm eingezogen, wurde die Gischt zurückgesaugt in den ewigen, fesselnden Kreislauf der Gezeiten. Ich hätte stundenlang zusehen können, doch der Sturm riss uns die Worte vom Mund und peitschte die Haare in die Augen.

Weiter küstenaufwärts ragte der Casino-Komplex ins Meer. Hinter dem in Neonfarben blinkenden Eingangsbereich lag der lange, überdachte Pier aus Glas und Stahl, an dessen Ende wie ein filigranes UFO auf Stelzen das Spielcasino angedockt war. Rechts schloss sich ein weißer Bungee-Turm an, mit gewendelter Außentreppe hinauf zur Plattform und einem weit ausladenden Kran, der die waghalsigen Sprungkandidaten tief hinunter, wahrscheinlich bis dicht an die Wasseroberfläche schickte. Ein Aufprall aus dieser Höhe konnte Kopf und Wirbelsäule kosten.

Hinter uns lag das Kurhaus, in der regnerischen Dämmerung so festlich beleuchtet wie ein Luxusliner. Es handelte sich um ein lang gestrecktes, rötliches Backsteingebäude, das mit seinen weißen Fensterbögen und den flaggengeschmückten Turmhauben die koloniale Behäbigkeit eines Elefantenhauses vermittelte. An seinem Fuß drängten sich die Esstempel, in denen von Pannekoekjes bis Pizzasneetjes alle Wünsche erfüllt wurden. Die Tische, die man im

Freien aufgestellt hatte, waren verständlicherweise gähnend leer, und die zusammen gebundenen Sonnenschirme blähten sich in ihren Verschnürungen. Doch drinnen, im voll besetzten Gastraum des Café Westewind, brannte ein anheimelndes Feuer. Da Amélie reserviert hatte, bekamen wir einen Tisch am Fenster.

Sobald wir saßen, bestürmten meine beiden Begleiterinnen mich mit Fragen zum Tod von Eddie Coren, und ich sah nicht ein, warum ich ihnen Antworten vorenthalten sollte, die sie am folgenden Morgen in der Zeitung lesen konnten. Wenn die Möwen sie nicht schon viel früher vom Himmel schrieen.

Anschließend bat ich Amélie um ihre Einschätzung des Falls van Kranenburg. Mochte sie ruhig ihre Tarotkarten legen und die Kristallkugel befragen, das bedeutete noch lange nicht, dass diese Frau nicht ganz richtig im Kopf war. Sie besaß eben einen anderen Zugang zu den Fakten. „War Magie im Spiel?"

„Nein", entgegnete Amélie so schroff, dass ich meine Frage bedauerte, weil sie ja von der nekromantischen Séance in Münster nichts wissen konnte, und ich ihr auch nicht davon berichten durfte. Und so knurrte sie weiter: „Das war garantiert eine böse Tour unter Drogensüchtigen. Weiß der Himmel, warum die Kriminalpolizei solch ein Geheimnis daraus gemacht hat. Leider kann ich dir deshalb nicht mehr darüber sagen, meine innere Stimme hat mich völlig im Stich gelassen."

„Die Beamtin im Präsidium meinte, du hättest Vorahnungen gehabt."

Ihr Blick schweifte nach draußen, wo sich unverdrossene Spaziergänger und hart gesottene Jogger von Wind und Regen peitschen ließen, als erhofften sie sich einen Ablass, dann entgegnete sie: „Kurz bevor Valerie ermordet wurde, geschah etwas Seltsames. Was auch immer ich mir vornahm, welchen Weg ich einschlug, ich kam an einem alten, unbewohnten Haus vorbei, in dem ein Strick von der Decke hing, und vor dessen Eingangstür gebrauchte Spritzen lagen. Ich war jedes Mal froh, wenn ich das Gebäude hinter mir gelassen hatte. Es wollte mir etwas mitteilen, doch ich verstand die Botschaft nicht."

„War es immer dasselbe Haus?"

„Ich weiß es nicht mehr. Sie sahen sich so ähnlich. Es gibt in Den Haag noch eine ganze Reihe solcher Abrisshäuser."

„Aber du hattest doch ein konkretes Ziel", warf Marion mit kaum unterdrückter Skepsis ein. „Du wusstest doch, wohin du unterwegs warst."

„Es kam mir trotzdem eigenartig vor", versetzte Amélie. „Auch wenn ich es nicht zu deuten wusste. Bis die Nachricht von Valeries Ermordung in der Zeitung stand. Und jetzt haben wir Corens Freitod. Schon die erste Meldung hatte mich eigenartig berührt, seitdem ich von Corens Tod weiß, ist mir unheimlich. Schließlich besitze ich die Gabe, die Zukunft vorherzusehen."

„Aber Eddie Coren starb nicht durch einen Strick, sondern fiel aus dem Fenster", warf Marion trocken ein. Ihrer Stimme war anzuhören, dass sie die Sache für ausgemachten Quark hielt.

„Der Strick ist das Symbol für Selbstmord schlechthin", konterte ihre Schwägerin streitlustig, „zumindest in der Symbolik meines inneren Auges." Innere Stimme, inneres Auge, als hätte man diese Frau komplett auf Links gezogen. Langsam begann sie doch wieder zu nerven. Wie kam ich überhaupt dazu, ein Orakel in unsere Ermittlungen einzubeziehen?

„Und wie viele Den Haager habe sich seit Anfang Mai umgebracht?", stichelte Marion. Die Atmosphäre am Tisch begann sich aufzuheizen.

Als Amélie nicht antwortete, konnte ich mir die Frage nicht verkneifen, ob sie auch in den vergangenen Tagen, also vor Corens Selbstmord, an einem unbewohnten Haus mit Strick unter der Decke und Spritzen vor der Tür vorbeigekommen sei. Doch dann tat sie mir beinahe leid, als sie seufzend erwiderte: „Ich sehe schon, ihr glaubt mir so wenig, wie mir die Polizei geglaubt hat. Dabei geht es mir doch nur um die Tatsache, dass ich den Tod einer Drogenabhängigen und den Selbstmord eines Modeschöpfers vorhergesehen habe. Und die vielen Leserbriefe in meiner Zeitschrift …"

„Weißt du, Herzchen, worin dein Problem liegt?" Marions Stimme klang mokant. „Du hast ein extrem wachsames Auge. In deinem Kurzzeitgedächtnis lagern sich Unmengen von flüchtigen Beobachtungen ab, denen du dann die aktuellen Katastrophen zuordnen kannst. Wenn du in der Zeitung vom Autounfall des Gärtners XY liest, erinnerst du dich an den zerbrochenen Blumentopf, den du zwei Tage vorher gesehen hast. Im Zirkus wird ein Dompteur gefressen, dir fällt die Katze mit der erhobenen Pfote wieder ein. Der Küchenjunge in einem Restaurant schneidet sich an einer Scherbe die Pulsader auf, und du siehst wieder die fliegende Untertasse von letzter Woche. Zu jedem Todesfall hast du eine Erinnerung parat, du musst nur ordentlich in deinem visuellen Bauchladen kramen, irgendetwas passt garantiert. Nur deshalb glaubst du, ein Ereignis vorhergesehen zu haben.“ Ihre Augen funkelten amüsiert, während Amélie zurückschoss, wir hätten eben keine Begabung für die Telepathie, und ich nur mit Mühe das Lachen unterdrücken konnte. Marions Einwand war ein bemerkenswerter Gedankenansatz. Ich beschloss, mit unserer Präsidiumspsychologin Mara Hoppe darüber zu sprechen. Auch in meinem Berufsalltag verstiegen sich die Zeugenaussagen zu Mordfällen gelegentlich ins Paranormale.

Ein heftiger Regenguss, der gegen die von königsblauen Portieren eingefassten Fenster klatschte, brachte unser Gespräch vorübergehend zum Erliegen. Die Kerze in dem mit Sand gefüllten Glasbehälter in der Tischmitte flackerte nervös. Offenbar hatte der Sturm gedreht und kam jetzt von der Seeseite. Obwohl wir das Essen längst bestellt hatten und der Weißwein in den Gläsern vor uns blinkte, steckten meine Tischgenossinnen noch einmal ihre Nasen in die Speisekarte, als enthielte sie die Wegbeschreibung zu einem geheimen Schatz. Gern hätte ich Amélie weiter über die Familie van Kranenburg ausgefragt, aber sie schien so verschnupft, dass ich die Frage auf später verschob, wenn das gute Essen unsere Stimmung wieder gebessert hatte.

So hing ich weiter meinen Gedanken nach. Auch Valerie hatte ihr Todesdatum von Coren erfahren. Falls der Täter aus seinem Umkreis stammte, war er gut informiert. Und selbst wenn er nicht an der Séance teilgenommen hatte, hatte er doch ein makabres, geschmackloses Magiespektakel für seine finsteren Absichten nutzen können. Coren konnte für den 2. Mai kein Alibi vorweisen, die beiden anderen Männer, die bei dem Ostara-Fest dabei gewesen waren, hatte die niederländische Polizei bisher nicht identifiziert. Da man nur die Fotos besaß und Majas Adressbuch keine holländisch klingenden Namen enthielt, ging man davon aus, dass Eddie oder Connie Coren irgendwelche Freunde zu dem Treffen nach Münster mitgebracht hatten. Den Modeschöpfer konnten wir nicht mehr fragen, wohl aber Connie.

Zum x-ten Mal fragte ich mich, welches Verbindungsglied es zwischen einer Hochzeit auf einem Bauernhof, einem Hexenspektakel und dem Drogenhandel geben konnte. Eine Antwort fiel mir auch jetzt nicht ein.

Ich fuhr aus meinen Überlegungen auf, als ein dampfender Teller vor mich hingestellt wurde. Die aromatisch duftende Zucchinisuppe mit einem Tupfer Crème fraîche und krauser Petersilie wirkte wie Balsam auf Magen und Hirn. Sie löste auch nicht die unangenehmen Farbassoziationen der – blutroten – Tomatensuppe aus, die ebenfalls auf der Karte stand, höchstens die Erinnerung an Elsa von Brabants weißen Blusenärmel vor flaschengrünem Hintergrund. Anders als Anja Vaal konnte ich ohne Bedauern an das zerstörte Jugendstilfenster denken. In unserem alten Haus in Handorf besaßen wir unser eigenes, und ich hütete es wie ein echtes Juwel.

Meine beiden Tischgefährtinnen hatten inzwischen zur Gabel gegriffen und widmeten sich ihrem Garnelencocktail. Als Hauptspeise war in überraschender Einhelligkeit Seezunge mit Normannischer Fischsoße bestellt worden. Über den Nachtisch mussten wir nicht lange nachdenken, weil es auf der Karte keinen gab. Höchstens Eis am Stiel für die Zwergenkundschaft.

Als eine weitere scharfe Sturmböe die Terrassendekoration – Strandhafer und Goldrute in großen, sandgefüllten Aluminiumeimern – durcheinander fegte, als verabschiedete sich ein Poltergeist ins Jenseits, dachte ich wieder an Corens Abschiedsbrief. Er war das reinste Lamento, ohne jede Begründung für seinen spektakulären Fenstersturz. Weder sprach Liebeskummer aus ihm, der schließlich auch einen Endfünfziger treffen konnte, noch finanzielle Bedrängnisse oder gesundheitliche Sorgen, sondern lediglich ein diffuses Unbehagen. Ich überlegte, ob Coren vielleicht in den Mord an Valerie eingeweiht gewesen und an der drückenden Verantwortung des Mitwissers gescheitert war. Mein Treffen mit Connie Coren und ihrem Mann Jan war für den folgenden Vormittag vereinbart. Den frühen Nachmittag würden wir den Sehenswürdigkeiten von Delft widmen, das hatte Marion zur Bedingung gemacht. Sonst wäre sie nicht mitgefahren.

„Die Seerosen in der Teichmitte, die hellgelben, haben das meiste Geld gekostet." Der Tod ihres Schwagers Eddie hatte Connie nicht davon abbringen können, mir den kleinen Gartenhof zu zeigen; wenn auch erst ziemlich spät, nach ausführlichen Gesprächen drinnen, im Wohnzimmer. Ich hatte mir die Bitte, den Garten zu sehen, lange aufgehoben, und dann war Connie mir zuvorgekommen. Leider hatten wir Amélie nicht abschütteln können, so dass sich unsere Unterhaltung vorläufig um den Kaufpreis der Teichpflanzen drehte.

Connie und Jan Coren besaßen im Delfter Beginenhof ein, wie sie es nannten, „Wohnmodul". Bei dem Beginenhof handelte es sich um eine Hausanlage aus dem 13. Jahrhundert, in der unverheiratete und verwitwete Frauen ohne klösterliche Gelübde zusammen gelebt hatten und sozialen Aufgaben nachgegangen waren. Wir hatten den Wagen an der Phoenixstraat abgestellt, und Amélie, die sich auch in Delft gut auskannte, hatte uns wie eine routinierte Fremdenführerin durch das parkartige, mit alten Bäumen bestandene Gelände gewinkt, bis zum anderen Ende, um uns das in Sandstein gehauene Tympanon über dem Haupteingang zu zeigen. Das Schlemmerrestaurant De Nonnerie, das die linke Gebäudeecke einnahm, hatte angeblich den Bekanntheitsgrad des alten Stiftshofs beträchtlich gesteigert. Offenbar hoffte Amélie, demnächst auch diese Quelle für ihre „Nymphaea"-Berichterstattung nutzen zu können, denn sie trippelte zielstrebig in den zu dieser Nachmittagsstunde leeren und dämmrigen Gastraum, um einen Blick auf die spätsommerliche Speisekarte zu werfen. Und während sie sich in dem schönen, alten Gewölbe, das Marion und ich nur ganz kurz, wie zwei schüchterne Zaungäste, inspiziert hatten, in aller Ruhe umsah und wahrscheinlich der Bedienung mit ihren Fragen auf den Zeiger ging, warteten wir vor dem Reihenhaus der Corens, bis sie wieder herauskam.

Hatte es Connie aus ihrem düsteren, avantgardistisch eingerichteten und mit vielen eigenen Cartoons bestückten Wohnzimmer ins Freie gedrängt, weil sie glaubte, dort besser atmen zu können? Der Sturm vom vergangenen Abend war verflogen und der Himmel eine bewegte Landschaft aus plustrigen, hellgrauen Wolken und lichtblauem Flickzeug, die die Nähe zum Meer ahnen ließ. Das Gesicht unserer Gastgeberin hatte im Hausinnern fahl und durchscheinend gewirkt, doch die Blässe wich auch hier draußen nicht. Unauffällig studierte ich ihre Miene und verglich sie mit dem optimistisch und selbstbewusst wirkenden Porträt in Marions Vernissage-Flyer. Was wusste Connie über Eddies Selbstmord?

Amélie war uns, wie gesagt, nach draußen gefolgt, während Marion bei Jan im Wohnzimmer sitzen blieb. Am liebsten hätte ich Amélie gewaltsam zu ihnen gesetzt – so wie die Kasperlepuppe das Krokodil am Schlawittchen packt –, weil ich Dinge erfahren wollte, die Connie bestimmt nicht in Gegenwart einer Klatschkolumnistin vom Stapel lassen würde. Seit wann sie Valerie kannte, in welchem Kontakt sie zu deren Drogenszene stand, und vor allem natürlich, wer jene beiden Landsleute waren, die an der münsterschen Nekromantiefeier teilgenommen hatten.

Doch Amélie hatte darauf bestanden, das Haus der Corens auch von der Gartenseite her zu besichtigen, als Vorbereitung für ihren Exklusivbericht. Dann fehle demnächst, so plapperte sie immer weiter, ohne sich um Connies Pokerface zu kümmern, nur noch das Interview am Esszimmertisch, vielleicht vor einem Arrangement aus frisch geschnittenen Seerosen, während der „Nymphaea"-Fotograf nach weiteren reizvollen Motiven suchte: ein dekoratives Rohkoststillleben auf der Küchenfensterbank, zum Beispiel, ein antiquarisches Glas mit Badeperlen auf dem Wannenrand, ein Seidennegligee am Schlafzimmerschrank … Zu dumm, dass sie das Tageshoroskop für Connie nicht eingesteckt hatte. Fische hatten momentan eine ganz heikle Phase … Amélie Vondembusche fühlte sich in ihrem Element, und daraus war sie nur schwer zu vertreiben. Sie bewegte sich auf glänzendem Parkett, und ihre Leser würden es ihr danken.

Während wir drei also die frische, feuchte Luft des phantasievoll mit Oleander, Lorbeer und Lavendel bepflanzten und durch edle Teakholzmöbel komplettierten Gartenhofs atmeten, unseren Blick über allen möglichen Glas- und Blechschnickschnack und natürlich auch über den nierenförmigen Teich mit seinen imposanten Seerosen wandern ließen, ging es drinnen, bei aller angesagten Pietät, beinhart um die Verkaufszahlen von Connies Cartoons und um die Frage, ob der nächste Bilderzyklus gute Fortschritte machte.

Den Selbstmord seines Halbbruders Eddie hatte Jan, ein melancholisch wirkender, hoch gewachsener Mittdreißiger – schütteres, rotblondes Haar und ein liebes Pferdegesicht –, mit einem tiefen Seufzer kommentiert, aber auch mit überraschend großem Verständnis. Er hatte von der unheilbaren Krebserkrankung gewusst. Eddie sei nie ein Kämpfer gewesen, eher ein sensibler Mensch, der den Problemen aus dem Weg ging. „Dabei war er ein Ästhet", fügte Jan hinzu. Ich fragte mich, ob er jemals den wüsten Herrensalon von De Kievit gesehen hatte. Eher wohl das Esszimmer im Parterre, wo seine Schwester das Kommando hatte und ausgezeichnete Reproduktionen die Wände schmückten: Corot, Watteau, seltene Turners. In der Küche zwischen alten Delfter Kacheln und einem beeindruckenden Sortiment an Kupferpfannen hing das „Schokoladenmädchen" von Liotard wie die personifizierte Verführung. Die dicht gefältelte, cremeweiße Satinschürze ließ an samtweiche Haut denken, die leicht geöffneten Lippen und die halb gesenkten Augenlider, der goldene Stöckelschuh und das mollige Händchen vermittelten Sinnlichkeit … Eddie, der Ästhet. Von seinen orgiastischen Herrenabenden hatte er seine Schwester ferngehalten.

„Ihr Bruder besaß einen ziemlich exzentrischen Freundeskreis", wagte ich mich aufs Glatteis. Worauf Jan den Blick seiner blassblauen, hell bewimperten Augen auf mich richtete und knapp, fast barsch entgegnete: „Darüber bin ich nicht im Bilde. Was nicht bedeutet, dass meine Frau und ich keinen Kontakt zu ihm hatten. Wir hängen sehr an unserer Familie. Aber wenn wir uns in Wassenaar trafen, waren Lies und Eddie immer allein."

Ich hoffte, Anja Vaal nicht ins Handwerk zu pfuschen, als ich fragte, welche Filmemacher Eddie Coren gesponsert habe. Meine Furcht war unberechtigt, denn Jan zuckte die Schultern und gab an, er wisse lediglich von flüchtigen Kontakten seines Stiefbruders zur Filmakademie in Amsterdam. Falls ich an irgendwelches unsauberes Zeug denke, müsse er leider passen. Also, fuhr es mir durch den Kopf, traute er Eddie zumindest „unsauberes Zeug" zu.

Genau in diesem Moment hatte Connie, als wollte sie das Thema dringend wechseln, vorgeschlagen, mir den Garten zu zeigen. Und hier standen wir drei, während Marion drinnen ihre Galeriebuchhaltung strapazierte und Jan die erfreuliche Meldung unterbreitete, sechs von zwölf Odysseus-Comics seien verkauft. Dass es sich um jene sechs handelte, die sich auch ein experimentierfreudiger Arzt oder Rechtsanwalt ins Wartezimmer hängen konnte, würde sie höflicherweise verschweigen. Die „harten Brocken“, so hatte sie mir auf der Fahrt anvertraut, pflasterten weiterhin ihre Galeriewände ohne den begehrenswerten roten „Verkauft“-Smiley.

Irgendwann begann ich mich in Connies Gartenhof wie eine jener pseudoantiken Marmornachbildungen zu fühlen, die in den Baumärkten in jedem Frühjahr so müßig herumstehen, dass die Kundschaft sich nicht über blaue Lippen und abgestorbene Fingerspitzen wundern würde. Ich musste endlich zur Sache kommen, selbst wenn Amélie an meinen Lippen hing.

„Am Abend Ihrer Vernissage bei Marion, am 2. August, wurde Ihre Hexenschwester Maja Lehnbach umgebracht. Gab es Befürchtungen, dass sie sterben würde?“

Sie zog mich schnell zu der einzigen Ecke, in der nur zwei Personen Platz hatten. Eine überdimensionale Gießkanne stand ebenso im Weg wie ein Hundert-Liter-Sack Humus und ein Stapel aus Übertöpfen. Sie alle schützten uns vor einem Lauschangriff durch Amélie, die sich augenscheinlich mit den Goldfischen unterhielt.

„Ich habe es befürchtet“, nickte Connie düster. „Ich war auch bei der nekromantischen Séance, ich habe die Fotos gemacht.“

Perfekt! Sie war also gesprächsbereit. „Wer sind die beiden Landsleute, die damals mit gekommen sind?“

„Freunde von Eddie. Ich kenne sie nicht. Sie sind vom Film.“

„Ihr Schwager hat damals keine sehr rühmliche Rolle gespielt. Oder stammte die Idee mit den Todesdaten von diesen Freunden?“

„Eddie stand unter der Wirkung von Medikamenten, er hatte zu viel Alkohol getrunken, ihm war nicht bewusst, was er anrichtete. Als ich am Abend der Vernissage den Kalender in meinem Hotelzimmer sah, fiel mir ein, dass Maja … “ Ihre Augen schwammen plötzlich. „Aber ihr Handy war abgestellt, deshalb habe ich eine andere Hexenschwester angerufen.“

„Moment, wann haben Sie versucht Maja anzurufen?“

„Das war um halb sechs.“

„Und wie reagierte die andere Hexenschwester?“

„Sie sagte, der ganze Zirkel, außer Julia, befände sich auf einer Hochzeit auf dem Lande. Und obwohl das eigentlich so klang, als könne Maja nichts passieren – nicht auf einem Familienfest, wo sich alle kennen, oder doch wenigstens die meisten, – wurde mir plötzlich so … elend. Wir Hexen stehen in einer starken inneren Verbindung. Wurde sie um diese Zeit …?“

„Zwischen halb sechs und halb sieben. Was hat Ihre Zirkelschwester noch gesagt?“

Connie schloss sekundenlang die Augen, riss sie wieder auf und sagte: „Sie schlug vor, mich im Hotelzimmer zu einem Schutzzauber zu treffen, aber sie kam nicht, und mein Mann drängte, weil die Vernissage um sieben begann.“

„Wann haben Sie und Ihr Mann das Hotel verlassen?“

„Um kurz vor halb sieben. Ich habe dann später, nach meiner Rückkehr ins Hotel, einen Schutzzauber für Maja angewendet.“ Als ich fragend die Augenbrauen hob, ergänzte sie: „Indem ich zwei Leopardinnen visualisierte und auf den Bauernhof schickte, wo die Hochzeit stattfand.“ Sie senkte den Blick, als sie fortfuhr: „Das sind meine persönlichen Schutztiere, aber vielleicht kamen sie zu spät. Oder jemand hat sie abgefangen, weil er sie für seinen eigenen Schutz brauchte. Dazu kommt noch, dass wir Hexen eigentlich keinen Zauber für andere bewirken, ohne sie vorher um Erlaubnis zu fragen. Aber es war doch ein Notfall! Es war doch nur, weil Eddie …“ Tränen rannen ihr über das Gesicht. „Ausgerechnet Maja! Haben Sie jemanden in Verdacht?“

„Gibt es in Ihrem Bekanntenkreis jemanden, dem Sie die Tat zutrauen? Vielleicht sogar beide Morde?“

Als sie den Kopf schüttelte, insistierte ich weiter: „Was ist mit den Sterbedaten der übrigen Séance-Teilnehmer? Was ist mit Ihrem?“

„Wir haben keine Angst mehr!“, gab sie trotzig zurück. „Mit Eddie sind alle negativen Energien von uns gegangen. Wissen Sie, wie er mir manchmal vorkam? Wie der böse Geist aus der Flasche. Endlich hat ihn jemand wieder eingefangen und zugestöpselt.“

„Warum hat er sich umgebracht?"

„Er war schwer krank", sagte sie und ließ dabei offen, ob sie nicht nur seine physischen, sondern auch die psychischen Verhältnisse meinte. „Und Sie können darauf wetten", fuhr sie fort, „auch wenn mein Todesdatum der Nikolausabend ist, ich werde ihn feiern, mit all seinen Geschenken, ich feiere die Sylvesternacht und das erste Hexenfest im neuen Jahr, das Fest der Lichter …"

Ich war an Marions Seite auf unserem Hotelflur unterwegs, als mein Handy zu vibrieren begann. Anja Vaal!

„Störe ich Sie?" Ihre Stimme schnurrte auf Samtpfötchen, hatte aber gleichzeitig einen so mokanten, kehligen Unterton, als vermutete sie mich auf dem Weg zu einem verbotenen Abenteuer. Dabei brachte ich gerade wie eine gute Nanny meine beste Freundin zu Bett, nachdem sie Amélies selbst angesetzter Crème de Cassis etwas zu fleißig zugesprochen hatte. Jetzt stand mir wohl ein Schnarchkonzert bevor, wie es Franz nicht besser beherrschte.

„Anja? Ich rufe in fünf Minuten zurück." Während Marion sich in ihren Seiden-Pyjama hüllte und brummend unter der ihr zugedachten Hälfte der Ehebettdecke verschwand, füllte ich im Bad ein Zahnputzglas mit Wasser, ließ eine Aspirin darin zersprudeln und stellte es ihr auf den Nachttisch. Dann schloss ich die Tür. Was immer Anja Vaal mir kurz vor Mitternacht noch mitteilen wollte, es gehörte mir allein.

Gespannt setzte ich mich auf den Rand der Badewanne und wählte. Sie war sofort am Apparat. „Valeries Mord ist aufgeklärt", jubelte ihre Stimme, „dank der schmutzigen Gläser in Corens Salon und des ganzen dreckigen Umfeldes. Hätte er doch seine Schwester aufräumen lassen, aber sie durfte ja nicht! Wir haben Speichelproben und Fingerabdrücke." Bei dem Täter handelte es sich um einen der Gäste des Herrenabends. Der Mann hatte in dem Abbruchhaus hinterm Bahnhof seine Kindheit verbracht. Später war er als Makler nach Wassenaar gezogen und hatte Coren das Schlösschen verkauft. Bei einem Nostalgiebesuch in Den Haag entdeckte er vor einem Jahr die Verschandelung ‚seines' Hauses durch die Junkies. „Er prügelte sich mit ihnen, doch wir mussten ihn damals wieder freilassen, weil seine Prügelgenossen auch keine Ministranten waren. Allerdings hatten wir in dem Haus Fingerabdrücke und eine Speichelprobe von ihm gesichert, die jetzt gewinnbringend eingesetzt werden konnten."

„Ist er einer der Teilnehmer an der münsterschen Séance?"

„Ganz bestimmt nicht! Er kannte Valerie, weil ihr Vater …"

Ihre Stimme verschwamm in meiner Enttäuschung. Ein ortsansässiger Täter, nie in Münster aufgetaucht, und auch keiner von Eddies Filmfreunden. Gar nichts hatte ich erreicht, wir fingen wieder von vorn an.

„Können Sie den letzten Satz bitte wiederholen? Ich verstehe Sie schlecht."

Prompt pulte sich Anjas Stimme in mein Trommelfell wie ein Q-Tipp: „Ich sagte gerade, dass der Täter gewusst haben muss, dass Valeries Vater das Haus in seinen Besitz gebracht hatte und es abreißen lassen wollte."

„Immerhin hatten die Junkies es hoffnungslos verschandelt."

„Natürlich haben sie das. Unser Täter wollte das Haus in Stand setzen, aber van Kranenburg schnappte es ihm weg. Der Mörder hat sich an Valerie doppelt gerächt: Einerseits weil sie zu den Junkies gehörte, zum anderen weil sie van Kranenburg hieß."

„Und warum das Schweinchenkostüm?"

„Er legte sie herein, indem er ihr über einen Webchat einen Fototermin versprach. Er behauptete, einen Kalenderverlag zu betreiben. Ein ganzer Kalender mit Figuren der Muppetshow sollte es werden, aufgenommen zwischen Tapetenresten, zerbrochenen Fensterscheiben und alten Klosetts. Was manche Irre sich eben so einfallen lassen! Doch Valeries Mörder war nicht nur verrückt, sondern auch kaltblütig. Er sagt aus, sie selbst habe das Abrisshaus vorgeschlagen Da sie sich dort manchmal mit Freunden oder Dealern traf, scheint das plausibel. Morgen bekommen wir ein ausführliches Geständnis des Tathergangs. Nachdem wir Valeries Laptop bei ihm gefunden hatten, hat er erst gar nicht zu leugnen versucht. Sie hatte es tatsächlich in das Abrisshaus mitgenommen, um die Fotos gleich speichern zu können."

„Gratulation Anja! Und danke für Ihre Hilfe. Sehen wir uns mal wieder?"

„Ganz bestimmt!" Der übliche Abschied zwischen Kollegen, die sich für ein paar Tage einen Arbeitsauftrag geteilt hatten. Amtshilfe, wenn sie nicht eine benachbarte Polizeiinspektion betraf, war in der Regel ein befristetes und einmaliges Geschäft. Der eine Partner hatte sein Ziel erreicht, der weniger erfolgreiche andere konnte sich überlegen, ob das Ergebnis auch ihn weiter brachte. Frustriert kroch ich unter den schmalen Deckenrest, den Marion mir überlassen hatte. Ich zog energischer, weil es kühl im Zimmer war, sie grunzte. Schon halb im Einschlafen wurde mir klar, dass die beiden Mordfälle, nachdem sie eine Weile so viel versprechend nebeneinander gelaufen waren wie Schienenstränge, nun endgültig auseinander drifteten. Valeries Mörder konnte unmöglich auch Majas sein. Sogar meine Theorie, dass sich der Täter von Große Antrup Einblick in die Haager Akte hatte verschaffen können, schien mir jetzt ziemlich unwahrscheinlich. Dafür hielt Anja Vaal ihre Unterlagen zu sehr unter Kontrolle.

Doch lernen, so lautete mein letzter Gedanke, kann man aus jedem Fall.

- X -

„Außer Spesen nichts gewesen“, grummelte Lückmann. Er blickte nicht mal auf, als ich die Bürotür hinter mir schloss. Es war Sonntag, halb elf, draußen schläfriger Verkehr und kaum Passanten. Die Hitze hatte nachgelassen. Die Blätter in den Vorgärten entlang des Friesenrings sahen aus wie mit dem Staubtuch poliert, demnach hatte es auch in Münster geregnet.

„Habe ich vielleicht schon etwas über meine Reise gesagt?“, fragte ich verwundert. „Oder arbeitest du neuerdings mit Telepathie, dass du so gut Bescheid weißt?“ Schweigen seinerseits, kurzes Schniefen, nervöses Seitenrascheln. Hier war etwas aus dem Ruder geraten, ganz bestimmt.

„Gibt’s was Neues?“ Ich versuchte, meine Stimme ganz weich zu machen. Mit Sanftmut holte man den Einsiedlerkrebs, der mir da gegenübersaß, am ehesten aus seinem Gehäuse.

„Wir haben endlich die Hochzeitsfotos von Radebrecht.“

„Das ist doch nett von ihm! Aber wolltest du nicht längst zu ihm ins Atelier?“

„Wollte ich. Er war nicht da, hat mich versetzt. Erst als ich ihm per Anrufbeantworter mit Einsitzen in unserer Untersuchungszelle drohte, hat er die Aufnahmen geschickt. Gestern Morgen waren sie hier.“ Du warst nicht da, um sie mit mir zu begutachten!, ließ sein aggressives Räuspern verlauten. Ich nahm es locker. „Radebrecht ist sicher viel unterwegs. Mal ehrlich, warum bist du sauer auf ihn, wenn er die Fotos geschickt hat?“

Endlich blickte er hoch. „Weil der Kerl über alle Berge ist. Aber die Fahndung ist schon raus. Weit kommt der nicht.“

Lückmann zerrte einen braunen Umschlag DIN A4 aus der Schreibtischschublade und trieb ihn mit einem heftigen Schub über die Tischfläche. Wie ein Spielzeugboot, das einen plötzlichen Windstoß erhalten hatte, fegte es auf mich zu. Ich schüttete den Inhalt heraus: ein Packen Computerausdrucke. Die Hochzeitsfotos.

„Sieh dir mal die vier letzten an“, kommandierte Max. „Ich meine die Porträts von den beiden Oldies, die Radebrecht in Rheine aufgenommen hat. Ich gehe mal eben für kleine Königstiger. Wenn du inzwischen herausfindest, was auf den Fotos nicht stimmt, kriegst du die heutige Kinderüberraschung bei McDonald's." Er zog die Tür so hart hinter sich ins Schloss, dass die Fensterscheiben zitterten, ich fühlte Wut. Wozu dieses Machogehabe? Wir waren ein Team! Aufgeputscht durch Anja Vaals Erfolgsmeldung, hatte ich auf der Rückfahrt einen radikalen Neuansatz überdacht. Ganz oben auf meiner Liste der Hausbesuche und Befragungen standen jetzt die Dokumente zur Geschichte von Große Antrup, für die noch niemand Zeit gefunden hatte, und Professor Arthur Bader, jener alte Herr, der sich in der „Stunde Null" des Münsterlands auskannte und deshalb von unbekannter Seite schikaniert wurde …

Warum war Maja ausgerechnet im Spieker ums Leben gekommen? War er 1945 nicht durch ein Gewitter, sondern durch Brandstiftung zerstört worden? Gewitter und Scheunenbrand, das klang viel zu plausibel. Wer außer dem alten Schulze-Bracht hatte sich noch für den Wiederaufbau des Gebäudes eingesetzt? Hatte Maja während der Hochzeit dort etwas zu erledigen gehabt, das den Täter zur Mordswut aufstachelte?

Schnell kehrte ich zu den Fotoausdrucken zurück, ich musste mich beeilen, wenn ich die Kinderüberraschung gewinnen wollte. Lustlos zog ich die letzten Blätter aus dem Stapel heraus. Wollte Max mich vielleicht nur für blöd verkaufen, weil er sauer war? Ich kannte ihn lange genug, um zu wissen, dass er meinen Exkurs nach Den Haag und ins angrenzende Scheveningen, wo es sich angenehm übernachten ließ, nach Delft, wo ich die schöne Connie Coren inmitten ihrer nicht weniger sehenswerten Seerosen interviewen konnte, und nicht zuletzt meinen Besuch in dem Jugendstilschlösschen des Modezaren für haarsträubende Zeitverschwendung hielt. Sobald feststand, dass Marion mitfuhr, war meine Reise mit dem Ruch einer Luxussafari behaftet gewesen. Jeder Kamelritt zu den Pyramiden machte mehr Sinn. Dass ich meinen Privatwagen genommen und die Spesen mit Marion geteilt hatte, und dass das Wetter eine Katastrophe gewesen war, ging in diesem Marktgeschrei völlig unter.

Insgesamt vier Aufnahmen gab es aus Rheine. Ich legte sie nebeneinander. Groß war die Variationsbreite nicht: zwei sehr alte Menschen, mal ernst, mal vage in die Kamera lächelnd, dann mit neutralem Blick und zum Schluss Auge in Auge – auf die nächsten sechzig Jahre! Diesen letzten Ausschnitt hatte Radebrecht aus größerer Nähe gemacht als die drei anderen. Doch immer saß das Paar auf demselben Sofa. Es war ein Zweisitzer, und die beiden nicht gerade ausgemergelten Leutchen, die die Wirtschaftswunderjahre offensichtlich vom ersten Monat an genutzt hatten, pressten sich in die Sitzfläche wie Reisende in einem Billigflieger. Trotz runder Apfelbäckchen und frisch eingedrehter Dauerwelle bei ihr, Mittelscheitel und sorgfältig glatt gestrichenem Oberlippenbärtchen bei ihrem Mann hatte offensichtlich keine Stimmung aufkommen wollen. Aber das hatte Max ja bereits erklärt: die martialische Familienfete! Wonach sollte ich also fahnden? Ich fühlte mich an die albernen Suchbilder in Zeitschriften erinnert. „Wie sich die Bilder gleichen“: Zehn Fehler im Duplikat versteckt, schon beim sechsten gab man meist gelangweilt auf. Was meinte Max also? Das Stückchen Vorhang am linken Bildrand der zweiten Aufnahme vielleicht, oder die Biedermeieruhr an der Wand, die auf allen vier Fotos ein bisschen schief hing, als hätte man daran gerückt? Sie zeigte auf Viertel nach sechs, was der Aussage der Hochzeitsgäste entsprach. Um siebzehn Uhr in Große Antrup gestartet, hatte Radebrecht die Motorradfahrt in einer Stunde locker schaffen können.

Wo steckte der Fehler? Verdammt, es wurde Zeit. Max erschien im Türrahmen, seine nassen Hände schüttelnd. Die Papierhandtücher in der Herrentoilette waren mal wieder ausgegangen. Aber das war nicht mein Problem. Der Blick auf seine Hände war die Lösung; vielmehr auf das linke Handgelenk der Jubilarin in Rheine. Da sie und ihr Mann sich an den Händen hielten, war ihre Armbanduhr deutlich zu sehen. Sekunden später lagen Max und ich einander in den Armen. „Hey, Mann, wir haben ihn! Hat sich buchstäblich um Kopf und Kragen fotografiert.“ Dass er jetzt auf Tauchstation gegangen war, machte den Verdacht komplett. Und Lückmanns schlechte Laune war tatsächlich gespielt gewesen. So ein Mistkerl!

Alle vier Fotos in Rheine zeigten auf der Wanduhr achtzehn Uhr fünfzehn, nach der Armbanduhr der darunter sitzenden Jubilarin waren sie dagegen um neunzehn Uhr dreißig entstanden. Max hatte Recht. Radebrecht war mit einer Stunde Verspätung zu seinem

Termin erschienen und hatte sich wahrscheinlich bei seiner ungeduldigen Kundschaft mit einer Umleitung oder einer Motorpanne entschuldigt. Das Ehepaar, noch immer erschöpft und erschüttert von dem Debakel an der Festtafel, hatte es ihm nachgesehen.

Demnach war Radebrecht erst nach achtzehn Uhr von Antrup aufgebrochen. Und da seine Kawasaki als ausgesprochen „heißer Stuhl“ galt und die Geschwindigkeitskontrollen auf den Bundesstraßen am frühen Samstagabend vielleicht etwas lascher gehandhabt wurden als im Berufsverkehr oder später dann, wenn die Diskobesucher heimfuhren, konnte er auch gut und gern ein bisschen Zunder gegeben haben, was bedeutete, dass er vielleicht sogar bis halb sieben am Tatort gewesen war. Das Heftpflaster fiel mir wieder ein. Der digitale Fingerabdruck passte auf einen Mann, und das Blut stammte vom Mordabend.

„Aber eine Frage noch, Max: Ging die Uhr am Sonntagnachmittag, als du in Rheine warst, auf die Minute genau?“

„Stimmt! Aber ist dir aufgefallen, wie schief das Gehäuse hängt? Als ich mit den beiden geredet habe, hing es wie eine Eins. Ich wette, Radebrecht hat das Ehepaar, kurz bevor er zu fotografieren begann, aus dem Wohnzimmer geschickt, damit er die Uhr zurückstellen konnte. Vielleicht glänzte Madames Nase und brauchte Puder. Vielleicht hat er ihren Mann um ein Glas Mineralwasser gebeten, möglichst kellerkalt. Spricht das nicht auch gegen Radebrecht? Welcher Fotograf manipuliert die Uhr seiner Kundschaft? Und welcher Kunde überprüft das?“

Ich gab ihm Recht und fragte dann nach seinem Gespräch mit den Studenten in der Steinfurter Straße, doch er schüttelte den Kopf. Zwischen Maja und Steinwerck hatte sich nie mehr abgespielt als nüchternes Teamwork, beherrscht von den Anweisungen des Kursleiters und der willigen Mitarbeit seines Modells. Allenfalls mal ein neckisches Geplänkel, wenn der große Meister heiter gestimmt oder Maja pünktlich erschienen war, was jedoch nur selten vorkam. Roland Weißkopf studierte in einem anderen Kursus, womit eine Freundschaft zwischen ihm und Maja recht unwahrscheinlich schien. Steinwerck hatte ihn auch nur deshalb zur Hochzeit eingeladen, weil er erst unlängst einen Förderpreis des

Landes Nordrhein-Westfalen gewonnen hatte und als Starschüler der Akademie galt.

War Weißkopf damit als Mordverdächtiger entlastet? Oder hatte er auf der Hochzeit mit Maja anzubandeln versucht und seine Eifersucht nicht kanalisieren können? Hatte sich vielleicht Steinwerck seinen Paradeschüler gefügig gemacht und ihn mit dem Versprechen, für weitere Auszeichnungen zu sorgen, als Auftragskiller losgeschickt? Da Maja nicht für Weißkopf Modell gestanden hatte, konnte der junge Mann bei der Polizei vordergründig als unverdächtig durchgehen.

Ich nahm mir den Stoß ausgedruckter Hochzeitsfotos von Große Antrup vor, um den Standort von Weißkopf zu ermitteln. Es gab vier Gruppenaufnahmen, der Rest setzte sich aus Schnappschüssen und Impressionen vom Büffet, der Tanzfläche und dem Sketchprogramm der Cousins und Cousinen zusammen. Die Festgesellschaft füllte den Rahmen des Gruppenbilds komplett aus, obwohl man dicht gedrängt stand. Fünfundsechzig Personen – auch Lucie Steinwerck und Irma Kottnick waren zu diesem Zeitpunkt noch anwesend – beanspruchten viel Platz. Das düstere Outfit der Gäste kam dabei besonders zur Geltung. Alle sechs Reihen trugen Schwarz, Dunkelblau, Dunkelbraun, Anthrazit, nur geringfügig unterbrochen durch weiße Hemdkragen oder Blusenrevers, den einen oder anderen hellen Hut, eine bunte Krawatte oder ein pastellfarbenes Tuch. Weißkopf stand immer am selben Platz, zwischen einer Cousine und einem Vetter von Alma, die ich von den Sketchfotos wieder erkannte. Mein Blick wanderte über das lindgrün gekleidete Brautpaar, die farblich angepassten Brautjungfern und weiter, als mich ein scharfer Adrenalinstoß durchfuhr. Am linken, äußeren Bildrand etwa auf halber Höhe und ein wenig abgeschnitten stand Maja. Irma hatte Recht: Sie trug kein rotes Top, sondern irgendetwas Hellgraues, das, halsfern und trägerfrei, nur die linke Schulter lässig bedeckte. Wann hatte sie das Chiffonkleid angezogen? Und vor allem warum?

Radebrecht hatte die Aufstellung auf den verschiedenen Fotos geringfügig geändert. Ein besonders lang geratener Mensch, in dem ich einen Kollegen des Bräutigams erkannte, hatte mit Almas Tante gewechselt, Großmutter Lehnbach war eine Reihe vorgerückt, weil die Sonne sie blendete, die kleine Lucie schmiegte sich auf einem Foto an ihre Mutter, während sie auf den restlichen neben dem Bräutigam, der Großmutter und neben einem ihrer Großonkel stand. Am Gesamteindruck änderten diese Umstellungen nichts. Fünfundsechzig Zähne zeigende, lächelnde oder leicht ironisch blickende Gesichter. Nur Maja hatte zur Seite gesehen, als ginge sie das Ganze nichts an. Oder tauschte sie Blicke mit jemandem, der auf den Fotos nicht präsent war?

Noch einmal kehrte ich zu Lucie zurück. Um neunzehn Uhr aus dem Kreis der unverdrossen Feiernden entfernt, weil sie plötzlich quengelig geworden war. Wie die Gruppenaufnahmen erkennen ließen, hatte sie vorher nicht nur am Kleiderzipfel ihrer Mutter gehangen, sondern die Bezugspersonen gewechselt. Mit Sicherheit war sie auch auf dem Hof umhergestreift, hatte nach den Pfauen gesucht oder nach einem Kätzchen. Irgendjemand von den Hochzeitsgästen hatte gesehen, wie das Kind gegen siebzehn Uhr in Richtung nördlichen Hofabschnitt ging. Es war ein Leichtes, das in den Protokollen nachzulesen. War es möglich, dass Lucie etwas ganz anderes beobachtet hatte als harmlose Hoftiere? Den Kampf zweier Menschen auf Leben und Tod?

Valerie van Kranenburg hatte das Abrisshaus aufgesucht, um sich für einen Kalender fotografieren zu lassen. Maja hatte ihre Schwester gebeten, Modeaufnahmen auf dem Hof machen zu dürfen. Zwei auf ihre jeweils spezifische Art zweckentfremdete Tatorte, zwei Opfer, die moderne Hexerei betrieben, bisher nur ein geständiger Einzeltäter, der sein Elternhaus „besudelt“ glaubte. Aber vielleicht ein zweiter, der das Haager Tatmuster imitiert hatte. Wir mussten Oliver Radebrecht so schnell wie möglich finden und seine Vergangenheit schonungslos offen legen. Wir würden ihm eine Speichelprobe abverlangen, und ich musste mit Lucie reden.

Während Lückmann und ich darüber nachdachten, mit wessen Hilfe wir Fakten über mögliche Schattenseiten von Große Antrup in die Hand bekämen, historisch lückenlos und selbst in den brisantesten Details komplett, erinnerte ich mich an Hilly, die an diesem Wochenende ihr staatlich subventioniertes Zeichenseminar absolvierte. Am Abend, wenn die Veranstaltung zu Ende ging, würde ich sie anrufen. Dann kam mir ein besserer Gedanke: Ich würde sie in Große Antrup abholen.

Ich hatte schon den Mantel an, als mir einfiel, dass Max die Alibis unserer sieben Verdächtigen für den Abend des 2. Mai überprüfen wollte. Ich fragte ihn nach dem Ergebnis, doch er winkte ab. Es gab keine einzige Ungereimtheit. Steinwerck hatte an jenem Freitag ab neunzehn Uhr dreißig in seiner Künstlerschmiede die Meisterklasse unterrichtet, Weißkopf am Unterricht teilgenommen. Luise Braake war bis zwanzig Uhr im Grevener Revier gewesen und Dirk Weiting in Aachen. Illmann hatte in einer Prüfung geschmort, Frewes als Garderobiere bei den Städtischen Bühnen gejobbt und Agnes im Restaurant ihres Mannes gearbeitet.

Auf dem gepflasterten Hofplatz vor dem weit offenen Tennentor summte es wie in einem Bienenkorb. Offenbar war ich nicht die Einzige, die zum „Aufgabeln“ der Kursteilnehmer erschienen war, mindestens dreißig Personen wuselten zwischen dem Wohnhaus und den Nebengebäuden. Das konnte mir nur recht sein. Diese ungezwungene Mischung aus Aufbruchstimmung, mit Verabredungen für demnächst oder dem Austausch von Visitenkarten, und einem gewissen Volksfestcharakter – Steinwercks hatten die Remise mit einer Buchsbaumgirlande umrahmt und an den Stehtischen im Innenhof durch Sonnenschirme mit Bierwerbung für Schatten gesorgt – ermöglichte nicht nur ein spontanes Gespräch mit Hilly vor Ort, sondern auch einen neuerlichen, unauffälligen Blick über das Gelände.

Ich erkannte Hilly an ihrer pink-, gelb- und auberginefarben gemusterten Künstlerbluse, die alle möglichen Farbspritzer und Sepiaflecken vertrug, ohne dass sich das lebhafte Muster änderte. Sie hob kurz die Augenbrauen, um zu signalisieren, dass sie mich entdeckt hatte, setzte jedoch ihr Gespräch mit einer etwa gleichaltrigen, vogelschnabelnasigen Frau in einer Art Matrosenanzug fort. Ich ging als Erstes zum Spieker, ich war neugierig auf sein Äußeres bei Tageslicht.

Er war abgeschlossen. Im Erdgeschoss schien alles unverändert, ich sah leere, weiße Wände, die Treppe in den ersten Stock, nur der Besen fehlte natürlich, weil er in unserer Asservatenkammer stand.

Ich ging einmal ums Haus, doch da ich nichts Auffälliges entdecken konnte, setzte ich mich in den trockenen Kies, lehnte mich an die sonnenwarme Rückwand und versuchte mir die Szene vorzustellen. Maja um siebzehn Uhr mit Radebrecht zu einem Extra-Fototermin verabredet. Sie trägt Top und Rock, denn so hatte sich Marc Tanner an sie erinnert, als sie ihre Tasche in der Remise abstellte. Das Chiffonkleid, in dem sie auf den Gruppenfotos zu sehen war, diente wahrscheinlich als Ersatzgarderobe bei den Aufnahmen im Spieker – spektakulär und vor allem passend, falls es sich, zum Beispiel, um Aufnahmen von einer Hexe handelte. Damit hätten wir für die Asche auf den Fußsohlen und den Besen am Hauseingang eine Erklärung gefunden. Ein Kalender mit Hexenfotos? Pirelli für Arme, dachte ich spöttisch und schämte mich sofort für meine Respektlosigkeit gegenüber unserem Mordopfer. Also dann weiter im Konzept: Radebrecht verlangt von Maja mehr als nur Fotos, er wird zudringlich, oder sie ist mit dem Honorar nicht einverstanden, es kommt zu einem Handgemenge mit tödlichem Ausgang. Radebrecht bringt die Leiche ins Dachgeschoss, verwischt alle Spuren und macht sich vom Feld.

Womit hatte er sie erdrosselt? An Majas Hals konnten dunkelblaue Baumwollfasern sichergestellt werden, die nicht von ihrer Kleidung stammten. Passten sie vielleicht zu Radebrecht? Doch welcher Zeuge eines Sechzig-Personen-Spektakels erinnerte sich schon an die Kleidung des Fotografen?

Meine Theorie hatte noch einen Schönheitsfehler. Radebrechts Kawasaki war, wie alle Fahrzeuge, jenseits des Hoftores geparkt. Er konnte das Gelände nicht ungesehen verlassen, es sei denn, er hätte sich wie Tarzan an einer Liane über die Gräfte geschwungen. Andererseits war er seit der Vorladung ins Präsidium verschwunden. Ich rappelte mich hoch, um Hilly zu suchen.

Der Hofplatz hatte sich geleert, nur sie wartete noch mit ihrer Reisetasche vor der Remise. „Sind Steinwercks auch fort?“, wunderte ich mich. Sie schüttelte den Kopf. „Die Schwester des Hausherrn ist gerade mit ihrer kleinen Tochter gekommen. Sie wirkte ziemlich aufgeregt. Jetzt sitzen sie drinnen und haben etwas zu besprechen. Ich habe sofort meinen Platz am Tisch geräumt. Man ist ja nicht neugierig.“

Oh doch! Ich war neugierig auf das, was da drinnen besprochen wurde. Warum waren sie ins Haus gegangen, wo der Hofplatz noch so angenehm in der Sonne lag? Auf der ganzen Rückfahrt nach Münster wurde ich meine düstere Ahnung nicht los.

Hilly, nach ihren Eindrücken in Große Antrup befragt, reagierte zurückhaltend, was jedoch absolut nicht als Missachtung ihres Malkurses zu interpretieren war. Sie habe, so erklärte sie, ihre Techniken um einiges verfeinern können und Einblick in die Vielfalt und Variationsbreite, was natürliche und künstlich arrangierte Motive betraf, gewonnen. Die Unterbringung war absolut stilvoll, wenn auch spartanisch: ein Bett, ein Spind, ein schmaler Schreibtisch mit Bürostuhl, aber alles modern, und an der Wand ein vom Hausherrn persönlich ausgesuchter Kunstdruck. Die Verpflegung sei à la Jugendherberge, also genießbar. Und die Atmosphäre? Über die müsse sie noch ein paar Tage lang nachdenken, falls sich überhaupt aus einem solchen Stimmungsmix Details herausfiltern ließen, die für unseren Fall von Interesse seien. Niemand der Teilnehmer hatte ein Wort über die Gastgeber verloren, wenn man ein paar höfliche Floskeln vernachlässigte, die der Unterbringung und dem Essen galten. Steinwercks exzellente Rotweine waren sehr gelobt worden, und Alma konnte Kuchen backen – gar kein Zweifel!

„Und wie gingen die Gastgeber miteinander um?"

Darüber musste Hilly eine Weile grübeln, bevor sie entgegnete: „Ich habe den Eindruck, dass die beiden sich nicht ganz grün sind."

„Und woraus schließt du das?"

Ein knapper Seitenblick streifte mich. „Sie gehen einander aus dem Weg, das ist ganz offensichtlich." Nach einer Weile ergänzte sie: „Glaubst du, dass es mit eurem Fall zu tun hat?"

„Keine Ahnung." Im Stillen dachte ich: Vielleicht verdächtigt Alma ihren Mann, ihre Schwester ermordet zu haben. Und dieses Misstrauen ist so stark, dass sie es nicht einmal vor Fremden beherrschen kann.

Ich hatte Hilly an ihrer Haustür abgesetzt und war noch einmal nach Große Antrup gefahren, mit dem Risiko, vergeblich am Tor zu schellen. Doch ich musste nur kurz warten, ehe Alma mir öffnete. Als ich mich für meinen überraschenden und vor allem späten Besuch entschuldigte, antwortete sie nicht, sondern bat mich mit einer knappen Geste hinein.

„Ist Ihr Mann zu Hause?“

„Nein.“ Ihre Stimme klang spröde. „Er musste noch mal weg, nach Sprakel. Bei seiner Schwester gab es einen Kurzschluss. Und wo bekommen Sie am Sonntagabend einen Elektriker?“ Ihr Blick streifte mich, als bezweifelte sie, ob ich ihr glaubte. Ich war mir sicher, dass sie log. Monika Steinwerck hätte einen Nachbarn um Hilfe bitten können, außerdem: „Bei den Stadtwerken gibt es eine Störungsstelle.“

„Monika hat sich lieber an ihren Bruder gewandt“, gab sie zurück. „Aber vielleicht kann ich Ihre Fragen beantworten.“ Sie war an der Außentür, die zum Flett führte, stehen geblieben und verschränkte abweisend die Arme vor der Brust, auch hatte sie sich so gestellt, dass ich nicht hineinsehen konnte. Gern hätte ich gewusst, ob drinnen Zeichnungen lagen. Die Skizzen einer Fünfjährigen, unbeholfen und unpräzise, und dennoch das Tor zu einem Alptraum.

„Ihre Nichte Lucie wirkte auf der Hochzeit plötzlich sehr verstört. Haben Sie den Grund für dieses Stimmungstief erfahren?“

Sekundenlang waren ihre Pupillen zwei abgrundtiefe, schwarze Löcher, doch dann antwortete sie ganz locker: „Lucie war müde! Sie hatte in der Nacht vor der Hochzeit kaum geschlafen, weil sie so aufgeregt war.“ Ihre Unbekümmertheit wirkte aufgesetzt und verkrampft, wie bei einer Pensionatsleiterin, die versucht, die unerklärlichen Depressionen ihrer Zöglinge zu bagatellisieren.

„Aber wollen wir uns nicht setzen?“ Zitterte ihre Hand leicht, als sie auf die Biergartenstühle längs des Hofplatzes wies, wo die Seminarteilnehmer offensichtlich ihre Mahlzeiten eingenommen hatten? Unter den Holztischen lagen zerdrückte Zigarettenschachteln, löchrige Papiertaschentücher und abgeknabberte Hühnerknöchelchen. Manche Leute konnten sich einfach nicht benehmen.

„Glauben Sie etwa, dass mein Mann mit Lucies Knatschigkeit zu tun hat?“, fragte Alma und gab sich nicht die geringste Mühe, ihren Spott zu unterdrücken. „Er ist ihr Patenonkel. Sie liebt ihn heiß.“ Ihre Miene verzog sich zu einem amüsierten Lächeln. „Wie kleine Mädchen nun mal sind. Mini-Lolitas, auch wenn sie es selbst nicht wissen. Männer üben eine magische Anziehungskraft auf sie aus.“

Danke für das passende Stichwort!, dachte ich im Stillen, auch wenn ein so plumper Hinweis auf das Thema latente Erotik bei kleinen Mädchen nicht nötig gewesen wäre. Dann fiel mir ein, dass Monika Steinwerck getrennt von ihrem Mann lebte. Vielleicht suchte Lucie einen Vaterersatz, und ihr Tränenausbruch auf der Hochzeit entstammte der Entdeckung, dass ihr großer und einziger Freund Jochen jetzt eine „Andere" hatte. Dass unser Gespräch so schnell auf das von mir vorsichtig angepeilte Thema zusteuerte, machte mich optimistisch. Auch wenn ich es über einen kleinen Umweg in Angriff nahm.

„Wie verhielt sich Maja, als Ihr Mann die ersten Male in Ihrem Elternhaus verbrachte? Sie war damals zehn."

Alma runzelte die Stirn, zupfte an den Blütenständen des kräftigen Lavendels, der eine Armlänge von ihr entfernt in einem Terracottatopf stand, und zerrieb die Rispe langsam zwischen den Fingern. Der Duft aus dem Wäscheschrank meiner Großmutter stieg mir in die Nase. Schneeweißes Leinen mit Lochstickerei, dazwischen niedliche Säckchen mit Blumenmuster.

„Um ehrlich zu sein", sagte Alma, „verstehe ich Ihre Frage nicht ganz."

„Gar nicht oder nicht ganz?"

Sie schnipste die zerdrückten Blüten auf den Boden und wandte sich zu mir. „Maja mochte Jochen anfangs nicht. Sie gab ihm schnippische Antworten oder überhaupt keine und ging demonstrativ aus dem Zimmer, wenn er es betrat. Ich habe mich für sie entschuldigt, weil sie sich unmöglich benahm, aber er lachte nur und meinte, das sei frühpubertäre Unsicherheit gegenüber dem anderen Geschlecht."

„Zwölf Jahre später arbeitete sie als Aktmodell für ihn. Da hatte sich ihre Unsicherheit offensichtlich gelegt."

„Inzwischen hatte sie längst eigene Freunde. Sie war exzentrisch, aber keine frühpubertäre Zicke mehr. Und sie brauchte das Geld."

„Können Sie genauer definieren, wann sich ihre Abneigung legte? Wie alt war sie da?"

„Das kann ich unmöglich sagen", wehrte sie ab, „weil Jochen und ich uns schon bald nicht mehr in meinem Elternhaus trafen, sondern in seiner Wohnung."

„Und bei Familientreffen?“ Umso deutlicher mussten dann doch diese Anlässe gezeigt haben, ob sich Majas „Zickigkeit“ – oder handelte es sich vielleicht um verletztes Schamgefühl? – gelegt hatte. Alma zuckte die Achseln. „Fragen Sie meinen Mann.“

„Ihr Mann hat kein Alibi. Wenn das Verhältnis zwischen ihm und Ihrer Schwester normal und einwandfrei war, dann sagen Sie es mir. Sie helfen ihm.“

Ihr Blick schweifte verdrossen ab, und mir fuhr der Gedanke durch den Kopf, dass ich vorschnell gehandelt hatte. Wenn sie, dermaßen unter Druck gesetzt, Steinwerck jetzt mit allen Mitteln zu entlasten versuchte, würden wir die Gründe für Majas dämonische Zeichnungen wahrscheinlich nie erfahren. Ihre standesbewusste Familie, eine offenbar unfähige Psychoanalytikerin, ein undefinierbarer Freundeskreis, das waren unsere restlichen Ansprechpartner zu ihrer Kindheit. Falls Majas groteske Skizzen in Zusammenhang mit ihrem Tod standen, hatte ich eine wichtige Chance verspielt, diesen Zusammenhang zu finden. Sobald feststand, dass Steinwerck nicht der Täter war, besaßen wir kein Recht, in seiner Vergangenheit zu graben, sie ging uns nichts mehr an.

Alma hob den Kopf und blickte an mir vorbei auf das gepflasterte Rondell. Erst jetzt fiel mir auf, dass die Buchstaben J und A und die Zahl 2003 eingearbeitet waren. Die neuen Hausbesitzer hatten sich auf dem Hofplatz verewigt, wie ihre Vorgänger es im Schlussstein des Tennentors getan hatten.

„Ich habe“, unterbrach Alma meinen Gedankenausflug mit leiser Stimme, „die beiden einmal gesehen, meinen Mann und Maja, auf einem Familienfest. Er hat ihr den Weg verstellt und sie auf eine Weise … berührt, die nicht korrekt war.“

„Wann ist das passiert?“

„Im September 1990. Mein Vater wurde fünfundfünfzig und meine und Jochens Teilnahme an der Geburtstagsfeier war Pflicht.“

„Sie hatten Ihren Mann gerade kennen gelernt, und Maja war zehn Jahre alt.“

Alma nickte und fuhr fort: „Sie rannte weg, als sie mich entdeckte. Was meinen Mann betrifft, so musste ich ihm nur einen Blick zuwerfen, um sicher zu gehen, das er so etwas nie wieder tun würde. In unserer Familie weiß man, was sich gehört. Zumindest wir Frauen wissen es."

Die Stimme ihrer Mutter! In diesem Augenblick hatte ich sie im Ohr. Sah Herbert Lehnbach im Rahmen der Küchentür stehen: hängende Schultern und eine vom Kopfkissen grotesk verknautschte Backe, hilfloses Schnarchen auf der Tischplatte. Männer, so wurde mir in diesem Moment klar, waren das schwache Geschlecht im Bienenstock der Lehnbach-Frauen. Ihren seit neuestem durch Standesamt und Kirchenregister etablierten, ansonsten aber wenig brauchbaren Schwiegersohn Jochen hatte Frau Lehnbach „gern". Ihren potenziellen – Dirk Weiting, Spross eines prominenten Architektenehepaars – hätte sie willig aufgenommen und dann gnadenlos in ihrem Kreuzspinnennetz zerlegt. Das wusste ich, seitdem ich dieses spillerige, gelgeföhnte Bürschchen und die resolute Firmenchefin im Geiste nebeneinander gesehen hatte.

Während wir uns dem Torhaus näherten, sagte ich: „Bevor Herr Radebrecht auf Ihrer Hochzeit die Gruppenfotos machte, hat sich Ihre Schwester umgezogen."

Alma schien überrascht. „Ja, stimmt", meinte sie schließlich. „Warum erwähnen Sie das?"

„Weil ich erstens den Grund dafür wissen möchte, und mich zweitens interessiert, wo das Kleid geblieben ist."

„Ich habe keine Ahnung. Mir ist es nicht mal aufgefallen, aber jetzt, wo Sie davon reden …"

„Ihre Großmutter und Ihre Tanten fanden das Kleid anstößig."

„In meiner Gegenwart haben sie das aber nicht behauptet."

„Es hängt nicht bei Ihnen im Haus?"

„Würde ich Ihnen das nicht sagen?"

Als ich nach neuen Erpresserbriefen an ihr Institut fragte, entgegnete sie: „Bei uns ist endlich Ruhe eingekehrt."

Sein Handy lockte Oliver Radebrecht in die Falle. Die Telefonnummer wussten wir durch Alma, und als er am Montagvormittag auf der Ludgeristraße ein verstohlenes Gespräch in einem Hauseingang führte, schnappten die Handschellen zu. Zwei Kollegen von der Funkstreife hatten ihm den Weg verstellt.

„Herr Radebrecht? Können wir Sie mal kurz sprechen?"

Sofort flackerte Angst in seinen Augen auf, Entsetzen, Panik … Die Kollegen hatten damit gerechnet, dass er versuchen würde zu türmen, und deshalb zwei weitere Wachbeamte an der Königs-Passage und an der Rothenburg postiert. Doch Radebrecht drehte sich nur kurz nach beiden Seiten um, erkannte, dass er nicht davon kam, und ließ sich lethargisch gegen die Hauswand drücken und auf Waffen durchsuchen. Max und ich regelten gerade unsere Mittagspause, als wir ins Vernehmungszimmer gerufen wurden.

Oliver Radebrecht war jung, keine dreißig, und er wirkte smart, Typ Herrenmodel. Dunkler Haarschopf in professioneller Zotteloptik, auffallend gepflegte Hände, sattbraune Schweinslederjacke über schwarzem Hemd, dazu Designer-Jeans. Jan Coren hatte seinen Halbbruder Eddie einen Ästheten genannt und mit diesem schmückenden Beiwort eine groteske, leicht schmuddelige Erscheinung gemeint, die sich, bei aller Pietät, posthum als Gussform für einen barocken Hofzwerg geeignet hätte. Auf den jungen Mann vor mir schien die Kategorie des Ästheten eher zuzutreffen. Auch der Teufel trägt Samt und Seide, dachte ich im vollen Bewusstsein des schweren Verdachts, der auf ihm lastete.

Er erwiderte meinen prüfenden Blick mit einem nervösen Schlag seiner dichten Wimpern und atmete hörbar aus. „Was wollen Sie von mir?“

„Eine Aussage zu Ihrem Termin am vorletzten Samstagabend in Rheine. Es wurde ein bisschen später für die alten Herrschaften.“

Schweigen.

„Finden Sie nicht, dass Sie ziemlich in der Tinte sitzen?“, polterte Max. „Sie haben sich um siebzehn Uhr von Herrn Steinwerck verabschiedet, um neunzehn Uhr dreißig sind die Fotos in Rheine entstanden. Wenn Sie uns diese Verspätung glaubwürdig erklären können, haben wir keine weiteren Fragen mehr.“

Radebrecht betrachtete seine wohlgeformten Hände.

„Sie haben die Wanduhr Ihrer Kundschaft in Rheine um eine Stunde zurück gedreht, und als ich Sie ins Präsidium bestellte, sind Sie Hals über Kopf getürmt. Das sieht nicht gut aus für Sie, Herr Radebrecht. Es sei denn, Sie hätten eine Begründung. Wir hören gerne zu, und wir haben viel Zeit.“

Er vergrub sein Gesicht in den Händen und murmelte dumpf: „Was nützt mir eine Erklärung, die Sie mir nicht abnehmen?"

„Warum so pessimistisch? Reden Sie doch einfach."

Unsere Aufforderung löste eine Reaktion aus, die einer in Tauwasser verwandelten Lawine noch am ehesten glich. Dieser schicke, selbst in seiner bedrängten Lage als dringend Verdächtiger noch beherrscht wirkende Mensch schüttelte sich plötzlich in einem derart heftigen Weinkrampf, dass Max und ich salzsäulenartig erstarrten wie Lots Frau im Doppelpack. Als das Maß, das auf eine theatralische Inszenierung hätte schließen lassen, klar überschritten war, weil man falsche Tränen nicht auf unbegrenzte Zeit produzieren kann, boten wir ihm Kaffee an, den er unter erdrutschartigem Schnäuzen ablehnte. Danach blieb nur die nochmalige Aufforderung, unsere Frage zu beantworten. Nach einem Mordgeständnis sah mir dieser Ausbruch von Entsetzen, Hilflosigkeit und Verzweiflung allerdings nicht unbedingt aus.

Daraufhin verlangte er ein Glas Wasser, mit Kohlensäure, kellerkalt. Während Max dem uniformierten Kollegen auf dem Flur Bescheid sagte, fragte ich Radebrecht nach Art und Farbe seiner Kleidung am Hochzeitsnachmittag.

„Schwarze Jeans und ein weißes Polohemd." Er nahm einen langen Schluck Wasser aus dem Glas, das Max ihm hinstellte, dann begann er zu reden. Und je länger ich ihm zuhörte, desto turbulenter wurde das Wechselbad an Gefühlen, das er in mir auslöste.

Seine Verabredung mit Maja im Spieker war als Spaß gedacht, als harmloses Teamwork. Radebrecht kannte sie von ihrer Tätigkeit in Steinwercks Atelier. So wie sie regelmäßig im Studio der Broken Wings aufgekreuzt war, hatte sie ab und zu auch bei ihm vorbeigeschaut.

Nein, Liebe sei nicht im Spiel gewesen, beteuerte Radebrecht, nicht mal ein Hauch von Erotik. Vielmehr habe Maja ihm anfangs vorgeschlagen, ihre Modenschauen zu fotografieren. Noch hatte sie die Hoffnung, die Sache in Große Antrup abzuwickeln, nicht aufgegeben, allerdings fand sie Radebrechts Honorare zu hoch. Das sei ein größeres Hindernis gewesen als die ablehnende Haltung ihrer Schwester Alma. Dann war ihm die Idee mit dem Hexenbildband gekommen. Fotos von jungen Frauen in freier Natur oder in alten

Gemäuern, in unterschiedlichster Kostümierung, doch immer mit Ritualen oder der Herstellung magischer Utensilien beschäftigt. Dazwischen die Abbildungen von Amuletten, Fetischen, seltsam geformten Steinen oder bizarr gewachsenen Wurzeln. Das Ganze durch Zaubersprüche und Koch- oder Salbenrezepte angereichert. Aber sämtliche Fotos mit nur einem Modell, das war ihm zu simpel erschienen. Interaktion war gefragt, vielleicht mit einem leicht lesbischen Einschlag. Steinwerck beschäftige doch vier weitere Aktmodelle, hatte Radebrecht argumentiert, und ob Maja nicht noch eine Freundin überreden könne, damit sie zu sechst seien? Eine gewisse Bandbreite an Gesichtern und Kostümen sei unverzichtbar. Auf diese Weise war schließlich auch Agnes Schulze-Bracht dazu gestoßen …

Seine stockende Stimme verebbte zusehends, während er verstörte Blicke um sich warf und mit beiden Händen vorsichtig seine Schläfen betastete, als wären sie zerbrechlich. Ich tauschte einen schnellen Blick mit Max, der die Augenbrauen hochzog. Ist dieser Kerl vielleicht nicht ganz dicht?, schien seine Miene zu fragen. Andererseits hatte unser Gesprächspartner bisher nichts Anrüchiges zu Protokoll gegeben. Er hatte sechs junge Frauen fotografiert, von denen fünf in Steinwercks renommiertem Atelier wahrscheinlich weitaus dürftiger bekleidet waren als in Radebrechts Buchprojekt. Doch was hatte das alles mit Majas Tod zu tun? Während ich darauf wartete, dass er weiterredete, fühlte ich ein kaltes Rieseln auf meiner Wirbelsäule. Ein Frösteln angesichts des Trügerischen, dem wir uns im Lauf unserer Recherchen immer wieder, wenn auch nur spekulativ, angenähert hatten. Radebrecht würde notgedrungen auf die Leiche zu sprechen kommen. Dass er sich dabei tatsächlich im Umfeld der Hexerei bewegte, machte seine Aussage makaber und unwirklich, obwohl ich mir genau diese Szene bereits vorzustellen versucht hatte. Ein Zusammenhang zwischen dem Neopaganismus und der eigenartigen Zurschaustellung von Majas Leiche drängte sich auf, und doch wirkte dieser Kontext plötzlich merkwürdig irreal. Ich dachte darüber nach, ob mein Unbehagen vielleicht auf der Tatsache beruhte, dass ich das Haager Abrisshaus mit seinem von der Decke baumelnden Seil und den fahlen Lichtverhältnissen besucht hatte, sekundenlang glaubte ich, eine körperlose Gegenwart des Bösen zu spüren, dann rief ich mich zur Ordnung. Zu viel Aufenthalt in paranormalen Sphären war für Ermittlungsarbeiten kontraproduktiv. Ich musste mir nur das mokante Gesicht des Pinguins vorstellen, während er sich unsere neuesten Ergebnisse anhörte, und ich stand wieder auf dem Boden der Tatsachen.

„Die Mädchen“, unterbrach Radebrecht meine heilsame Selbstkritik, „brachten gute Vorschläge für Schauplätze mit: die Hexenquellen in den Baumbergen, den Wienburgpark, ein verwildertes Grundstück an der Grevener Straße, das Wäldchen beim Kinderhauser Sportgelände ... Ich hatte schon ein paar brauchbare Aufnahmen im Kasten, als uns eine Gewitterserie mehrere Abendtermine im Freien verdarb. Da schlug Maja den Spieker in Große Antrup vor. Sie hatte ein Duplikat des Schlüssels anfertigen lassen. Wir machten fantastische Bilder, ohne dass Steinwerck oder seine Frau auch nur etwas geahnt hätten.“

„Wie bekamen Sie denn Zugang zum Hofgelände?“, unterbrach Lückmann seinen Bericht, der ins Selbstgefällige abzugleiten drohte. Das Lächeln des Fotografen wirkte womöglich noch eitler, als er erwiderte: „Ob Sie es glauben oder nicht, mit einem Schlauchboot. Direkt hinter dem Spieker ist die Gräfte etwas schmaler. Einer nach dem anderen paddelten wir ans andere Ufer, und am Ende unserer Aktion ließen wir die Luft aus der Folie und versteckten sie und das Paddel in einem hohlen Baumstamm. Da sich unter uns ein Familienmitglied der Lehnbachs befand, begingen wir keinen Hausfriedensbruch. Alles war ganz legal!“

„Schon gut!“, knurrte Max. „Kommen wir zu dem Hochzeitsfest. Haben Sie auch dort Fotos mit Maja gemacht?“

Radebrechts Miene verdüsterte sich, als er fortfuhr: „Zwei Wochen vor der Feier tauchte sie samstags abends in meinem Studio auf und lud mich zum Essen ein.“ Das war am 19. Juli, fuhr es mir durch den Kopf, sie waren am Hafenweg, haben ausgiebig gegessen und Cocktails getrunken. Anschließend hat sie sich auf der Rechnung seine Handynummer notiert.

„Bei dieser Gelegenheit“, berichtete Radebrecht weiter, „rückte sie mit dem Vorschlag heraus, mir in ihrem Atelier ein Kleid vorzuführen, ziemlich durchsichtig, in Hellgrau und Anthrazit. Ob sich das nicht für Hexenfotos eigne? Ich vermutete eher, dass sie mich in ihrem Fummel heiß machen wollte. Als ich nicht anbiss, sagte sie: ‚Du fotografierst doch auf der Hochzeit meiner Schwester. Hör zu, eigentlich wollte ich nicht hingehen, weil meine Mutter meinen Exfreund eingeladen hat. Sie kann einfach nicht kapieren, dass ich die Nase endgültig voll habe von diesem Schlappi. Aber wäre die Feier nicht eine gute Gelegenheit, im Spieker ein paar Aufnahmen mit dem neuen Kleid zu machen? Meinetwegen auch ohne Kleid.‘ Ich sehe ihr anzügliches Grinsen noch vor mir, als sie das sagte. Als wäre ich irgend so'n Grapscher! Sie schlug als Zeitpunkt achtzehn Uhr vor, dann werfe die Sonne ihre Strahlen durch die Fenster im Obergeschoss, sie habe das vorher genau überprüft. Sie wollte einen Besen mitbringen und Asche für die Fußsohlen und sich die Haare stutzen. Ich protestierte, das sei zu viel Aufwand, doch sie ließ sich von ihrer Idee nicht abbringen. ‚Haare wachsen nach‘, sagte sie. ‚Ich wollte schon längst mal als Jeanne d'Arc posieren. Und mit kurzem Haar wäre ich eine perfekte Mischung von Jean Seberg und Milla Jovovich. Vielleicht möchtest du mich ja auch fesseln oder auspeitschen.‘“ Radebrecht warf uns einen gequälten Blick zu und fuhr fort: „Ich hoffe, Sie nehmen es mir ab, dass ich ein ungutes Gefühl hatte, als ich auf ihren Vorschlag einging. Herumgekriegt hat sie mich auch erst während der Hochzeit, weil sie wirklich toll aussah in ihrem Hexengewand. Sie hatte es extra für das Gruppenfoto angezogen, ich erinnere mich noch gut an die giftigen Blicke ihrer bigotten Tanten und der Großmutter. Und meinen bisherigen Fotos für den Hexenbildband fehlte irgendwie der letzte Pep. Da hätte jeder Katalog mit Angorawäsche aufregender gewirkt. Auch wenn ich in Maja nicht verliebt war, muss ich doch sagen, dass sie mit Abstand die Hübscheste von allen sechs und verdammt gut gebaut war …“ Sein Blick schweifte ab, als hätte er vergessen, weshalb wir hier saßen.

„Sie haben sie umgebracht, weil Maja nicht in Sie verliebt war! Und jetzt spielen Sie uns hier das Sensibelchen vor! Sie wollten sie fesseln und auspeitschen, aber das ließ sie sich nicht gefallen.“ Lückmanns Stimme explodierte dermaßen, dass sogar ich zusammenzuckte. Dabei war ich an derlei Eruptionen gewöhnt. Radebrecht schlang in einer unbeholfen wirkenden Schutzreaktion die

Arme um den Oberkörper und stotterte: „Nein! Ich habe sie nur gefunden. Das müssen Sie mir glauben."

„Reden Sie weiter!", forderte Max ihn auf, worauf er merklich leiser angab, sich um siebzehn Uhr von Steinwerck verabschiedet und den Weg außen herum, über die Felder zum nördlichen Ende des Hofgeländes eingeschlagen zu haben. Mit dem Schlauchboot war er dann zum Spieker gepaddelt.

„Wann genau haben Sie übergesetzt?"

„Um Punkt sechs", Radebrechts Stimmbänder schienen plötzlich strapaziert wie Einmachgummis kurz vorm Zerplatzen. „Ich habe als Erstes versucht, meine Kunden in Rheine zu benachrichtigen, dass es ein bisschen später würde, aber sie gingen nicht ans Telefon. Als ich mich später darüber wunderte, dass die restliche Festgesellschaft nicht anwesend sei, jammerten sie mir vor, ihre Familienfeier sei ihnen aus dem Ruder geraten. Wahrscheinlich hatten sie den Hörer nicht abgenommen, weil sie weitere Pöbeleien befürchteten. Scheußlich, wenn einem ein lang geplantes Fest so gründlich verdorben wird." Jetzt hatte seine Miene eine altkluge Note angenommen, die reichlich aufgesetzt wirkte. Lückmanns Skepsis schien mir angebrachter denn je. Und wenn der Junge tatsächlich einen Sprung in der Schüssel hatte? Vielleicht sogar an Schizophrenie litt? Dann hatte er seine Tat gar nicht realisiert und gaukelte sich und uns jetzt Phantasie mit Schneegestöber vor.

Lückmann hatte sich eine Notiz gemacht, jetzt hob er den Kopf. „Was passierte zwischen fünf und sechs? Der Weg über die Felder zum Spieker ist nicht weit genug, um diese Zeitspanne zu erklären. Wo waren Sie? Wenn Sie uns das nicht erklären können, wird ein Haftbefehl beantragt, und Sie sitzen heute Nacht hier ein."

„Okay, okay!", Radebrecht streckte uns beschwichtigend seine Handflächen entgegen. „Tatsache ist, dass mir, als ich diese Leute in Rheine nicht benachrichtigen konnte, die Verabredung mit Maja nicht mehr in den Kram passte. Diese Frau war mir zu stressig, also habe ich herumgetrödelt, habe mich darüber geärgert, dass ich einen seriösen Kundentermin in den Sand setzte, und habe die Zeit verdöst. Es war so irre heiß, und vielleicht hatte ich auch zu viel Bier intus. Jedenfalls wurde mir auf dem Feldweg ganz schwummrig. Ich habe mein Motorrad an den Ackerrand geschoben und mich ins

Feld geschmissen. Stand ja alles noch hoch im Korn. Erst letzte Woche hat Schulze-Bracht mit der Ernte angefangen. Da hätte ich es nicht mehr so bequem gehabt … Ach, Mist!“ Er zerwühlte seine Designerfrisur, als nervte ihn das eigene Gerede.

„Sie paddelten also um achtzehn Uhr hinüber zum Spieker. War das Gebäude offen?“ Als Radebrecht nickte, fuhr Max fort: „Was haben Sie dort gesehen?“ Seine Fingerknöchel wurden weiß, so heftig klopfte er auf die Tischplatte. Ich teilte seine Anspannung. Wenn wir den Täter vor uns hatten, ging es jetzt ans Eingemachte. Eine einzige ungeschickte Frage, und unser Gesprächspartner verkroch sich in einer verbalen Felsspalte, aus der ihn, wenn überhaupt, nur sein Anwalt hervorlocken konnte, allerdings nicht in unserer Anwesenheit. Noch bevor es mir gelang, seine Mimik zu enträtseln, hatte Radebrecht den Kopf gehoben und blickte jetzt zur Zimmerdecke, als müsste er sich vor Horrorvisionen schützen, die sich an den umlaufenden Wänden entlang zogen wie ein grauenhafter Fries. Immerhin redete er weiter, wenn auch mit hochgerecktem Kinn und Tränen in der Stimme.

„Der Spieker war unverschlossen, wie Maja angekündigt hatte, aber im oberen Stockwerk fand ich sie nicht. Ich rief nach ihr, sie gab keine Antwort. Stattdessen hörte ich ein leichtes, reibendes Geräusch, als baumelte etwas hin und her. Ich stieg ins Dachgeschoss, und dort hing sie …“ Er bedeckte das Gesicht mit den Händen, während seine Schultern zu zucken begannen. „Sie war tot. Die Bewegung ging nicht von ihr aus, sondern von mir. Meine Tritte auf der Treppe hatten die Holzbohlen im ganzen Gebäude zum Vibrieren gebracht, das Beben übertrug sich auf den Dachstuhl.“ Seine letzten Worte kamen wie gehetzt, er rieb sich die Kehle so heftig, dass seine Finger hörbar auf der Haut schabten.

„Schildern Sie das Obergeschoss“, forderte Lückmann hart. „Wie sah es aus? Sie waren dort verabredet.“

„Aber Maja war nicht da.“

Sekundenlang ging mir die Parallele zu dem Abrisshaus in Den Haag durch den Kopf: Ein Fototermin, die Tür steht offen, aber einer der Partner erscheint nicht. Alles schien sehr ähnlich, bis auf einen Aspekt. Der Mörder von Große Antrup hatte den Tatort so sauber gemacht, als hätte er einen Hausfrauen-Wettbewerb von Henkel gewinnen wollen.

„Lagen in der oberen Etage Reste von abgeschnittenen Haaren?“, fragte ich, und Radebrecht nickte. Die Holzbohlen waren voll davon. Der Besen hatte in der Ecke gelehnt.

„Und die Schere?“

Er erinnerte sich, sie auf der Fensterbank gesehen zu haben, bevor er weitergehetzt war, ins Dachgeschoss.

Max hakte nach: Wie hatte die erste Etage ausgesehen? Der Fotograf berichtete stockend, der Fußboden sei nicht nur mit Majas blonden Haaren, sondern auch mit Aschespuren bedeckt gewesen. Kreuz und quer, als hätte ein Kampf stattgefunden. Als ich zu bedenken gab, es könne sich um makabre Tanzschritte handeln, erklärte er, den Blick wieder zur Decke gerichtet, mehr Details gebe die Momentaufnahme in seinem Kopf nicht her.

„Haben Sie an den Spuren irgendetwas verändert?“

Wieder verneinte er, gab auf ein Nachfragen hin aber zu, die Klinke der Eingangstür mit dem Taschentuch abgewischt zu haben.

„Wir haben keine Ascheabdrücke auf dem Boden gefunden“, wandte Max ein. „Haben Sie dafür eine Erklärung?“

Nein, hatte er nicht!

„Wie waren die Lichtverhältnisse im Dachgeschoss?“, polterte Lückmann.

„Es war … dämmrig. Dort oben gibt es keine Fenster.“

„Was haben Sie in diesem dämmrigen Licht gesehen?“

„Anfangs nicht sehr viel. Ihr Gesicht war … ich habe geglaubt, sie hätte sich einen bösen Scherz ausgedacht und eine Maske aufgesetzt, um mich zu erschrecken.“

„Sie trug eine Maske?“, fragte ich entgeistert. Hatte Maja den Mord an ihrer Freundin Valerie nachstellen wollen? Und war Radebrecht über diesen bösen Scherz dermaßen in Wut geraten, dass er sie erdrosselte? Aber woher wusste er von Valerie?

„Ihr Gesicht“, stotterte er, „sah furchtbar aus. Dann sah ich, dass jemand sie erdrosselt hatte. Die Einkerbung am Hals verlief anders als der Strick, an dem sie hing.“

„Und das wollen Sie in so kurzer Zeit gesehen haben? Wie lange waren Sie bei der Toten?“

„Ich habe nur ganz kurz hingesehen“, keuchte er. „Aber so viel konnte ich erkennen: Es war kein Selbstmord, wozu auch? Sie wollte doch Fotos mit mir machen. Mir wurde so schlecht, dass ich dachte, ich kippe um. Da bin ich weggerannt.“

Er will seine Tat nicht wahrhaben, fuhr es mir wieder durch den Kopf. Er hat sie erwürgt und aufgeknüpft, und jetzt läuft er vor sich selbst davon, indem er sich abwechselnd einen üblen Streich einredet und einen anderen Täter. Vielleicht war er ja auch so betrunken, dass er sich nicht erinnern kann.

„Herr Radebrecht, haben Sie sie umgebracht?“

„Nein“, seine Stimme erstarb zu einem mühsam unterdrückten Würgen.

„Dann sagen Sie uns bitte ganz genau, wie die Tote ausgesehen hat“, bohrte ich. Wenn er sich so überstürzt davon gemacht hatte, wie er behauptete, konnte er nur den allerersten Eindruck mitgenommen haben. Falls er ein Detail schilderte, das man nur bei längerem Hinsehen erkennen konnte, hatten wir ihn überführt.

„Der erste Anblick müsste sich doch in Ihr Gedächtnis eingegraben haben“, insistierte auch Lückmann. „Hatte sie die Augen offen?“

„Sie hat mich … angesehen“, flüsterte er, „ich hatte tatsächlich kurz den Eindruck gehabt, als schaukelte sie leicht … Aber das muss an den schwankenden Dielenbrettern gelegen haben.“

„Warum haben Sie das Seil nicht durchgeschnitten? Sie hätte ja noch leben können.“

„Es war so furchtbar“, flüsterte er. „Ich konnte einfach nicht näher herangehen, es war, als ob … meine Beine streikten.“

Ich rechnete die Tatzeit nach. Bis halb sieben hatte Radebrecht sich rein theoretisch im Spieker aufhalten können. Neunzig Minuten reichten für den Mord, das Aufknüpfen der Leiche und eine gründliche Spurenbeseitigung selbst bei nur einem Täter. Verhörten wir trotzdem den Falschen? Hatte Majas Mörder vielleicht von ihrer Verabredung mit Radebrecht erfahren? Ihre Vorbereitungen für die Hexenfotos waren aufwändig, wahrscheinlich hatte sie schon um fünf damit begonnen. Und wenn sie versprochen hatte, die Spiekertür offen zu lassen …

Wieder ein Gedankensplitter vom Haager Tatort: Valerie, die

sich als Miss Piggy zurechtmacht. Sie wartet ebenfalls auf einen Fotografen, er erscheint, allerdings nicht mit einer Kamera …

„Sagt Ihnen der Name Valerie van Kranenburg etwas?"

Verwirrt schüttelte er den Kopf. „Klingt holländisch oder belgisch. Ich kenne niemanden in Benelux."

„Waren Sie im letzten halben Jahr in Den Haag?"

„Nein."

„Sie wissen, dass wir das nachprüfen können."

„Dann prüfen Sie es nach."

Eine Weile herrschte Schweigen, während mir eine Möglichkeit durch den Kopf ging, Radebrechts Aussage auf der Stelle zu überprüfen. Es war nur eine vage Hoffnung, gestützt auf die Beobachtungen eines Kindes. Noch wussten wir nicht einmal, ob dieses Kind tatsächlich durch eine schlimme Entdeckung aus dem Gleichgewicht geraten war, aber ein Gespräch war die Sache wert.

Max unterbrach meine Gedanken mit der Aufforderung an Radebrecht, das Dachgeschoss des Spiekers noch ausführlicher zu beschreiben. Der Fotograf vergrub das Gesicht in den Händen und erklärte, die Tote habe in der rechten, hinteren Ecke an einem Strick gehangen. Sie hatte das Chiffonkleid getragen. Max unterbrach ihn: „Ein Hochzeitsgast, der Maja als Letzter begegnet ist, sagt aus, sie habe ein rotes Top und einen schwarzen Rock getragen. Haben Sie diese Kleidung im Spieker gesehen?"

„Sie hatte ihre Umhängetasche nicht mitgenommen", ergänzte ich. „Lag irgendwo eine Plastiktüte mit Kleidungsstücken?"

Er erinnerte sich nicht.

„Wann haben Sie den Speicher verlassen?"

„Unmittelbar, nachdem ich Maja gefunden hatte. Ich hatte nur den einen Wunsch: nichts wie weg! Weit weg! Hätten Sie an meiner Stelle Herrn Steinwerck benachrichtigt?" Er sah in unsere skeptischen Mienen und fuhr fort: „Wie hätte ich denn glaubhaft machen sollen, dass ich nicht der Täter bin? Ich hatte mich offiziell verabschiedet, um anschließend in einem Hofgebäude, das nicht zur Besichtigung freigegeben war, Fotos zu machen. Da hätte doch jede Aussage total unglaubwürdig geklungen."

„Ihre Flucht lässt Sie erst recht unglaubwürdig erscheinen!"

Das habe er sich auf der Fahrt nach Rheine auch überlegt, in seinem Dilemma sei ihm aber keine andere Wahl geblieben, als zu türmen und das Jubelpaar in Rheine irgendwie auszutricksen. Er schien nach weiteren Argumenten zu suchen, aber Lückmann kam ihm zuvor: „Ihr Termin in Rheine verschaffte Ihnen das perfekte Alibi, vorausgesetzt, Sie konnten die Verspätung vertuschen."

„Was sollte ich denn machen?", brüllte unser Gegenüber genervt. „Sie hätten meine Kundschaft doch befragt und die Fotos überprüft. Und ich hätte keine Erklärung für meine Verspätung gehabt."

Als ich eine Pause vorschlug, gab Max die Unterbrechung zu Protokoll, stellte das Aufnahmegerät ab und rief den uniformierten Kollegen herein. Sobald wir draußen waren, fragte er ungehalten: „Warum so schnell eine Pause? Wir haben doch gerade erst angefangen. Du nimmst uns ja den Wind aus den Segeln!"

„Mach ohne mich weiter, nimm einen zweiten Kollegen vom Wach- und Dauerdienst dazu. Zieh die Vernehmung in die Länge, bis ich zurück bin. Ich fahre zu Monika Steinwerck und rede mit Lucie." Ich berichtete Max von dem überraschenden Besuch ihrer Mutter am Sonntagabend in Große Antrup.

Inzwischen war es achtzehn Uhr dreißig; eine Zeit, in der nicht nur die Kindergärten geschlossen waren, sondern auch die Schalter der Sparkassenfiliale, wo Steinwercks Schwester arbeitete.

Unterwegs ging ich der Frage nach, warum unser Täter, wenn er den Mord von Den Haag hatte nachahmen wollen, noch einmal zurückgekommen war, um die Räume des Spiekers zu säubern. Falls Radebrecht nicht log, hatte er verschieden große Fußabdrücke gesehen; ein Szenario, das dem in Den Haag ähnelte – hier Asche, dort fettiges Linoleum. Aber genau darin lag auch schon die Antwort. Im Spieker hatte jenes verkrustete Chaos aus Schmutz und Lumpen gefehlt, das dem Haager Mörder half, seine Tat zu verschleiern. In Große Antrup war die Gefahr, sich durch eine einzige Bagatelle zu verraten, einfach zu groß gewesen.

Das Gebäude, in dem Monika Steinwerck wohnte, war von jener Schlichtheit, die Häuser aus den ersten Nachkriegsjahren häufig kennzeichnet. Allerdings besaß es drei Stockwerke, und diese Ausmaße provozierten mich zu der Frage, ob nicht irgendjemand aus ihrer Hausgemeinschaft die Stromstörung hätte beheben können.

Mein Verdacht, dass ihr Besuch in Große Antrup einen viel dramatischeren Anlass gehabt hatte, wurde stärker.

Ich fand Mutter und Tochter im seitlich anschließenden Garten, wo sie die Goldfische im Teich zählten. Doch schien es wohl nur als Denksport und nicht als Bestandsaufnahme gemeint, denn sobald die beiden zu einem Endergebnis kamen, begannen sie wieder von vorn. Da sie mich nicht bemerkten, blieb ich am Gartentor stehen und beobachtete sie.

„Heute Abend, Lucie“, hörte ich Frau Steinwerck sagen, „bist du garantiert so müde, dass du schlafen kannst.“

„Ich mag nicht schlafen“, klagte die Kleine und schob den Daumen in den Mund. „Und ich will nicht wieder diese bösen Sachen träumen.“

„Du träumst nicht davon.“ Täuschte ich mich, oder schlich sich ein leichtes Zittern in die Stimme ihrer Mutter? „Und wenn du sie im Traum siehst, dann weck mich ganz einfach. Komm, wir gehen ins Haus.“ Ihr Blick streifte prüfend den Himmel. Die hoch aufgetürmten, dunklen Wolken hatten schwefelgelbe Ränder bekommen, und in der Ferne grummelte es.

„Haben die Goldfische keine Angst vor Blitz und Donner?“

„Die merken das gar nicht“, entgegnete Frau Steinwerck, und ihre Munterkeit wirkte künstlich. „Unter Wasser ist es ganz still, deshalb sind die Fische stumm. Aber sie sehen die Kreise, die die Regentropfen auf der Oberfläche ziehen, und das ist sehr lustig für sie. Wie Fernsehen.“

Wäre ich nicht mit dem Verdacht hergekommen, dass Lucies Tränenausbruch auf der Hochzeit nicht von einer simplen Übermüdung rührte, sondern von einer tiefen Verunsicherung, ich hätte ihr Gespräch ziemlich merkwürdig gefunden. Doch wie es schien, war ihre Mutter um Schadensbegrenzung bemüht, wobei ihr die Ursache des Schadens nicht bekannt war, weil sie sonst offener darüber geredet hätte. So wie man mit einer Fünfjährigen den Grund für Schmerzen diskutierte, den Tod eines Haustiers oder ein Problem in der Familie. Hätte sie etwa versucht, Lucies Kummer über die Trennung vom Vater mit einem Ablenkungsmanöver am Goldfischteich zu lindern?

Sie wandte sich schneller um, als ich erwartet hatte. Mir gelang es gerade noch, meine Körperhaltung so zu ändern, dass es wirkte, als sei ich eben erst gekommen. Ich legte die Hand auf den Torpfosten und schob den Autoschlüssel in meine Umhängetasche.

„Guten Abend", sagte Monika Steinwerck ohne sichtliche Überraschung. „Sie sind von der Polizei, oder?"

Sie hielt mir die Terrassentür auf, und wir betraten einen großen Wohnraum, der ganz offensichtlich von mehr Personen benutzt wurde als von ihr und Lucie. Auf dem niedrigen, gläsernen Couchtisch lag eine Pfeife in einem Kristallaschenbecher, daneben ein Päckchen Tabak, und über die Lehne eines der drei abgewetzten Büffellledersofas war ein Pulli drapiert, der zu weit und zu lang für Lucies zierliche Mutter schien. Die Zeitschriften unter der Glasplatte stellten sich bei näherem Hinsehen als Magazine für Heimwerker heraus. Aber da lag noch etwas: bemalte Blätter, die aussahen wie Kinderzeichnungen. Hastig schob Frau Steinwerck sie unter den Zeitschriftenstapel. „Setzen wir uns doch in die Küche."

Sie schickte Lucie mit dem Auftrag in ihr Zimmer, die Babypuppe mit einer frischen Windel zu versorgen, bevor sie sich mir gegenüber am Tisch niederließ und den Kopf in die Hände stützte.

„Wohnen in diesem Haus noch andere Kinder?"

„Hier nicht, aber nebenan wohnen gleich drei. Um was geht es?"

„Um den Schock, den Ihre Tochter auf der Hochzeit erlitten hat." Als sie zum hastigen Protest ansetzte, fuhr ich fort: „Was hat Lucie auf dem Hof Ihres Bruders gesehen oder gehört?"

„Ich weiß nicht, wovon Sie reden."

„Sie fuhren gestern Abend nicht zu Ihrem Bruder, weil Sie einen Stromausfall hatten. Den hätte einer Ihrer Mitbewohner beheben können, falls Sie es selbst nicht schafften. Was war der Grund?"

Als ihre Oberlippe zu zittern begann, wusste ich endgültig, dass kein Kurzschluss passiert war. Dennoch schwieg sie.

„Ihre Tochter zeichnet doch sicher gern. Ist Ihnen vielleicht in den letzten Tagen etwas aufgefallen, was so gar nicht zu den übrigen kleinen Kunstwerken passen will?"

„Zu Hause", begann sie zögernd, „spielt sie hauptsächlich mit Puppen und Legosteinen. Und im Kindergarten wird nicht alles aufbewahrt. Das müssten die Eltern dann schon mitnehmen."

„Dann haben Sie die Zeichnungen, die unter dem Couchtisch liegen, also mitgenommen.“

„Sie sind für einen Freund hier im Haus bestimmt und haben gar nichts zu tun mit …“ Zu spät wurde ihr bewusst, dass sie sich verplappert hatte. Schnell schob ich nach. „In Majas Elternhaus in Wolbeck haben wir merkwürdige Skizzen gefunden; scheußliche Fratzen, Menschen mit starken Deformationen oder grotesken Verrenkungen. Alles in Pechschwarz. Maja war damals zehn Jahre alt, das Ganze hat etwa zwei Jahre angedauert. Diese Maleruptionen – man hat den Eindruck, als hätte sich das Mädchen von quälenden Visionen befreien wollen, indem sie sie zu Papier brachte – stammen aus der Zeit, als Alma Ihren Bruder kennen lernte …“

„Wollen Sie damit etwa andeuten …?“

„Ich möchte gar nichts andeuten. Aber Kinderzeichnungen sind häufig ein hilfreiches Ventil für verstörende Erlebnisse, ganz egal, welcher Natur sie sind.“

„So! Jetzt will ich Ihnen mal was sagen!“ Sie war aufgesprungen und stand kampfbereit gegen die Fensterbank gelehnt. „Zugegeben, mein Bruder war immer ein lockerer Typ. Und in diesem verdammten Mordfall hat er kein Alibi. Er und ich, wir haben in unserer Kindheit natürlich auch die so genannten Doktorspiele in der Gartenlaube veranstaltet. Gelegentlich wurden wir deswegen von meiner Mutter vertrimmt, aber wir standen uns als Kinder sehr nahe, und die Wissbegier existierte auf beiden Seiten. Ich weiß, worauf Sie hinaus wollen. Diese Beobachtung, die meine Schwägerin damals gemacht hat, bigott und prüde wie sie war und noch immer ist – diese unerlaubte Berührung einer Zehnjährigen, die kam nicht nur von Jochens Seite zustande. Maja war einerseits ein frühreifes Flittchen, andererseits eine pubertäre Zicke: Rühr mich nicht an, auch wenn ich dich provoziere bis aufs Blut. Mein Bruder meinte es damals nicht so, als er Maja in den Arm nahm. In der Lehnbach-Sippe war allerdings der Teufel los! Der Sittenstrolch Jochen bekam Hausverbot. Danach setzte Maja ihre unbewältigten Berührungswünsche in völlig überdrehte Zeichnungen um. Ich kenne sie, sie waren kein Geheimnis, weder in meiner Familie noch in der meiner Schwägerin. Und wenn man weiß, wie sie zustande kamen, sind sie nur noch halb so wild.“

„Wenn ein Kind nachts von Teufeln träumt und tagsüber Monster zeichnet, muss eine ernstere Ursache vorliegen als die flapsige Berührung durch einen jungen Mann."

„Maja hatte eine blühende Phantasie", widersprach Frau Steinwerck. „Sie behauptete im Gymnasium von ihren Lehrern, sie zögen sie mit ihren Blicken aus. Sie provozierte alle möglichen Skandale, um sich wichtig zu machen." Als ich dazu schwieg, fuhr sie beinahe hämisch fort: „Was glauben Sie denn, warum sie unbedingt bei Jochen als Aktmodell arbeiten wollte?"

„Was macht Sie so sicher, dass nur sie es wollte?"

Sie schnaubte verächtlich. „Gilt ein Mann automatisch als Fummler, nur weil er mit dreiundzwanzig leicht über die Strenge geschlagen hat? Fragen Sie die übrigen Aktmodelle, fragen Sie seine Studenten. Er behandelt sie absolut korrekt."

„Vielleicht entlasten Sie Ihren Bruder, wenn Sie mir diese Zeichnungen geben."

„Er hat damit nichts zu tun."

„Er ist Lucies Lieblingsonkel."

„Glauben Sie, ich würde meine Hand für jemanden ins Feuer legen, der meine Tochter belästigt? Selbst wenn er mein Bruder ist? Ich bin nicht so gebaut wie diese Lehnbachs, die ihren böswilligen Verdacht unter den Teppich kehrten, weil ein Skandal in der Familie geschäftsschädigend gewesen wäre!" Ein rasselndes Schlüsselbund an der Haustür kündigte den ersten Heimkehrer an und übertönte sogar Frau Steinwercks schrille Stimme. Ich musste die Zeit nutzen, bevor die restliche Hausgemeinschaft unser Gespräch unterbrach.

„Könnte es sein, dass Lucie in den letzten Tagen öfter etwas gemalt hat, für das Sie keine Erklärung finden? Verstörende Dinge? Hat Sie vielleicht jemand darauf aufmerksam gemacht? Verhält sie sich seit dem letzten Wochenbeginn anders als sonst?"

Als sie heftig den Kopf schüttelte, wirkte es zwanghaft und ungläubig wie wider besseres Wissen. Als würde sie mit Tatsachen konfrontiert, die sie panisch von sich wies.

„Zeigen Sie mir bitte die Zeichnungen. Gibt es noch mehr?"

„Woher …?", begann sie, verstummte dann jedoch.

„Waren Sie deswegen gestern Abend bei Ihrem Bruder?"

Sie nickte kaum merklich. „Er fand auch keine Erklärung dafür."

„Vielleicht finden wir sie gemeinsam", drängte ich. „Bestimmt legt sich Lucies Verstörtheit, wenn wir den Auslöser kennen."

Fast glaubte ich schon, ich hätte sie überzeugt, doch dann entgegnete sie mit trotzigem Unterton: „Diese Zeichnungen sind ein Geschenk für einen Psychologen hier im Haus."

„Was hat er dazu gesagt?"

„Warum interessieren Sie sich dafür?", blockte sie erneut ab. Als hätte ihr der Psychologe hermetisches Schweigen verordnet.

„Weil, wie Ihnen bekannt sein dürfte, auf der Hochzeit am Samstag ein Mord geschehen ist, und zwar am frühen Abend. Nach Aussagen mehrerer Gäste wurde Ihre Tochter gegen neunzehn Uhr ganz plötzlich von einem solchen Weinkrampf geschüttelt, dass man ihn nicht mit Müdigkeit erklären kann. Vorher hatte sie auf dem Hof herumgetollt, das wissen wir durch die Großmutter von Alma Lehnbach. Sie hat beobachtet, wie Lucie sich gegen siebzehn Uhr in den nördlichen Hofteil entfernte."

„Was soll sie dort gesehen haben?" Frau Steinwercks Miene war eine Mischung aus Betroffenheit und Zurückweisung.

„Ich möchte Lucies Bilder haben!"

Es war fraglich, ob sie meiner Aufforderung gefolgt wäre, wenn nicht in diesem Moment wieder Schlüssel an der Tür geklimpert hätten. Ein durchdringendes Pfeifen wie von einem Murmeltier ertönte, Sekunden später stürmte Lucie die Treppe hinunter und fiel dem Heimkehrer um den Hals. „Hey, Pinocchio, was hast du mir mitgebracht?"

„Natürlich einen Pinienzapfen, kleine Fee", sagte eine Männerstimme. Dann betrat ein etwa dreißigjähriger Mann mit einer auffallend langen Nase das Zimmer.

„Offen gestanden", sagte er, nachdem Monika Steinwerck uns einander vorgestellt und ihm gesagt hatte, worum es ging, „finde ich Lucies Bilder überhaupt nicht merkwürdig. Sie hat das Märchen von den sechs Schwänen gezeichnet. Ich hatte ihr zum Geburtstag ein Bilderbuch mit dieser Geschichte geschenkt, das ihr sehr gefällt. Dafür hat sie sich revanchiert." Sein Blick, halb amüsiert, halb liebevoll, streifte ihre Mutter. Vielleicht war er auf dem besten Weg, den Platz des fehlenden Vaters einzunehmen, und Lucies Tränenausbruch galt tatsächlich nicht dem Verlust ihres großen Freundes Jochen.

Ich sah mir die Zeichnungen an und fand, dass der Psychologe durchaus Recht haben konnte. Mit etwas Phantasie ließen sich bei den hellgrauen und anthrazitfarbenen, sehr schwungvollen Linien, die Lucie in überraschend ähnlicher Anordnung über jeden der vier Papierbögen verteilt hatte, Schwanenflügel vorstellen. Die Kritzeleien und Kreise in ihrer Mitte waren schwieriger zu deuten. Ich hätte das Märchen detaillierter im Kopf haben müssen, um sie zu verstehen. Die beiden nach unten gewölbten, aneinander hängenden Halbkreise, die ebenfalls auf jedem Blatt erschienen, sollten vielleicht die Wellen symbolisieren, auf denen die Schwäne schwammen. Aber warum nur zwei, wo Kinder doch mit Natursymbolen gern verschwenderisch umgingen? Rechts und links von ihnen spreizten sich krallenartige Gebilde, und über ihnen stand ein etwas größerer Halbkreis, dessen Rundung nach rechts zeigte, während sich an der linken, geraden Seite igelartige Stacheln sträubten. In die obere Hälfte des Halbkreises hatte Lucie einen Punkt gesetzt, wie ein Auge.

„Ich würde eher auf einen Raubvogel tippen“, widersprach ich nach längerem Hinsehen. „Obwohl der Schnabel fehlt, ist die Ähnlichkeit mit einem aggressiven Vogel nicht von der Hand zu weisen: die großen Flügel, die Krallen, die Kopffedern …“

Als ich Lucie auf meine Interpretation ansprach, geriet sie in eine eigenartige Verwirrung und begann zu schreien, während sich ihre Fäuste in die Augen bohrten. Vergeblich versuchten Frau Steinwerck und ihr Nachbar die Kleine zu trösten. Sie schrie und strampelte, und ich beschloss, die Befragung am nächsten Tag fortzusetzen. Ihre Stimme gellte mir in den Ohren, bis ich im Auto saß. Als ich die Umhängetasche auf den Beifahrersitz legte, knisterten die Zeichenblätter im Innenfach. Ich dachte wieder an Majas Teufelsbilder, konnte allerdings keine Verbindung mehr zwischen ihr und Lucie entdecken. Weder das Alter stimmte überein noch die Malereien selbst.

Beim Starten des Motors fiel mir ein, dass ich etwas Wichtiges vergessen hatte, etwas das mir den Zugang zu Lucies Bildern entweder verschaffte oder völlig verschloss. Auf mein Schellen öffnete der Psychologe. „Was gibt es denn noch?“, wunderte er sich. Obwohl es still im Haus geworden war – nur der Fernseher im Wohnzimmer brabbelte –, sah er sich nervös um.

„Ich hätte gern das Bilderbuch, das Sie Lucie geschenkt haben.“

„Wenn sie das nicht wieder total aus der Fassung bringt“, knurrte er. „Gerade hat sie sich beruhigt.“ Ich wartete im Türrahmen, bis er es brachte. „Interessiert es Sie wegen dieser Schwäne?“

„Nur indirekt“, entgegnete ich. „Ich vermute, dass Lucie auf der Hochzeit irgendetwas Schockierendes gesehen hat, das sie nicht verkraftet. Deshalb flüchtet sie sich in das Märchen. Und ich möchte erfahren“, ich klopfte auf den peppig aufgemachten Buchdeckel, „an welchen Vorlagen sie sich beim Zeichnen orientiert haben könnte. Oder haben Sie vielleicht eine andere Erklärung?“

„Nein, habe ich nicht.“

„Sie sagten, sie mag dieses Buch?“

„Das stimmt. Erfahre ich die Lösung des Problems, falls Sie eine finden?“

„Wenn ich dazu befugt bin, gern.“ Damit war ich aus der Tür.

An diesem Abend blieb Radebrecht in Untersuchungshaft, während Max und ich vergeblich über den Zeichnungen grübelten. Max hatte es brüsk abgelehnt, das Bilderbuch hinzuziehen. Er sei weder Märchenonkel noch Illustrator. „Findest du nicht, dass deine neue Spur uns total in die Wüste führt?“, ätzte er. „Nur weil diese Göre auf der Hochzeit plötzlich zu heulen beginnt, heißt das noch lange nicht, dass sie den Mord beobachtet hat. Vielleicht hat sie sich am Büffet überfressen und Bauchweh bekommen.“

Ähnliche Zweifel plagten mich auch, trotzdem mochte ich meine Theorie nicht in die Wüste schicken, schon gar nicht ohne Max und mich. „Warum hat sie dann noch immer Alpträume? Und warum berät sich ihre Mutter über diese Zeichnungen mit Steinwerck?“

„Kinderkram!“, knurrte Max. „Und überhaupt: Wenn Sabine erfährt, dass wir neuerdings anhand von Bilderbüchern ermitteln, tickt ihre biologische Uhr noch hektischer, als ohnehin schon gut ist. Ich finde ja so schon keinen Schlaf mehr.“ Darauf konnte ich mir ein hämisches Lächeln nicht verkneifen, überließ ihm das rätselhafte Opus unserer kleinen Künstlerin und schlug das Bilderbuch auf, doch ich kam nicht weit. Das Federkleid der unglücklichen

Schwäne war dort in einem akribischen Realismus wiedergegeben, der mich an Hillys Zwiebel-Knoblauch-Tryptichon auf unserem Büroflur erinnerte. Die heldenhafte kleine Schwester der sechs Brüder war ein gutmütig wirkendes Pummelchen, das mir Irma Kottnick vors innere Auge holte, während die böse Stiefmutter wie eine Barbiepuppe aussah, zwar ohne jeglichen Busen, dafür aber mit dem langen, lockigen Haar aus der Guhl-Werbung. Die sechs Brüder wiederum sahen einander so ähnlich, als entstammten sie einer besonders erfolgreichen In-vitro-Befruchtung. Als Vorlage für Lucies Illustrationen eigneten sie sich alle nicht. Frustriert machten wir um halb zwölf Schluss. Am Morgen würde ich Zeichnungen und Bilderbuch unserer Hauspsychologin Mara Hoppe vorlegen.

Die biologische Uhr von Franz tickte nicht hektisch, sie schnarchte. Schon im schmalen Spalt unserer Haustür drang das scharfe, rhythmische Pfeifen zu mir hinunter. Ich machte Katzenwäsche und warf meine Kleidung zur gründlicheren Durchsicht am nächsten Morgen – dies reif für den Wäschekorb, jenes weiter tragbar – über die Lehne des auf antik gemachten Kapitänssessels, den meine Schwägerin Paula mal bei eBay ersteigert und uns zu Weihnachten geschenkt hatte, weil das gute Stück angeblich sekundenlang in einer Folge von „Traumschiff" zu sehen gewesen war. Dann kroch ich in meinem schmeichelweichen Seidenhemd unter das dünne Laken, das seit der Rekordhitze unsere Bettdecke ersetzte. Auch wenn die Temperaturen inzwischen zu den sommerlichen Durchschnittswerten des Münsterlandes zurückgefunden hatten, hing in unserem fast neunzig Jahre alten Haus die Glut in den Zimmerecken wie Schwalbennester. Bei dem Gedanken an die lästige Käckelei der Jungvögel machte ich eine instinktive Bewegung, wie um mich zu schützen, dabei stieß meine Zehe an die Fußsohle von Franz. Indianersohlen: Sie kannten keinen Schmerz und waren doch so sensibel, dass er, voll im Schlaf, diese Berührung erwiderte und zwar intensiver, als ich erwartet hatte. Im Handumdrehen war er wach und hungrig wie ein Wolf auf das ahnungslose Schaf.

„Ist es dazu nicht schon reichlich spät?", flüsterte ich.

„Dafür ist es nie zu spät", knurrte er und biss mir leicht in den

Nacken. „Ich bekomme dich ja überhaupt nicht mehr zu sehen, da muss man jede Gelegenheit nutzen."

Mir fiel wieder ein, dass ich ihn während meines letzten Mordfalls verdächtigt hatte, mehr Nachtdienst zu schieben als nötig, und ihn mit allen möglichen jungen Mädchen in unserer Nachbarschaft in Verbindung gebracht hatte. Oh ja, es gab einiges nachzuholen, notfalls eben mitten in der Nacht.

Später, beim Einschlafen, wurde mir klar, dass er unsere für sein freies Wochenende geplante Wanderung durch die Bockholter Berge meiner Fahrt nach Den Haag geopfert hatte. Wir hatten uns auf diesen Ausflug gefreut, und dennoch war kein Wort des Vorwurfs über seine Lippen gekommen. Im September machen wir Urlaub, dachte ich grimmig. Gleichgültig, ob der Fall aufgeklärt ist oder nicht!

Dann holte mich der Schlaf.

„Also, wenn Sie mich fragen …" Mara Hoppe hatte eine ganze Weile über Lucies Zeichnungen gebrütet, jetzt nahm sie die Hornbrille ab und sah mich nachdenklich an. Ich verstand das als Aufforderung, neben sie zu treten. Sie griff zum Bleistift.

„Dies hier", die Minenspitze umkreiste das flaumige Gewölk aus schwungvollen, hell- und dunkelgrauen Linien, „könnte durchaus ein Vogelkleid sein. Von mehreren großen Vögeln. Aber der Rest? Die Heldin des Märchens von den sechs Schwänen ist eindeutig die Schwester der verzauberten Brüder, weil sie die Hemden näht, mit deren Hilfe sie zurück verwandelt werden. Ihren Gegenpol stellt die böse Stiefmutter dar, die die Kinder aus dem Weg räumen möchte. Und dann gibt es natürlich noch den machtlosen König." Sie blickte hoch und fuhr fort: „Sie sagten, dass die Urheberin dieser Zeichnungen an einer Hochzeit teilgenommen hat. In welchem Verhältnis steht sie zum Bräutigam?" Als ich es ihr erklärte, nickte sie gedankenvoll.

„Wenn sich Lucie in letzter Zeit mit diesem Märchen beschäftigt hat, hat sie sich bestimmt mit einer der Personen identifiziert. Normalerweise würde man auf die heldenhafte Schwester tippen. Aber dann, da bin ich mir sicher, hätte sie sich selbst in ihre Zeichnungen miteinbezogen. Was für ein Typ ist sie?"

„Ich kann sie nur oberflächlich beschreiben, weil ich sie gestern Abend zum ersten Mal gesehen habe. Für eine Fünfjährige scheint sie mir ziemlich weit entwickelt. Ihre Ausdrucksweise gehört eher zum oberen Durchschnitt, und sie wirkt weder psychisch noch physisch irgendwie vernachlässigt. Die Mutter ist Alleinerziehende, macht aber keinen überforderten Eindruck." Ich berichtete Frau Hoppe von dem Gespräch zwischen Mutter und Tochter am Gartenteich. Mit Genugtuung bemerkte ich die Falte über ihrer Nasenwurzel, als ich anschließend den Psychologen erwähnte. Ein bisschen Konkurrenz würde dieser ehrgeizigen Frau ein konkretes Urteil abverlangen, auf das ich sehr gespannt war. Während der morgendlichen Fahrt ins Präsidium war mir der Gedanke gekommen, bei den Schwanenflügeln könne es sich um Majas Chiffonkleid handeln. Als Alma ihre tote Schwester entdeckte, war diese unbekleidet gewesen, Radebrecht behauptete dagegen, er habe sie in ihrem Hexengewand vorgefunden. Demnach war der Mörder zurückgekommen, hatte das Kleid heruntergezogen und für die Polizei mit Majas rotem Top und dem schwarzen Rock ein Hexenkostüm im Maisfeld inszeniert. Wo steckte das Chiffonkleid? Mara Hoppes fragender Blick holte mich in die Aktualität zurück.

„Also, je länger ich mir das hier ansehe, desto deutlicher erkenne ich eine Frau!" Sie zeigte auf die beiden nach unten gebogenen Halbkreise zwischen den Krallen.

„Haben Sie Erfahrung damit, wie eine Fünfjährige eine weibliche Brust darstellt?"

„Kinder", erklärte sie, „mögen das Stilisierte als Muster. Nehmen wir mal an, es handelt sich bei den offenen Halbkreisen um die Brust einer Frau, dann könnte der geschlossene, nach rechts gerichtete Halbkreis darüber ihren Kopf andeuten. Sie hat kurzes, struppiges Haar und krallenartige Hände, die in die Luft greifen."

„Als würde sie jemanden attackieren?"

„Denkbar wäre das schon!"

Ich musste ihr Recht geben. Lucies Zeichnungen konnten eine aggressiv wirkende Frau darstellen, die ein wolkenartiges Gebilde bekämpfte. Sie befand sich mittendrin, den Kopf nach rechts gewandt, das Haar gesträubt. Welches Szenario hatte Lucie dargestellt? Die Varianten waren vielfältig, doch schien es durchaus möglich, dass das Kind den Kampf zwischen Maja und ihrer Mörderin beobachtet hatte. Die Fenster im Obergeschoss des Spiekers lagen nicht sehr hoch. Ich erinnerte mich gut, weil ich in der Mordnacht dort gestanden und nach draußen geblickt hatte. Wenn Lucie den Oberkörper einer Frau erkannt hatte, dann war die Größe dieser Person wichtig. Was hatte Lucie so sicher gemacht, dass sie eine Frau vor sich hatte und nicht etwa einen Mann?

Keine unserer weiblichen Verdächtigen kennzeichnete sich durch struppiges Haar oder lange Fingernägel. Vielleicht wollte Lucie mit diesen Merkmalen die Brutalität der Szene verdeutlichen. Kinder waren keine Karikaturisten, die äußere Besonderheiten ihrer Objekte herausstrichen. Eher mixten sie eigene Vorlieben oder Abneigungen mit dem realen Aussehen der Personen oder banden ihre subjektive Einschätzung des Augenblicks mit ein. Das machte die Auswertung von Lucies Bildern so schwierig.

„Ich werde“, überlegte ich laut, „die Kleine bitten aufzuzeichnen, was sie auf der Hochzeit so erschreckt hat. Hoffentlich überlässt ihre Mutter sie uns, ohne dabei sitzen zu wollen. Wenn dann wieder jenes Durcheinander auftaucht, das sowohl flatternde Vogelflügel als auch ein Chiffonkleid darstellen könnte, und auch ein weiblicher Oberkörper zu erkennen ist, wenn Lucie also das Märchen der sechs Schwäne mit dem Vorfall im Spieker und die böse Stiefmutter mit der Mörderin vermischt, dann gehe ich mit gewissen Vorbehalten davon aus, dass sie den Kampf zwischen zwei Frauen gesehen hat. Ihr unerklärlicher Tränenausbruch könnte ein zusätzlicher Beweis dafür sein, wie sehr sie diese Beobachtung geschockt hat.“

„Das wäre eine Erklärung“, nickte Frau Hoppe. „Dann haben wir es also mit einer Täterin zu tun.“

- XI -

Zu meinem Büro im vierten Stock benutzte ich mit Lucie den Aufzug. Normalerweise ging ich durchs Treppenhaus, um meiner ramponierten Wirbelsäule etwas Gutes zu tun, doch die begehrlichen Blicke meiner kleinen Besucherin stimmten mich nachgiebig. Mit dem Präsidiumslift zu fahren, war offenbar fast so spektakulär wie ein Flug im Polizeihelikopter. Die Andacht, mit der sie sich in der unscheinbaren Kabine umsah, rührte mich dermaßen, dass ich beschloss, das Kind nach erbrachter Leistung zu einem Stück Kuchen in die Kantine einzuladen. In unserem Büro taute sie allerdings spürbar auf, prüfte den Ausblick aus unseren Fenstern, kutschierte meine Computermaus herum, bis dem Curser schwindelig wurde, und konnte sich, als ich ihr Lückmanns Bürosessel hinschob, natürlich auch eine schnelle Karussellrunde nicht verkneifen. Ich sagte ihr so freundlich, wie es meine wachsende Ungeduld hergab, sie solle die Beine still halten, erklärte, was sie zu tun hätte, und legte ihr Papier und Buntstifte in größerer Farbvielfalt hin, als sie für ihre Alptraumbilder, wie ich sie hoffnungsvoll nannte, verwendet hatte.

„Und was soll ich jetzt malen?“, fragte sie, eine gehörige Portion Unbehagen in der Stimme.

„Erinnerst du dich an die Hochzeit deines Patenonkels Jochen? Du hast in der Kirche Blumen gestreut, später seid ihr dann zu seinem Bauernhof gefahren. Es gab ein großes Büffet und eine Hochzeitstorte …“ Bei den letzten Worten beobachtete ich ihre Mimik, weil ich an Lückmanns Theorie von dem verdorbenen Magen denken musste, aber Lucie schien das Essen in bester Erinnerung zu haben, denn sie nickte freudig. Deshalb fuhr ich fort: „Als die Großen auf dem Platz vor der Remise zu tanzen begannen, bist du ein bisschen umhergestreift. Was hast du gesucht? Die Pfauen oder eine Katze? Könnte es sein, dass du dich ziemlich weit entfernt hast und zu einem Gebäude gekommen bist, das ganz einsam und direkt an der Gräfte lag? Die Tür war unverschlossen, trotzdem hast du dich nicht hinein getraut.“

Ihre kohlschwarzen Augen schienen mir Löcher ins Gesicht zu

bohren. Gleichzeitig begann sie heftig zu zittern. „Ich … ich glaube, ich habe das alles nur geträumt."

„Man träumt oft von Dingen, die man in Wirklichkeit gesehen hat."

„Ich glaube, mir wird schlecht." Sie starrte mich weiter an, als sähe sie Gespenster.

„Nicht reden, Lucie, malen! Alles, was du vor deinen geschlossenen Augen siehst."

„Ich habe das aber schon wieder vergessen."

„Hast du nicht. Mach die Augen zu und stell es dir wieder vor. Das alte Haus sieht aus wie im Märchen, nicht wahr? Mit Fachwerk und kleinen Sprossenfenstern. Dort wohnt die böse Stiefmutter. Sie ist eine Hexe, sie hat deine sechs Brüder in Schwäne verwandelt. Könnte es sein, Lucie, dass du dich mit einemmal fühltest, als wärest du mitten in der Geschichte drin? Du musstest deinen Brüdern Hemden nähen, um sie zu erlösen, und du wusstest auch, wo man genügend Sternblumen für den Stoff findet. In deinem Garten stehen ganz viele. Sie sind hellblau. Du hast an dem Gebäude hochgeblickt, und du konntest durchs Fenster sehen, wie die Schwäne – deine Brüder – ihre Federn abwarfen und gegen die böse Stiefmutter kämpften. Oder mussten sie gar nicht kämpfen, weil sie schon erlöst waren?" Als ich daran dachte, warum vielleicht gar kein Kampf mehr stattgefunden hatte, weil Maja schon tot war, stieg Übelkeit in mir hoch. Lucie vertrieb meine beklemmende Vision, indem sie einwandte: „Einer von ihnen behält seinen Flügel, weil an dem sechsten Hemd ein Ärmel fehlt."

„Rede nicht, Lucie, zeichne! Alles, was du in dem Haus gesehen hast!"

Sie stierte auf das vor ihr liegende Blatt, dann sauste der Stift, als hörte sie innere Kommandos. Als sie mir durch ein Kopfheben zu verstehen gab, sie sei fertig, und ich ihr über die Schulter sah, wurde mir kalt. Es war haargenau dieselbe Konstellation: ein wildes Gepluster von Flügeln in Grau und Schwarz und in der Mitte die beiden nach unten gerichteten Bögen, garniert mit Krallen und getoppt von einem nach rechts gerichteten, geschlossenen Halbkreis mit kurzen, wirren Büscheln. Für ein vorgefertigtes Stereotyp schien mir Lucie einfach zu aufgeweckt. Kinder ihres Formats konnten ein bestimmtes Szenario auch mehrmals im Kopf entwickeln, wie in verschiedenen Filmversionen.

Eigentlich hätte ich mir für dieses Ergebnis auf die Schulter klopfen können, aber ich kam mir mies vor. Operation gelungen, Patient tot! Na ja, nicht ganz, aber das Kind mir gegenüber wirkte plötzlich total erschöpft, als hätte es seine alptraumähnlichen Erinnerungen einen steilen Berg hinauf getragen.

Erst meine unverhohlene Bewunderung für ihre Zeichnung rappelte sie wieder auf, doch nun stand ihr eine weitere Belastungsprobe bevor. Ich legte ihr die Gruppenfotos von der Hochzeit hin und fragte sie, ob die böse Stiefmutter vielleicht unter den Gästen zu sehen sei. Sie schob die Aufnahmen mit einer heftigen Bewegung weg und sagte: „Ich erinnere mich nicht." Alle Ermunterungen, sich die Antwort zu überlegen, stießen auf Widerstand. „Gehen wir jetzt Kuchen essen? Ich mag auch Cola."

Auf dem Weg zur Kantine presste sie Hilfe suchend ihre Hand in meine, als rechnete sie auf unserem Korridor mit bösen Stiefmüttern. Doch meine Hoffnung, sie würde noch einmal auf die Gruppenfotos zu sprechen kommen, erfüllte sich nicht. Zum Glück hielt die Kantine Bienenstich bereit, und Lucie gab sich dem Genuss so unbeschwert hin, als hätte sie das Wiederaufflackern ihres Traumas perfekt verarbeitet. Mühelos bewältigte sie die eher für Hochleistungssportler bemessene Portion, während ich sie über den Rand meines Teeglases hinweg beobachtete und gleichzeitig versuchte, mich an den Gedanken zu gewöhnen, dass wir tatsächlich eine Täterin suchten. Ein Ergebnis, das wir einer hibbeligen, aber sehr gescheit wirkenden Göre zu verdanken hatten. Möglich, dass Lucie Einlass in die Präsidiumsakten fand: der Kinderdetektiv! Ich lächelte ihr verschwörerisch zu, doch als sie genießerisch ihr Oberlippenbärtchen aus Sahnepudding ableckte, zogen mir neue Zweifel durch den Kopf. Die Aussage einer fünfjährigen Göre! Und was, wenn ihre Quengeligkeit auf der Hochzeit völlig harmlose Gründe hatte? Vielleicht war sie nach all dem Blümchenstreuen, dem Gedrückt- und Geküsstwerden seitens der Verwandtschaft einfach in ein Stimmungstief der Erschöpfung gefallen und nutzte jetzt das Interesse der Polizei an ihrer Person schamlos aus. Kinder hatten ein feines Gespür im Umgang mit neugierigen Erwachsenen und taten alles, um das schmeichelhafte Rampenlicht am Brennen zu halten. Während wir nach einer Märchenfigur suchten, ging uns Majas Mörder durch die Lappen.

Und bedeutete, so überlegte ich weiter, unsere neue Spur nicht, dass Oliver Radebrecht umgehend auf freien Fuß gesetzt werden musste? Dabei gab es nicht den geringsten Beweis für seine Unschuld, wohl aber Anzeichen für ein nicht ganz friktionsfreies Verhältnis zum Mordopfer.

Während Lucie mit geradezu aufreizender Gemächlichkeit ihre Cola schlürfte und zwischendurch immer wieder den Kopf drehte, um die übrigen Besucher der Kantine ins Visier zu nehmen, ging ich die potenziellen Mordmotive unserer vier weiblichen Verdachtspersonen durch. Ich suchte auch nach einer besonderen Beziehung, die eine von ihnen zu dem Spieker von Große Antrup haben könnte. Ich begann mit Luise Braake und wog die Möglichkeit ab, dass sie und Steinwerck einander schon vor der Demonstration in Greven gekannt hatten. Vielleicht hatte sie selbst Große Antrup kaufen wollen, um dort nach ihrer Pensionierung ein Hotel einzurichten. Oder eine Farm, auf der sie sämtliche aussterbenden deutschen Schafrassen adoptieren konnte. Doch selbst wenn sie von dem Zwang einer militanten Umweltaktivistin getrieben worden wäre, Steinwercks radikale Hofrenovierung zu boykottieren, bekamen meine Spekulationen keinen rechten Biss, weil Frau Braake in diesem Fall Jochen oder Alma ermordet hätte und zwar an einem Abend, von dem sie den Brandschutzmeister mit irgendeinem Trick ferngehalten hätte.

Anders lag der Fall, wenn Maja ihren privaten Fototermin mit Radebrecht ausposaunt und sich in ihren Hexenschwestern mörderischer Neid geregt hatte. Das eingestandenermaßen attraktivste Mitglied des Zirkels verschaffte sich Extrafotos? Mit einem gut aussehenden jungen Mann, den auch sie gern heimlich im Spieker getroffen hätten? Von wegen Fototermin! Das Chiffonkleid sprach schließlich Bände.

Ich ging sie einzeln durch, bezog auch Kottnick mit ein. Zumindest sie hatte schon vorher von dem Kleid gewusst. Hatte sie die Hochzeit früher verlassen, um nicht in das Verbrechen hineingezogen zu werden? War Agnes Schulze-Bracht aus dem gleichen

Grund zu Connie Corens Hotel in der Windhorststraße gefahren? Hatte auch Verena Bloch nur deshalb so lange im Bad herumgetrödelt, weil sie weder Zeugin noch Mittäterin sein wollte? Mit einemmal wirkten die Alibis dieser drei Mädchen eigenartig absichtsvoll. Blieben noch Illmann und Frewes, die die Tatzeit in der Hängematte verbracht haben wollten. Wenn man zwei Täter einkalkulierte, schien mir der Ablauf des Verbrechens mit seinen vielfältigen Handgriffen viel plausibler, sogar unter der Voraussetzung, dass es Maja selbst gewesen war, die sich das Haar gestutzt und die Füße mit Asche gefärbt hatte.

Und der dunkelblaue Knopf? Hatten wir ihn zu siegesgewiss zu den Beweisstücken gelegt? Von den Brautjungfern stammte er nicht, weil ihre Kleider hellgrün waren. Agnes hatte einen braunen Hosenanzug getragen und Luise Braake zwar ein dunkelblaues Kleid mit einem Muster aus roten Moosrosen, doch es war aus Rohseide und hatte keine Knöpfe.

Während Lucie ihr leeres Glas mit zufriedenem Schnaufen absetzte und einem leisen Rülpser nachlauschte, dachte ich: Was geht in diesem so friedlichen und liebevollen Hexenzirkel der sieben aufrechten Jungfrauen in Wirklichkeit vor? Schade niemandem! Der Schaden fällt dreimal auf dich zurück.

Das virtuelle Defilee der fünf verdächtigen jungen Frauen hatte zur Folge, dass ich Alma anrief und sie bat, mir die Dokumente zur Geschichte von Große Antrup herauszusuchen. Ich fragte noch einmal nach neuen Drohbriefen, und sie gab zurück, es seien keine mehr aufgetaucht. Als sie versprach, mir den Karton mit den Unterlagen sofort bereitzustellen, brachte ich Lucie zu meinem Auto, um sie in Sprakel abzusetzen. Auf der Fahrt plapperte das Kind unentwegt, als müsse es Reklame für die aufmunternde Wirkung von Coca Cola machen, und prompt beschlich mich ein schlechtes Gewissen, weil ihre Mutter vielleicht mit meiner Art der Bewirtung nicht einverstanden gewesen wäre. Obwohl ich die Kleine trotzdem ungehindert schwadronieren ließ, und zwar ohne Kommentare abzugeben oder Zwischenfragen zu stellen, gelang es mir nicht, aus ihren Situationsberichten über Kindergarten, Freunde in der Nachbarschaft und die Haus-WG etwas Hilfreiches herauszufiltern. Von Jochen und Alma war überhaupt nicht die Rede, dafür umso mehr von einem kleinen Kumpel namens Casper. Als ich auf die Namensähnlichkeit mit dem freundlich funkelnden Filmkerlchen hinwies, verleitete dieser Einwurf Lucie zu einem so glucksenden Lachen, dass ich ihr scherzhaft drohte, die Polizei dürfe man um alles in der Welt nicht an der Nase herumführen, wobei mir wieder der pinocchionasige Hausnachbar durch den Kopf geisterte. Ich begann mich hinter meinem Lenkrad wohl zu fühlen, weil ich merkte, wie gut mir das Herumalbern nach all der Anspannung des Tages bekam. Doch je länger ich zuhörte, desto rasanter ließ mich mein Optimismus auch schon wieder im Stich, weil ich bezweifelte, dass dieses Kind zu brauchbaren Aussagen taugte, weil es mit zu viel Phantasie begabt war. Als die nächste Ampel auf rot sprang, fixierte ich Lucie scharf im Rückspiegel. „Mit wem könntest du die Stiefmutter in dem Häuschen an der Gräfte vergleichen? Mit einer Schauspielerin?“

„Kennen Sie die Hundediebin aus ‚1001 Dalmatiner‘?“

Glenn Close? Mit der besaß keine einzige Hochzeitsteilnehmerin auch nur die geringste Ähnlichkeit. Ich gab auf.

Eine halbe Stunde später saß ich auf dem Hofplatz von Große Antrup und fingerte einen ausrangierten Computerkarton durch, in dem sich in kunterbuntem Allerlei Fotos und historische Flurkarten, fotokopierte Urkunden und Eintragungen aus alten Kirchenregistern von nur schwer schätzbarem dokumentarischem Wert befanden. Manche Kopien gingen, nach ihrem stumpfen, festen Papier und der schlechten Druckqualität zu urteilen, auf die siebziger Jahre zurück, anderes war von einer Matrize abgezogen. Und immer wieder gerieten mir lose, handschriftliche Notizen in die Hände. Das Ganze erinnerte an eine ergiebige Schatzsuche in sehr unwegsamem Gelände. Einiges war nämlich in Sütterlinschrift verfasst.

Dann entdeckte ich die Ablichtung eines offenbar sehr alten Flurplans, der eine wesentlich größere Anlage von Große Antrup mit weit mehr Nebengebäuden zeigte, als die Hofstätte heute besaß. Ich fand Auf- und Grundrisse von Wohnhäusern und – zu meiner großen Freude – dicke Kladden mit Notizen. Sie stammten von Leonhard Schulze-Bracht, der Marions Bericht zufolge der Großvater des letzten Hoferben Clemens gewesen war. Leider reichten seine Aufzeichnungen nur bis zum 2. April 1945. „Ostermontag, herrliches Frühlingswetter“, stand dort. „Alliierte Panzerverbände auf dem Weg nach Münster.“

Diese dokumentarische Selbstbeschränkung des damaligen Hofbesitzers sollte mir noch erhebliches Kopfzerbrechen bereiten, als ich herausfand, dass Leonard bei Kriegsende erst vierzig und folglich sehr wohl imstande gewesen war, seine Notizen fortzuführen. Vorläufig störte mich dieses Manko nicht; dafür war mein Ermittlungsterrain viel zu weitläufig abgesteckt.

Als Leonhard 1999 starb, ergab sein letzter Wille, dass sein Enkel Clemens neuer Hofbesitzer wurde. Warum hatte er Clemens’ Vater, der bis dahin den Hof bewirtschaftet hatte, übergangen? Das Festessen zur Diamantenen Hochzeit in Rheine ging mir wieder durch den Kopf. Handelte es sich bei der Erbregelung des alten Schulze-Bracht vielleicht um eine späte Rache für irgendein Ereignis in den chaotischen und verlustreichen letzten Kriegstagen, um irgendeinen Streit, der es ihm auch verleidet hatte, seine stichwortartigen Gedanken und Beobachtungen fortzusetzen? Aus einem ersten Überblick wusste ich, dass er seit seiner Hochzeit im Mai 1928 regelmäßig von Wetterverhältnissen, Alltagsverrichtungen, Fahrten nach Münster im Zweispänner, Anschaffungen für Haus und Hof bis hin zu Krankheiten bei Familie und Gesinde berichtet hatte. Beim Weiterblättern erfuhr ich, dass Anfang Dezember 1928, sieben Monate nach der Hochzeit, ein Sohn zur Welt gekommen war. Was er über ihn berichtete, klang nicht nach einer Frühgeburt, so dass die Ehe den damaligen strengen Moralvorstellungen zufolge wahrscheinlich erzwungen worden war. „Mathias gedeiht prächtig“, schrieb er am ersten Weihnachtstag, „heute eine erste Art von Lächeln. Anne stillt fleißig.“ Offenbar ein kräftiges Kind, von dem bis 1945 noch häufig und mit Vaterstolz die Rede sein sollte. Und doch hatte der jüngere, 1938 geborene Bruder Bernard später die Zügel auf der Hofanlage in die Hand genommen, allerdings ohne den Hof zu erben. Kaufverträge durfte er unterschreiben: 1973 für einen neuen Traktor, drei Jahre später für zwei Bullen. Doch seine Eltern lebten weiter mit im Haupthaus, anstatt in die Leibzucht zu ziehen und so den Weg für die nächste Generation frei zu machen. War Mathias Schulze-Bracht ausgewandert, ins Gefängnis gekommen, gestorben? Hatte er einen akademischen Beruf gewählt? Selbst das erklärte nicht, warum der jüngere Bruder Große Antrup nicht geerbt hatte.

Ganz unten im Karton fanden sich weitere Aufzeichnungen, ein kompakter Stapel, abschnittsweise zusammengeheftet und so verstaubt, als hätte er sich ewig in diesem unbequemen Quartier befunden. Dabei stammte das Rechnermodell, in dessen Karton ich kramte, etwa aus den späten Neunzigern. Wer in der Familie Schulze-Bracht hatte die Unterlagen in letzter Zeit umgepackt? Ich versuchte die eng und sehr steil stehenden Buchstaben zu lesen, scheiterte jedoch ein weiteres Mal an meinen mageren Sütterlin-Kenntnissen. Alles was ich herausbekam, war, dass es sich um eine über zweihundert Seiten starke Chronik mit den Namen vergangener Hofbesitzer und den Höhepunkten ihrer jeweiligen Familiengeschichte handelte: Geburten, Hochzeiten, Todesfälle. Ich entzifferte die Unterschrift des Chronisten als Heinrich Schulze-Bracht, und darunter die Jahreszahl 1945. Um eine so gründliche Chronik zu schreiben, hätte es einem Landwirt an Zeit und Muße gefehlt. Daher handelte es sich bei Heinrich wohl um Leonhards Vater oder Onkel, der im letzten Kriegsjahr zwischen Anfang sechzig und Ende siebzig gewesen sein musste. Auch der konsequente Gebrauch der Sütterlinschrift sprach für einen älteren Menschen. Noch ein Hofbewohner also, der gegen Kriegsende die Schreibfeder weggelegt hatte. War er gestorben, krank geworden, vielleicht irre?

Von seiner Chronik, dieser, wie ich hoffte, Quintessenz aller vorhandenen Dokumente, versprach ich mir wertvolle Auskunft, sobald Franz sie in die moderne Schreibweise transferiert hätte. Hatte Heinrich Schulze-Bracht mit der Unterstützung eines Archivars oder Historikers vom Kaliber eines Professor Bader recherchiert? Auch ein Hobbyforscher aus der Verwandtschaft oder Nachbarschaft war vorstellbar. Doch im Grunde war mir die Identität des Verfassers und seiner Helfer gleichgültig, denn greifbar für weitere Informationen waren diese eifrigen, inzwischen aber wohl längst verstorbenen Herrschaften ohnehin nicht mehr.

Ich grübelte noch immer über den ungewohnten Buchstaben, als Alma so überraschend hinter meinem Rücken auftauchte, als wollte sie mich bei einer unerwünschten Entdeckung ertappen. Ich fragte sie nach Heinrich Schulze-Bracht, und sie bestätigte, dass es sich um den Urgroßvater von Clemens handele. Sie schlug mir vor, sämtliche Dokumente für ein paar Tage mitzunehmen. Selbstverständlich könne ich trotzdem den Abend auf dem Hof verbringen, zu einer vorläufigen Durchsicht. Ihr Lächeln wirkte sphinxartig, als sie fortfuhr: „Ich würde Ihnen gern helfen, aber wir sind bei Freunden in Münster eingeladen. Es wird sicher spät." Mich beschlich das Gefühl, dass sie aus irgendeinem Grund erleichtert war, nicht neben mir sitzen und Fragen beantworten zu müssen. Möglicherweise hatte sie auch nur deshalb die Unterlagen so schnell herausgesucht. Dann ahnte ich den Grund. „Könnten diese Dokumente mit Professor Baders Studie zu tun haben?"

Sekundenlang gefror ihre Mimik zu Eis, bevor sie mit zurück gewonnener Nonchalance antwortete: „Diese Antwort müssen Sie sich von ihm selbst geben lassen. Sie wissen doch, dass wir Mitarbeiter zur Verschwiegenheit verpflichtet wurden."

„Auch gegenüber der Polizei?"

„Das muss der Professor entscheiden."

„Es sind sehr alte Dokumente dabei. Und wenn die Originale nicht mehr zur Verfügung stehen? Haben Sie trotzdem keine Bedenken, sie aus der Hand zu geben?" Das war natürlich nur eine Fangfrage, mit der ich klären wollte, wie viel Interesse Alma den Unterlagen überhaupt entgegenbrachte. Selbst gegen ihren schärfsten Protest hätte ich sie jetzt eingepackt.

Als sie die Schultern zuckte, fuhr ich fort: „Ihr Spezialgebiet ist die Landeskunde. Und die Sütterlinschrift können Sie doch sicher lesen. Haben Sie sich die Papiere nie eingehender angesehen?"

„Aber sicher", lautete ihre Antwort. „Das ist schließlich mein Beruf."

„Dann wissen Sie auch, wann der Spieker abgebrannt ist?"

„Das müsste in den Dokumenten stehen. Ich glaube, es war im April 45. Leider müssen Jochen und ich jetzt aufbrechen, aber wenn Sie in nächster Zeit Fragen haben, kommen Sie einfach vorbei. Ab dem frühen Abend bin ich meist zu Hause."

Ähnlich wie bereits am Morgen nach dem Mord wurde ich aus ihrem ständigen Wechsel zwischen Hilfsbereitschaft und abrupter Verschlossenheit nicht schlau, wobei alle möglichen Erklärungen denkbar waren: Die Fragen zum Tod ihrer Schwester, die auch die Polizei bisher nicht beantwortet hatte, die unklare Rolle ihres Mannes, vielleicht auch eine wachsende Abneigung gegen das Hofprojekt. Das finanzielle Debakel, das die Umbauarbeiten verursacht hatten, konnte ebenso eine Rolle spielen wie Missstimmigkeiten im Zusammenhang mit der frisch gegründeten Kunstakademie.

Oder ahnte sie, wer hinter den Drohungen an ihr Institut steckte, ohne der verdächtigten Person etwas nachweisen zu können? Ihre Schwester war tot, prompt wurden die Drohbriefe eingestellt?

Im nördlichen Münsterland und in den letzten Kriegstagen hatte sich der Vorfall abgespielt, dem Professor Bader so beharrlich nachging und von dem ihn jemand genauso hartnäckig abbringen wollte. Gab es eine Verbindung zwischen Almas Tätigkeit im Institut und dem Mord an ihrer Schwester? Weil jemand mehr über die Verhältnisse in und um den Hof wusste? Über den Spieker zum Beispiel. Angeblich hatte ein Gewitter den Brand ausgelöst. Ich schlug die letzte Seite von Leonhard Schulze-Brachts Tagebuch wieder auf: „Herrliches Frühlingswetter", hatte er geschwärmt und wohl merklich gedrückter angefügt: „Alliierte Panzerverbände auf dem Weg nach Münster!" Brachte herrliches Frühlingswetter die Voraussetzungen für ein Gewitter mit? In den letzten Kriegstagen war so manche Scheune in Flammen aufgegangen, von den Alliierten als Widerstandsnest in Brand geschossen oder von wankelmütigen Nazis angesteckt, die es eilig hatten, ihre Parteipapiere zu vernichten.

Ich sah Alma nach, wie sie in ihrem feuerwehrroten Hosenanzug im Haus verschwand, und stellte mir die Frage, ob man der eigenen Schwester nicht wenigstens ein paar Wochen lang eine angemessene Kleidung oder eine Trauerschärpe am Ärmel schuldete. Sie verabschiedete sich gegen acht Uhr, wobei sie mir einen Teller mit Schinkenbroten und einen Krug Apfelschorle hinstellte und ihre Handynummer aufschrieb. Ich solle mich in die Küche setzen, wenn es zu frisch würde. Und falls mich die Dokumente zu langweilen begännen, könne ich Videos ansehen.

Ich horchte ihrem Wagen nach, der sich mit leiser werdendem Brummen entfernte, und sobald sie und ihr Mann auch akustisch nicht mehr präsent waren, konnte ich meinem Aufenthalt einiges abgewinnen. Bis zu ihrer Rückkehr würde ich in aller Ruhe blättern und sortieren. Doch da meine Zeit letztlich begrenzt war, und ich als Erstes entscheiden wollte, welches Material ich mit nach Hause nahm, fingerte ich die Dokumente vorsichtig, aber sehr zielstrebig durch. Die Kladden von Leonhard Schulze-Bracht stapelte ich am Tischrand, in der festen Absicht, sie zu Hause zu lesen. Die restlichen Papiere prüfte ich Stück für Stück.

Nach zwei Stunden Schürfarbeit, mit vielen offenen Fragen und Rätseln, notierte ich, dass die vor mir liegenden Dokumente die lange Spanne vom ausgehenden dreizehnten Jahrhundert bis zum Ende des zweiten Weltkriegs abdeckten, mit großen Lücken dazwischen natürlich, aber im Einzelfall doch sehr konkret. Manches sah nach amtlichen Steuerlisten oder Registrierungen aus, anderes nach Ehe- oder Kaufverträgen. Ich entdeckte ein Haus- und Hofinventar und immer wieder persönliche Notizen.

Die eng gebündelten Lichtverhältnisse auf meinem Biergartentisch schufen eine Stimmung wie auf einem Gemälde von De La Tour. Von der stämmigen Kerze auf der Tischmitte abgesehen, lag der Hofplatz inzwischen völlig im Dunkeln. Allerdings hatten wir eine jener samtigen Sommernächte, in denen es bis zum Morgengrauen nicht völlig finster wurde. Motten umgaukelten das kräftige Windlicht und rieben mit bewundernswerter Ausdauer ihre papierharten Flügel an dem leicht geriffelten Glas, die Zikaden spielten ihre Dixielandrhythmen und die Luft roch warm, beinahe süß, auch wenn sich gelegentlich eine herbe Note von Holzkohle beimengte, ein leichter Anflug von Herbst. Als wollte er ebenfalls schnuppern, trottete der neue Hofhund, ein junger Spaniel mit dem Namen Oxford, heran und warf sich mit einem satten Plumps neben mich auf das Kopfsteinpflaster. Stellte sich nur die Frage, wer hier den Babysitter für wen spielte. Ich kraulte ihn hinter den Ohren und fand die Anwesenheit eines Lebewesens auf dem einsamen Gelände sehr angenehm. Dann setzte ich die Lektüre fort, und obwohl dieser Arbeitstag seine Spuren hinterlassen hatte, hielt sie mich wach, weil sie viel spannender und ungewöhnlicher war als erwartet.

Irgendwann hatte ich die Tagebücher durchgeblättert, kam dann aber mit den Dokumenten nicht weiter, weil mir die Fachkenntnisse von Franz fehlten. Zwar gab es das Hofinventar von 1826, doch leider konnte ich aus den eng beschriebenen, stark verblassten Spalten nur einzelne Begriffe entschlüsseln. Auch hier musste ich mich bis zum Morgen gedulden. Mir war nämlich der Gedanke gekommen, im Internet nach einem Sütterlin-Alphabet zu suchen und die Dokumente Buchstaben für Buchstaben zu übersetzen wie ein Germanenforscher alte Runen. Um mich von meinem wachsenden Frust abzulenken, begann ich, die Chronik von Urgroßvater Schulze-Bracht nach Informationen über den Spieker abzusuchen. Es handelte sich tatsächlich um das älteste Gebäude der Hofanlage, errichtet im Jahr 1757, wie aus dem Balken über der Eingangstür ersichtlich war. Das Haupthaus stammte von 1838, die Nebengebäude waren in der zweiten Hälfte des neunzehnten Jahrhunderts dazu gekommen. Die Remise war eine Errungenschaft des frühen Zwanzigsten, als sich der Hof motorisierte. Zwei Heuerlingshäuser hatte man im Gegenzug abgerissen.

Anfang April 1945, so hatte auch Agnes gemeint, sei der Spieker ausgebrannt, weil die Flammen vom Nachbarhof herüberschlugen. In Leonhard Schulze-Brachts Tagebüchern fand ich über diesen Vorfall nichts, und es wunderte mich, dass zwei Katastrophen wie die komplette Zerstörung des Nachbarhofs und ein Brand auf dem eigenen Gelände unter den Tisch gefegt worden waren. Hatte der Vorfall Clemens' Großvater so tief getroffen, dass er ihn aus seinen Notizen verdrängte? Betrachtete er, im Gegenteil, den Verlust seines Spiekers als geringfügig, während er mit den Nachbarn dermaßen zerstritten gewesen war, dass selbst ein so großes Unglück kein Mitgefühl weckte? Schob er den Brand vielleicht den Nachbarn in die Schuhe? Feuer konnte man damals fast täglich sehen, und wenn niemand dabei zu Schaden kam, wurde es oft als Bagatelle betrachtet. Doch warum hatte Schulze-Bracht den Spieker wieder in Stand gesetzt, anstatt die Grundmauern für andere Zwecke zu verwenden?

Steinwerck und seine Frau kehrten gegen ein Uhr zurück. Sobald sich die Torflügel öffneten und der Wagen in den Hof rollte, wo Oxford Freudentänze veranstaltete, als wäre sein Herrchen tagelang fort gewesen, überfiel mich bleierne Müdigkeit. Steinwerck setzte mir den Karton mit den Dokumenten in den Kofferraum und verabschiedete sich mit formeller Höflichkeit. Erst jetzt bemerkte ich, dass er eine automatische Toröffnung installiert hatte.

Am folgenden Abend hatte Franz meine stolze Ausbeute gleichmäßig über den Terrassentisch verteilt. Hier stapelten sich Listen und Registrierungen, dort die Kauf- oder Eheverträge, in der Mitte die Eintragungen aus den Kirchenbüchern: Geburten, Hochzeiten, Todesfälle. Unser Gespräch über all diese Dokumente mit ihren Kuriositäten und Merkwürdigkeiten, allerdings auch tragischen Vorfällen, sollte mir einen anrührenden Einblick in das Landleben der vergangenen Jahrhunderte verschaffen. Obwohl ich selbst sieben Jahre in einem Bauernhaus verbracht hatte, wusste ich beschämend wenig über die Verhältnisse früherer Zeiten. Antrup war ein großer Hof gewesen, seine Bewohner wohlhabend, dennoch hatten auch sie schwere Schicksalsschläge nicht verschont: der Tod junger Frauen im Wochenbett, Unfälle bei den Männern und das frühe Sterben von Kindern. Ich erfuhr von Hungersnöten, durch Steuerbescheide dokumentiert, aus denen hervorging, dass der Hof vorübergehend zahlungsunfähig geworden war, und von Hofschätzungen, die einen erbärmlichen Bestand an Vieh ergaben, wie aus einer Zählung kurz nach dem Ende des dreißigjährigen Krieges hervorging. Der Landesherr hatte auf neue Einkünfte gehofft und sich mit der Erklärung seines Steuereintreibers „Nihil habet“ zufrieden geben müssen. „Und überhaupt diese Landesherrn!“, Franz raschelte grimmig mit den Papieren. Er hatte die Hofchronik von Heinrich Schulze-Bracht fotokopiert, die Kopien mit Anmerkungen versehen und das Sütterlin-Prachtstück in die Moderne transferiert. Als ich feststellte, wie viel wertvolle Arbeit er an seinem freien Tag geleistet hatte, schenkte ich ihm ein dankbares Lächeln und vergaß den Frust, der mir diesen Tag verleidet hatte. Zwar hatte ich im Internet ein Sütterlin-Alphabet gefunden, doch die Schrift des Hausinventars war so verblasst, dass ich nicht nur die stärkste Lupe unserer Technikabteilung, sondern auch eine Engelsgeduld brauchte, um die Liste halbwegs lesen zu können. Als die mühsame Aktion endlich abgeschlossen war, hatte ich mich verwundert gefragt, was mir die Erkenntnis nützte, dass Schulze-Brachts unter vielen anderen Dingen einen ledernen „Noteimer“, einen Kupferkessel und drei Betten besaßen. Für die exotisch klingenden Ackergeräte hätte ich ein Speziallexikon befragen müssen oder Max. Doch der reagierte an diesem Vormittag so knurrig, dass jede zusätzliche Frage wie ein Sprengkörper gewirkt hätte.

Während Franz einen Kaiserstühler entkorkte, holte ich zwei Gläser und stellte in der Küche eine Käseplatte mit Obst zusammen. Die leichte Abendbrise ließ uns eng aneinander rücken, wir prosteten uns zu und küssten uns wie ein frisch verheiratetes Pärchen vorm Standesamt. Doch dann schob Franz Gläser und Käse energisch zur Seite und begann mit seiner Auswertung.

Unsere Arbeit speiste sich aus zwei Themen. Das eine war die Hofgeschichte, wie sie Heinrich Schulze-Bracht erstellt hatte. Auch Franz schätzte, dass ein Archivar oder Historiker eingeschaltet worden war, weil, wie er mit süffisantem Lächeln verkündete, der alte, wackere Landmann wahrscheinlich genauso hilflos vor diesen so schwer entzifferbaren Papieren gesessen hätte wie ich, die ahnungslose Polizistin. Diese verschlüsselten, für das ungeübte Auge oft unleserlich wirkenden Dokumente erforderten solide und langjährige Erfahrungen. Ich ignorierte die machohafte Bemerkung und bat Franz ungeduldig fortzufahren.

„Leider hat sich der alte Herr über einen möglichen Begleiter in die Abgründe seiner Hofgeschichte nicht ausgelassen, was ich nicht nur ziemlich undankbar, sondern auch sehr unpraktisch finde. Wir könnten diese Person bitten, uns zu helfen."

„Heinrich Schulze-Bracht hat 1945 mit seiner Chronik aufgehört", wandte ich ein. „Er war Altbauer. Vielleicht lebt auch die Begleitperson längst nicht mehr."

„Wenn sie Kinder oder Enkel hat, könnten die uns weiterhelfen. Wir sollten versuchen, den Vater von Clemens ausfindig zu machen."

„Er scheint sich nicht gerade brennend für die Hofgeschichte interessiert zu haben. Dabei war er 1945, als die Chronik endete, schon sieben und müsste einiges in Erinnerung haben."

„Die Tatsache, dass er den Hof nicht erbte, dürfte seine Gesprächsbereitschaft nicht unbedingt ankurbeln."

„Auch wieder wahr. Erzähl weiter! Was hast du über die verschiedenen Hofbesitzer herausbekommen?"

Der jahrhundertealte Brauch, den bürgerlichen Namen durch den Hofnamen zu ersetzen, hatte früher oft zu Verwirrung geführt. Da Große Antrup in ungewöhnlicher Nähe zum Hof der Önnings lag, und auch die Leibzucht, wo heute die jungen Schulze-Brachts wohnten, an Steinwercks Felder grenzte, vermutete Franz, dass eine große Hofanlage irgendwann gedrittelt worden war. Bis etwa 1600 war es üblich, Höfe aufzuteilen, um mehrere Söhne zu versorgen. Außerdem brachte die enge Nachbarschaft mehr Sicherheit.

„Das Hoftrio in unserem Fall", spann er seine Theorie weiter, „könnte Große Antrup, Middel Antrup und Lütke Antrup geheißen haben. Wenn man sich den alten Flurplan ansieht, fällt auf, dass die Grenzlinien zwischen den drei Anlagen fast so gerade gezogen sind wie bei afrikanischen Kolonien."

„Warum waren die Höfe dann unterschiedlich groß? Große Antrup verfügt über die gleiche Fläche wie seine beiden Nachbarn zusammen."

„Das kann alle möglichen Gründe haben", meinte Franz lakonisch. „Frag doch mal Önnings, ob sie ebenfalls Dokumente besitzen. Bei dem dritten Hof dürfte wohl alles verbrannt sein."

Mir fiel ein, dass Clemens Schulze-Bracht das Acker- und Weideland von Steinwerck gepachtet hatte. Ich fragte Franz nach weiteren Pachtverträgen, doch er hatte, die ganzen Jahrhunderte hindurch, nichts dergleichen für Große Antrup gefunden. Es gab auch keine Aufzeichnungen über regelmäßige Abgaben an einen Gutsbesitzer oder ein Kloster. Aus diesen Fakten schloss Franz, dass die Bauern auf Große Antrup nie in Abhängigkeit von einem Grundherrn geraten, sondern immer Eigentümer geblieben waren. Natürlich hatten sie dem Landesherrn Steuern gezahlt, die „absolut kein Pappenstiel gewesen" seien, doch die drückenden Naturalien- und Dienstleistungen, die die eigenbehörigen Bauern ihren Grundherren schuldeten, hatten sie nicht betroffen. Und auch deren Einmischung in intimste Angelegenheiten blieb ihnen erspart. Wurde nämlich auf einem gepachteten Hof geheiratet, ging ein nicht erbberechtigtes Kind fort, brauchte das Wohnhaus eine Renovierung oder sollte Land zugekauft werden, musste die Erlaubnis des Grundherrn eingeholt werden. Und bei der Bauernbefreiung Anfang des neunzehnten Jahrhunderts hatten die Besitzer von Große Antrup ihr

Land nicht mit teuren Krediten kaufen müssen, weil es ihnen seit Jahrhunderten gehörte.

Unseren zweiten Themenschwerpunkt bestimmten die verschiedenen Urkunden. Das älteste Dokument, aus dem Jahr 1298, war ein Kaufvertrag, der besagte, dass die Grafen von Bentheim-Steinfurt den Hof für 180 Mark einem gewissen Joan Jodocus Pracht überließen. Franz, der sich auch in den historischen Zahlungsmitteln auskannte, erklärte mir, dass dieser bescheiden wirkende Betrag der Gegenwert für etwa zweitausend Schweine gewesen sei.

Später hatten die Eigentümer von Große Antrup den Titel eines Schulzen geführt, wie noch heute am Namen zu erkennen war. Er verlieh ihnen das vererbbare Recht, juristische Streitigkeiten innerhalb der Bauerschaft zu regeln. Wobei meistens die Nutzung der gemeinsamen Weide- und Waldflächen im Mittelpunkt stand. Wann sie den Schulzen-Titel erhalten hatten, ließ sich allerdings nicht klären.

Aus der Chronik von Heinrich Schulze-Bracht hatte Franz erfahren, dass Große Antrup durch rund achtzehn Generationen im Besitz ein- und derselben Familie geblieben war. Es hatte kein „Umsterben“ gegeben, wie man die Unterbrechung der Blutlinie auf Grund von Kinderlosigkeit und dem Tod eines Ehepartners bezeichnete. Oft starb jemand so früh, dass die Witwe oder der Witwer neu heiratete. Blieb auch diese Ehe ohne Nachwuchs, war die Familie endgültig ausgetilgt.

Die eigenartige testamentarische Regelung von Leonhard Schulze-Bracht ging mir wieder durch den Kopf. „Was geschah, wenn der Bauer den Hof seinem Erben überließ, bevor er starb?“

„Er regelte mit dem Erben seine weitere Versorgung und zog in die Leibzucht. Der Vertrag sicherte ihm das Wohnrecht auf Lebenszeit, außerdem einen Garten, eine kleine Anbaufläche und das eine oder andere Stück Vieh.“

Ich dachte an meinen Besuch bei Agnes. Das Haus der jungen Schulze-Brachts mochte in früheren Zeiten zwei alten Menschen genügt haben, aber was machte ein Ehepaar mit einem so quirligen Kind und vielleicht dem Wunsch nach mehr Nachwuchs? Wie kamen die beiden finanziell über die Runden? Die Bilanzen des

Landhauses Schulze-Bracht sahen unverdächtig aus. Um eine mögliche Auslagerung von Schulden ins Ausland aufzuspüren, die ein Mordmotiv ergeben hätten, besaß ich momentan keine Vollmacht.

- XII -

Am folgenden Abend wählte ich die Nummer von Baders Institut an der Rothenburg und kündigte dem Professor meinen Besuch an. Er antwortete mit einem nachdrücklichen Räuspern und der Erklärung, er habe gerade nach Hause gehen wollen. Ob die Angelegenheit denn so dringend sei.

„Sehr dringend. Es könnte eine längere Unterhaltung werden. Trotzdem bitte ich Sie, mir heute Abend zur Verfügung zu stehen."

„Na gut", meinte er versöhnlich, „ich kann mir denken, worum es geht. Und irgendwann muss diese leidige Geschichte mal auf den Tisch. Also kommen Sie. Ich erwarte Sie in meinem Büro."

Zwanzig Minuten später verließ ich das Parkhaus am Aegidiimarkt und läutete an dem Giebelhaus schräg gegenüber. Nachdem ich der Altherrenstimme in der Gegensprechanlage meinen Namen genannt hatte, schnappte die Tür auf.

Der Eingang zum Institut im dritten Stock war verschlossen, so dass ich noch einmal schellte. Dann stand Professor Bader vor mir. Der Korridor hinter ihm lag im Dämmerlicht, und die eher trübe Treppenhausbeleuchtung zeigte nur schemenhaft einen schmächtigen Mann in einer zu weiten Hose, einem gestreiften Oberhemd und einer dunklen Strickjacke. Offensichtlich war er allein, mein Blick durch sechs offen stehende Türen führte in leere Büros. In zwei von ihnen spiegelte sich der matte Widerschein des Abendrots auf Computermonitoren. Beim Professor verschlossen sattbraune Vorhänge die Fenster, als herrschten draußen arktische Verhältnisse. Nur das gebündelte Licht einer Klemmleuchte erhellte kreisförmig seinen Schreibtisch. Aufgeklappte Bücher bedeckten die Arbeitsfläche, dazwischen lagen ein Handy, mehrere Kugelschreiber und lose verstreute Zettel. An die Wand hinter dem Bürosessel war eine Karte des Münsterlands geheftet.

Bader orgelte einen der klobigen Clubsessel heran, die die Sitzgruppe in der anderen Zimmerhälfte beherrschten, und nahm selbst am Schreibtisch Platz. Schon im nächsten Moment sprang er wieder auf und fragte, ob er mir etwas anbieten könne. Als ich dankend ablehnte, äugte er in die Teekanne zu seiner Linken und schob sie und den Becher weg. Unter dem fingerbreiten Karomuster, das dessen Rand umzog, stand in schnörkeligen Goldbuchstaben: „Hier trinkt der Chef." Nur schwer konnte ich mir ein Lächeln verkneifen, als ich mir vorstellte, wie er dazu genötigt worden war, dieses alberne Ding an seinem Arbeitsplatz aufzustellen. Es gab allerdings peinlichere Aufschriften.

Er öffnete den Mund, doch bevor er etwas sagen konnte, entfuhr seiner Kehle ein grollendes Magenknurren. Mit leidendem Gesicht legte er seine Hand auf den Ursprungsort dieses Protestes und sagte: „Am liebsten würde ich Sie zu einem Imbiss einladen. Ich habe tagsüber nichts Rechtes zu mir genommen, und nach einem späten Abendessen schlafe ich nicht gut. Aber vielleicht halten Sie meinen Vorschlag für Beamtenbestechung."

„Wenn Sie mir schon den restlichen Abend widmen, möchte ich die Einladung übernehmen. Schließlich tun Sie mir einen großen Gefallen." Ich wusste auch schon, wohin wir gehen würden.

Bader lächelte breit. „Auf Staatskosten habe ich schon länger nicht mehr gespeist. Das letzte Mal bei meiner Emeritierungsfeier, und da gab es nur ein paar Häppchen. Haben Sie einen Vorschlag?"

Ich nannte das Landhaus Schulze-Bracht, beobachtete seine Mimik und prompt huschte ein Ausdruck der Irritation über sein Gesicht. „Merkwürdig", murmelte er, „offenbar kenne ich mich in Münsters Gastronomie überhaupt nicht mehr aus. Handelt es sich um eine dieser Traditionsgaststätten?"

„Es existiert noch nicht lange. Lassen Sie sich überraschen."

Er zog skeptisch die Augenbrauen hoch und stand auf. Doch als ich ihn bat, mir zuerst noch die Drohbriefe zu zeigen, bildete sich eine steile Unmutsfalte auf seiner Stirn. Oder war es Verlegenheit? Er gab nämlich zur Antwort, diese „Zettel" existierten nicht mehr.

„Sie haben sie weggeworfen?"

„Ich wollte sie nicht ständig vor Augen haben."

„Sie hätten sie in eine Schublade legen können. Stellen Sie sich vor, der Absender plant einen Anschlag. Er könnte hier einbrechen. Dann hätten meine für Eigentumsdelikte zuständigen Kollegen nicht den geringsten Anhaltspunkt."

Er blieb cool. „Hier gibt es nichts zu stehlen. Unsere Unterlagen sind im Computer gesichert."

„Und wenn Sie überfallen würden? Oder entführt?"

Seine Coolness erreichte die Frostgrenze. „Ich werde auch nicht überfallen. Lieber Himmel! Ich bin ein angesehener Münsterscher Professor. Auf dem Wochenmarkt am Dom stehe ich regelmäßig Schlange, um Reibeplätzchen oder meinen geliebten Korinthenstuten zu kaufen. Und noch nie hat mir jemand ein Klappmesser in die Rippen gerammt. Was ja ein Leichtes wäre!" Seine Augen blitzen, als hätte er ein ähnliches Attentat im Sinn. Aber man konnte das auch anders deuten: Als Offensive, weil die Drohbriefe tatsächlich ein wichtiges Dokument abgeben konnten.

Doch schon dozierte er weiter. „Ich kann auch nicht bestohlen werden, weil ich alle Augenzeugenberichte, die mir bereits vorliegen, in meinem Tresor zu Hause aufbewahre. Sei wachsam, alter Fuchs!" Er tippte sich an die von Altersflecken gesprenkelte rechte Schläfe und murrte: „Jetzt lassen Sie uns endlich gehen!"

Mitten in der Woche war das Landhaus Schulze-Bracht nicht übermäßig besucht, wir fanden eine ruhige Ecke. Als Agnes zum Tisch kam, gab nichts in ihrer Miene zu erkennen, ob unser Besuch sie überraschte. Auch Bader schenkte ihr kaum einen Blick, sondern widmete sich der Speisekarte. Erst als sie mit unserer Bestellung zur Theke zurückkehrte, sah er ihr versonnen nach. Da er ein seriöser alter Herr war, fesselte ihn wohl kaum ihre schmale Taille, sondern eher ihr Name.

„In Ihrer Studie geht es um die letzten Kriegswochen?"

Bader nickte und griff hastig nach seiner Stoffserviette, als wäre sein wohl gefüllter Teller schon in Sicht.

„Der Vorfall spielte sich in den Bockholter Bergen ab?"

Wieder beschränkte er sich auf eine zustimmende Gebärde. Wenn unser Gespräch sich mit diesem Tempo weiterentwickelte, hatte jeder Fisch, den Clemens heute Abend in die Pfanne legte, den Angelwurm schneller angebissen als mein Gegenüber unser Thema.

„Und ein Zeuge dieses Vorfalls möchte Ihre Studie mit aller Gewalt verhindern." Auch dies bejahte er wortlos. Bei einem alten Uni-Hasen, der jahrzehntelang Vorlesungen gehalten hatte und jetzt ein renommiertes Institut leitete, wirkte seine Wortkargheit direkt neurotisch. Warum machte er aus dem Ereignis solch ein Geheimnis, wenn ohnehin bald jeder Hinz oder Kunz die Studie lesen konnte? Oder war sie nicht für die Öffentlichkeit bestimmt? Als ich von Bader wissen wollte, wo er die letzten Kriegstage verbracht habe, wurde er gesprächiger. Schon als Fünfjähriger war er aus dem münsterschen Herz-Jesu-Viertel in die Nähe von Greven gezogen, und da ich sein Geburtsdatum aus den Akten kannte, wusste ich, dass der Umzug 1938 stattgefunden hatte. Es hätte mich interessiert, ob sein Vater der NSDAP angehört und der Ortswechsel vielleicht parteistrategische Gründe gehabt hatte. War er vielleicht als Parteigegner untergetaucht? Doch Bader begann bereits von dem Haus mit Obstgarten zu schwärmen, in dem er und seine Schwestern groß geworden waren. Wollte er mich von seiner heiklen Studie weglocken, indem er mir die letzte störungsfreie Kirschenernte der Vorkriegszeit schilderte?

„Ist Ihnen nie ein Verdacht gekommen, wer hinter den anonymen Drohungen stecken könnte? Ein bestimmter Ort – immer derselbe – wird rot eingekreist und mit einem Totenkopf versehen."

Er schüttelte den Kopf, doch diesmal drückte seine Miene nicht Ablehnung aus, sondern Ratlosigkeit. Kein Zweifel, diese böswilligen Briefe setzten ihm zu, aber warum suchte er keine Hilfe? Wenn nicht bei der Polizei, dann bei sachkundigen Juristen oder einem Historikerkollegen?

Als Agnes die Getränke brachte, setzte der Professor seine Brille, die er zum Lesen der Speisekarte hervorgeholt hatte, wieder auf und betrachtete die junge Frau. „Ich hätte gern Frau Schulze-Bracht gesprochen", sagte er streng. Verwirrt sah Agnes von ihm zu mir, bevor sie entgegnete: „Aber das bin *ich*. Worum geht es?" Es klang besorgt, als rechnete sie mit einer Reklamation.

„Nehmen Sie Platz", kommandierte der Professor. Agnes wandte den Kopf, doch die übrigen Gäste schienen gut versorgt. Ein entspanntes Gemurmel lag über dem Raum, wie ein gedämpfter Chor, den ein Orchester aus Messern und Gabeln untermalte. Sie folgte seiner Aufforderung.

„Heißt Ihr Schwiegervater Bernhard Schulze-Bracht?", fragte Bader. „ Ich hätte ihn schon seit langem gern gesprochen. Weiß er das denn nicht?"

„Mein Schwiegervater lebt seit vier Jahren nicht mehr in Münster, seitdem mein Mann …" Ihr Blick huschte ängstlich zwischen uns hin und her, und ich dachte: Vor vier Jahren? Da hat er das Handtuch geworfen, weil sein Sohn den Hof erbte. „Ich kann Ihnen die Adresse geben, wenn Sie möchten“, fuhr Agnes fort.

Als Bader gnädig nickte, drehte sie ab und verschwand in der Schwingtür zur Küche. Ich wartete, ob der Professor seine Suche nach Schulze-Bracht näher erklären würde, doch er schlug die Speisekarte wieder auf, als wollte er seine Bestellung überdenken.

„Leben einige Ihrer Informanten im Ausland?“, wagte ich mich nach angemessener Wartezeit erneut vor. Vielleicht war der Professor auf der Suche nach ehemaligen amerikanischen oder britischen Soldaten, die im Frühjahr 1945 das nördliche Münsterland überrollt hatten. Er hob den Blick so abrupt, als fühlte er sich bei schlechten Gedanken ertappt, und raunte: „Wie kommen Sie darauf?“

„Ehemalige Besatzungssoldaten?“ Nach dem Wenigen, das er bisher angedeutet hatte, lag die Frage nahe. Doch er schüttelte den Kopf, während sich seine Miene noch mehr verschloss.

„Dann vielleicht alte Nazis, die in Lateinamerika untergekommen sind?“ Auch nicht. Er machte es spannend.

„Herr Professor, warum reden Sie nicht offen? Als Polizistin bin ich genauso zur Verschwiegenheit verpflichtet wie Ihre Mitarbeiter.“ Nach dem viel versprechenden Gesprächsbeginn in seinem Institut war dieser Abend bisher so völlig anders verlaufen, dass mir der ursprüngliche Anlass meiner Einladung erst jetzt wieder einfiel. „Es hat mit dem Spieker von Große Antrup zu tun.“

In diesem Moment brachte Agnes zwei Teller mit Rotbarschrisotto. Sie platzierte sie so, dass die Garnitur aus Zitronenscheiben und einem prallen Minibouquet von blühendem Thymian, Kerbel und Sauerampfer zur Tischmitte zeigte, bevor sie verstohlen, als geschähe etwas Illegales, eine Visitenkarte des Restaurants neben Baders Gabel legte. Er drehte sie um, sah die handschriftliche Adresse, stopfte umständlich die Serviette in den Hemdkragen und begann wortlos und hastig zu essen. Auch ich widmete mich erst einmal dem Genuss, nicht zuletzt, weil Schulze-Bracht ein talentierter Koch war.

Irgendwann brach ich das Schweigen. Bader beugte sich mit wachsendem Misstrauen vor, während ich ihm von der Hofchronik des alten Heinrich Schulze-Bracht berichtete. Als die Aufzeichnungen von Clemens' Großvater Leonhard zur Sprache kamen, die, ebenso wie die Chronik, am 2. April 1945 abgebrochen worden waren, schob er mit einer resignierten Bewegung den fast geleerten Teller zur Seite und stützte den Kopf in die Hände.

„Stört es Sie, wenn ich mir einen Zigarillo genehmige? Dies ist", er warf einen Blick auf seine Armbanduhr, „die übliche Zeit für mein kleines Laster. Und wenn ich richtig verstanden haben, geht unser Gespräch in eine Richtung, in der ich Nervenfutter brauche."

„Es stört mich nicht!", ermunterte ich ihn, ließ es mir aber nicht nehmen, zu Ende zu essen. Bader inhalierte tief und schickte den Rauch gedankenvoll durch die Nasenlöcher, wobei er den Kopf so abwandte, dass ich nicht behelligt wurde. „Sehen Sie", begann er mit überraschender Beflissenheit, „die Geschichte, die meiner Studie zugrunde liegt, ist nicht nur heikel, weil sie gute Freunde von mir einbezieht – auch wenn nicht mehr alle leben –, sie ist auch tragisch. Ich hatte mir, als ich das Projekt in Angriff nahm, fest vorgenommen, niemanden darin einzubinden, der nicht zu meinen früheren Bekannten gehört. Verwandte habe ich ja nicht mehr."

„Sie suchen möglichst viele Augenzeugen."

„Sicher", nickte er, „doch auch die Zeugen gehören zu diesem eng gezogenen Kreis. Ich weiß", fuhr er schnell fort, weil ich einen weiteren Einwand machen wollte, „dass Alma Ihnen einiges angedeutet hat. Sie hat es zugegeben. Es war mir gar nicht recht, aber ihre Indiskretion ist nicht mehr aus der Welt zu schaffen."

„Sie möchten Ihre Studie veröffentlichen", versetzte ich hartnäckig, und jetzt bildetet sich eine steile Falte auf seiner Stirn, bevor er zurück schoss: „Allerdings. Aber erst wenn ich auch den letzten Zeugen befragen konnte. Ich muss alle Meinungen gegeneinander abwägen, verstehen Sie? Jeder der Beteiligten fühlte sich zu seiner Tat gedrängt, und das macht die Sache so tragisch und so … unsinnig. Ich war damals ein Kind, aber ich habe alles so intensiv erlebt, dass ich tagelang in einem tiefen Trauma steckte, und dann geschahen Dinge, die dieses Trauma verdoppelten und verdreifachten." Seine Gesichtsmuskulatur fiel zusammen, wurde schlaff und welk, während er an mir vorbei an die Wand starrte, bevor er blindlings nach seinem Zigarillo tastete. „Nie hätte ich im Traum daran gedacht, mit der Polizei", er polterte das letzte Wort heraus, so dass es wie ein Schimpfwort klang, „darüber reden zu müssen. Aber Sie wissen leider schon mehr, als gut ist. Und so lassen Sie mich einiges erklären.“

Er wurde wieder von Agnes unterbrochen, die die Teller abräumte und fragte, ob sie die Dessertkarte bringen könne. Bader fegte genervt einen imaginären Brotkrümel von der Tischdecke und blaffte etwas von einem starken Mokka. Ich bestellte grünen Tee.

Sobald beides vor uns stand, was glücklicherweise sehr schnell der Fall war, weil sich das Restaurant inzwischen bis auf uns und ein junges Paar geleert hatte, begann der Professor zu reden, und ich ließ meinen Tee kalt werden und hörte ihm zu. Später, lange nachdem er am Ende seiner Geschichte angekommen war, und ich ihn vor seinem Wohnhaus absetzte, trennten wir uns wie gute Freunde, weil das, was er mir erzählt hatte, spontane zwischenmenschliche Wärme schaffen musste. Es hatte mich so fasziniert, dass mir erst nach einer Weile bewusst wurde, dass Bader, ohne es zu ahnen, unseren Täter verraten hatte.

„Im Frühjahr 1938“, so hatte er begonnen, „starb meine Mutter an einer Blutvergiftung, und meine beiden älteren Schwestern und ich wurden aufs Land geschickt, in die Nähe von Greven. Mein Vater war als Lokführer bei der Reichsbahn viel unterwegs, daher blieb ihm keine andere Wahl. Wir kamen zu seiner Cousine, deren Mann im ersten Weltkrieg gefallen war. Und da sie allein einen kleinen Hof – Lütke Antrup – bewirtschaftete, war sie froh über Hilfe in Küche und Stall. Dabei war sie uns eine liebevolle Ersatzmutter.“

Er nippte an seinem Kaffee und fuhr fort: „Noch wohler fühlten wir uns allerdings auf Grund der engen Nachbarschaft mit zwei anderen Höfen, einem Schulzen und einem weiteren Kötter, auch wenn ein starkes soziales Gefälle herrschte. Die Besitzer von Große Antrup waren seit jeher auch Eigentümer gewesen, was in früheren Zeiten keineswegs dasselbe bedeutete. Auf Middel Antrup lebten Pächter, die, genauso wie meine Tante, im Schulzenhof zur Mithilfe bei der Ernte, bei Wasch- und Backtagen verpflichtet waren. Also hauptsächlich dann, wenn sie selber viel zu tun hatten. Sogar uns Kinder band man ein, zum Ziegenhüten, Hühnerfüttern oder zu Botengängen. Der Schulzen-Bauer hatte zwei Söhne, Mathias und

Bernhard. Auf Middel Antrup gab es die Töchter Helene, Brigitte und Lou. Altersmäßig standen wir ziemlich eng beieinander. Das heißt“, Bader rieb sich mit einer abrupten Geste den kahlen Schädel, als wollte er den Schein der Tischlampe, der sich dort spiegelte, wegwischen, „als die Unglücksserie begann, über die ich meine Studie schreibe, waren die beiden Ältesten, Mathias und Helene, siebzehn, die nächsten vier – darunter auch meine Schwestern und ich – folgten wie die Orgelpfeifen, die beiden Nachzügler bildeten Bennätzken von Große Antrup und Lou vom Middel-Hof.“

Als ich wissen wollte, von welchem der beiden Kötterhöfe heute nur noch die Leibzucht existierte, nannte er Middel Antrup und fuhr dann fort: „Unser Leben war bis in die letzten Kriegsmonate beneidenswert friedlich verlaufen. Natürlich hörte man von den schweren Luftangriffen auf Münster, und die Nächte waren erhellt vom Schein der Flakabwehr und den so genannten Tannenbäumen, mit denen die Alliierten ihre Angriffe auf den Kanal und die Schifffahrt präzisierten. Ich hatte oft Angst um meinen Vater, der als Bahnbeamter zwar von der Front freigestellt war, aber häufig die Strecken ins stark bombardierte Ruhrgebiet und Rheinland befuhr.“ Er leerte seine Tasse mit einem resoluten Schluck, sah aber nicht auf seine Uhr, wie ich befürchtet hatte, weil die späte Stunde ihn vielleicht zu einem Zeitraffertempo verleitet hätte. Vielmehr redete er merklich schleppender weiter, woraus ich schloss, dass jetzt jene Verkettung von Unglücken zur Sprache käme, die dieser sorglosen Acht-Kinder-Gemeinschaft zwischen Ziegenstall hinterm Haus und Pumpenschwengel davor, dem Schweinekofen rechts und dem Bollerwagen links, ein so erschreckendes Ende gesetzt hatte, dass sich der Professor noch nach über fünfzig Jahren damit beschäftigte. Und zwar mit Hilfe befreundeter Zeugen, von denen ihm zumindest einer ganz energisch im Weg zu stehen schien.

Am Ostermontag 1945, dem 2. April, war das Drama passiert, und die tragischen Hauptakteure waren die beiden Ältesten der Kinderschar: Mathias, Erbsohn von Große Antrup und älterer Bruder von Bernhard, der später Clemens' Vater wurde, und Helene, die älteste Kötterstochter.

„Die zwei hatten sich verliebt“, spekulierte ich, „aber beide Elternpaare waren dagegen. Oder kam das Veto allein aus dem Haupthaus? Wurde die Freundschaft als Mesalliance betrachtet?“

Bader, offensichtlich unter dem Eindruck vergangener Bilder, die ihn hart bedrängten, stützte die Stirn in die rechte Hand und senkte den Blick auf die weiße Tischdecke; eine Schauspielergeste à la Hamlet, die jedoch glaubwürdig wirkte, weil sie zu seinem ganzen Bewegungsduktus passte. Dann schüttelte er abwehrend den Kopf. „Nein, die Liebesgeschichte kam erst später ans Tageslicht, als die beiden …“ Er verstummte kurz und murmelte dann: „Wir Jüngeren wussten Bescheid, aber die beiden waren in unseren Augen ohnehin unzertrennlich, weil sie in all unseren Inszenierungen automatisch das Elternpaar spielten. Wenn Mathias und Helene allein sein wollten, verzogen sie sich in den Spieker von Große Antrup. Er liegt, wie Sie wissen, weit weg vom Wohnhaus, an der Grenze zu Middel Antrup, und auch dort saß niemand mit dem Feldstecher am Fenster. Man hatte andere Probleme.“ Er legte wieder eine Kunstpause ein, die ich mit allen möglichen Varianten an Konflikten ausfüllte, zu denen Bader meine Phantasie anregte.

„Lassen Sie mich raten: Die Front rückte näher!“ Warum die Sache nicht bei aller Tragik ein wenig quizartig nehmen? Mein Gott, der Fall lag siebenundfünfzig Jahre zurück. Mochte sich die Familie des diamantenen Jubelpaars auch heute noch über Kriegsgeschehnisse in die Haare geraten, sie lockten doch nur hartnäckige Veteranen von ihren Geschichtsatlanten weg.

„Die Front rückte näher“, bestätigte er beinahe mürrisch, „aber das meine ich nur indirekt.“

„Ein Deserteur der Alliierten versteckte sich auf einem der Höfe, und Helene verliebte sich in ihn?“

„Bei denen gab es keine Deserteure! Die US-Armee war schon am Niederrhein von Oberbefehlshaber Eisenhower moralisch aufgepäppelt worden, und die britische von Churchill. Der alte Zigarrenschmaucher ging zwar allen fürchterlich auf die Nerven, weil er so gern im Turm der Jagdpanzer mitfuhr, aber desertieren musste niemand, so siegesgewiss, wie die waren.“

„Dann also deutsche Deserteure.“

Er wedelte mit seinem fast herunter gebrannten Zigarillo. Ein zweites „Laster“ würde er sich an diesem Abend wahrscheinlich nicht mehr leisten, folglich erreichten er und ich die Zielgerade unseres Gesprächs. „Machen wir es kurz“, kommandierte er prompt, und jetzt sah er auch auf die Armbanduhr. „Der Grund für die geringe Aufmerksamkeit, die die Erwachsenen uns Kindern schenkten, einschließlich sich anbahnender Liebesgeschichten, waren die extremen politischen Richtungen, in die die drei Hofparteien schon seit einiger Zeit abgedriftet waren. Meine Tante begeisterte sich für die Arbeiterbewegung, auf Middel Antrup trauerte man der Monarchie nach, und jetzt raten Sie mal, wie der Großfürst von Antrup, ich meine Leonhard Schulze-Bracht, dieses Karussell komplettierte. Richtig, als Nazi.“ Wieder glitt seine Handfläche über die Glatze, doch dann lehnte er sich plötzlich über den Tisch, und der intensive Blick dieser alten Augen mit ihren faltigen Lidern und den ausgeprägten Tränensäcken teilte mir mit, dass er jetzt zum Ende seiner Geschichte kam.

„Als diesen unverbesserlichen Endsiegfanatikern einfiel, sie könnten noch blutjunge oder alte Menschen für ihren Volkssturm verheizen, da gab das Schulze-Bracht noch einmal richtig Zunder.“

„Sie meinen Heinrich Schulze-Bracht?“, fragte ich, und er korrigierte beinahe bestürzt: „Nein, den alten Herrn doch nicht! Das Unglück traf ihn wie die Axt eine alte Eiche.“

Aus den Augenwinkeln registrierte ich Agnes, die offensichtlich die Sperrstunde herbeisehnte. „Ich glaube, Schulze-Brachts möchten schließen. Wir können gern morgen weiterreden.“ Das wäre mir jedenfalls lieber gewesen als ein überschneller Schluss.

Doch der Professor wiegelte ab. „Was einmal in Angriff genommen wurde, wird auch zu Ende gebracht.“ Im Gegensatz zu seiner Anfangsstimmung schien er jetzt in bester Erzähllaune, doch das verzweifelte Gähnen von Agnes wirkte echt. Ich dachte an den vitalen kleinen Racker, der ihr die restliche Nacht verkürzte. Da mochte die Zauberpuppe am Küchenbüffet noch so viele positive Energien verbreiten.

Am Palmsonntag hatte der Kreisleiter von Steinfurt seine „Schergen“, wie Bader sich ausdrückte, von Haus zu Haus und Hof zu Hof geschickt, um alle Männer zwischen sechzehn und sechzig zu rekrutieren, Kanonenfutter der letzten Stunde. Wer dem Einzugsbefehl nicht folgte, werde auf der Stelle erschossen. So hieß es! Die alten

Männer waren verbittert, doch manch einer von den jungen ließ sich anfeuern, obwohl es kaum Waffen oder Munition gab, geschweige denn eine militärische Ausbildung. „Natürlich betraf der Einrückungsbefehl auch Mathias, und selbst wenn er nicht begeistert war mitzumachen, was ich nicht beurteilen kann, hätte sein Vater ihn mit Gewalt zur Einsatzstelle getrieben." Bader schüttelte angewidert den Kopf. „Dieser versprengte alte Betonschädel! Warum hat er den Jungen nicht versteckt? Aber der verfiel erst gar nicht auf die Idee, dass er nicht wiederkäme. Dabei sind die doch alle abgeknallt worden wie die Feldhasen oder von Granaten zerfetzt ... Doch so weit kam es nicht.

Den Grund dafür lieferte Helene. Am Morgen des Ostersonntags, als wir nach Große Antrup rannten, um mit ihr und Mathias Ostereier zu suchen, fanden wir sie heftig weinend auf den Holzstufen zum Spieker. Sie erzählte uns, dass Mathias sich am nächsten Morgen in Greven melden müsse. ‚Der kommt nicht zurück', heulte Helene, ‚der übersteht das nicht, das habe ich in den Knochen. Heute Nacht hat das Käuzchen geschrien.' Ich bekam Angst. Mein Vater hatte genug von den verwundeten Frontsoldaten erzählt, die auf den Bahnhöfen warteten, um in Lazarette abtransportiert zu werden, wo sie an Wundbrand, Lungenentzündung oder am Irrsinn starben. Einzelheiten hatte mein Vater uns Kindern erspart, aber wir hatten durchs Schlüsselloch gehört, wie er mit der Tante redete, und sie zu weinen begann.

Die geniale Lösung fand schließlich der kleine Bernhard, der um seinen viel bewunderten Bruder genauso zitterte wie Helene um ihr Herzblatt. Er kam auf die Idee, Helene solle ihn am Abend in den Spieker locken, um ihm ein Abschiedsgeschenk zu überreichen. Und dann einfach die Tür verrammeln, damit er am nächsten Morgen nicht zur Sammelstelle müsse. Man würde vorher Essen in den Spieker stellen und einen Krug mit Wasser und Mathias vertrösten, bis der Einsatzbefehl nicht mehr galt. Wir lobten Bennäzken für seinen Einfallsreichtum, und tatsächlich ging der Plan auf. Bernhard besorgte den Spiekerschlüssel, der im Flett hing, und sobald Mathias, neugierig auf sein Abschiedsgeschenk, in den ersten Stock des Spiekers gelaufen war, verriegelten wir die Tür. Sie wissen, wie weit der Spieker vom Wohnhaus entfernt ist, und Bernhard hatte versprochen, seinen Eltern, sollten sie sich über Mathias' Fehlen wundern, zu erzählen, er mache einen letzten Rundgang über die Felder. Was wir nicht wussten, war Folgendes: Im Dachgeschoss des Spiekers, wo wir strengstes Aufenthaltsverbot hatten, bewahrte Leonhard Schulze-Bracht in einer Flakkiste Waffen und Munition auf. Aber Mathias muss informiert gewesen sein. Vielleicht hatte sein Vater ihm den Einsatz damit schmackhaft gemacht, dass er ihn mit Übungshandgranaten und einem Revolver ausstaffieren konnte. Vielleicht hat er die Kiste auch nur aufgebrochen, in der Hoffnung, dort Werkzeug zu finden, um die Spiekertür zu öffnen. Aber das werden wir nie erfahren …

Mitten in der Nacht rollten britische oder amerikanische Jeeps und Panzer auf unsere Bauerschaft zu. Wahrscheinlich wäre niemandem etwas passiert, denn die Alliierten waren zielstrebig auf dem Weg nach Münster. Doch auf der Höhe von Antrup gerieten sie unter Beschuss, zielten daraufhin auf die gesamte Hofanlage, trafen das Wohnhaus von Middel Antrup und setzten auch den Spieker von Große Antrup in Brand. Helene, Brigitte und Lou konnten sich mit ihren Eltern retten, doch Mathias …" Bader brach ab und starrte auf die Tischplatte.

Als ich wissen wollte, wer geschossen habe, hob der Professor die Schultern. Nur eins hatte sich in dieser Nacht geklärt. Nachdem die alliierten Soldaten verschwunden waren, entdeckte man Mathias im Obergeschoss des ausgebrannten Spiekers. Die Erwachsenen brauchten nicht lange, um die Schuldigen zu finden. „Wir Kinder fühlten uns so hundeelend, dass wir sofort alles zugaben. Aber Schulze-Bracht, der ohne ein einziges Wimpernzucken seinen Lieblingssohn und Hoferben in den sicheren Tod hatte schicken wollen, schämte sich nicht, die arme Helene auf grausame Art zu bestrafen. Er orderte sie in sein Arbeitszimmer, packte eine Schere und schnitt ihr die Haare bis auf hässliche Zotteln ab. Helenes schönes Haar, goldblond und bis zur Taille reichend! Dann griff er zur Peitsche, schleifte das Mädchen auf den Hofplatz, und er hätte sie wahrscheinlich umgebracht, wäre Mutter Bessmann nicht dazwischen gefahren. Als sie sich einen blutigen Striemen im Gesicht holte, ließ Schulze-Bracht die Peitsche sinken. Aber er geiferte weiter, Helene sei eine Hexe, und die Attacke seines Sohnes auf die Armee der Befreier sei nur auf ihren schlechten Einfluss zurückzuführen. Sobald dieser Idiot nämlich begriffen hatte, dass der Krieg nicht mehr zu gewinnen war – auch Münster lag inzwischen in Schutt und Asche –, tobte und wütete er wie ein Wahnsinniger. Er drohte, Helene vom Hof zu jagen, dabei hatte sie ohnehin kein Zuhause mehr.

Am Weißen Sonntag, während die Familien den Gottesdienst feierten, kletterte Helene über die Wallhecke und stürzte sich hinter dem ausgebrannten Spieker in die Gräfte. Ihre Schuhe hatte sie am Ufer, hinter dem Backhaus, abgelegt. Als man sie aus dem Wasser zog, war es zu spät. Nie werde ich ihr fahles Gesicht unter den triefenden Haarzotteln und das von Schlamm durchzogene weiße Sonntagskleid vergessen. Alles an ihr war grau und schwarz. Das dritte Opfer war Heinrich Schulze-Bracht im Juni. Herzinfarkt."

Eine Weile schwiegen wir beide, der Professor wohl in der Erinnerung an jene dramatischen Tage, ich mit einer aufwühlenden Entdeckung beschäftigt. Langsam, aber hartnäckig kroch eine Ahnung in mir hoch, setzte sich fest, breitete sich aus.

„Sie haben Helenes Mutter bei ihrem bürgerlichen Namen genannt", hakte ich nach, um mich zu vergewissern, dass ich richtig gehört hatte. „Trug man auf dem Land nicht den Namen seines Hofes? Woher wussten Sie, wie sie in Wirklichkeit hieß?"

Der Professor nickte. „Normalerweise wurden wir nach unserem Hof genannt, das stimmt. Nur in der Schule machte man eine Ausnahme, weil der Wirrwarr um Große, Lütke und Middel zu groß gewesen wäre. Und dass wir einheitlich Antrup genannt wurden, hätte dem Großfürsten nicht gepasst."

Wusste der Professor, dass einer der Hochzeitsgäste mit Mädchennamen Bessmann hieß?

„Sie erinnern sich so gut an diese Ereignisse", bewunderte ich ihn, „wozu dann noch die Aussage von Agnes' Schwiegervater?"

„Ich erinnere mich nicht mehr an alles", widersprach Bader. „Das Vorrücken der Alliierten durch das Münsterland würde ich gern stärker einbeziehen. Jemand müsste noch den genauen Wortlaut der Einberufungsbefehle für den Volkssturm im Kopf haben. Oder ähnliche Vorfälle schildern können, in denen Widerstand aus der Bevölkerung kam; sowohl gegen die Durchhaltefanatiker als auch gegen die Besatzer." Während er redete, wurden mir weitere

Zusammenhänge klar: „Schulze-Bracht hat den Spieker deshalb wieder aufgebaut, weil sein Sohn dort ums Leben kam. Und aus demselben Grund wurde der Vater von Clemens, das geniale, böse Bennäzken, nie Hoferbe."

„Ja, offensichtlich musste der kleine Kerl für seinen grandiosen Einfall ein Leben lang büßen", versetzte Bader grimmig. „Dabei wollte er seinem Bruder nur das Leben retten."

„Was wurde aus der Familie Bessmann?"

„Sie zogen zu Verwandten", erwiderte Bader mit Engelsgeduld, obwohl sein Gesicht plötzlich mürbe wirkte wie ein Bratapfel. „Ich habe weder Lou noch Brigitte ausfindig machen können. Auch nach meinem Aufruf in den Zeitungen haben sie sich nicht gemeldet."

Wir hatten sein Haus erreicht, einen kleinen Bungalow mit einfacher Milchglastür und symmetrisch eingesetzten Fenstern, deren geradezu martialische Vergitterung in einem grotesken Kontrast zu der architektonischen Schlichtheit stand.

„Ich lebe allein", erklärte Bader, als hätte er meine Verwunderung gespürt. „Seitdem die Drohbriefe aufgetaucht sind, fühle ich mich nicht mehr wohl. Daher diese Schießscharten." Er lachte verlegen, und ich dachte: Ach ja, die Briefe! Wenn der Brand auf Middel und Große Antrup den Kern seiner Studie bildete, musste es mehr Augenzeugen gegeben haben als die drei Familien. Oder zumindest vermutete Bader, dass es mehr gäbe. Nur um eine Studie mit Fakten auszustopfen, die er auch in Fachbüchern über das Kriegsende im Münsterland nachlesen konnte, schien mir der ganze Zeugenaufruf zu aufwändig. Gab es etwas, das er verheimlichte? Hatte er einen Verdacht?

Entgegen meiner Befürchtung, dass er sich jetzt verabschieden und aussteigen würde, blieb er sitzen, stumm und verlegen, wie es schien. Oder hatte ihn unser Gespräch auf dieselbe Fährte gebracht?

„Was macht Sie", unterbrach ich schließlich unser zähes Schweigen, „so sicher, dass Mathias geschossen hat? Wenn im Spieker Munition gelagert gewesen wäre, hätte das Gebäude in die Luft fliegen müssen, doch die Außenmauern blieben stehen."

Da Bader schwieg, fragte ich weiter: „Woher konnte der Junge auf eine so große Entfernung einen Militärkonvoi beschießen, wenn er nicht mal die rudimentärste militärische Ausbildung mitbekommen hatte?“

Durch Baders Lungen fuhr ein schwerer, wahrscheinlich schmerzhafter Seufzer, als er entgegnete: „Aber das ist es ja! Ich möchte herausbekommen, wer damals geschossen hat! Und damit den Brand ausgelöst hat, den Tod von Mathias, den Selbstmord von Helene. Und letztlich auch den Herzinfarkt des alten Schulze-Bracht. Verstehen Sie?“ Er sah mich scharf von der Seite an. „Uns Kindern hat man im Grunde gar nichts erklärt. Die verrückte Idee des kleinen Bernhard und Helenes böser Einfluss, der dazu führte, dass Mathias sich versteckte, waren Erklärung genug. Damit mussten wir uns zufrieden geben. Später kamen mir dieselben Fragen, die Sie jetzt stellen. Deshalb diese verdammte Studie, auch wenn ich damit nicht zurande komme.“

„Und Sie haben nicht den leisesten Verdacht?“

„Nichts. Weil diese Chaoten in jener Nacht in alle Himmelsrichtungen geballert haben, ohne den Ausgangspunkt der Attacke auszumachen.“

„Es war dunkel, und die Soldaten fühlten sich bedroht.“

„Aber mit einem gezielten Feuer wäre ich heute besser dran.“

„Sie meinen, der Spieker wäre nicht getroffen worden?“

„Genau das meine ich.“

„Wenn der Spieker nicht explodierte, hatte Schulze-Bracht seine Munition woanders gelagert.“ Bader nickte mit der Überzeugungskraft eines Wetterredakteurs, der mitten im Juli Schnee ankündigen soll. Da blieb mir nur das Spekulieren.

„Dann hat entweder Schulze-Bracht geschossen oder jemand von einem der Kötterhöfe.“

Er schenkte mir einen Seitenblick unter schweren Augenlidern.

„Ihre Tante war es wohl kaum.“

„Meine Tante …!“, wehrte er ab.

„Ganz genau“, nickte ich. „Als Sozialistin war sie den Amerikanern wahrscheinlich nicht sehr gewogen, aber sie war doch sicher nicht bewaffnet. In welche Richtung tendierte die Bäuerin auf Große Antrup? Stand sie auf der Seite ihres Nazi-Gatten?“

Ein zärtliches Lächeln zog über sein Gesicht. „Sie war wie eine

Mutter zu uns allen. Vor allem zu mir und meinen Schwestern. Ich bezweifle, dass sie die Durchhalteparolen ihres Mannes teilte."

„Haben Sie damals mitbekommen, wie sie auf den Einrückungsbefehl reagierte? Es wäre doch ein Leichtes gewesen, Mathias zu verstecken. Und warum hätte sie auf Soldaten schießen sollen, die kamen, um dem Krieg ein Ende zu machen?"

Bader nickte. „Ich glaube nicht, dass sie es war. Die konnte nicht mal einen Hasen abziehen, dafür holte sie immer meine Tante. Bringt man es dann fertig, auf Menschen zu schießen? Selbst wenn es Eroberer sind?"

Ich überlegte kurz. „Vielleicht konnten die Amis oder Briten besser zielen als gedacht. Und wenn sie nun auf den Middel-Hof angelegt haben, weil der Schuss von dort kam? Wenn der alte Bessmann noch lebt, müsste man ihn doch finden können. Wie war sein Vorname?"

„Karl", entgegnete Bader unwillig. „Glauben Sie mir, ich habe alles versucht."

„Und wenn er im Altersheim lebt und völlig verkalkt ist?"

„Ich habe auch alle möglichen Altersheime angeschrieben", seufzte er. „Niemand wusste etwas von Karl Bessmann. Von Frau und Kindern ebenso wenig."

Vielleicht leben sie in größerer Nähe als Sie denken, lieber Professor!, dachte ich, während er sich aus dem Beifahrersitz schälte. „Für heute gute Nacht, verehrte Frau Züricher. Wenn Sie mich in den nächsten Tagen brauchen, lassen Sie es mich wissen."

„Auch Ihnen eine gute Nacht!", schickte ich ihm nach. Doch er hatte bereits die Wagentür zugeschlagen. Ich beobachtete, wie er an der Haustür einen Code eintippte und wenig später schemenhaft im Hausinnern verschwand. Dieser Mann hatte Angst.

Mit einer der Bessmann-Schwestern konnten wir ohne Weiteres ins Gespräch kommen, es wäre nicht das erste Mal innerhalb der vergangenen zwei Wochen. Sie würde uns auch sagen können, wo ihr Vater lebte, wenn er nicht schon gestorben war. … Luise Braake, die kleine Lou, die das schlammgraue Sonntagskleid ihrer Schwester Helene, das abgeschnittene Blondhaar und den Vorwurf, eine böse Hexe zu sein, vielleicht nie hatte vergessen können.

- XIII -

Meine Hände zitterten vor Nervosität, als ich zum Telefonhörer griff. Würde mich doch nicht jedes Mal, wenn ich Informationen einholte, die alles entscheiden konnten, diese lächerliche Aufgeregtheit blockieren! Was ich in den folgenden Minuten erfuhr, konnte unsere Ermittlungen rasant nach vorn katapultieren oder an ihren Beginn zurückversetzen, zu weiterem mühseligem Suchen, allerdings mit ausgereizten Atouts.

„Guten Morgen, Frau Züricher. Was kann ich für Sie tun?“ Frau Vaals Stimme klang merkwürdig fern und frei von jeglicher Wiedersehensfreude. Ahnte sie den Grund meines Anrufs?

Ich versuchte mir ihr Gesicht vorzustellen, wie es von seiner vor dem Abnehmen des Hörers noch freundlich entspannten Miene, der die erfolgreiche Beendigung des Falls Valerie eine leicht triumphale Note beimengte, immer starrer wurde, gewissermaßen versteinerte, während ich sie fragte, ob es absolut auszuschließen sei, dass eine nicht zur niederländischen Polizei gehörende Person Einblick in die Akte van Kranenburg habe nehmen können. Natürlich wollte sie wissen, auf welche Verdachtsmomente sich meine Frage stützte. Gab es neue Erkenntnisse im Fall Lehnbach?

„Wir haben neue Erkenntnisse, Anja. Aber um der verdächtigen Person die richtigen Fragen zu stellen und ihre Antworten zu überprüfen, brauche ich Ihre Auskunft.“

Sie atmete aus wie nach einem drastischen Lungenzug. „Bei uns ist in der Tat eine merkwürdige Sache passiert. Vielleicht gelingt es ja Ihnen und mir zusammen, eine Erklärung zu finden.“

Sie schlug mir vor, die Angelegenheit in einer E-Mail darzustellen. „Es wäre allerdings gut, wenn Sie mir anschließend schreiben würden, ob Sie diese Information weiter bringt. Immerhin könnte ein älterer Mitarbeiter, der kurz vor der Pensionierung steht, noch einmal in große Schwierigkeiten geraten. Er hat sich genügend Scherereien eingehandelt, glauben Sie mir!“

„Sie kennen die Geschichte von dem Gras, das sobald es über eine Sache gewachsen ist, vom Kamel wieder abgefressen wird?“

„Kenn ich!“, wiegelte sie ab, raffte sich aber immerhin zu einem kehligen Lachen auf. „Und noch eins, Sieglinde: Es wird ein bisschen dauern, bis Sie meine Mail erreicht, weil ich erstens die Sache von meinem Chef absegnen lassen und zweitens die betroffene Person informieren muss."

Eine halbe Stunde später traf ihre Nachricht ein. Der Vorfall, der sich in Den Haag ereignet hatte, war ein beeindruckender Beweis für die teuflische Verzahnung von einer gewissen Sorglosigkeit in der Alltagsroutine, der zwangsläufig mangelnden Erfahrung eines Praktikanten in einem brisanten Mordfall und den Tricks einer ausgekochten Schwerverbrecherin. Allein dieser Gedanke bestärkte mich in meiner Überzeugung, dass Majas Mörderin von ganz anderem Kaliber sein musste als der Täter in Den Haag. Und doch: Wenn man davon ausging, dass unsere Täterin von krankhaften Erinnerungen an den Spieker in Große Antrup getrieben worden war, hatte ich viele brauchbare und anregende Hinweise aus dem Bahnhofsviertel mitnehmen können. Ich schuldete Anja Dank, nicht nur für ihre Kooperation, sondern auch für die flächendeckende Offenheit, die ihre neueste E-Mail bestimmte.

Am 30. Juni, um neun Uhr morgens, war an der Pförtnerloge des Haager Polizeipräsidiums eine Frau aufgetaucht, hatte einen Ausweis der nordrhein-westfälischen Polizei vorgezeigt und Frau Vaal zu sprechen gewünscht. „Der Portier hat sie als ältere Person beschrieben, mit blondem, kurzem Haar, ziemlich groß und kräftig. Aber er sieht Tag für Tag viele Besucher und längst nicht alle präsentieren einen so echt wirkenden Dienstausweis. Schließlich leben wir mit den Fälschungen internationaler Dokumente. Ich gebe zu", fuhr Anja fort, „dass man für gewöhnlich vorher mit uns einen Termin vereinbart, aber mein Name und mein Foto waren Anfang Mai in der Tagespresse erschienen, weil ich die Sonderkommission leitete. Also rief der Pförtner bei mir an, um die Besucherin zu melden, erreichte allerdings nur meinen Praktikanten, weil ich gerade in einer Besprechung mit unserem Abteilungsleiter saß. Da der junge Mann ankündigte, die fremde Frau abzuholen, schickte der Pförtner sie weiter, obwohl sie eigentlich vor seiner Loge hätte warten müssen. Der Praktikant fand sie nicht, alle Liftkabinen standen im Erdgeschoss, und im Treppenhaus war ihm keine Fremde begegnet. Der Portier konnte ihm nur eine flüchtige Beschreibung geben, aber keinen Namen. Der Dienstausweis hatte ihn in der Sicherheit gewiegt, dass es sich um eine seriöse Besucherin handelte. Als der Praktikant, dem die Sache dubios vorkam, in mein Büro zurückkehrte, rannte ein Mann den Gang hinunter. Valeries Akte und die Fotos lagen offen auf meinem Schreibtisch. Wir ließen das ganze Haus absuchen, er blieb verschwunden, und schließlich glaubten wir an einen Paparazzo."

„Ihr Portier", mailte ich zurück, „hatte eine Frau gesehen. Konnte Ihr Praktikant den Mann beschreiben? Gab es zwischen seiner Aussage und den Angaben des Pförtners eine gewisse Übereinstimmung, was Aussehen und Stimme angeht?"

Sie ließ mich lange über der Antwort zappeln, und währenddessen überlegte ich fieberhaft, wer da seine Identität gewechselt hatte. Da der Dienstausweis echt wirkte, ging ich von einer Frau aus, die auf der Damentoilette Männersachen angezogen hatte. Dazu das kurze Haar, die breiten Schultern und eine relativ dunkle Stimme, die der Portier beschrieben hatte …

So wie es aussah, war eine Polizeibeamtin aus Nordrhein-Westfalen dermaßen an dem Fall van Kranenburg interessiert gewesen, dass sie auch vor Amtsmissbrauch nicht zurückschreckte. Ich dachte an Baders Worte über die Familie Bessmann, an Luise Braakes unverhohlene Abneigung gegen alles Neuheidnische und an die Nähe ihrer Wohnung zu dem Zimmermann-Grundstück, rief mir aber auch ins Gedächtnis, wie unwahrscheinlich es war, dass sie Maja jemals in Große Antrup kennen gelernt hatte. Von den Ritualen konnte sie allerdings gewusst und nicht nur Maja, sondern auch Valerie dabei beobachtet haben: die Hexen mit den blasphemischen Priestergewändern. Ich wählte die Nummer ihres Reviers und bekam ihren Kollegen an den Apparat. Er musste erst im Terminplaner nachsehen, bevor er mir erklärte, seine Chefin sei vom 28. Juni bis zum 10. Juli in der Toskana gewesen. Allein in ihrem Wohnmobil, das mache sie immer so.

„Haben Sie irgendwelche Beweise, in Form einer Ansichtskarte oder eines Mitbringsels? Nudeln oder Konfekt, das es nur in Florenz oder Siena gibt?" Es gab weder das eine noch das andere.

Ich rief noch einmal im Hoofdbureau in Den Haag an, diesmal ohne Anja zu strapazieren, und bat die Kollegen, eine Umfrage bei sämtlichen Hotels der Innenstadt zu starten, ob Ende Juni eine Person namens Braake oder Bessmann mit deutschem Pass registriert worden sei. Noch am selben Abend lag die Antwort vor. Am Abend des 29. Juni hatte Luise Braake ein Hotel nicht weit von dem Abrisshaus bezogen. Am folgenden Morgen war sie im Präsidium aufgetaucht, um sich jene Informationen zu sichern, die aus den spärlichen Zeitungsmeldungen nicht hervorgingen. Der Begriff Roringstek war nicht an die Öffentlichkeit gelangt, über die Miss-Piggy-Maske kursierten nur Gerüchte. Auf dem Korridor zur Damentoilette hatte sie sich offenbar so zielstrebig bewegt, dass wer immer sie bemerkte, an eine der vielen ehrenamtlichen Polizeihelferinnen dachte. Die Verwandlung in einen Mann war wohl aus der geläufigen Überzeugung erfolgt, dass männliche Besucher in einer Behörde leichter ans Ziel kamen, vor allem bei Frauen oder unerfahrenen jungen Leuten. Und während der Portier von einer höflichen Besucherin redete, hatte der Praktikant einen frechen Eindringling vor Augen gehabt, was die Angelegenheit angenehm verwirrte. Welche Einzelheiten Luise Braake in der Akte van Kranenburg gesucht hatte, ließ sich leider nicht feststellen, weil der Ordner gerade auf einer Seite aufgeschlagen gewesen war, die keine brisanten Details offenbarte.

Als ich nachmittags in ihrem Polizeirevier erschien, reagierte sie so freundlich, dass mir der Verdacht, einer Mörderin gegenüberzustehen, mit einem Mal monströs erschien. Die Tatsache, dass sie sich nach ihrem Besuch in Den Haag die Haare umgefärbt hatte, brachte mich in die unsentimentale Realität zurück.

„Frau Kollegin“, flötete sie. „Was führt Sie her?“

„Störe ich?“

„Aber nein! Wir haben es heute herrlich ruhig. Nur ein gestohlenes Fahrrad, um das sich mein Kollege kümmert. Wenn es immer so wäre, würde ich glatt eine Dienstverlängerung bis zum achtzigsten Geburtstag beantragen. Und bei dem derzeitigen Nachwuchsmangel würde ich sie bekommen.“ Sie kicherte und leerte mit zierlich abgespreiztem kleinem Finger ihre Kaffeetasse. „Nein, ehrlich“, fügte sie dann hinzu, „wenn ich an meine Pensionierung denke, werde ich ganz depressiv. Was soll ich nach diesem interessanten und aufregenden Beruf mit meinem Leben anfangen? Bestimmt wird mir langweilig. Hugo macht es nicht mehr lange, und einen anderen Hund schaff ich mir nicht mehr an."

Vielleicht erlebst du den Achtzigsten noch im Knast, dachte ich grimmig, und bei deinem Prozess kann dir gar nicht langweilig werden. Ich sah ihr zu, wie sie zwei Gläser aus dem Wandschrank holte. „Trinken Sie einen Eistee mit mir. Die Wetterfrösche reden von einer neuen Hitzewelle, da muss man Prophylaxe betreiben."

„Danke, ich bin nicht durstig. Es geht um eine Auskunft."

„Fragen Sie!"

„Wenn Ihr Vater, Karl Bessmann, noch bei guter Gesundheit ist, was ich ihm sehr wünsche, hätte ich gern seine Anschrift."

Sekundenlang geriet ihre Mimik zu einer Maske, dann lächelte sie nervös. „Was wollen Sie von ihm? Mit seiner Gesundheit sieht es nicht mehr so rosig aus. Also, worum geht es?"

„Um ein Gespräch mit Ihrem Vater. Ich bin mir sicher, dass er sich noch erinnert."

Wieder brachte sie ein Lächeln zustande, doch es war nicht mild oder Verständnis suchend, sondern getränkt von blankem Zynismus. „Mein Vater kann Ihnen nicht helfen. Er ist neunundneunzig und völlig senil, er weiß nicht mal seinen Namen." Erst als ich sie hart bedrängte, rückte sie die Adresse seines Altenwohnheims heraus.

Am Spätnachmittag saßen Max und ich ihm gegenüber. Sein Apartment wurde von einem Sammelsurium aus Münsterland-Devotionalien und alten Familienfotos dekoriert, die mich natürlich anzogen wie ein Honigtopf die Biene. Neben dem Couchtisch stand ein Weidenkorb, in dem sich vergilbte Zeitungsartikel stapelten. Max und ich wechselten einen schnellen Blick. Aber waren in den letzten Kriegstagen noch Zeitungen erschienen? Wohl kaum.

Der erste Eindruck, den der alte Herr vermittelte, war tiptop. Krawatte, Stecktüchlein, frisches Schnäuztuch. Nach einer kurzen Begrüßung, die Max mit der ihm eigenen Routine schnell in Smalltalk hinübergleiten ließ, zog ich den Zivi, der uns hergebracht hatte, beiseite. „Hat Herr Bessmann feste Rituale? Braucht er zu dieser Uhrzeit einen bestimmten Gegenstand? Seine Pfeife oder ein

Schnäpschen, das wir ihm kredenzen können? Wir müssten uns ein bisschen bei ihm umsehen, ohne dass er argwöhnisch wird."

Herr Bessmann kannte keine Rituale, er rauchte nicht und trank auch keinen Alkohol. Nur seine Fernsehsendung um achtzehn Uhr verpasste er nie. Wenn wir bis dahin unser Ziel nicht erreicht hätten, so der Zivi mit geschürzten Lippen, brächten wir kein Wort mehr aus ihm heraus.

„Übernehmen Sie ab und zu mal Botengänge?" Er nickte.

„Mussten Sie in letzter Zeit mal etwas für ihn fotokopieren?"

„Ist schon länger her, aber es war ein ganzer Stapel." Er zeigte die Höhe eines daumendicken Packens Papier.

„Und was sollte kopiert werden?"

„Irgend so'n Stück Landkarte, das wurde dann verschickt."

„Das klingt ja interessant. Weiß jemand von seiner Familie über diese Aktivitäten Bescheid?"

„Seine Tochter ruft ab und zu an. Das erzählt er mir dann immer ganz selig. Angeblich arbeitet sie bei der Polizei. Ich weiß nicht, ob es stimmt, bei all dem Tüddelkram, den der alte Herr so verbreitet."

„Haben Sie die Tochter über die Kopien informiert?"

„Sollte ich nicht? Diese Frau stellt immer so kommandoartige Fragen, dass man direkt froh ist, wenn man sie mit Banalitäten abspeisen kann."

„Und sie fand ebenfalls, dass es sich bei den Briefen ihres Vaters an das Institut in Münster um Banalitäten handelt?"

„Sie hat es kommentarlos geschluckt."

„Wissen Sie, wo Herr Bessmann diese Kopien aufbewahrt? Er hat sie doch sicher noch nicht alle abgeschickt."

„Weiß der Kuckuck, wo er die hat", knurrte der junge Mann, „aber ich kann Ihnen ein Blatt zeigen, das nicht gut geraten war."

Er düste ab und kam, wie ich gehofft hatte, mit einem Blatt zurück, das die Bauerschaft Antrup zeigte, noch nicht umringelt und auch der Totenkopf fehlte, aber mir genügte es. Ich erklärte ihm dankend, dass wir seine Hilfe nicht mehr brauchten, was er erleichtert zur Kenntnis nahm.

Jetzt ging es darum, Bessmann, der Max gerade den Ablauf der beiden Schlachten von Jena und Auerstedt erklärte und zwar unter Zuhilfenahme aller mobilisierbaren Gestik und Mimik, zu einem

Geständnis als Drohbriefschreiber zu bringen. Das schien mir angesichts der komplizierten Mischung aus westfälischer Bauernschläue und napoleonischer Großmannssucht, die seine Gemütsverfassung offensichtlich gefangen hielt, ein heikles Geschäft. Bis mir einfiel, dass Napoleons jüngster Bruder Jérôme zum Zeitpunkt dieser für Preußen so vernichtenden Schlachten Westfalen regiert hatte.

„Ihr Bruder, Sire“, begann ich und ignorierte Lückmanns konsternierte Miene – zuhören, jawohl, schien sie zu signalisieren, aber doch nicht mitspielen bei diesem Affenzirkus! –, „hat seine Residenz auf einem Schulzen-Hof in den Bockholter Bergen bezogen. Es geht das Gerücht um, dass er in regelmäßigen Abständen Rundbriefe verschickt, in denen er dieses Gebäude rot umkringelt und mit einem Totenkopf versieht. Hat Ihr Bruder etwa Grund zu Beanstandungen?“

In Bessmanns Augen glitzerte Argwohn. „Welcher Bruder?“

„Ihr jüngster Bruder, Sire. Jérôme, Roi de Westfalie.“

Im nächsten Augenblick ging mit Bessmann eine Wandlung durch, als hätte man einen Januskopf um neunzig Grad gedreht. Er schluckte krampfhaft, dann polterte er los: „Ich habe gar keinen jüngeren Bruder, ich habe drei ältere, und die sind alle tot!“

„Bitte regen Sie sich nicht auf. Wir reden über Fotokopien, auf denen Sie Ihren ehemaligen Hof Middel Antrup rot markiert haben.“ Den Totenkopf ließ ich erstmal weg, um nicht Napoleons Gedenken an sämtliche gefallene Marschälle aufleben zu lassen. Wer wusste schon, wie wendehalsig dieser Januskopf war?

Ich erreichte auch so mein Ziel. Bessmann sackte in seinen Ohrensessel und flüsterte: „Aber das musste ich tun. Ich hatte doch diesen Aufruf in der Münsterschen Zeitung gelesen. Dass man sich als Zeuge melden soll. Und ich war doch nicht nur Zeuge, ich war auch …“ Ein heftiges Beben schüttelte seinen kräftigen Oberkörper, während er das Gesicht unter den Händen verbarg.

„Dann haben Sie damals auf den Militärkonvoi geschossen?“

Sein klägliches Nicken brannte mir in der Seele. Dieser schizophrene Greis mit seinen seit fünf Jahrzehnten drückenden Altlasten, dieser unbelehrbare Monarchist hatte seinen Hof vor feindlichen US-Barbaren, die in ihrem Land weder König noch Kaiser duldeten, schützen wollen und eine Tragödie heraufbeschworen. Und Bader hatte dieses Schuldgeständnis als Bedrohung interpretiert. Wenn er sich beeilte und trotzdem genügend Geduld mitbrachte, konnte er seine Studie mit einem bemerkenswerten Schlussresultat beenden.

„Wusste Ihre Tochter Luise von Ihren Bekennerbriefen?"

Sein Blick kehrte aus weiter Ferne zur mir zurück. „Meine Tochter? Die hat mich schon seit Jahren nicht mehr besucht. Seitdem ich hier wohne."

„Und die ältere Tochter? Brigitte?"

Noch ein müdes Abwinken. „Lebt in München, gut verheiratet. Ihr Mann schämt sich wohl, dass der Schwiegervater erst Bauer war und dann Tischler."

„Und wenn nun Ihr Schwiegersohn Probleme mit Ihrem Verhalten hätte? Mal Napoleon, mal westfälischer Hofbesitzer?" Wieder übersah ich Lückmanns warnendes Mienenspiel. Warum sollte man dem alten Herrn nicht das Gedächtnisstübchen aufräumen, solange noch ein Ordnungskonzept zu erkennen war?

„Warum konzentrieren Sie sich nicht auf die Rolle des Hofbesitzers, um einen ebenfalls in die Jahre gekommenen Universitätsprofessor in seiner Studie zu unterstützen? Zeugen wie Sie sind das Fundament seiner Arbeit. Und, Herr Bessmann, damals am 2. April 1945 haben Sie ja nichts Unrechtes getan, Sie haben Ihren Hof verteidigt."

„Aber der Spieker!", keuchte er.

„Ihr Wohnhaus und der Spieker standen nahe beieinander, da fliegen die Funken leicht", tröstete ich ihn. „Wissen Sie, dass Ihre Leibzucht, die damals verschont blieb, heute von den jungen Schulze-Brachts bewohnt wird?"

Das wusste er nicht, doch es tat ihm sichtlich wohl, dass das vornehme Söhnchen vom Hauptgebäude heute mit seinem, Bessmanns, Altenteil, vorlieb nehmen musste. Wie lebendig alte Animositäten doch fortleben, dachte ich, und dabei gingen mir Paula Önnings Besuche durch den Kopf. Gartenerdbeeren hatte sie für Tommy mitgebracht und die Gelegenheit genutzt, um aus diesem und jenem Zeichen abzulesen, wie die ehemaligen Hoferben mit der neuen Situation zurechtkamen. Selbst in den späteren Besitzern der Hofanlage schienen sich Neid und Feindseligkeit fortgepflanzt zu haben. Ich beschloss, Bessmann alle weiteren Auskünfte zu ersparen, die die Zwangsversteigerung und den Mordfall im Spieker betrafen, und so ließen wir ihn zurück mit seinem Fernsehprogramm.

Diesmal kämmten wir Luise Braakes Nachbarschaft noch großräumiger durch als in der vergangenen Woche und trafen schließlich auf ihre Freundin, die Am Burloh wohnte und ihren Wohnungsschlüssel besaß, um bei Bedarf Pflanzen und Hund zu versorgen. Das hatte sie auch am Hochzeitssamstag getan. Es war schon im Vorhinein vereinbart gewesen, gegen die übliche Flasche Verpoorten. Möglich, dass Frau Braake sehr spät heimgekehrt war, dazu konnte Else Hammel keine Aussage machen, doch zwischen achtzehn und zwanzig Uhr war sie bestimmt nicht in ihrer Wohnung gewesen. Das könne sie hundertprozentig bezeugen, weil ihr eigener Fernseher kaputt war, und sie sich deshalb „bei der Luise“ verschiedene Vorabendsendungen genehmigt hatte.

„Wir haben mit Ihrem Vater gesprochen, Frau Braake.“

Sie stand am Eingang ihrer Wohnung und lächelte wie jemand, der weiß, dass die Balkontür offen steht, und er jederzeit türmen kann. Ich kannte diese Mimik von nicht geständnisbereiten Verdächtigen. Mit aalglatter Miene gab sie zur Antwort: „Er freut sich immer über Besuch.“ Ich verkniff mir die Bemerkung, dass ihr eigener Besuch wohl der am dringlichsten wäre, und ergänzte: „Ihr Vater schickt seit einem halben Jahr Briefe an ein Institut in Münster, weil man dort Ereignisse veröffentlichen will, die in den letzten Kriegstagen in der Bauerschaft Antrup geschehen sind.“

„Das kann gar nicht sein“, fuhr sie hart dazwischen, „mein Vater ist nicht mal in der Lage, einen einzigen Brief zu schreiben.“ Als ich sie aufklärte, um was es sich handelte, zuckte sie die Schultern.

„Sie waren damals in Antrup dabei, Sie können sich erinnern.“

„Ich war erst sieben“, fauchte sie, „genauso klein wie Bernhard Schulze-Bracht. Warum fragen Sie nicht ihn?“

„Weil ich bei ihm keinen Zusammenhang mit dem Mord an Maja Lehnbach entdecken kann.“

„Na, da bin ich aber gespannt, was Sie bei mir entdecken.“

„Als Erstes lasen Sie den Aufruf von Professor Bader in der Zeitung“, fuhr ich unbeirrt fort. „Arthur Bader vom Hof Lütke Antrup, damals elf Jahre alt. Er möchte den Brand auf Middel Antrup aufklären und sucht deshalb Augenzeugen. Vor allem aber würde er gern jene Person ausfindig machen, die damals den Militärkonvoi attackierte. Sie wissen, wer es war. Schreiben kann Ihr Vater nicht mehr, weil es ihm nur selten gelingt, seine Gedanken zu ordnen, aber er war imstande, auf einem Geländeausschnitt seinen Hof zu markieren und in Form eines Totenschädels seine Schuld einzugestehen. Dabei gibt es gar keinen Grund zu Geständnissen. Ihr Vater hat seinen Hof gegen anrückende Besatzungstruppen verteidigt. Hätte er riskieren sollen, dass seine Töchter vergewaltigt und sein Hausrat geplündert wurde? Doch die Tatsache, dass auch der Spieker abbrannte und dort ein junger Mann starb, bedrückt ihn noch heute. In den Briefen an Bader wollte er sein Gewissen erleichtern.“

„Schon möglich“, sagte sie kalt. „Trotzdem sehe ich noch immer keinen Zusammenhang mit dem Mord.“

„Für Sie, Frau Braake, zählt vor allem, was am Nachmittag der Hochzeitsfeier im Spieker ablief, oder besser gesagt: ablaufen sollte. Denn das haben Sie ja verhindert.“

„Sie sprechen in Rätseln.“

„Sie haben Maja Lehnbach auf dem Zimmermann-Grundstück beobachtet, spät abends, wenn die Hexenrituale stattfanden.“

„Ich sagte bereits, dass ich viel Nachtdienst mache. Ich kann sowieso nicht schlafen.“

„Deshalb sind Sie ja spätabends spazieren gegangen. Nachtdienst haben Sie im letzten halben Jahr nämlich kaum gemacht. Wir haben Ihren Dienstplan überprüft.“

„Was soll das schon beweisen?“

„Und dann trafen Sie Maja auf dem Hochzeitsfest.“

„Aber sie sah doch ganz anders aus.“ Zu spät bemerkte sie, dass sie sich verplappert hatte. Zu einer Klage über die Lärmbelästigung durch die Rituale hatte sie sich als Anrainerin nicht entschließen können. Doch ihr Hass war unaufhörlich gewachsen, mit jedem Sabbat, jedem Esbat, die nicht nur ihre Nachtruhe störten, sondern auch ihren Seelenfrieden. Heidnische Umtriebe in unmittelbarer

Nachbarschaft, blasphemische Scheußlichkeiten, Orgien, bei denen die christlichen Feiertage lächerlich gemacht wurden.

„Ganz richtig! Maja sah anders aus. Für das Gruppenfoto erschien sie in Hellgrau und Anthrazit. Auf Sie wirkte das, als wollte sie Helene in ihrem schlammverschmutzten Sonntagskleid imitieren. Deshalb haben Sie sie erdrosselt."

Sie schüttelte den Kopf. „Das ist doch blanker Unsinn."

„Sie belauschten Majas Gespräch mit dem Fotografen. Es ging um Fotos im Spieker. Sie stutzte sich die Haare, färbte die Sohlen, und Sie haben sie bei diesen frivolen Vorbereitungen überrascht."

„Alles Blödsinn!"

„Der Gedanke an den brennenden Spieker steckt im Herzen Ihres Vaters wie ein Pfeil. Vielleicht ist seine geistige Verwirrung sogar eine Folge dieses jahrzehntelangen Schuldgefühls. Und dann kommt dieses Flittchen daher und verabredet sich genau dort zu Hexenfotos, wo Helene ihren Freund verlor. Aus Ihrer Perspektive ahmte sie Ihre Schwester nicht nur nach, sie beleidigte sie auch, indem sie sich dem Fotografen für unanständige Fotos anbot."

„Das sind gemeine Unterstellungen gegen eine bewährte Kollegin." Ihre feuchte Aussprache verriet, dass sie die Kontrolle über sich verlor. Unauffällig drückte ich die Notruftaste, die dem am Hauseingang wartenden Max signalisierte, sich bereit zu halten. Immerhin besaß diese Frau eine Dienstwaffe.

„Ich sage nichts mehr. Belegen Sie doch Ihre Anschuldigungen!"

„Sie haben nicht nur Maja beobachtet, sondern auch Valerie. Sie kam zum Ostara-Fest nach Münster. Als Sie ihr Foto und die Nachricht von ihrem Tod in der Zeitung entdeckten, fuhren Sie nach Den Haag, um sich ihre Akte anzusehen. Der Mord an einer Hexe interessierte Sie, doch die Zeitungsmeldungen waren mager. Erst in Den Haag erfuhren Sie von dem Schifferknoten und der rosa Schweinchenmaske. Der Knoten im Seil und die rosa Nelke an der Vogelscheuche in Große Antrup sollten Parallelen herstellen, wo gar keine waren. Und wozu diese alberne Kostümierung als Mann? Frau Vaal hätte Ihnen Auskunft gegeben. Sie ist sehr hilfsbereit."

Ich erwartete, dass sie jetzt in gezwungenes Lachen ausbrechen und von Räubergeschichten reden würde, doch sie reagierte, indem ihre Oberlippe zu zittern begann. Mein überfallsartiges Gespräch deckte sich vielleicht nicht mit den üblichen Vorgehensweisen bei einem Verhör, doch ich hatte sie richtig eingeschätzt. Der Boden rutschte ihr unter den Füßen weg. Schnell setzte ich noch eins drauf. „Der Tathergang lässt sich perfekt aus Ihren Erlebnissen in Middel Antrup erklären. Maja musste im Obergeschoss des Spiekers sterben, weil dort Mathias Schulze-Bracht ums Leben kam. Doch hängen sollte die Hexe dann unterm Dachstuhl, wo Leonard Schulze-Bracht im Krieg angeblich Waffen und Munition aufbewahrte; ein düsterer Ort, vor dem Ihnen als Kind grauste. Mein Kompliment, Frau Braake, Sie haben uns Rätsel aufgegeben."

Als sie schwieg, zog ich den blauen Knopf aus der Tasche. „Auf der Hochzeit trugen Sie ein dunkelblaues Kleid. Ich wette, dazu gibt es auch eine Jacke. Wenn an ihr kein Knopf fehlt, sage ich nichts mehr." Zu spät erkannte ich, dass ich sie falsch taxiert hatte. Vielleicht war es die panische Erkenntnis, dass sie keine Ausrede mehr fand und auch stures Schweigen nichts half. Max riss sie zurück, sodass ich mit einem Kratzer am Hals davonkam.

Wir drängten sie ins Schlafzimmer, wo sie mit mürrischer Miene eine blaue, langärmelige Baumwolljacke aus dem Schrank zog. Noch in der Reinigungsfolie, ohne mittleren Knopf, und auch der Gürtel fehlte. Sie versuchte sich damit herauszureden, beides sei beim Reinigen verloren gegangen.

„Ein Stoffgürtel? Jedenfalls passt zu den Knöpfen jenes Exemplar, das wir an der Rückseite des Spiekers gefunden haben. Warum mussten Sie die Jacke zum Reinigen geben? Weil sie bei Ihrem Kampf mit Maja Flecken abbekommen hatte. Sie haben sie trotz der Wärme anbehalten, als Sie den Mord begingen, denn Sie konnten sie ja wieder ausziehen. Wenn dagegen das Kleid beschmutzt oder zerrissen worden wäre …? Sie können kein Alibi vorweisen, Frau Braake. Else Hummer hat Ihre Pflanzen und den Hund versorgt. Und Sie haben ein ganz massives Mordmotiv."

Sie leistete keinen Widerstand, als wir sie festnahmen.

„Sind Frau Braake und Maja einander vor der Hochzeit vielleicht doch begegnet?" Alma und ich standen am Speicher und warteten auf das Ergebnis der Froschmänner, die die Gräfte absuchten.

„Darüber habe ich inzwischen auch nachgedacht", sagte Alma.

„Das kann nur am vorletzten Donnerstag im Juni gewesen sein. Wir spielten Karten, als Maja auf den Hofplatz fuhr. Sie inszenierte einen neuen Vorstoß in Richtung Modenschau und hatte Kleider mitgebracht. Sonst kam sie nie so spät, doch ihr neuester Entwurf war gerade erst fertig geworden. Luise hob nicht mal den Blick, als Maja vom Spieker, den sie zum Umkleiden benutzte, zurückkam. Sie sah aus wie im Unterrock, der Brandmeister glotzte, Luise maulte nur, die Karten seien nicht gut gemischt."

„Interessierte es sie, ob Maja zu Ihrer Hochzeit käme?"

„Ich selbst habe es ihr gesagt. Dirk Weiting nahm teil, das stand außer Zweifel. Ob meine Schwester ebenfalls aufkreuzen würde, war fraglich, doch ich sagte Luise, dass ich es befürchtete. Darauf reagierte sie so … feinfühlig, so besorgt."

Eine Weile schwiegen wir, dann fuhr ich fort: „Maja ist demselben tragischen Irrtum verfallen wie Valerie. Beide glaubten, dass sie der Tod überraschen würde, wenn sie allein waren. Deshalb die Flucht nach draußen, in die Gesellschaft anderer Menschen, selbst wenn es Fremde waren. Möglich, dass Valerie ihrem Mörder nicht nur den Ort, sondern auch den Termin vorgeschlagen hat. Da sie sich in dem Abbruchhaus regelmäßig Kokain verschaffte, hatte es nichts Abschreckendes für sie. Maja fand Hochzeiten öde, aber die Spießigkeit einer Familienfeier war nichts im Vergleich zu ihrer Todesangst. Und der Fototermin mit Radebrecht …"

Alma fröstelte. „Wäre sie doch zu Hause geblieben!"

„Hätte sie das Kleid zu Hause gelassen. Das Kleid und die Fotos im Spieker brachten bei Luise Braake das Fass zum Überlaufen."

Ich sah, wie einer der Froschmänner sich an der Böschung hochzog und ein langes, triefend nasses Stück Chiffon ausbreitete. Selbst in der grellen Mittagssonne wechselten die Schattierungen von schlammgrün über hellgrau bis schwarz. Der zweite Froschmann tauchte auf und zerrte eine lange Holzplanke ans Ufer; offenbar ein Überbleibsel der monatelangen Bauarbeiten. Eine große, kräftige Frau wie Luise Braake hätte keine Mühe gehabt, sie über die Gräfte zu werfen. An dieser Stelle war sie nur vier Meter breit. „Werden Sie hier wohnen bleiben?", fragte ich Alma.

Sie nickte. „Nur eins steht fest. Den Spieker reißen wir ab."

Dank

Der Werdegang eines Kriminalromans wird nicht nur durch eine gewisse Eigendynamik bestimmt, sondern auch durch den stetigen Gedankenaustausch mit der Familie und mit dem Freundeskreis. Daher danke ich Hans-Friedrich, Alexa, Angela und Gregor für sorgfältiges Probelesen, die kritische Begutachtung des Rohtextes und für wertvolle Informationen. An dieser Stelle noch ein extra Dankeschön an Hans-Friedrich für die interessanten Tage in Den Haag und Delft.

Meine Schwägerin Ursel und mein Schwager Klaus steuerten wieder etliches von ihren profunden Kenntnissen über die Stadt Münster und das Münsterland bei. Darüber hinaus haben mir viele Freunde mit ihrem Interesse und ihrem stets „offenen Ohr" für meine neuesten Meucheleien geholfen.

Ein sehr herzlicher Dank geht an Beate Plugge und Dr. Ursula Heckel vom Waxmann Verlag. Sie haben dieses Buchprojekt mit hilfreichen Korrekturen und mit bewundernswerter Geduld für meine Änderungswünsche und Spontaneinfälle begleitet. Auch bei der äußeren Gestaltung dieses neuen Kriminalromans waren sie wieder mit viel Engagement und Ideenreichtum am Werk.

Da ich mit meinem Besen nur das Gartenlaub zusammenkehre und das Zaubern lieber kompetenteren Geistern überlasse, und weil ich nicht auf dem Land aufgewachsen bin, war ich auf umfangreiche Recherchen angewiesen.

Über Hexerei gibt es so viel Material, dass ich es hier nicht aufzählen möchte. Zum Thema Bauernhöfe und Landleben in früheren Zeiten habe ich viel nützliche Information in den folgenden Büchern gefunden:

Josef Schepers: Haus und Hof westfälischer Bauern, Münster 1994; Gisbert Strotdrees: Hofgeschichten. Westfälische Bauernhöfe in historischen Portraits, Münster 2003; Gerhard Taphorn (Hemmelte): Geschichte der Familie Darrelmann und der angeheirateten Familien. Cloppenburg 1962. (Hierbei handelt es sich u.a. um die Chronik der Familie meines Mannes).